KNAUR

VITU FALCONI

Korsische Vendetta

EIN KORSIKA-KRIMI

KNAUR

Besuchen Sie uns im Internet:
www.knaur.de

Aus Verantwortung für die Umwelt hat sich die Verlagsgruppe Droemer Knaur zu einer nachhaltigen Buchproduktion verpflichtet. Der bewusste Umgang mit unseren Ressourcen, der Schutz unseres Klimas und der Natur gehören zu unseren obersten Unternehmenszielen. Gemeinsam mit unseren Partnern und Lieferanten setzen wir uns für eine klimaneutrale Buchproduktion ein, die den Erwerb von Klimazertifikaten zur Kompensation des CO_2-Ausstoßes einschließt. Weitere Informationen finden Sie unter: www.klimaneutralerverlag.de

MIX
Papier aus verantwortungsvollen Quellen
FSC www.fsc.org
FSC® C083411

Originalausgabe April 2020
Knaur Taschenbuch

Ein Imprint der Verlagsgruppe
Droemer Knaur GmbH & Co. KG, München

Redaktion: Birgit Förster
Covergestaltung: ZERO Werbeagentur, München
Coverabbildung: Collage unter Verwendung von Motiven von Allard Schager / Getty Images und gyn9037 / shutterstock.com
Satz: Adobe InDesign im Verlag
Druck und Bindung: CPI books GmbH, Leck
ISBN 978-3-426-52579-1

2 4 5 3 1

Für Bruni.
Meine Insel der Schönheit.

Russura à la muntagna, acqua e ventu à li calcagna.

Wenn am Abend rote Wolken in den Bergen hängen,
regnet es morgen oder es kommt starker Wind auf.

(Korsisches Sprichwort)

Corse-Matin

Le quotidien de la Corse – U nutiziale di a Corsica

Überfall auf der Ponte Vecchio
Von unserem Redakteur Petru Ciosi

– Bastia, 30. Juni – Am vergangenen Dienstag fand auf der berühmten Ponte Vecchio ein brutales Attentat statt. Laut Augenzeugenberichten wurde ein schwarzer Continental der Marke Bentley bei einem Überholmanöver von drei Fahrzeugen bedrängt und zum Anhalten gezwungen. Bewaffnete und maskierte Männer zwangen die Insassen mit Waffengewalt aus dem Wagen.

Zuvor hatte ein heftiger Schusswechsel stattgefunden, bei dem das Zielfahrzeug schwer beschädigt wurde. Linke Seite sowie Front und Heck wurden regelrecht von Kugeln durchsiebt. Die D27 zwischen dem Col de Menta und dem Col de Cricheto war für Stunden gesperrt. Fahrer, die auf der Gegenfahrbahn in Richtung Norden unterwegs waren, berichteten von dramatischen Momenten, als die offenbar islamischen Täter die beiden Fahrer auf die Straße zwangen und ihnen befahlen, sich hinzuknien. Der ältere der beiden wurde niedergeschlagen und in einen Kleinlaster gezerrt, während der jüngere hingerichtet werden sollte. Dazu kam es jedoch nicht mehr, da er über die Brücke sprang und in den vierzig Meter tiefer gelegenen Vecchio stürzte. Er überlebte den Aufprall zwar, wurde dabei aber schwer verletzt.

Wie sich herausstellte, handelte es sich bei den Opfern um Vater und Sohn einer alteingesessenen korsischen Familie. Aufgrund des schwebenden Ermittlungsverfahrens dürfen ihre Namen nicht genannt werden. Da die Familie aber Kontakte zur *Frontu di Liberazione Naziunale Corsu* pflegt, ist das Motiv eines Bandenkrieges nicht gänzlich auszuschließen. Sachdienliche Hinweise nimmt jede örtliche Polizeidienststelle entgegen.

Teil I

Die Gärten des Kaisers

1

Petru Ciosi verließ an diesem wunderschönen Samstagmorgen in bester Laune das Rathaus von Bastia in der *Avenue Pierre Giudicelli*. Sein Ziel: der *Place du Marché*. Seit Anfang Oktober führte der Wochenmarkt Trüffel, die sonst nur schwer zu bekommen waren. Merkwürdigerweise wuchs das schwarze Gold nicht auf Korsika und musste aus Südfrankreich importiert werden, was mit erheblichen Kosten verbunden war.

Petru hatte schon oft mit Pilzsammlern über das Thema gesprochen, aber keiner von ihnen wusste darauf eine Antwort. Das Fehlen der kulinarischen Kostbarkeit war umso verwunderlicher, als Trüffel Steineichen liebten, die es hier wie Sand am Meer gab. Ob Schweine sie ausgruben oder ob die Beschaffenheit des Bodens nicht ideal war, niemand hatte das Mysterium bislang lösen können. Und so blieb den pilzbegeisterten Korsen nichts anderes übrig, als ihr sauer verdientes Geld auf dem Wochenmarkt von Bastia zu lassen.

Die abgewetzte Ledertasche unter den Arm geklemmt, steuerte der Reporter die Altstadt an. Unterwegs traf er auf einen ehemaligen Kollegen, den er noch aus seiner Zeit beim *La Corse* kannte. Petru hatte dort einige Jahre als Reporter gearbeitet, ehe er nach Schließung der Tageszeitung zum *Corse-Matin* gewechselt war. Seit 1999 gehörte er in Ajaccio zum festen Redaktionsstamm und versorgte die Zeitung mit Berichten aus Politik und Lokalem.

Trotz des schwieriger werdenden Umfelds und des allgemeinen Trends zu Onlinemedien liebte Petru seine Arbeit. Politische Themen waren sein Steckenpferd, und davon gab es auf Korsika weiß Gott genug. Er beschäftigte sich vor allem mit Lokalpolitik, aber auch mit den großen Themen wie dem bröckelnden Europa, der Flüchtlingsproblematik sowie den erstarkenden Rechten. Korsika war ein Nährboden für die Nationalisten, die auf dem Rücken der Autonomiebestrebungen ungezügelt ihre Fremdenfeindlichkeit auslebten. Petru war gerade an einer Sache dran, die sich bei der angespannten politischen Lage rasch zu einem Flächenbrand entwickeln konnte. Wenn er recht hatte und wenn das, worauf er in den Archiven des Rathauses gestoßen war, stimmte, stand Korsika kurz vor einer Explosion.

Er verabschiedete sich von seinem Kollegen, verließ den *Place Saint-Nicolas* und wollte gerade die *Rue Miot* überqueren, als ihn ein Geräusch erschrocken innehalten ließ. Ein ohrenbetäubendes Jaulen, das an eine hochdrehende Bohrmaschine erinnerte. Sein Blick zuckte nach rechts.

Was er sah, ließ ihm das Blut in den Adern gefrieren. Ein Motorrad mit zwei Typen im Sattel bretterte die Straße herunter und hielt trotz Warnlichtern und Fußgängerüberweg ungebremst auf ihn zu.

Petru spürte einen Ruck und flog einen halben Meter zurück. Um ein Haar wäre er gestürzt, doch der Mann, der ihn nach hinten gerissen hatte, verhinderte das Schlimmste.

Fassungslos starrte Petru auf die Maschine, die mit kreischendem Antriebsaggregat an ihnen vorbeifegte. Ein Windstoß blies ihm heiße Abgase ins Gesicht. Ohne Helm, nur mit einem Mundtuch verschleiert, blickten die beiden Kerle auf dem Motorrad starr geradeaus. Sie würdigten ihn keines Blickes.

An der nächsten Kreuzung bog die Enduro rechts ab und raste weiter Richtung Altstadt.

Petru atmete schwer. Sein Herz schlug bis zum Hals. Er brauchte einen Moment, um sich zu sammeln, dann brüllte er los: »Idioten, Kretins!«

Er bezweifelte, dass sie ihn hören konnten, doch er musste seiner Wut ein Ventil geben. »*Bescheuerte Armleuchter!*«

Keuchend ließ er die Luft aus seinen Lungen entweichen. Seine Beine fühlten sich ganz zittrig an. Als er sich umwandte, sah er seinem Retter in die Augen.

»Haben Sie das gesehen? Unglaublich, oder? Danke, dass Sie mir geholfen haben.«

»Sie haben Glück, dass Sie noch am Leben sind«, sagte der junge

Mann. Er trug einen gut sitzenden Anzug, ein weißes Hemd und Lederschuhe. Mittleres bis gehobenes Management, schätzte Petru. Vielleicht Bankangestellter.
Der Mann schüttelte grimmig den Kopf. »Es wird immer schlimmer mit denen. Wir sind ja hier einiges gewohnt, aber das schlägt dem Fass den Boden aus. Haben Sie die dunkle Haut und die Haare gesehen? Maghrebs, wenn Sie mich fragen. Marokkaner, vielleicht auch Syrer oder Iraker.«
»Möglich, ja …«, murmelte Petru.
»Höchste Zeit, dass wir politisch gegen diese Typen vorgehen. Die müssen endlich von unserer Insel verschwinden. Ich kann nur hoffen, dass die Gendarmerie sie irgendwann zu fassen kriegt und sie aus dem Verkehr zieht.«
Petru wusste nicht, was er dazu sagen sollte. Der Schreck steckte ihm zu tief in den Gliedern. »Danke noch mal«, sagte er.
»Nichts zu danken. Geben Sie auf sich acht.« Der Mann formte seine Hand zum Gruß, dann verschwand er in den engen Gassen der *Terra Vecchia*.
Petru brauchte ein paar Minuten, um sich zu sammeln, ehe er seinen Weg fortsetzte. Dabei hatte der Tag so gut begonnen.
Weiter in Richtung Wochenmarkt schlendernd, musste er an diese Sache von vor einem Jahr denken. Das spektakuläre Attentat auf den stellvertretenden Bürgermeister von Ajaccio. Die Täter damals waren ebenfalls auf Motorrädern unterwegs gewesen. Zeugenaussagen nach hatte es sich wohl um Islamisten gehandelt, auch wenn das nie klar bewiesen werden konnte. Diesbezügliche Ermittlungen der Polizei waren im Sande verlaufen. Aber auch das war typisch für Korsika. Wohin man blickte, Schweigemauern. Es gab sogar einen eigenen Begriff dafür: *Omertà*. Wer dagegen verstieß, war seines Lebens nicht länger sicher.
Petru fragte sich, ob die beiden Ereignisse vielleicht etwas miteinander zu tun hatten. Andererseits: nein. Er war zwar tendenziell paranoid, aber das ging dann doch zu weit. Damals, das war ein akribisch geplanter Anschlag gewesen, dies eben nur zwei

Jugendliche, die auf sich aufmerksam machen wollten. Zu viele Hormone, zu wenig Verstand.
Aber sosehr er sich auch bemühte, Petru wurde das Bild nicht los. Die schwarzen Haare, die dunkle Haut, das Mundtuch. Am eindrücklichsten aber waren diese Augen. Harte Augen. *Fanatische* Augen. Blicke, wie er sie sonst nur von Mitgliedern der Mafia oder anderen kriminellen Vereinigungen kannte. Freilich war das nur ein Gefühl. Nichts, worauf sich eine Anklage stützen ließ. Aber Petru war lange genug im Geschäft, um einen Riecher für Menschen zu entwickeln. Und die zwei waren nicht koscher.
Er schob den Gedanken fort, zog rasch noch etwas Bargeld an einem EC-Automaten und ging dann auf den Markt. Inzwischen hatte sein Zittern nachgelassen.
Der Stadtteil *Terra Vecchia* grenzte an den alten Hafen und bildete die Unterstadt Bastias. Über den steilen Gässchen mit dem bröckelnden Putz, den hohen, schiefen Häusern und den vielen kleinen Geschäften thronte das Wahrzeichen der Stadt: die beeindruckende doppeltürmige Barockkirche *Église Saint-Jean-Baptiste* aus der Mitte des 17. Jahrhunderts. Direkt dahinter schloss sich der *Place du Marché* an, das Zentrum der Altstadt. Hier wurde jeden Samstag und Sonntag der Wochenmarkt abgehalten. Treffpunkt von Einheimischen, aber auch von Touristen, die vor allem in den Sommermonaten für unerträgliches Gedränge sorgten. Kulinarisch Interessierte fanden hier alles, was das Herz begehrte. Obst, Gemüse, frischen Fisch und Fleisch, aber auch lokale Besonderheiten. Figatellu, Coppa, Lonzo, Niolincu, Calenzana, Brocciu sowie andere Wurst- und Käsespezialitäten. »Wer ihn nicht gekostet hat, kennt nicht die Insel«, schrieb einst der Journalist und Schriftsteller Émile Bergerat über den Brocciu aus Ziegen- oder Schafsmilch, den Nationalkäse der Korsen. Und immer noch gehörte er zum täglichen Leben. Frisch und mild auf die morgendliche *Tartine*, mittags im Omelett, abends in der *Pulenta* oder den Cannelloni und zwischendurch in jedem *Fiadone*, jeder *Falcullela* und zu jeder *Goûte* mit Wein und Brot.

Jeder, der sich ein wenig für landesübliche Küche interessierte, musste diesen Markt besuchen, und sei es nur, um über die teilweise astronomischen Preise zu schmunzeln.

Der Trüffelstand befand sich im hinteren Abschnitt des Marktes, nahe dem Restaurant *Marché Saint-Jean*, in dem Petru schon oft gegessen und dem Treiben auf dem Platz zugeschaut hatte. Wie zu erwarten, herrschte gerade Hochbetrieb. Kurz vor elf, das war die Zeit, in der die Bummler und Flaneure auf die Hobbyköche trafen, die für den Mittagstisch oder das Abendessen einkauften. Die Menschen schoben sich zentimeterweise an den Ständen vorbei. Gelächter und Gesprächsfetzen schwebten über den Platz, irgendwo spielte ein Musiker korsische Volkslieder. Der Geruch von Paella und Fettgebackenem hing in der Luft.

Die Tasche mit den wertvollen Kopien vor die Brust gedrückt, wich Petru auf die Straße aus. Dort war das Durchkommen leichter, zumal der *Place du Marché* während der Marktzeiten für den Autoverkehr gesperrt war. Ein paar Mopeds knatterten trotzdem vorbei, was aber niemanden störte. Sie gehörten zum Stadtbild von Bastia einfach dazu.

Petru hatte den Trüffelstand beinahe erreicht, als er etwas hörte, was ihn aufhorchen ließ. Das Jaulen einer hochdrehenden Enduro.

Er reckte den Hals und sah sich um. Tatsächlich. Da waren die zwei Typen. Etwa zwanzig Meter entfernt standen sie an einer Hausecke und sahen sich um. Dass sie dabei den Passanten den Weg blockierten, schien sie überhaupt nicht zu stören. Sie kamen nicht mal auf die Idee, ihre Dreckskarre auszumachen. Knatternd und die Luft verpestend, standen sie da und glaubten, ihnen gehöre die Straße.

Petrus Laune verfinsterte sich. Einen kurzen Moment lang überlegte er, ob er rübergehen und es auf einen Streit ankommen lassen sollte, aber er verwarf den Gedanken wieder. Solchen Typen war mit Vernunft nicht beizukommen. Denen kochte ständig das Blut. Die warteten förmlich darauf, dass einer sie

dumm von der Seite anmachte. Im Zweifelsfall verstanden sie nicht mal Französisch.
Nein, es war sinnlos. Besser, die Wut unterdrücken und dafür alle Zähne behalten. Immerhin hatte er etwas, worauf er sich freuen konnte. Ein *dîner romantique!*
Die neue Kollegin aus der Buchhaltung kam ihn heute Abend besuchen, und er wollte das Treffen nicht dadurch versauen, dass er ihr mit einem Veilchen und einer Beißschiene entgegentrat.
Seinen Schritt beschleunigend, versuchte er, Abstand zwischen sich und die beiden Idioten zu bringen. Er war schon fast an ihnen vorbei, als er aus den Augenwinkeln bemerkte, dass einer der beiden sich abgesetzt hatte und ihm folgte. Petru blieb an einem Stand mit Töpferwaren stehen und tat so, als würde er die Auslagen betrachten. Der Typ hielt ebenfalls an. Als Petru sich wieder in Bewegung setzte, tat der andere das auch. Es war offensichtlich, dass er etwas von ihm wollte.
Petru ging noch ein paar Meter, dann wurde es ihm zu dumm. Wutentbrannt drehte er sich um. »Warum folgen Sie mir? Reicht es Ihnen nicht, dass Sie mich vorhin fast überfahren hätten?«
Statt einer Antwort zuckte die Rechte des Kerls nach vorn.
Petru reagierte instinktiv. Seine Aktentasche fing den Hieb zwar ab, trotzdem spürte er ein schmerzhaftes Stechen in der Bauchregion.
Mit einem wütenden Schrei riss der Angreifer seine Hand zurück. Dabei blitzte etwas auf. *Ein Messer!*
Petru traute seinen Augen nicht. Träumte er, oder war das echt? Nein, der Kerl hatte wirklich vor, ihn abzustechen. Hier, mitten auf dem überfüllten Platz.
Vor aller Augen!
Es gab Momente im Leben, in denen der Verstand versagte und der Instinkt die Führung übernahm. Noch ehe der Angreifer zu einem zweiten Stich ansetzen konnte, schmetterte Petru ihm die Aktentasche ins Gesicht. Die Wirkung war befriedigend: das hässliche Knirschen eines gebrochenen Nasenbeins, gefolgt von einem Schmerzensschrei. Petru war kräftig. Kräftiger jedenfalls,

als man es bei einem Mann seines Alters und seiner Statur vermutet hätte. Seit seinem zwanzigsten Lebensjahr war er Reporter. Tagtäglich auf den Beinen, immer unterwegs. Teilweise bepackt mit schwerer Kameraausrüstung. Dass er gerne aß und dabei zu viele Kalorien zu sich nahm, war eine Sache. Aber der Speck lag über einer Schicht knallharter Muskeln, die im Laufe der Jahre nicht weniger geworden waren. Petru gehörte zu der Art von Reportern, die sich nicht verkrümelten, wenn es brenzlig wurde. Männer, die in vorderster Front ihrem Job nachgingen. Ob auf Demonstrationen, Kundgebungen oder Versammlungen – er war immer dort, wo die Emotionen hochkochten. Mehr als einmal hatte er handfeste Schlägereien erlebt und sich dabei verletzt. Doch noch niemals war er das Opfer eines Attentats gewesen. Das hier besaß eine neue Qualität.

Der Mann war in die Knie gegangen und presste sein Mundtuch gegen die Nase. Blut strömte zwischen seinen Fingern hervor. Arabisch klingende Flüche drangen aus seinem Mund. Das Messer hielt er immer noch umklammert. Der Stahl funkelte wie Öl auf einer Pfütze. Auf dem Unterarm war eine Tätowierung zu sehen. Ein Skorpion? Petru wartete nicht darauf, dass der Typ wieder zustieß, sondern schmetterte ihm die Tasche noch einmal gegen den Kopf.

»Was ist, hast du endlich genug?«

Das Gesicht des Mannes färbte sich bläulich. Aber noch immer lag er nicht am Boden.

Die Menschen ringsherum hatten inzwischen begriffen, dass hier eine ernsthafte Auseinandersetzung im Gange war. Mütter brachten ihre Kinder in Sicherheit, Männer gingen auf Abstand, Frauen stießen Warnrufe aus.

Messerstechereien waren ein fester Bestandteil des korsischen Alltagslebens. Die Blutrache gab es immer noch, auch wenn sie nicht in der Touristensaison ausgeübt wurde, sondern in den Monaten davor oder danach. Die Menschen wussten, wie sie sich zu verhalten hatten. *Raushalten* lautete die Devise. *Nicht einmischen*, wenn einem das eigene Leben lieb war.

Petru durfte keine Hilfe erwarten. Er war auf sich allein gestellt. Sein Gegner war immer noch benommen, Petru musste jetzt handeln. In panischer Eile machte er kehrt und floh in Richtung Hafen. Die *Rue Cardinal Viale Prelà* runter, vorbei an dem Restaurant und hinein in das Gewirr der Altstadtgässchen. Ehe die Straße endete und zur *Rue Saint-Jean* wurde, führte sie an der mächtigen Barockkirche *Saint-Jean-Baptiste* vorbei.
Eingezwängt inmitten krummer, schief stehender Häuser, ragte das Gebäude wie eine Galeone aus einer Flotte von Fischerbooten. Wer sie in ihrer ganzen Pracht bestaunen wollte, musste das südliche Steilufer erklimmen. Aus der Nähe präsentierte sich die Kirche nur mit schroffen Fassaden und einem schmucklosen Osteingang – der jedoch fast immer geöffnet war.
Petru sah die offen stehende Tür und verlangsamte seinen Schritt. Ob der Anschlag vielleicht doch einen islamistischen Hintergrund hatte? Womöglich stand er in Zusammenhang mit dem Fall, an dem er gerade arbeitete.
Inzwischen glaubte er nicht mehr an einen Zufall. Wenn es sich um strenggläubige Muslime handelte, war das Innere einer Kirche möglicherweise ein besserer Zufluchtsort als das Innere einer Polizeistation.
Seinem Instinkt folgend, trat er in den Schatten des Gotteshauses.

II

Eric schaltete einen Gang runter und versuchte, mehr Kraft auf die Pedale zu bekommen. Irgendwo in seinen ausgelaugten Muskeln mussten doch noch ein paar Reserven zu finden sein. Einige Zuckermoleküle, die sich in Energie umwandeln ließen.
Ihr Ziel lag in greifbarer Nähe. Noch etwa zwei Kilometer, dann hatten sie es geschafft. Man konnte bereits die Kirchtürme von Speloncato auf dem Hügel emporragen sehen.

Fünfzig Kilometer. Nur eine kleine Aufwärmrunde, wie Laurine ihm versichert hatte. *Eine Aufwärmrunde!* Er wollte nicht wissen, was eine ausgewachsene Runde für sie bedeutete. Von den Höhenmetern, die man hier runterstrampeln musste, ganz zu schweigen.

Er war Schriftsteller, kein Alpinfahrer, verflucht. Wie hatte er nur so leichtsinnig sein können? Laurine hatte mit ihren langen Wimpern geklimpert, und er Idiot hatte mal wieder jegliche Vorsicht vergessen. Dabei hätte er es wirklich besser wissen sollen.

Seit Wochen quälte sie ihn mit ihren Radtouren. Ihr Argument, er müsse mehr für seine Ausdauer tun, saß wie ein Stachel in seinem Fleisch. So lieblich die Balagne vom Auto aus wirkte, so unbarmherzig präsentierte sie sich, wenn man im Sattel eines Fahrrads unterwegs war. Vor allem, wenn die Nachmittagshitze das Land fest im Griff hatte.

Gab es irgendwo noch einen kleineren Gang? Eric fummelte an der Schaltung herum, fand aber nichts. Er fuhr bereits auf dem letzten Ritzel.

Er biss die Zähne zusammen. Im Leben hätte er nicht vermutet, dass Fahrradfahren so an die Substanz gehen konnte. Wie machte Laurine das nur, dass sie so leichtfüßig den Berg hinaufstrampelte? Ein paarmal hatte sie sogar umgedreht und war wieder runtergefahren, um nach ihm zu sehen. Lächelnd. Ihn anfeuernd. Er wusste, dass sie ihn damit motivieren wollte, doch er empfand es als blanken Hohn.

Schweiß lief ihm in die Augen und brannte sich dort fest. Ungehalten wischte er mit der Hand über sein Gesicht, doch das Brennen blieb bestehen.

»Komm schon«, presste er zwischen seinen zusammengebissenen Zähnen hervor. »Streng dich an. So weit ist es nicht mehr.«

Doch unter solchen Bedingungen konnten selbst einhundert Meter zur Qual werden.

Besorgt tastete er nach seinem Unterleib. Seit einer halben Stunde hatte er keine Signale mehr von unten empfangen. Dort schien alles abgestorben zu sein. Er spürte ein unangenehmes

Kribbeln. Irgendetwas stimmte nicht mit der Durchblutung. Hieß es nicht, Durchblutungsstörungen würden zu Sterilität führen? Das konnte doch nicht gesund sein. Der Gedanke an eigene Kinder lag zwar in weiter Ferne, das hieß aber nicht, dass er dieses Thema schon völlig abgehakt hatte.

Laurine wartete an der nächsten Kehre auf ihn. »Na, alles klar? Nur noch drei Schleifen, dann sind wir oben.«

»Hör mal, kann es sein, dass Radfahren zu Impotenz führt? Ich spüre da unten nichts mehr …«

Sie lachte. »Halb so wild. Das bedeutet nur, dass wir die Neigung deines Sattels verstellen müssen. Dann geht es wieder.«

»Aha …«

»Wir können absteigen und schieben, wenn du keine Lust mehr hast. Ist nur noch ein Katzensprung.« Ihr Lächeln war wie ein warmer Frühlingstag. Doch es reichte nicht, um seinen verletzten Stolz zu heilen.

»*Absteigen?*«, zischte er. »*Schieben?* Ich fahre da jetzt hoch und wenn ich tot umfalle.«

»Könntest du das bitte vermeiden?«, erwiderte sie lachend. »Ich will noch etwas von dir haben. Ein impotenter Schlaganfallpatient ist nicht unbedingt der Mann, von dem ich träume.«

Eric wollte etwas erwidern, doch ihm fehlte die Puste.

»Zum Trost lade ich dich gleich auf ein Pietra im *La Voûte* ein«, sagte Laurine. »Das hast du dir verdient. Je eher du oben bist, desto eher hat das Martyrium ein Ende. Wenn du nichts dagegen hast, radele ich schon mal vor und suche uns einen schönen Tisch aus. Bis gleich.« Sprachs und radelte mit einer Leichtigkeit davon, über die er nur den Kopf schütteln konnte. Als hätte sie eingebauten Rückenwind.

So viel zu seinem lockeren Mundwerk und seiner Behauptung, Radfahren wäre nur etwas für Kinder.

Als er im *La Voûte* eintraf, warteten dort nicht nur Laurine und ein Pietra auf ihn, sondern ein Mann, den er schon länger nicht gesehen hatte. Kräftig, schwitzend, mit Bluejeans und Karo-

hemd. Unter der Halbglatze und der Brille mit dem billigen Silbergestell funkelten wachsame Augen.
Vergessen waren Schmerz und Anstrengung. Eric grinste vergnügt. »*Petru!*«
Der Reporter sah ihn an, als wäre er das letzte Einhorn. Das Lächeln unter dem Bart entblößte eine Zahnlücke. »Was treibst du da, mein Freund? Radfahren? Hat sie dich dazu gebracht?«
Eric blickte an sich herunter und strich über sein Trikot. »Ach das. Laurine meinte, es wäre praktischer so. Kühlend und atmungsaktiv.«
Petru lachte. »Eric Marchand, ein Mamil, ein *Middle aged man in Lycra*. Wer hätte jemals gedacht, dass du so tief sinken würdest?«
»Hör nicht auf ihn«, sagte Laurine. »Ich finde, es steht dir gut. Außerdem fliegt einem kein Ungeziefer in Ausschnitt und Ärmel, was Petru wüsste, wenn er jemals seinen fetten Hintern auf ein Rad schwingen würde. Was er natürlich nicht tut, denn dann müsste er sich ja anstrengen.«
Eric kam sich auf einmal sehr albern vor.
Laurine deutete auf den freien Stuhl. »Komm, mein Liebster. Setz dich, und trink dein Bier. Du hast es dir verdient.«
Mühsam stieg Eric vom Rad. Er war steif wie ein Brett. Er stellte das Rad ab und ging mit watschelnden Schritten zu ihrem Tisch.
Das Grinsen wollte nicht aus Petrus Gesicht weichen. »Mit deinen Kronjuwelen alles in Ordnung, alter Freund? Du wirkst, als hätte man dich im Schraubstock.«
Eric ließ sich auf seinen Stuhl fallen.
»Lass dir einen guten Rat von mir geben. Vergiss es. Sport ist nichts für unsereins.«
Laurine kräuselte die Lippen und nippte an ihrem Weißwein. »Männer. Um euch muss man sich erst Sorgen machen, wenn ihr aufhört, euch zu beklagen.«
Sie wuschelte Eric durch die Haare und hauchte ihm einen Kuss auf die Wange.

Er setzte das Glas an und leerte es in einem Zug. Das Bier war gut. Kühl und erfrischend. So langsam kehrten seine Lebensgeister zurück. Er winkte Ernestu zu und bestellte per Handzeichen noch eines.
»Was macht dein Roman?«, erkundigte sich Petru.
»Der ist fertig und wird in den nächsten Tagen erscheinen«, entgegnete Eric.
»Das ist ja wunderbar. Wieso hast du mir nichts davon erzählt?«
»Ich wollte erst mal abwarten, wie er sich verkauft, ehe ich es an die große Glocke hänge.«
»Und deine Hauptfigur?«
»Figuret …«
»Ja …«
»Der darf überleben, ganz so wie mein Lektor Albert Montreuil von Gallimard sich das gewünscht hat. Ich habe die Handlung hierher nach Korsika verlegt und geschrieben, dass Figuret Gefallen am Inselleben gefunden hat.«
»So wie du …«
Eric lachte. Das zweite Bier kam, und Eric war mit sich und der Welt schon fast wieder im Einklang.
»Möchte sonst noch jemand etwas?« Ernestu war der Besitzer der Bar *La Voûte*. Gleichzeitig war er aber auch noch Bürgermeister, was für Korsika nicht ungewöhnlich war. Jedes korsische Dorf, mochte es auch noch so klein sein, leistete sich einen standesgemäßen Repräsentanten. Das gehörte sich einfach so.
»Nein danke.«
»Alles klar. Gebt Bescheid, wenn ihr etwas braucht.«
Ernestu, dessen Leibesumfang von Jahr zu Jahr zunahm und dessen raue Stimme und grau melierter Bart sein Auftreten als Respektsperson unterstrichen, war für diese Position wie geschaffen. Zusammen mit Émile und Francine, denen das *Le Gallieni* gehörte, dem Bäckerehepaar Sandrine und Jean-Jacques sowie Marie-Ange, die den kleinen Lebensmittelladen in der *Rue Porciletti* führte, war er einer der Eckpfeiler dieses Ortes.
»Auf dein Wohl, Eric«, sagte Petru und erhob sein Glas. »Auf

den Erfolg deines Romans. Und auf euch beide. Auf jeden Topf ein Deckel, wie meine Mutter immer zu sagen pflegte.«

»Salute!« Eric und Laurine erhoben ebenfalls ihre Gläser.

Eric spürte, wie das Bier ihm zu Kopfe stieg. »Was führt dich in unser kleines Paradies? Sehnsucht nach Francines Brocciu-Krapfen?« Er zwinkerte in Richtung *Le Gallieni.*

»Ich wünschte, es wäre so. Tatsächlich aber hätte nicht viel gefehlt und ich säße heute nicht hier.« Petrus Ausdruck verdüsterte sich. »Auf mich wurde heute ein Anschlag verübt. Mitten auf dem Marktplatz von Bastia.«

»*Wie bitte?*«

»Beinahe wäre ich über die Klinge gesprungen. Im wahrsten Sinne des Wortes.«

Laurine beugte sich vor und senkte die Stimme. »Was ist geschehen?«

Er sah sich um, als würde er Spitzel in der Nähe vermuten, dann fing er an.

Mit knappen Worten berichtete er von seinem Besuch im Rathaus von Bastia, von der ersten Begegnung mit dem Motorrad und dem Ereignis auf dem Marktplatz.

»Wie ist dir die Flucht gelungen?«, erkundigte sich Eric.

Petru lächelte schief. »Ich hab mich in die Église Saint-Jean-Baptiste geflüchtet. Père Emmanuel ist ein guter Freund von mir. Ich dachte mir, wenn es wirklich ein Araber ist, würde ihn ein fremdes Gotteshaus vielleicht abschrecken.«

»Und?«

»Ich habe mich getäuscht. Der Verfolger betrat kurz nach mir die Kirche. Zum Glück hatte Emmanuel mich auf den geheimen Hinterausgang hingewiesen. Den durch die Krypta. Das war gut so, denn sonst hätte ich dort in der Falle gesessen.«

»Konntest du ihn erkennen?«

»Ja. Allerdings nur kurz. Ich sah ihn auf dem Weg nach unten.«

»Und?«

Petru zuckte die Schultern. »Für eine Gegenüberstellung würde es nicht reichen, aber ich konnte zumindest erkennen, dass er ein Maghreb war. Ich möchte euch dringend ermahnen, die Augen offen zu halten. Und da nicht klar ist, wer dahintersteckt und was die Typen wollten, könntet auch ihr in Gefahr sein.«

»Wie bist du denn nun entkommen?«, fragte Laurine.

»Emmanuel sperrte mir auf, ich floh durch den Seitentunnel und kam an der Westseite der Kirche wieder raus. Ich habe mich ins Auto gesetzt und bin sofort hierhergefahren.«

Beim Anblick von Petrus Ledertasche lief es Eric kalt den Rücken hinunter. Die Einstichstelle war gut zu sehen. Er steckte seinen Finger hinein, und der kam auf der anderen Seite wieder heraus. Der Schnitt ging glatt durch.

»Zum Glück war die Tasche randvoll mit Kopien«, sagte Petru. »Hätte ich sie nicht geistesgegenwärtig vor die Brust gedrückt, wäre der Stich mitten ins Herz gegangen. So hat er nur die oberste Hautschicht geritzt. Zum Glück habe ich eine dicke Speckschicht auf den Rippen.«

Aus Laurines Gesicht war jegliche Farbe gewichen. Vermutlich bewegten sich ihre Gedanken in ähnlichen Bahnen wie die von Eric. *Der Terroranschlag in Ajaccio. Der Überfall auf hochrangige Mitglieder der korsischen Nationalbewegung vor vier Monaten. Die Entführung des Familienoberhauptes der Santini.*

So viel war seither geschehen. Wenn Petru ins Fadenkreuz geraten war, konnte das schnell zu ihnen rüberschwappen. Die Frage war, ob es da einen Zusammenhang gab. Eric runzelte die Stirn. »Was sind das für Dokumente, die du ausgegraben hast?«

»Darüber möchte ich lieber noch nicht reden«, entgegnete Petru. »Ihr werdet es zu gegebener Zeit erfahren. Je weniger ihr wisst, desto besser. Wenn es stimmt, was ich vermute, dann haben wir ein großes Problem. Allerdings benötige ich noch weitere Beweise, um meinen Verdacht zu untermauern. Eine zweite Quelle, um sicherzugehen, versteht ihr?«

»Du willst die Sache weiterverfolgen?« Eric sah seinen Freund erstaunt an. »Ist das nicht riskant?«

Petru zuckte die Schultern, was Eric dazu bewegte, nachzuhaken.

»Gesetzt den Fall, deine Gegner wissen, worauf du aus bist und was du suchst, ist es doch sehr wahrscheinlich, dass sie dir auflauern und dir eine Falle stellen. Ich würde es so machen.«

»Das Risiko besteht natürlich«, erwiderte Petru. »Aber ich bin das gewohnt und werde entsprechend vorsichtig sein. Ich arbeite schon zu lange in diesem Job, um ein zweites Mal ins offene Messer zu laufen.« Er verstaute die Tasche wieder unter dem Stuhl. Eric sah das Ding an, als enthielte es eine Bombe.

Der Rest des Gespräches drehte sich um alltägliche Themen. Irgendwann zahlten sie und schlenderten zurück in die Oberstadt. Laurine und Petru vorneweg, Eric mit ein paar Metern Abstand hinterher. Er hatte Mühe, das Mountainbike durch die engen Gässchen zu manövrieren. Nicht so sehr, weil es so eng war, sondern weil er mit seinen Kräften am Ende war. Vermutlich würde er morgen einen herrlichen Muskelkater haben. Seine Gedanken mäanderten wie die Gässchen der Altstadt. Mal hierhin, mal dorthin. Ohne Richtung und Ziel.

Ein Gutes hatte das Radfahren. Es befreite den Kopf und setzte Gedanken frei. Auf einmal fielen ihm tausend Dinge ein. Details und Kleinigkeiten aus seiner jüngeren Vergangenheit. Die Entdeckung seines Namens und die Enthüllung seiner Familiengeschichte. Danach ging es Schlag auf Schlag. Sein Konflikt mit Mateu, der Schatz von Lava, Moniques Rückkehr. Seine Begegnung mit Laurine. Eine Freundschaft und Liebe, die sein ganzes Leben verändert hatte. Wegen ihr war er hiergeblieben. Sie war der Grund, weshalb er sein altes Leben in Paris aufgegeben hatte und hierhergezogen war.

Ein Jahr war seither vergangen, doch er fühlte sich bereits wie ein waschechter Korse. Auch wenn das natürlich Einbildung war. Man war nicht Korse, wenn man nicht wenigstens in der dritten Generation hier lebte. Aber er aß wie ein Korse, er dachte wie ein Korse und liebte eine Korsin. Nicht so oberflächlich und kurzlebig wie in Pariser Zeiten, sondern ernsthafter. Respektvoll und mit mehr Verständnis. Es gab Dinge, über die er und Laurine grundverschieden dachten. Sie war ein spiritueller

Mensch, er ein überzeugter Atheist. Sie hatte außer Korsika in ihrem Leben noch nichts gesehen, er war durch die halbe Welt gereist. Sie war hungrig und abenteuerlustig, er sehnte sich nach Ruhe und Frieden. Sie hatte seine abgestorbenen Wurzeln geheilt, die verbrannten Blätter und die verdorrte Rinde erneuert, er hatte sie dafür aus ihrer selbst gewählten Einsiedelei geholt. Seine Begegnung mit ihr hatte ihn geerdet, ihn wieder Vertrauen in seine Fähigkeiten und Talente fassen lassen. Das war etwas, was keine Psychotherapie vermocht hätte. Laurine und Korsika waren eins. Zwei Seiten derselben Münze.

So aufregend dieses Jahr auch gewesen sein mochte, es hatte Erics schöpferische Kräfte wiederaufleben lassen, ihm einen Neuanfang geschenkt. Endlich konnte er wieder schreiben. Sein Kopf war voller Ideen. Die Gedanken strömten nur so aus ihm heraus und formten starke Worte auf dem Papier. Sein aktueller Roman endete auf dieser Insel, doch sein neuer würde ausschließlich hier spielen. Auf diesem merkwürdigen Eiland an der Grenze zwischen Nord und Süd, zwischen Ost und West.

Laurines Haus befand sich am höchsten Punkt von Speloncato. Das Dorf lag auf einem Gebirgsausläufer des Monte Tolo und schwebte wie ein Krähennest sechshundertfünfzig Meter über der Ebene. An schönen Tagen war das dreißig Kilometer entfernte Meer zum Greifen nah. Ein blaues Band, das nur von einigen spitz aufragenden Felsen zerteilt wurde. Im Sommer zählte Speloncato zu den beliebtesten Ausflugszielen der Balagne. Kühler als die Ebene, aber immer noch nah genug am Meer, um rasch dorthin zu gelangen. Und wenn es einen nach Bergwanderungen gelüstete, war Speloncato das ideale Basiscamp. Sowohl der berühmte GR 20 als auch die Wanderwege *Mare e Monti* und *Mare a Mare* verliefen unweit von hier und versprachen spektakuläre Landschaftseindrücke. Laurine hatte ihn bereits mehrfach auf eine mehrtägige Tour eingeladen, er war bislang jedoch nicht dazu gekommen. Das würde jetzt anders werden. Ehe er mit seinem neuen Roman begann, würde er mit ihr ein paar Tage …

»Nein!«, hörte er sie rufen. Und dann noch mal: »Nein, nein, nein …«
Alarmiert blickte Eric nach vorn. Er stellte sein Fahrrad ab und sprintete, so schnell es seine müden Beine erlaubten, die Gasse hinauf.
Laurine und Petru waren hinter der nächsten Biegung verschwunden, sodass er nur ihre aufgeregten Stimmen hören konnte. Irgendetwas musste vorgefallen sein. Laurine war eigentlich nicht der Typ, der sich schnell aufregte.
Ihr Haus schmiegte sich an das Berggestein, sodass man fast nicht erkennen konnte, wo das Mauerwerk begann und der Fels endete. Die Tür stand sperrangelweit offen. Laurine war bereits im Inneren, und die Geräusche, die sie von sich gab, klangen alles andere als ermutigend. »Ihr Schweine«, hörte er ihre erboste Stimme. »Was habt ihr nur …? Oh, nein, meine Vase! Mein Porzellan!«
Petru stand draußen und schien nicht zu wissen, ob er eintreten oder besser draußen bleiben sollte. Als Eric bei ihm eintraf, warf er ihm einen warnenden Blick zu.
»Was ist denn los?«, fragte Eric. »Klingt wie ein Tobsuchtsanfall.«
»*Eingebrochen haben sie*«, erklang eine heisere Frauenstimme in ihrer Nähe. Eric fuhr herum und sah Madame Talamoni, die aus dem Fenster lugte. Laurines Nachbarin war über neunzig Jahre alt und kaum von einem Stück Holz zu unterscheiden. Ein rot geblümtes Kopftuch umrahmte ein faltiges Gesicht.
»Hab mitgekriegt, wie sie wieder rausgekommen sind. Zwei Männer. Dunkelhäutig. Muslime, wenn Sie mich fragen.« Sie spuckte in ihren Kräutergarten.
»Muslime?« Eric sah Petru alarmiert an. »Vielleicht auf einem Motorrad?«
»Kann ich nicht sagen. Gesehen hab ich keins.«
»Wann war das?«
Die Alte zuckte die Schultern. »Vor 'ner Stunde vielleicht. Hab nicht auf die Uhr geschaut.«

Petru zog seinen Block raus und machte sich Notizen. »Haben Sie schon die Gendarmerie verständigt?«
»Polizei, bah!« Sie spuckte noch mal aus, dann verschwand sie. Mit lautem Scheppern schlugen die Fensterläden zu.
»Anscheinend nicht«, sagte Eric.
»Herzallerliebst«, murmelte Petru. »So eine Nachbarin wünscht sich doch jeder. Was meinst du, sollen wir mal reingehen?«
»Natürlich gehen wir rein«, sagte Eric, auch wenn ihn davor graute, was ihn erwarten mochte. Laurines Stimmlage nach zu urteilen, kam man ihr gerade besser nicht in die Quere.

III

Laurine blickte auf die Scherben ihrer Existenz. In ihrem Haus stand buchstäblich kein Stein mehr auf dem anderen. In der Küche waren sämtliche Teller, Töpfe und Pfannen aus den Regalen geworfen worden. Dazu ihre schönen Vasen und die alten mundgeblasenen Gläser, die sie von ihrer Großmutter geerbt hatte.
Im Bad sah es nicht viel besser aus. Hängeschränke waren aus der Verankerung gerissen worden, ihre Kosmetik lag kreuz und quer im Raum verteilt. Nicht, dass sie die Sachen wirklich brauchte. Eric sagte ihr immer wieder, dass Rouge und Kajal bei ihrem dunklen Teint nicht nötig seien, aber für sie war es Teil des Morgenrituals. Vor allem während der Sommermonate, wenn sie die Gäste vom Club Med in Sant'Ambroggio betreute. Das Servicepersonal war angewiesen, sich stets gepflegt zu präsentieren, und dazu gehörte für eine Frau nun mal, sich zu schminken. Die kleine Flasche Chanel N°5 hatte den Sturz überlebt, es war allerdings kaum noch etwas drin.
Vollkommen aufgelöst verließ Laurine das Bad und lief dabei Eric und Petru über den Weg. Die beiden wirkten betroffen. Eric

streckte seine Hand nach ihr aus, doch Laurine schüttelte nur den Kopf. Sie wollte nicht getröstet werden, erst musste sie das ganze Ausmaß des Schadens begutachten.
Das Wohnzimmer hatte es besonders schlimm erwischt. Möbel waren umgeworfen worden, die Bücherregale leer gefegt. Auf dem Esstisch sah sie hässliche Kratzer, und ihr Sofa hatte man mit einem scharfen Messer der Länge nach aufgeschnitten. Aus der Wunde quoll Füllmaterial. Als Laurine bemerkte, dass diese Vandalen nicht mal vor den kleinen Skulpturen einer befreundeten Künstlerin haltgemacht hatten, stieg ein Schluchzen aus ihrer Kehle. Sie konnte nicht anders im Angesicht dieser Zerstörungsorgie.
»Warum?«, presste sie hervor. »Ich verstehe das nicht. Was habe ich diesen Leuten getan?«
»Wurde etwas gestohlen?«, erkundigte sich Eric.
Sie ging rüber zu ihrem Wandschrank, in dessen Schubladen sie ihr Bargeld aufbewahrte, öffnete die kleine Schatulle und zählte nach. Es gab noch ein paar andere Orte, an denen sie nachsah, dann war der Fall klar.
»Nein. Das Geld ist da.«
»Schmuck oder andere Wertgegenstände?«
Kopfschütteln. Sie war ratlos.
»Aber was soll das dann?«
»Vermutlich eine Warnung«, sagte Petru. »Ein Exempel, eine Zurschaustellung von Macht.«
»Du meinst, ein Einschüchterungsversuch?«, fragte Eric.
»Ist für mich das Wahrscheinlichste.«
»Aber von wem und warum?« Eric durchschritt die Wohnung, hob dieses auf und jenes. Laurine wünschte sich, er würde es lassen. »Wenn ich jemanden einschüchtern will, dann hinterlasse ich ihm doch eine Botschaft. Aber hier ist nichts.«
»Abwarten«, sagte Petru. »Noch haben wir nicht alles gesehen.«
Laurine hörte nur mit halbem Ohr zu. Sie verließ die beiden Männer. Sie musste jetzt allein sein.
In ihrem Behandlungszimmer waren die Verwüstungen nicht

ganz so schlimm. Ein paar Kräuter, die sie zum Trocknen aufgehängt hatte, waren von der Decke gerissen worden, einige Tiegel mit Salben und Pulvern umgeworfen. Die Liege, der Tisch sowie sämtliche Verbandsmaterialien waren noch intakt. Fast, als hätten die Angreifer Respekt vor ihrer Tätigkeit als Heilerin gehabt.

Laurine war zwar keine ausgebildete Ärztin, aber sie beherrschte die traditionellen korsischen Heilmethoden. Dazu gehörte das Naturheilverfahren, einige Formen der Physiotherapie und auch Geburtshilfe.

Sie war eine Adeptin des *Occhjiu*, einer auf Korsika verbreiteten Form weißer Magie, die auf der Rezitation geheimer Formeln sowie einer Art Gesangspredigt beruhte. Laurine hatte das von ihrer Großmutter gelernt, und einige ältere Frauen im Dorf kamen regelmäßig zu ihr, um sich vor Flüchen schützen zu lassen. Wenn nachts eine Tür quietschte, wenn der Wind ums Haus strich oder ein fahles Licht in den Bergen leuchtete, konnte das ein Hinweis auf eine zornige Seele sein. Sie zu besänftigen und böse Geister fernzuhalten war Ziel des Occhjiu.

Eric erschien neben ihr in der Tür. »Und, wie sieht's hier aus? Ist es sehr schlimm?«

Sie zuckte die Schultern. »Ein kleiner Lichtblick in all dem Chaos. Diese Salben, Tinkturen und Pulver stellen meinen größten Schatz dar. Teilweise hat es Jahre gedauert, sie zu sammeln. Vermutlich war es den Tätern nicht bewusst, aber hier hätten sie mich am härtesten treffen können.«

»Oder sie hatten Respekt davor.« Seine Gedanken schienen in ähnlichen Bahnen zu verlaufen wie ihre. Wie gut er sie inzwischen kannte.

»Lass uns den Rest in Augenschein nehmen.«

Vorratskammer und Gästezimmer waren ebenfalls kaum betroffen, dafür das Schlafzimmer. Laurine schlug die Hand vor den Mund. Der Geruch war kaum zu ertragen. Die Bettdecke war zur Seite geschlagen, und einer der Attentäter hatte sich auf ihrem Bett erleichtert. Mit Fäkalien war eine Zeichnung an die

Rückwand des Zimmers geschmiert worden. Was sollte das sein, ein Skorpion?
Laurine konnte nicht mehr. Würgend und hustend stolperte sie aus dem Zimmer.
Tränen der Wut und Verzweiflung stiegen ihr in die Augen. Womit hatte sie das verdient? Wer glaubte, sie derartig demütigen zu müssen?
Sie wankte in die Küche, klaubte einen Topf vom Boden, setzte Wasser auf und holte ein Büschel getrockneten Salbei. Sie brauchte jetzt etwas, um ihre Nerven zu beruhigen. Eric war ihr leise gefolgt. »Kann ich etwas für dich tun?«
Sie wischte sich ein paar Tränen aus den Augen, dann streckte sie die Hand aus.
»Sei einfach da, *fate u piacè*.«
»So lange du willst. Wir werden das wieder hinbekommen, das verspreche ich dir. Wenn du magst, beauftrage ich jemanden mit der Reinigung und der Reparatur. Zusammen haben wir das ruckzuck wieder aufgeräumt. Und wir werden herausfinden, wer das getan hat. Wer immer es war, wir werden ihn dafür zur Rechenschaft ziehen. Petru macht gerade noch ein paar Aufnahmen für die Polizei. Er meint, der Skorpion habe etwas zu bedeuten.«
Sie schniefte. »So?«
»Er behauptet, er habe dieselbe Form wie die Tätowierung auf dem Unterarm des Attentäters. Stimmt's, Petru?«
»Was?« Der Reporter kam aus dem Wohnzimmer, sein Smartphone in der Hand.
»Du meintest doch, der Skorpion sei ein Clanabzeichen oder so was.«
»Könnte ein Clanabzeichen sein, ja. Clément soll das überprüfen. Er ist bereits auf dem Weg hierher.«
Laurine hob die Brauen. »Du hast ihn angerufen?«
»Ja. Ich hoffe, das ist okay für dich.«
Laurine zuckte die Schultern. Es wäre ihr zwar lieber gewesen, er hätte sich mit ihr abgestimmt, aber okay. »Du glaubst, es gibt da einen Zusammenhang?«

»Du etwa nicht?« Petru deutete auf das Chaos. »Sieh dich doch mal um. Irgendjemand hat die Verbindung zwischen uns aufgedeckt und fängt an, uns einzuschüchtern. Die Frage ist nur, wie wir darauf reagieren. Ich bin immer für einen offensiven Umgang.« Er sah sich um. »Wir sollten uns für die nächsten Tage nach einer anderen Bleibe umsehen«, sagte er. »Ich hatte vor, Battista zu besuchen. Wenn ihr mögt, frage ich sie, ob sie uns Asyl gewährt.«
»Deine Schwester dürfte nicht begeistert sein, wenn wir schon wieder bei ihr aufkreuzen.« Laurine griff nach der Kanne und goss Tee auf. Sofort entfaltete sich ein beruhigender Duft. »Ich suche mir lieber ein Hotel. So oder so, hier werde ich auf keinen Fall bleiben.«
»Ich könnte Madame Borghetti fragen, ob wir ein paar Nächte bei ihr verbringen dürfen«, sagte Eric. »Ich weiß, dass sie zurzeit keine Gäste beherbergt. Sie würde uns sicher aufnehmen.«
Laurine blickte zweifelnd.
»Elisa ist zwar ein bisschen altmodisch, was unverheiratete Paare angeht, aber ich könnte mir vorstellen, dass sie bei uns ein Auge zudrückt.«
Petru schien von dieser Idee nicht begeistert. »Zu unsicher«, sagte er und wiegte den Kopf. »Zu nah am Ort des Geschehens. Für eine Nacht mag das in Ordnung sein, aber auf Dauer halte ich Battista für die bessere Lösung. Weit genug weg, aber nicht so weit, dass man nicht beobachten kann, was hier vorgeht. Zweiter Vorteil: Sie lebt so abgeschieden, dass wir mitbekommen würden, wenn sich ein Unbekannter nähert.«
Laurine nahm die Teeblätter raus und schenkte drei Tassen ein. Petrus Worte hatten sie überzeugt. »Meinst du, sie lässt vielleicht mit sich reden?«
»Überlass das mir«, sagte er augenzwinkernd. »Wenn ich es richtig anstelle, frisst mir meine Schwester aus der Hand.«
Um ein Haar hätte Laurine laut aufgelacht, doch dann sah sie die Trümmer ihrer Wohnung, und das Lächeln verschwand. Trotzdem, die Vorstellung, Battista könne ihrem Bruder aus der Hand

fressen, war reichlich absurd. Die Künstlerin war einen Kopf größer als er und hätte ihn im Kräftevergleich spielend in die Tasche gesteckt. Sie war auch mindestens so klug, allerdings hatte sie ein weiches Herz, und wenn sie erfuhr, was hier geschehen war, würde sie vielleicht doch einlenken.
»Na gut«, sagte Laurine seufzend. »Versuch dein Glück. Ich werde derweil meine wichtigsten Habseligkeiten zusammenräumen.«
»Ich kümmere mich um Maler und Müllabfuhr, dann rede ich mit Elisa«, sagte Eric. »Du wirst sehen, in ein paar Tagen ist es, als wäre nichts geschehen.«
Laurine bezweifelte auch das.

IV

Eric erwachte von einem zaghaften Klopfen. Die Augen öffnend, benötigte er einen Moment, um sich zu orientieren. Goldenes Morgenlicht strömte durch das Fenster und ergoss sich über den Boden. Der Sessel sowie die erlesenen Möbel glänzten wie mit Honig überzogen.
Eric war wieder in seinem alten Zimmer. Dort standen der Sekretär, der Kleiderschrank, der Tisch sowie die alten Gemälde. Er sah die Decke in Freskotechnik mit kunstvollen Vögeln und filigranen Blumen sowie die Bodenfliesen und das marmorgetäfelte Badezimmer. Von unten drang das Ticken der schweren Standuhr zu ihnen herauf. Das Fenster wies nach Westen. Ein sanfter Wind bewegte die Vorhänge. Seine Erinnerungen wurden von einem erneuten Klopfen unterbrochen.
»Ja?«, murmelte er verschlafen. »Wer ist da?«
Die Tür ging einen Spalt auf. Madame Borghettis Kopf erschien. Seine ehemalige Vermieterin war noch genauso neugierig wie damals. Fröhlich zwinkerte sie ihm zu. »Hätten Sie beide viel-

leicht Lust auf ein schönes Frühstück? Ich könnte Mathilde bitten, zwei zusätzliche Gedecke aufzulegen.«
Eric blickte zur Seite. Laurine schlief in seiner Armbeuge. Aus ihrem geöffneten Mund drang leises Schnarchen.
»Gerne«, flüsterte er. »Würde es Ihnen in einer halben Stunde passen?« Er war davon überzeugt, dass Laurine nichts gegen ein Frühstück einzuwenden hätte, wollte aber nicht über ihren Kopf hinweg entscheiden. Vielleicht wäre es ihr peinlich. »Ich muss sie erst noch fragen.«
»Aber natürlich«, sagte Madame Borghetti. »In einer halben Stunde also. Geben Sie mir einfach Bescheid.« Mit leisem Klicken fiel die Tür ins Schloss.
Eric lächelte. Wie sehr man sich doch an gewisse Rituale gewöhnen konnte. Ein halbes Jahr lang war er jeden Tag auf diese Weise geweckt worden. Jetzt spürte er, wie sehr er das vermisst hatte. Nicht, dass es ihm nicht gefiel, bei Laurine zu wohnen, im Gegenteil. Aber dieser Blick, die Gerüche und Geräusche – hier hatte alles seinen Anfang genommen.
»Laurine?« Er strich sanft über ihren Arm. »Hörst du mich?«
»Mmh …?«
»Magst du mit mir frühstücken gehen? Elisa hat uns eingeladen, ihr Gesellschaft zu leisten.«
»War sie hier?« Laurine schlug die Augen auf.
»Ja. Vor ein paar Minuten. Sie fragte, ob wir runterkommen wollen. Ich habe gesagt, etwa in einer halben Stunde.«
»Hat sie uns zwei im Bett gesehen?«
Er grinste. »Ich denke schon.«
»Oh, nein …« Laurine zog sich die Decke über den Kopf.
»Wieso? Ist doch nichts dabei. Sie schien jedenfalls nicht überrascht.«
Unter der Decke waren undefinierbare Laute zu hören.
»Komm schon«, sagte er. »Da gibt es nichts, wofür wir uns schämen müssten. Das halbe Dorf weiß, dass wir ein Paar sind. Wieso genierst du dich plötzlich so?«
Die Bettdecke wurde wieder aufgeschlagen. »Weil das Elisa ist.

Ich kenne sie, seit ich mich erinnern kann. Sie und meine Großmutter waren beste Freundinnen. Sie hat mich praktisch mit aufgezogen.« Sie lächelte. »Würdest du dich nicht genieren, wenn du von deiner Großmutter mit jemandem im Bett erwischt würdest?«

»Darüber habe ich mir noch keine Gedanken gemacht. Daran, dass sie hier zur Tür reinspaziert, bin ich gewöhnt. Das hat sie immer getan.« Er grinste. »Sie ist ein Fan, sie darf das.«

»Sie sind ein Müttersöhnchen, Eric Marchand.«

»Und das mit dem größten Vergnügen. Was denkst du wohl, warum ich bei dir eingezogen bin?«

Sie sah ihn entgeistert an. »Oh, du …« Sie wollte mit dem Kissen auf ihn einschlagen, doch er hielt sie fest und küsste sie leidenschaftlich. Ihr Geruch brachte ihn beinahe um den Verstand. Seit der kurzen Episode mit seiner Ex-Freundin Monique vor einem halben Jahr war Laurine wie ausgewechselt. Es schien, als ob dieses kleine bisschen Eifersucht den Ausschlag gegeben hätte. Merkwürdig, dass Monique sich seither nicht mehr gemeldet hatte. Gut, sie hatten sich offiziell getrennt, aber ein Lebenszeichen wäre doch drin gewesen, oder? Stattdessen Totenstille. Das entsprach nicht Moniques Stil. Egal. All das lag nun hinter ihm.

»Wie sieht's aus? Hunger?«, fragte er. Er hoffte, sie würde Nein sagen und sie könnten noch eine Stunde im Bett bleiben, doch sie löste sich von ihm und richtete sich auf. »Hunger nicht gerade, aber einen Kaffee könnte ich vertragen. Und Elisa macht den besten. Ich springe nur kurz unter die Dusche. Bis gleich.« Sie schlug die Decke zur Seite und stand auf. Zu sehen, wie sie ihre schokoladenbraunen Beine aus dem Bett schwang und halb nackt im Badezimmer verschwand, erregte ihn.

Ein paar Minuten früher als besprochen kamen sie unten im Esszimmer an. Elisa war bereits dort und sortierte die Backwaren. Der Raum duftete verführerisch nach Kaffee und Croissants. »Ah, da sind ja meine beiden Turteltäubchen. Setzt euch,

setzt euch. Bedient euch schon mal, ich komme gleich nach. Ich warte nur noch auf die Frittelle. Oh, da sind sie ja schon.«
Mathilde, die stämmige Haushälterin, brachte ein kleines Backblech voller korsischer Käseküchlein. Eric leckte sich die Lippen. Die Krapfen waren während der Esskastaniensaison ein fester Bestandteil der Speisetafel. Der nussige Geschmack des Esskastanienmehls, vermischt mit dem süßlichen Aroma von Brocciu, das war eine Gaumenfreude. Und eine gehaltvolle dazu.
Eric musste daran denken, welche Mühe es ihn gekostet hatte, zu seiner alten Form zurückzufinden. Er schwor sich, nicht mehr als drei davon zu essen. Na gut, vielleicht vier.
»Wie hast du geschlafen, du Ärmste?«, fragte Madame Borghetti, während sie Laurine Kaffee einschenkte. »Hast du überhaupt ein Auge zubekommen?«
»Überraschenderweise habe ich ziemlich gut geschlafen«, entgegnete Laurine. »Wie ein Baby. Ich verstehe es selbst nicht.«
»Liegt vermutlich an Erics kräftigen, schützenden Armen.« Madame Borghetti lächelte. »Zu zweit lassen sich die Wogen des Lebens weitaus besser ertragen als allein. Seit mein Sampièro von mir gegangen ist, muss ich alles allein bewerkstelligen. Zum Glück habe ich Mathilde, ich wüsste sonst gar nicht, wie ich das schaffen sollte.«
Eric zwinkerte Laurine zu. Sie wussten beide, dass Elisa alles andere als wehr- und hilflos war. Sie konnte sogar mit dem Gewehr umgehen, das dort drüben über dem Kaminsims hing. Eric hatte sie einmal bei Schießübungen im Garten beobachtet. Sie war durchaus imstande, ihr kleines Reich zu verteidigen. Aber einer Dame ihres Alters waren ein paar Annehmlichkeiten vergönnt. Zumal sie durchaus vermögend war. Neben diesem gehörten ihr noch zwei weitere Häuser in Speloncato. Alle vermietet und eines schöner als das andere. Natürlich hängte Elisa ihr Vermögen nicht an die große Glocke. Kein Korse, der etwas auf sich hielt, tat das. Geld hatte man, oder man hatte es nicht. Auf keinen Fall aber sprach man darüber.
»Nun ja, jedenfalls kann ich dir behilflich sein, meine Liebe«,

fuhr Madame Borghetti fort. »Ich kenne gute Handwerker und Restaurateure, die werden dein Haus im Nu wieder auf Vordermann bringen. Und wenn ich sie anrufe, kommen sie auch.«
Eric verstand die Anspielung. Wer kein Einheimischer war oder nicht über entsprechende Kontakte verfügte, der konnte hier mitunter monatelang auf Handwerker warten. Sie waren die ungekrönten Könige dieser Insel und besaßen eine Macht, wie man es auf dem Festland kaum für möglich hielt. Wer einen von ihnen schief anblickte, gar mit ihm zu feilschen versuchte oder in Zahlungsrückstand geriet, der durfte kaum darauf hoffen, noch einmal einen Handwerker zu finden. Die Bande war untereinander besser vernetzt als die Mafia. Ein Anruf, und man bekam nicht mal mehr einen Termin in der Autowerkstatt.
»Ich werde auf dein Angebot zurückkommen«, sagte Laurine lächelnd. »Sobald die Untersuchung abgeschlossen ist, werde ich mich darum kümmern.«
»Tu das«, sagte Madame Borghetti. »Und lass dir bei der Gelegenheit gleich eine einbruchsichere Tür einbauen. Die Zeiten sind rauer geworden. Man muss heutzutage auf alles vorbereitet sein.« Sie schenkte sich selbst eine Tasse Tee ein. »Was hat dieser Gendarm gesagt? Weiß man schon, wer es getan hat?«
Eric lächelte. Chefinspektor Mahmoud Clément von der Police Nationale Ajaccio als *Gendarm* zu bezeichnen ließ erahnen, welchen Stellenwert Madame Borghetti der hiesigen Polizei beimaß. Wie die meisten Korsen vertraute sie eher auf die Familie als auf den langen Arm des Gesetzes.
»Er ist davon überzeugt, dass die Fälle zusammengehören«, sagte Laurine, während sie ihr Ei köpfte. »Nicht nur die Sache mit Petru gestern in Bastia, auch der Anschlag auf Antoine Pasquale sowie die Entführung von Jean-Baptiste Santini. Er vermutet, dass es das Werk einer muslimischen Bruderschaft ist. Petru hat uns davon erzählt, dass er gerade ausgiebig über die Grundstücksverkäufe an der Ostküste recherchiert. Du weißt, wovon ich spreche, oder? Die Straße der vergessenen Dörfer.«
»Ja, ich weiß.« Madame Borghetti senkte den Blick.

Die Straße der vergessenen Dörfer war ein Thema, über das kein Korse gerne sprach. Eric hatte über Laurine davon gehört, aber selbst sie hatte ihm nicht alles erzählt. Das Thema war ein schwarzer Fleck auf der Weste der stolzen Korsen.
Es ging dabei um eine Region in der östlich gelegenen Castagniccia, die besonders stark von der Landflucht betroffen war. Hochfliegende Grundstücksspekulationen waren damals wie Seifenblasen zerplatzt. Die Hoffnung auf schnelle Gewinne zerronnen. Getroffen hatte es vor allem die männlichen Nachkommen wohlhabender Familien.
Den Korsen, die sich als Bergvolk verstanden, galten Grundstücke im Inland immer noch als die wertvolleren. Nach ihrem Verständnis kam das Unglück vom Meer – in Form von Plünderern und Eindringlingen, aber auch durch Unwetter oder Krankheiten. Unten in den Ebenen fühlten sie sich schutzlos, hoch oben, im Schatten der Berge aber wähnten sie sich in Sicherheit. Das *schlechte Land am Meer* wurde vor knapp hundert Jahren noch an die Töchter vererbt, das *gute in den Bergen* an die Söhne. Völlig außer Acht lassend, dass sich die Immobiliensituation ab Mitte der 1950er-Jahre drastisch veränderte. An den Küsten boomte der Tourismus, die Frauen kamen zu Geld. Die Männer in den Bergen hingegen verarmten.
Erst die 2000er-Jahre brachten erneut eine Veränderung. Korsika rückte ins Blickfeld der Individualisten. Bergsteiger, Wanderer, Mountainbiker – eine neue Art von Urlaubern besuchte die Insel. Abenteurer, die nach dem ursprünglichen Korsika suchten, nach der Einsamkeit, der Natur und der körperlichen Herausforderung. Sie waren auf der Suche nach etwas, was einem die anderen Mittelmeerinseln wie Mallorca oder Kreta nicht mehr bieten konnten. Wer jetzt clever war und eine kleine Pension oder ein B&B eröffnete, fand auf einmal wieder Kundschaft. Doch für die Straße der vergessenen Dörfer kam die Hilfe zu spät. Die Grundstücke waren zu einem Bruchteil ihres ursprünglichen Wertes verkauft worden. Jahrzehntelang lagen die Ortschaften brach. Nur noch die ältesten Bewohner lebten

dort, und als die starben, wurden manche der Orte zu regelrechten Geisterstädten.

Laurine biss herzhaft in ihr Croissant. »Petru meint, es hätte mit den neuen Unterkünften zu tun, die dort errichtet werden. Er sagt, sie würden nicht aus humanitären Gründen entstehen, sondern aus politischen.«

»Politische Gründe?« Elisa sah sie neugierig an. »Finanzielle, ja, aber politische: Welche Gründe sollten das sein?«

Eric hatte das Gefühl, dass sie ihre Unkenntnis nur vortäuschte. Sie wusste mehr, als sie sagte. Er machte nicht den Fehler, sie zu unterschätzen. Elisa besaß die Fähigkeit, das Gras aus drei Kilometern Entfernung wachsen zu hören.

»Er vermutet das Werk islamistischer Interessengruppen«, sagte Laurine mit vollem Mund. »Schleuser, die dank der offenen Grenzen und der liberalen Flüchtlingspolitik einen Fuß in die Tür von Europa bekommen wollen. Sie benutzen die Migranten, um ihre eigenen Leute reinzuschmuggeln. Ganz ähnlich wie in den Vororten von Ajaccio oder Bastia. Inzwischen traut sich da kein Korse mehr rein. Die Viertel werden von Islamisten kontrolliert und sind hermetisch abgeriegelt. Selbst die Polizei fährt dort höchst ungern Streife.«

»Ich kann diese Pariser Bürokraten nicht verstehen«, sagte Elisa. »Wie können die nur annehmen, dass eine solche Umsiedlung friedlich vonstattengeht? Hat sich einer von diesen Schreibtischtätern mal die Mühe gemacht, selbst hier vorbeizuschauen und sich zu informieren? Die schieben nur Zahlen auf dem Papier hin und her. So lange, bis das Pulverfass explodiert. Und dann sind immer alle erstaunt und suchen fieberhaft nach Lösungen.«

Eric wiegte seinen Kopf. »Sie versuchen halt, was geht. Dass wir helfen müssen, ist klar, oder? Wir könnten uns nicht mehr im Spiegel anschauen, wenn wir nicht alles versucht hätten.«

»Ich gebe Ihnen ja recht, Eric«, sagte Madame Borghetti. »Zu helfen ist unsere christliche Pflicht. Aber nicht so. Nicht, indem wir Gettos errichten und diese Leute wegsperren. Das hat noch nie zu etwas Gutem geführt.«

Dieser Punkt ging an sie. Was für ein scharfer Verstand doch in diesem Kopf tickte. Ihr verstorbener Ehemann hatte ihr bestimmt nicht das Wasser reichen können.
Elisa bemerkte seinen Blick. Ein amüsiertes Lächeln erschien auf ihrem Gesicht. »Was? Glauben Sie, nur, weil meine Krimidamen und ich gerne verstaubte Bücher lesen und uns zum Tee treffen, lebten wir fernab der Realität? Täuschen Sie sich da mal nicht. Ich weiß mehr über die Vorgänge auf dieser Insel, als mir lieb ist. Seien Sie um Gottes willen vorsichtig. Halten Sie die Augen offen, und trauen Sie niemandem. Und prüfen Sie zweimal die Bremsen, ehe Sie mit Ihrem Auto losfahren.« Sie warf ihm einen verschwörerischen Blick zu.
Eric verstand die Anspielung. Es wäre nicht das erste Mal, dass ihm jemand auf dieser Insel nach dem Leben trachtete. Noch immer gab es Nächte, in denen er von dieser halsbrecherischen Fahrt und dem katastrophalen Unfall träumte.
»Werden wir«, sagte er. »Aber bitte lassen Sie uns jetzt frühstücken und uns unseres Lebens freuen. Dieser Tag ist zu schön für düstere Gedanken.«

V

Es war ein normaler Montagmorgen in der Rue Général Fiorella. Telefone klingelten, Drucker ratterten, und Beamte huschten durch die Gänge. Manche verschwanden in Büros, andere kamen daraus hervor und grüßten ihn beim Vorübergehen. In der Zentrale der Police Nationale Ajaccio herrschte geschäftige Betriebsamkeit.
Mahmoud Clément durchquerte die Eingangshalle und wollte sich gerade auf den Weg hinauf in den ersten Stock machen, als er eine weibliche Stimme hinter sich hörte. »Äh, Chefinspektor? Einen Moment bitte.«

Er drehte sich um. Es war Carole, die junge Kollegin, die zurzeit am Empfang saß. Obwohl sie jetzt schon ein Jahr bei ihnen war, hatte sie immer noch diese eifrigen, roten Wangen. Mahmoud gefiel das.
»Ja, was gibt's denn?«
»Da ist vorhin etwas für Sie abgegeben worden. Ein Päckchen. Ich habe es für Sie an der Rezeption hinterlegt.«
»Ein Päckchen? Für mich?«
»Ja. Ein besonders schönes, wenn ich mir die Bemerkung erlauben darf. Ich denke, es dürfte Ihnen gefallen.«
Sie ging voran in das Pförtnerbüro neben dem Eingang. Dort lag es auf einem Tisch. »Hier, Monsieur. Von *Grimaldi*, den mögen Sie doch so gerne.«
Die Schnörkel und die geschwungene Schrift waren unverkennbar. Es stimmte, Grimaldi war Mahmouds Lieblingschocolatier in Ajaccio. Niemand vermochte so unverschämt leckere Törtchen zu zaubern wie er. Es schmeichelte Mahmoud, dass Carole sich das gemerkt hatte.
Das Päckchen war hübsch verpackt. Eine mittelgroße Schachtel mit klassischem Einwickelpapier und einer Stoffschleife. Ein Kärtchen steckte darunter. Mahmoud zog es heraus und las.
»Weil du es dir verdient hast. Lass es dir schmecken. In Liebe, Jamilla.«
Überrascht hob er die Brauen. *In Liebe, Jamilla?* In dieser Förmlichkeit hatte sie ihm das noch nie gesagt oder geschrieben. Sie brachten ihre Gefühle füreinander eher in Form kleiner Aufmerksamkeiten zum Ausdruck. Jamilla war selbst eine hervorragende Konditorin, sie hätte ihm doch auch etwas backen können. Wieso das teure Zeug von Grimaldi?
»Oh, wie nett«, erstickte Carole seine Verwunderung mit säuselnder Stimme. »Ihre Frau muss Sie wirklich sehr lieben.«
In diesem Moment betraten zwei Personen das Polizeirevier. Lieutenant Philippe Renard, Mahmouds rechte Hand, sowie Mathilde Vinolas, die leitende Forensikerin. Eine schroffe und kettenrauchende Dame, aber mit einem Herz aus Gold. Die beiden

schienen sich prächtig zu unterhalten. Als sie Mahmoud und das Päckchen sahen, unterbrachen sie ihr Gespräch.
»Nanu, Mahmoud, so spät noch Frühstück?«, sagte Philippe mit Blick auf den Absender. »Etwas gehaltvoll, findest du nicht?«
Mahmoud wusste, dass er ein paar Kilo zu viel auf den Rippen hatte. Andererseits war er körperlich gut in Form. Erst gestern hatte er bei den zehn Kilometern am Strand seinen persönlichen Rekord aufgestellt. Warum seine Pfunde da nicht stärker purzelten, war ihm ein Rätsel. Vermutlich besaß er die Gene seiner Mutter. Die hatte ebenfalls recht barocke Proportionen gehabt. Philippe, der selbst eine Figur wie ein Zehnkämpfer besaß, ließ keine Gelegenheit aus, ihn deswegen zu necken. Allerdings respektvoll. Und auch nur, weil er wusste, dass Mahmoud es mit Humor nahm.
»Ich bin unschuldig«, verteidigte er sich. »Meine liebe Frau meinte wohl, ich könnte eine kleine Aufmunterung vertragen. Warum auch immer.«
»Grimaldi.« Um Mathildes Augen herum entstanden Lachfältchen. »Der alte Schweinepriester wollte mir schon mal an die Wäsche. Hab ihn aber nicht gelassen. Die Leckereien sind allerdings erstklassig. Wir bekommen doch hoffentlich etwas ab.«
»Was wohl dadrin sein mag?« Carole schnupperte. »Vielleicht Macarons.«
»Dafür ist es zu schwer«, sagte Mahmoud. »Ich tippe eher auf Pralinés oder kandierte Früchte.«
»Éclairs können auch ganz schön was wiegen«, sagte Philippe. »Die ganze Cremefüllung.« Sein Blick glitt vom Päckchen zu Mahmouds Bauch.
»Vielleicht sind es ja Mille-feuilles«, sagte Mathilde. »Bitte lass es Mille-feuilles sein, für die Dinger könnte ich morden.«
»Dann hoffe ich innig, dass es etwas anderes ist.« Mahmoud grinste. »Ihr seid schlimmer als ein Rudel Hyänen. Wenn ihr wollt, mache ich es gleich hier auf.« Er wollte an der Schleife ziehen, doch Carole hinderte ihn daran. »Monsieur le Commissaire, bei allem Respekt. Vielleicht möchte Ihre Frau, dass Sie es

allein auspacken. Ist immerhin an Sie adressiert. Ihr zuliebe sollten Sie es privat öffnen.«

»Auch wieder wahr.« Mahmoud nickte. »Habt ihr gehört, ihr Geier? Ich werde es allein aufmachen. Vielleicht – aber nur, wenn ihr ganz artig seid – bekommt ihr etwas ab. Für Sie gilt das natürlich nicht, Carole. Sie sind ein Goldstück und dürfen sich nachher auf jeden Fall etwas aussuchen.« Er lächelte ihr zu. Dann warf er seinen beiden Kollegen einen verächtlichen Blick zu und ging die Treppe hinauf. Ihr Schweigen war wie ein warmer Sonnenstrahl.

Womit hatte er diese Ehre verdient? Gab es einen besonderen Anlass? Vielleicht der Hochzeitstag, dachte er erschrocken. Nach einem kurzen Panikschub schloss er diese Option jedoch aus. Jamilla und er hatten im Wonnemonat Mai geheiratet. Geburtstag hatte er keinen, und es gab auch kein rundes Firmenjubiläum. *Rätselhaft.*

Sollte er mal zu Hause anrufen? Und damit die Überraschung verderben?

Jamilla wollte ihm eine Freude machen, und er würde jetzt nicht den misstrauischen Hauptkommissar spielen.

Er betrat sein Büro und stellte das Päckchen auf den Tisch. Im Vorbeigehen schnupperte er noch mal daran. Das Ding hatte kaum Eigengeruch. Was ungewöhnlich war für eine Schachtel, die angeblich randvoll mit Süßigkeiten war.

Er versuchte, die Schleife auseinanderzuziehen, scheiterte jedoch, weil seine Fingernägel zu kurz waren. Die Nervosität und Anspannung der letzten Wochen hatten ihren Tribut gezollt.

Seit dieser Geschichte auf der Ponte Vecchio vor vier Monaten war das politische Klima auf der Insel ein anderes geworden. Mahmoud spürte es, wenn er die Zeitung aufschlug. Er spürte es, wenn er über die Straße ging oder den Leuten in den Cafés zuhörte. Die Blicke waren argwöhnischer geworden, der Ton härter. Jeder schien zu spüren, dass etwas im Gang war. Eine Strömung, eine Bewegung. Wie das sanfte Beben, das einem Vulkanausbruch voranging. Paris hatte ihm deswegen bereits mächtig Feuer unterm Hintern gemacht. Sie hatten ihm quasi ein Ultimatum gesetzt. Sollte er nicht binnen der nächsten Monate mit Ergebnissen rüberkommen, würde sein Stuhl wackeln. Kein Zweifel, die Einschläge kamen näher. Vielleicht war das der Grund für Jamillas Aufmunterungsversuch. Er liebte seine Frau.

Er ging rüber ins Nachbarbüro, um sich eine Schere zu borgen. Seine war mal wieder irgendwo in den Tiefen seines Schreibtischs verschwunden.

Er klopfte an und trat ein. Paulette zuckte hinter ihrem Computer hervor. Mit erschrockenen Augen sah sie ihn an. Als sie ihn erkannte, entspannte sie sich. »Monsieur le Commissaire. Ich habe Sie gar nicht kommen hören.«

»Bitte entschuldigen Sie, wenn ich Sie erschreckt habe. Hätten Sie mal eine Schere für mich?«

Paulette war seine Sekretärin und das Rückgrat dieser Abteilung. Sie war zwar erst seit acht Monaten dabei, hatte sich aber vom ersten Tag an unverzichtbar gemacht. Sekretariat, Korrespondenz, Ablage – auf Paulette war immer Verlass. Unter ihren feingliedrigen Händen bekamen die Dinge eine Struktur. Akten verschwanden nicht einfach unter anderen Akten, sondern wurden fein säuberlich im Regal hinter ihrem Schreibtisch aufbewahrt. Telefonanrufe wurden angenommen, protokolliert und weitergeleitet. Toner und Papier für den Drucker wurden nachgefüllt, und das Beste: Es gab stets frischen Kaffee.

Privat war Paulette eher der verschlossene Typ. Mahmoud hatte noch nicht viel aus ihr rausbekommen. Außer dass sie zweiunddreißig war und Single, dass ihre Mutter bei ihr lebte und einen lustigen kleinen Hund namens Lulu besaß. Sie brachte die Promenadenmischung öfter mit zur Arbeit, was okay für Mahmoud war. Die Hundedame hatte einen freundlichen Charakter und gab kaum einen Mucks von sich. Auch heute war sie wieder da. In ihrem Körbchen liegend, beobachtete sie Mahmoud mit wachen Augen.

Er winkte ihr zu. »Hallo, Lulu.«

»Die Schere, da ist sie.« Paulette wühlte in ihrer Schublade und gab sie ihm. »Brauchen Sie sonst noch etwas?«
»Im Moment nicht, danke.« Er wollte sich schon umdrehen, als Lulu plötzlich aufsprang und quer rüber in sein Büro lief. Mahmoud lächelte amüsiert.
»Nanu, wo will sie denn hin?«
Paulette war das sichtlich peinlich. Sie stand auf und lief ihrem Hund hinterher.
»Lulu? Kommst du wohl zurück. Du hast da drüben nichts zu suchen.«
Doch statt dem Befehl Folge zu leisten, fing Lulu auf einmal an wie verrückt zu bellen. Paulette bekam einen roten Kopf. »Bitte entschuldigen Sie, Monsieur le Commissaire. Das hat sie wirklich noch nie gemacht. Ich weiß gar nicht, was in sie gefahren ist. Lulu, kommst du jetzt endlich her.«
Doch der Hund wollte sich nicht beruhigen. Wie ein Gummiball tanzte er auf und ab und kläffte sich dabei die Seele aus dem Leib.
»Vermutlich ist sie genauso ein Leckermaul wie ich«, sagte Mahmoud schmunzelnd. »Kommen Sie doch rüber, Paulette. Lassen Sie uns das Päckchen gemeinsam öffnen. Meine Frau hat mir ein Präsent von der Chocolaterie Grimaldi geschickt. Ich habe keine Ahnung, was drin ist, aber Lulu fährt offenbar voll darauf ab.«
»Ich würde eher sagen, sie hat Angst davor.« Paulette zog ihre Brauen zusammen. »Wenn sie sich freut, wedelt sie normalerweise ganz aufgeregt mit dem Schwänzchen. Gehen Sie besser nicht zu nah ran, ich fürchte, sie könnte Sie in diesem Zustand sogar beißen.«
»Beißen, mich? Aber ich bin doch ihr Freund.« Doch als er die rollenden Augen und die messerscharfen Zähnchen sah, überkamen ihn Zweifel. Sein Blick fiel auf das Päckchen. Auf einmal hatte er da ein ganz mieses Gefühl. Er griff nach seinem Handy.
Jamillas Nummer stand ganz oben. Er drückte die Wähltaste.

Tut. Tut. Tut … Irgendwann meldete sich die Mailbox.
Er legte auf. Er hatte auch nicht damit gerechnet, sie zu erreichen. Jamilla war um diese Uhrzeit in der Schule. Sie arbeitete an der *École Maternelle,* der französischen Vorschule, die auch ihre eigenen Kinder besuchten. Vor Mittag würde er sie kaum erreichen. Und sie deswegen extra aus dem Unterricht holen zu lassen kam ihm doch etwas übertrieben vor. Einem Instinkt folgend, googelte Eric Grimaldis Telefonnummer und rief dort an. Nach wenigen Sekunden meldete sich eine weibliche Stimme.
»Oui?«
»Bonjour, hier spricht Chefinspektor Clément von der Zentrale der Police. Ich hätte eine Frage.«
»Ja bitte?« Die Frau klang, als wäre sie unschlüssig, ob das eine Verarschung war.
»Ist heute Morgen von Ihnen eine Lieferung an das Polizeipräsidium in der Rue Général Fiorella rausgegangen? Adressat wäre ein gewisser Mahmoud Clément. Also ich.«
»Sie?«
»Richtig.«
»Sie haben ein Päckchen von uns erhalten?«
»Das möchte ich eben herausfinden. Ich habe etwas erhalten, auf dem Ihr Name steht. Ich wollte mich bloß vergewissern, dass es wirklich von Ihnen stammt.«
»Einen Moment, ich sehe kurz in unserem Auftragsbuch nach …«
Mahmoud wartete. Paulette war es inzwischen gelungen, Lulu zu beruhigen und auf den Arm zu nehmen. Der Hund war sichtlich erregt.
»Monsieur …?«
»Ja?«
»Wie war der Name?«
»Clément. Mahmoud Clément.«
»Tut mir leid, aber ich kann hier nichts finden. Sind Sie sicher, dass die Sendung von uns stammt?«

»Ihr Name steht dick und fett auf dem Papier. Außerdem befindet sich eine Karte dabei. Auftraggeberin ist eine gewisse Jamilla Clément.«
Wieder Rascheln. Dann: »Da muss ein Fehler passiert sein. Unter diesem Namen liegt uns keine Bestellung vor. Ich …«
»Vielen Dank.« Mahmoud legte auf. Er dachte kurz nach. »Paulette, packen Sie das Nötigste, und verlassen Sie das Gebäude. Sagen Sie auch allen anderen Bescheid. Hier stimmt etwas nicht.«
Sie riss die Augen weit auf. »Glauben Sie, es könnte eine …?«
»Ich weiß es nicht. Aber sicher ist sicher. Ich werde umgehend das Bombenentschärfungsteam anfordern. Sie sollten so schnell wie möglich das Gebäude verlassen. Ich werde gleich noch eine Lautsprecherdurchsage rausgeben. Los jetzt, *avanti!*«
»Was ist denn hier los?« Philippe war in der Tür erschienen. Verwundert sah er sie an. »Ich dachte, du wolltest mir was anbieten.«
Mahmoud hatte schon längst eine neue Nummer gewählt. Mit Handzeichen signalisierte er Philippe, er solle verschwinden und sich an Paulette halten.
Die beiden waren kaum im Gang verschwunden, als sich eine Stimme meldete.
»Laugier, Bombenentschärfung. Wer ist am Apparat?«
»Antoine, bist du's? Mahmoud hier. Schwingt eure Ärsche hierher und kommt hoch in den ersten Stock. Ich habe einen verdächtigen Gegenstand in meinem Büro liegen.«
»Du willst mich auf den Arm nehmen …«
»Höre ich mich etwa so an? Ein mittelgroßes Päckchen, etwa zwei Kilo schwer. Keine mechanischen Teile. Möglicherweise ein Z-12. Und bringt die Hunde mit. Caroles kleiner Köter ist gerade voll darauf losgegangen. Glaub mir, die Sache ist ernst. Und jetzt los. Ich lasse inzwischen das Gebäude räumen. Wir sehen uns gleich.« Er legte auf.
Das Päckchen lag schwer und unschuldig auf dem Tisch, ohne einen Mucks von sich zu geben. Möglich, dass er sich gerade

zum Deppen machte, aber er durfte kein Risiko eingehen. Nicht auf Korsika und nicht nach dem, was in letzter Zeit auf dieser Insel los war. Sein Gefühl hatte ihn nicht getäuscht; die Einschläge kamen näher. Entweder das, oder er war komplett paranoid.

VI

Eric ließ die Spitzhacke sinken und sah sich um. Die Oktobersonne ließ die grünen Hügel der Balagne aufglühen und brachte mit ihrem Licht all die kleinen korsischen Bergdörfer zum Vorschein, die verstreut in den Hügeln des Vorgebirges lagen. Orte wie Pigna, Praoli und Aregno waren berühmt dafür, dass hier noch das alte Brauchtum gepflegt wurde und man Produkte bekam, wie es sie schon vor über hundert Jahren gegeben hatte. Schilder mit der Aufschrift *Strada di l'Artigiani* wiesen auf versteckte Ateliers hin, auf Töpfereien und Schmuckhersteller, aber auch auf Patisserien, Käsereien und andere kulinarische Geschäfte. In diesem Umfeld hatten sich auch moderne Künstler angesiedelt. Maler, Bildhauer und Skulpteure wie Battista.

Eric legte seinen Kopf in den Nacken und atmete tief ein. Seine Körperzellen wurden von Licht durchdrungen. Die Gartenarbeit war zwar anstrengend, aber sie erfüllte ihn mit einem tiefen Gefühl der Befriedigung. Zum ersten Mal spürte er, dass er wirklich angekommen war. Nicht nur auf dem Papier, sondern mit dem Herzen. Diese Insel war seine neue Heimat, und das würde sie vorerst bleiben.

Natürlich gab es auch immer noch diese Tage, an denen er an sein altes Leben denken musste. An die Partys, die Vernissagen, die Lesungen. An das Adrenalin, vor allem aber an die Frauen. Geschöpfe wie Monique, die vor einem halben Jahr unvermutet hier aufgekreuzt war und ihn in eine tiefe Krise gestürzt hatte.

Doch diese Erinnerungen wurden weniger, schmolzen wie Schnee in der Sonne. Trauerte er ihnen gar hinterher? Nein. Er wusste, dass die gelegentlich aufflammende Sehnsucht nach seinem alten Leben irrational war, hatte es ihn doch unweigerlich in den Untergang geführt. Als er vor einem Jahr seinen Fuß auf diese Insel gesetzt hatte, war er ein Wrack gewesen. Körperlich, vor allem aber seelisch. Ein ganzes Jahr hatte es gebraucht, um einigermaßen zurück in die Spur zu kommen. Jetzt konnte er wieder schreiben, er hatte Freunde gefunden und eine Frau, die er liebte. Dass er ab und zu körperlich arbeiten musste, störte ihn nicht. Seine Muskeln zu bewegen war ein guter Ausgleich zu seiner schreibenden Tätigkeit. So langsam bekam er wieder seine alte Figur zurück. Der morgendliche Blick in den Spiegel war nicht mehr ganz so niederschmetternd.

Er hatte Battista versprochen, die Beete für die Tomaten und Zucchini umzupflügen und winterfest zu machen. Ein kleiner Tribut dafür, dass sie ihn und Laurine ein weiteres Mal bei sich aufnahm.

Petrus Schwester arbeitete drüben in der Werkstatt. Eric hörte sie sägen und schleifen, dann erklang das Schlagen eines Hammers. Die Künstlerin stellte Figuren und Ornamente aus Eisen, Bronze und Stahl her. Sie war einer der kreativsten Menschen, denen er je begegnet war. National wie international hatte sie sich einen hervorragenden Ruf erworben, doch es zog sie nicht in die Ferne. Genau wie für ihren Bruder war es für sie unvorstellbar, diese Insel zu verlassen. Beim Gedanken an sie musste Eric lächeln. Einer Frau wie ihr war er noch nie zuvor begegnet. Nicht nur, dass sie ihn um eine halbe Haupteslänge überragte, ihr Hunger stellte alles in den Schatten. Ihr Hunger nach Essen, nach Männern, nach *Leben*. Battista war eine echte Femme fatale, und allein die Tatsache, dass er fest mit Laurine liiert war, hatte ihn bisher vor ihrer Leidenschaft bewahrt.

Petru missbilligte den Lebenswandel seiner Schwester. Er ließ keine Gelegenheit aus, sie deswegen zu tadeln. Was meist in lautstarken Streitereien endete. Battista ließ sich nicht die But-

ter vom Brot nehmen und wies ihren Bruder im Gegenzug darauf hin, dass sein unfreiwilliges Mönchstum für sie keinen Maßstab darstellte. Wenn er einsam und allein in seiner Studentenbude dahinvegetieren wollte, so war das seine Entscheidung, sie würde das Leben in vollen Zügen genießen, und dazu gehörte nun auch mal lustvoller Sex. Immerhin schien Petru seit Kurzem eine neue Flamme zu haben, was seinen Argumenten den Wind aus den Segeln nahm.
Während Laurine also bei Battista war und Eric sich mit der trockenen Erde abmühte, saß Petru drüben unter dem Feigenbaum. Der Reporter hatte sich den ganzen Vormittag über noch nicht vom Fleck bewegt. Er schien an diesem Artikel zu schreiben, für den er kürzlich in Bastia recherchiert hatte. Kurz entschlossen ließ Eric die Hacke fallen, ging rüber ins Haus, füllte einen Krug mit Zitronenlimonade und gesellte sich zu seinem Freund.
»Na, du Workaholic«, sagte er, »leg mal eine Pause ein. Hier, ich habe etwas zu trinken mitgebracht. Wie geht die Arbeit voran?«
»Äh ... was?« Der Reporter zuckte hoch. Er sah ihn an wie einen Geist.
Als er Eric erkannte, schob er rasch die Papiere zusammen. Es war offensichtlich, dass er kein Interesse daran hatte, seine Informationen zu teilen. Für Eric war das okay. Er mochte es auch nicht, wenn Neugierige versuchten, einen Blick auf sein neues Manuskript zu erhaschen.
»Pause.« Eric wedelte mit den Gläsern. »Trinken.«
Petru sackte in sich zusammen und machte etwas Platz. »Oh, Gott, ja, bitte entschuldige. Ich war gerade mit meinen Gedanken völlig woanders. Trinken wäre gut.«
Eric ließ sich neben ihn sinken und schenkte beide Gläser voll. »Wie geht's voran?«
»Geht so ...«
»Du musst es mir nicht erzählen, wenn du nicht willst. Andererseits tut es manchmal ganz gut, Dinge laut auszusprechen. Sie bekommen Substanz, sind nicht mehr nur reine Gedanken, sondern werden greifbar.« Er nahm einen tiefen Zug aus seinem

Glas. »Wenn ich das Gefühl habe, auf der Stelle zu treten, kann ein Gespräch manchmal Wunder wirken. Aber das handhabt jeder auf seine Art.«
Petru warf ihm einen amüsierten Blick zu. »Wer sagt denn, dass ich auf der Stelle trete?«
»Meine Nase.« Er tippte an sein Riechorgan. »Dein Gesichtsausdruck eben sprach Bände. Der Gesichtsausdruck eines Mannes, der um eine Mauer herumgeht, weil er wissen will, was auf der anderen Seite ist. Doch sosehr er sich abmüht, er kehrt immer wieder an den Ausgangspunkt zurück. Und weißt du, warum? Weil es ein Kreis ist. In solchen Fällen gibt es nur einen Weg.«
»Sag schon …«
»Nennt sich Räuberleiter. Du brauchst jemanden, der dich hochhebt, damit du rüberblicken kannst.«
Petru ließ sich den Gedanken durch den Kopf gehen, dann nickte er gedankenversunken. Der Vergleich schien ihm zu gefallen.
»Hättest du denn Lust, mich hochzuheben?«
»Ich wäre nicht hier, wenn's anders wäre.«
»Ich bin aber schwer.«
Eric winkelte seinen Arm an und befühlte seinen Bizeps. »Für dich dürfte es reichen.«
Petru lächelte. »Na schön. Aber du musst mir versprechen, niemandem etwas zu erzählen. Nicht mal Laurine.«
»Mach's nicht so spannend …«
»Es ist mir ernst. Ich muss es aus deinem Mund hören.«
»Also gut, versprochen.«
Petru schien einen Moment mit sich zu ringen, dann brachte er die Unterlagen wieder zum Vorschein. Eric sah den Stempel des Ministeriums für Wohnungsbau und Grundstücksvergabe. Ein wichtiges Amt, vor allem hier auf Korsika.
Petru strich mit seinen Fingern darüber, als bestünden die Seiten aus Blattgold. »Das sind die Dokumente, die über den Tisch des stellvertretenden Bürgermeisters von Ajaccio, Antoine Pasquale, gewandert sind, kurz bevor er an jenem schicksalhaften

Montagmorgen im September letzten Jahres von motorisierten Attentätern abgedrängt und ins Hafenbecken getrieben wurde. Für zehn Uhr war im Rathaus ein Treffen mit Grundstückseignern und Investoren anberaumt gewesen. Ein Treffen, bei dem es um die Verteilung und Neuzuweisung von Bauland ging. Was ja hier auf Korsika immer eine heikle Angelegenheit ist. Nicht nur, weil es zu wenig davon gibt, sondern weil die Clans bei diesen Verhandlungen ihre Finger mit drinhaben.«

»Ist mir bekannt, ja«, sagte Eric. »In dieser Hinsicht unterscheidet sich Korsika kaum von Sizilien und der Cosa Nostra.«

»Nur dass sie hierzulande *Canal Historique, Frontu di Liberazione Naziunalista Corsu, Cuncolta Naziunalista* oder *Bergers Braqueurs* heißen.«

»Und die *Brise de Mer?*« Eric strich über den Rand seines Glases. »In inoffiziellen Kreisen heißt es doch, die Clans wären jetzt wieder unter dem alten Namen vereinigt.«

Petru neigte den Kopf. »Für einen *Pinzutu* hast du ganz schön lange Ohren, weißt du das?«

»Halbpinzutu, wenn ich bitten darf.« Eric wusste, dass Petru die üblicherweise abfällig verwendete Bezeichnung für Festlandfranzosen bei ihm mit einem Augenzwinkern benutzte. »Meine eine Hälfte ist französisch, die andere korsisch. Wobei ich das eine vom anderen kaum trennen kann. Aber ich bin gerne darüber informiert, was um mich herum vorgeht.«

»Das sind wir alle. Und immerhin war Laurine lange Zeit mit einem hochrangigen Mafiamitglied liiert. Dem einen hast du sogar mal das Leben gerettet. So etwas schweißt zusammen.«

»Erinnere mich bloß nicht daran«, sagte Eric. »Dank mir ist er noch am Leben, doch es scheint jeden Tag schlimmer mit ihm zu werden. Ich frage mich bis heute, ob es vielleicht ein Fehler gewesen ist, Mateu die Hand zu reichen.«

»Wer weiß das schon?«, sagte Petru. »Du hast als Mensch gehandelt, voller Mitgefühl. Und das kann niemals schlimm sein. Wer weiß, ob sich das nicht eines Tages noch mal für dich auszahlt. Du hast damit deine Ehre wiederhergestellt. Und das ist äußerst wichtig hier auf Korsika. Die Vendetta-Familien von einst sind heute die Gangs der FLNC oder der Brise de Mer. Statt um Schafe kämpfen sie nun um Gelder aus Paris und Brüssel. Sie töten und sprengen alles Mögliche in die Luft für Baugenehmigungen, Casinolizenzen und Campingplätze. Oder für Schutzgeld, das hierzulande pathetisch *Revolutionssteuer* genannt wird.« Er zuckte die Schultern. »Alles Halsabschneider und Ganoven, wenn du mich fragst. Du weißt, dass ich das nicht leichtfertig sage. Ich bin Patriot, genau wie die Clanmitglieder. Aber Gewalt ist nun mal der falsche Weg. Sie führt nur wieder zu neuer Gewalt. Wir Korsen praktizieren das schon seit Hunderten von Jahren. Und was hat es uns gebracht? Klein und schwach sind wir. Und isoliert.«

Eric nickte. »Ich sprach darüber mit Clément. Er erzählte mir, wie frustrierend es ist, wenn man als Polizist das Gefühl hat, keinen Schritt weiterzukommen. Alle halten sie dicht. Auf Korsika weiß immer jeder, wer die Mörder und Attentäter sind – die Gerichte, die Polizei, die Familien und die Opfer. Aber glaube ja nicht, dass irgendeiner reden würde.«

»Es heißt, wir Korsen wären die Meister des Schweigens. Wir hätten das Schweigen praktisch erfunden.« Petru lachte zynisch. »Aber Clément hat keinen Grund, sich zu beklagen, immerhin ist er noch am Leben. Antoine Pasquale hingegen sitzt jetzt oben auf seiner Wolke und zupft an seiner Harfe. Ebenso Paolo Cesari, der wegen derselben Sache ins Gras beißen musste. Beide starben, weil vertuscht werden sollte, wer wirklich hinter den groß angelegten Immobilienverkäufen im Osten und dem Bau der Flüchtlingsunterkünfte steht.«

Eric runzelte die Stirn. »Ich dachte, das wüsste man inzwischen. Hieß es nicht, ein türkischer Großinvestor hätte da seine Finger im Spiel?«

»Und das glaubst du?«

»Welchen Grund hätte ich, daran zu zweifeln?« Eric zuckte mit den Schultern. »Das ist, was Clément mir erzählt hat, und ich denke, er hat seine Hausaufgaben gemacht.«

Petru schüttelte den Kopf. »Für einen Polizisten mag das ausreichen, ich aber bin tiefer in die Materie eingedrungen. Ich habe nie verstanden, was ein türkischer Großinvestor hier will, warum er ganze Ortschaften aufkauft, um sie anschließend zu Flüchtlingsquartieren umzufunktionieren. Das ergibt in meinen Augen keinen Sinn.«

»Hieß es nicht, es sei ein Schachzug der Islamisten, um hier auf Korsika Fuß zu fassen?«, sagte Eric. »Korsika ist für sie ein ideales Sprungbrett.«

»Klingt logisch, nicht wahr?« Petru strich die Dokumente glatt. »Und es gab auch schon Präzedenzfälle, die das untermauern. Weihnachten 2015, die Ausschreitungen in den Vororten von Ajaccio. Korsische Feuerwehrleute wurden damals von aufständischen Islamisten eingekesselt und attackiert. Die Polizei war machtlos. Die *Nationale Korsische Befreiungsfront* schickte daraufhin eine eindeutige Botschaft. Sowohl an die Muslime als auch an die Radikalen und den französischen Staat. Den Muslimen teilte man mit, sie hätten nichts zu befürchten, solange sie lediglich ihre Religion ausüben und sich friedlich verhalten würden. Die radikalislamischen Gruppierungen, die Dschihadisten und IS-Ableger hingegen wurden als *Prediger des Todes* bezeichnet und klar bedroht. Auf jeden Angriff gegen Korsen würde ohne Zögern eine unerbittliche Antwort folgen. Selbiges bekam auch der französische Staat zu hören. Wenn die Staatsorgane zu schwach seien, das Problem zu lösen, würden es die Korsen selbst in die Hand nehmen. Und was das bedeutete, war klar. In den Straßen würde Blut fließen. Es hieß, Frankreich solle endlich damit aufhören, der ganzen Welt Lektionen in Sachen Demokratie zu erteilen, wenn es vermeiden wolle, dass die losgetretenen Konflikte wie ein Bumerang auf eigenen Boden zurückfallen. Diese Warnung wurde damals in der gesamten korsischen Presse abgedruckt.«

»Ich erinnere mich«, sagte Eric. »Ist sie denn ernst genommen worden?«

»Ernster, als du dir vorstellen kannst«, erwiderte Petru. »Die

FLNC hatte genau den Ton getroffen, den die Salafisten und Dschihadisten verstehen. Mit korsischen Separatisten ist nicht zu spaßen. Die haben in der Vergangenheit bereits wegen weit geringerer Vergehen zu den Waffen gegriffen. Das wissen auch die Islamisten.«
»Und seither …?«
Petru lächelte grimmig. »Stille. Kein Mucks. Jahrelange Ruhe. Bis zu dem Tag von Santinis Entführung.«
Eric nickte. Die Entführung eines der ranghöchsten Mafia-Mitglieder durch islamistische Täter lag jetzt knapp vier Monate zurück. Nichts war seither geschehen. Kein Bekennerschreiben, kein Erpresserbrief, keine Lösegeldforderung. Sehr mysteriös. Aber Eric konnte nicht erkennen, wie das mit den Grundstücksverkäufen zusammenhängen sollte.
»Um ehrlich zu sein, ich verstehe deine Sorge immer noch nicht. Bislang ist nichts dabei, was bei mir die Alarmglocken läuten lässt.«
»Weil ich dir noch nichts erzählt habe.« Petru zwinkerte ihm zu. »Schließlich ist da immer noch dieser türkische Investor.«
»Den habe ich nicht vergessen.«
»Ich habe mir die Mühe gemacht, seiner Spur zu folgen. Von Bastia über Marseille bis nach New York. Von dort über Paris bis Ankara. Es war ein Katz-und-Maus-Spiel. Immer wenn ich dachte, ich hätte ihn, tauchte eine neue Adresse in einem neuen Land auf. Mittlerweile glaube ich, dass es ihn gar nicht gibt. Dass es sich um lauter Scheinfirmen handelt, die einzig und allein dazu dienen, die Spur zu verwischen.«
»Also kein türkischer Investor?«
Petru schüttelte den Kopf. »Etwas ungleich Bedrohlicheres. Ich bin inzwischen davon überzeugt, dass die gesuchte Person hier auf Korsika sitzt. Und nicht nur das: Es scheint jemand aus dem inneren Kreis zu sein.«
Eric hob die Brauen. Das war wirklich erstaunlich. »Moment mal. Willst du mir erzählen, dein türkischer Investor ist ein Mitglied der korsischen Clans?«

»Bis auf die Tatsache, dass er kein Türke ist – ja.« Petru senkte die Stimme. »Ich vermute, es ist jemand aus dem Zwölferrat, doch das muss ich noch genauer untersuchen. Fest steht, er ist über jeden Schritt informiert und kann umgehend reagieren. Kannst du dir vorstellen, was das bedeutet?«
Eric schüttelte den Kopf. Er hoffte, dass Petru sich irrte.
»Krieg, mein Freund. Blutiger und grausamer als alles zuvor. Und diesmal würde es jeden treffen. Auch die Touristen. Es würde diese Insel in ein Pulverfass verwandeln.«

VII

Mateu Santini starrte aus dem Fenster seiner gepanzerten Limousine. Schweigend betrachtete er die grünen Hügel der Castagniccia. Scharf konturiert wie bemalte Sperrholzkulissen zogen sie an ihm vorüber. Zwischen dem leuchtenden Grün und den hellen Sonneninseln blinkten hin und wieder Bachläufe auf, ab und zu ein kleiner See. Eine Landschaft, die zum Wandern oder Angeln einlud. So wie früher.
Als Junge war er an der Seite seines Vaters und seines älteren Bruders durch die dichten Kastanienwälder gestreift, jeder von ihnen ein Gewehr auf der Schulter. Die Füße in schweren Lederschuhen, ihre Leiber in dicke Jacken gehüllt, waren sie gemeinsam jagen gegangen. In den Morgenstunden, wenn die Sonne noch nicht über die Hügel gestiegen war, hatten die Täler etwas Magisches. Das war die beste Zeit. Die *Sangliers* waren scheu, sie misstrauten Fremden und zogen sich tagsüber in die tiefer gelegenen Wälder zurück. Um diese prächtigen Tiere zur Strecke zu bringen, musste man früh aufstehen.
Mateu lächelte. Glückliche Zeiten waren das damals gewesen.
Unzählige Wochenenden hatten sie jagend verbracht, Vater und seine beiden Söhne. Doch das lag lange zurück. Die Erinnerun-

gen verblassten. Sie waren so fern, dass sie fast wie aus einem anderen Leben schienen.

Mateus älterer Bruder Enzo war vor drei Jahren tödlich verunglückt. Nicht etwa bei einer Schießerei oder einer wilden Verfolgungsjagd auf einer kurvigen Bergstraße, nein, bei einem Skiunfall im mondänen Cortina d'Ampezzo! Was für eine Ironie. Enzo, der von Vater zum Kronprinzen auserkoren und erzogen worden war, war Opfer seiner Trunksucht geworden. Um die zwei Promille Alkohol sollte er angeblich im Blut gehabt haben, als er von der Piste abgekommen und gegen einen Baum gekracht war. Ein Schlag, den Jean-Baptiste nie verwunden hatte. Denn nun blieb ihm nur Mateu, der nach seinem Tod die Amtsgeschäfte weiterführen musste. Ausgerechnet Mateu! Denn während Enzo ein Ebenbild seines Vaters gewesen war, hatte Mateu eher charakterliche Ähnlichkeit mit seiner Mutter. Inzwischen auch schon nicht mehr am Leben, war Miluna eine kräftige Frau gewesen, die ihren Mann beinahe um Haupteslänge überragt hatte. Stramme Schenkel, große Brüste, ein gewaltiger Arsch, solche Merkmale fand sein Vater attraktiv.

Mateu hatte seinen Ansprüchen nie genügen können, war von ihm immer mit Hohn und Herablassung behandelt worden. Gewiss, er verfügte über enorme Kraft und einen ausgeprägten Ehrgeiz, doch leider auch über einen recht unsteten Geist. Zahlen, Tabellen und Abrechnungen waren ihm ein Gräuel. Wie sollte er sich all die Abhängigkeiten und Verpflichtungen merken? Die Investitionen und Kredite, die Anleihen und Darlehen? Das Geflecht der Finanzstrukturen seiner Familie war für ihn schlimmer als jedes Labyrinth.

Jean-Baptistes Plan war es gewesen, Enzo die Amtsgeschäfte zu übertragen, doch nun war nur noch Mateu übrig. Er war jetzt das neue Familienoberhaupt. Konnte er diese Rolle jemals ausfüllen?

Ein Wrack war er. Humpelnd, an einen Gehstock gebunden, das linke Bein drei Zentimeter kürzer als das rechte. Eine Narbe zog sich wie ein Schwerthieb quer über seine Schläfe. Doch das waren nur Äußerlichkeiten. Schlimmer waren die Narben, die der Sturz in seiner Seele hinterlassen hatte. Seit diesem Vorfall auf der Brücke hatte er keine Nacht mehr richtig geschlafen. Stets tauchten die Bilder vor seinem geistigen Auge auf. Er sah die vermummten Gesichter. Die auf ihn gerichteten Waffen. Er hörte die Stimme dieser Frau, die ihrem Untergebenen befahl, die Waffe auf ihn zu richten. Er spürte das Brückengeländer, das sich in seinen Rücken bohrte, das Metallgitter unter seinen Füßen. Er hörte den Wind, vernahm das Rauschen des Vecchio vierzig Meter unter ihm. Und dann …

»Mateu?« Miguels Stimme riss ihn aus seinen Gedanken. »Alles okay?«

Sein Cousin saß neben dem Chauffeur auf dem Beifahrersitz. Eine HK416 der Marke Heckler & Koch lag quer über seinem Schoß. Auch der Mann neben Mateu trug so eine Waffe, genau wie die Männer im Begleitfahrzeug. Alle waren sie untereinander mit einem internen Com-System verbunden, dessen Spiralkabel in dezent versteckte Ohrhörer mündeten. »Wir fahren gleich über die Brücke.«

Mateu nickte. Als ob er das nicht wüsste. Wenn er nach rechts blickte, konnte er sie schon sehen. Die berühmte Eisenbahnbrücke.

Erbaut 1888 von Monsieur Gustave Eiffel persönlich. Vierzig Meter darunter die etwas ältere Autobrücke, die den rauschenden Bergfluss mit einem einzigen Bogen überspannte. Dieser Bogen war das Letzte gewesen, was er gesehen hatte, ehe er in die eiskalten Fluten des Vecchio geklatscht war. Was danach geschehen war, verlor sich im Nebel der Medikamente und Maschinen. Eine Woche lang hatte er im Koma gelegen, so war es ihm von den Ärzten berichtet worden – nicht ohne ihn immer wieder darauf hinzuweisen, was für ein Wunder es war, dass er überhaupt noch lebte. Ein paar Meter weiter links oder rechts, und er wäre auf einen Felsen gestürzt oder von Ästen durchbohrt worden. Etwas weiter vor oder zurück, und der Grund wäre so flach gewesen, dass er auch dort zerschmettert worden wäre. Der Tümpel, den er sich für den Aufprall ausgesucht hatte, war gerade tief genug gewesen, um den Sturz aus vierzig Metern abzufangen. Den Aufprall auf dem Grund hatte auch das Wasser nicht verhindern können. Es war die einzige Mulde ihrer Art auf einer Strecke von über einem Kilometer. Zufall oder göttliche Fügung?

Mateu hatte entschieden, es als eine Mischung aus beidem anzusehen. Er nannte es Schicksal, denn ein Schicksal setzte voraus, dass es weiterging. Dass eine Bedeutung damit verbunden war und dass sein Überleben an Bedingungen geknüpft war.

»Mateu.«

»Was willst du?« Sein Blick zuckte empor. Es gelang ihm immer noch nicht, sein Gegenüber zu fokussieren. Er wischte über seine Augen und versuchte es erneut. Mit mäßigem Erfolg. Er würde seine volle Sehkraft vielleicht nie wieder zurückerlangen, hatten die Ärzte gesagt. Folgen der Hirnschwellung, die kurz nach dem Aufprall eingesetzt hatte.

»Ich fragte dich, ob du möchtest, dass wir anhalten. Willst du dir den Ort des Überfalls noch einmal ansehen?«

»Wozu?«

»Nun, vielleicht, um wieder besser schlafen zu können. Dein Psychologe hat dazu geraten, dass du dich dem Trauma bewusst aussetzt, um es verarbeiten zu können. Vergangenheitsbewältigung hat er das genannt …«

»Glaubst du diesen Scheiß?«

Miguel lächelte grimmig. »Wenn du mich so fragst …«

»Ich auch nicht«, murmelte Mateu. »Lass uns weiterfahren. Ich werde meine Vergangenheit bewältigen, wenn ich das Herz dieser Schlampe vor mir auf dem Teller liegen habe. In Rotwein gegart und mit Oliven dekoriert.«

Miguel ließ seinen Goldzahn funkeln. »*Avanzà.*« Er klopfte auf das Armaturenbrett, und der Fahrer trat das Gaspedal durch.

Zwanzig Minuten später erreichten sie ihr Ziel.

Die Villa lag außerhalb der Ortschaft Vivario, hoch oben in den Bergen. Der Blick von hier aus war atemberaubend. Um sie he-

rum nur Wälder, Schluchten und liebliche Bäche. Vögel zwitscherten in den Zedern, während weiße Wolken über den tiefblauen Himmel zogen.
Dies war das Herzstück Korsikas, das alte Land. Der Ort, mit dem jeder Korse verwurzelt war. Vom Meer konnte man weit und breit nichts sehen, hier gab es nur Bäume, Berge und den endlosen Himmel.
Die Villa gehörte zwar Don Castagnieri, doch es waren die Gebrüder Vezzani, die neuen Vorsitzenden der neu gegründeten Brise de Mer, die zu diesem Treffen eingeladen hatten. Ihre Handschrift war bereits hier zu spüren. Das Tor war gut bewacht. Vier schwer bewaffnete Männer beäugten sie argwöhnisch. Im Hintergrund wartete ein weiteres Dutzend.
Um die Sicherheit der Dons zu gewährleisten, waren ausgebildete Söldner angeworben worden. Die Gebrüder Vezzani waren bekannt dafür, bei ihrer Planung gründlich vorzugehen. Vermutlich aufgrund ihrer langjährigen Zusammenarbeit mit den kolumbianischen Drogenkartellen. Ob dieser Sicherheitsaufwand für Korsika tatsächlich notwendig war, mochte dahingestellt sein, aber Mateu genoss das erhöhte Maß an Sicherheit. Seit dem Anschlag auf ihn und seinen Vater war er paranoider geworden. Ständig sah er irgendwo Heckenschützen und Attentäter, auch wenn gar keine da waren. Und ohne Miguel und seine beiden besten Leibgardisten verließ er niemals das Haus.
Die Söldner trugen Jägerkappen, Tarnjacken und Armeehosen. Augen hinter Sonnenbrillen verfolgten jeden ihrer Schritte. Ihre beiden Autos wurden durch das Tor gewinkt und die Fahrer aufgefordert, zum Parkplatz weiterzufahren. Der Weg führte über eine kiesbestreute Auffahrt und unter den ausladenden Ästen alter Zedern hindurch zum Südende des Anwesens. Dort standen bereits etliche Limousinen. Mateu zählte zwanzig, was bedeutete, dass die meisten der Dons bereits anwesend waren. Er erkannte die Wagen von Don Castagnieri, Eduardo Fratelli und Enzo Garbo. Der weiße Rolls-Royce gehörte Mauro Cazale,

der in Bezug auf Autos schon immer einen schrecklichen Geschmack gehabt hatte.
Mateu stieg aus und streckte sich. Er spürte die Erde unter seinen Füßen, die Wärme der Steine, das Rauschen der Zweige und den Wind auf seiner Kopfhaut. Ja, dachte er, hier in den Bergen war die Welt noch so, wie sie sein sollte. Unberührt, unbefleckt und *rein*. Um Antworten zu finden, musste man manchmal zu seinen Wurzeln zurückkehren.
»Gehen wir«, sagte er.

Einzelne Sonnenstrahlen erhellten den herrlich bepflanzten Garten, doch im Inneren der Villa war es schattig. Ein ehemaliges Kloster, das zu einem Wohnhaus umfunktioniert worden war. Im Eingangsbereich wurden sie aufgefordert, die Schuhe auszuziehen und die bereitgestellten Hausschuhe zu benutzen. Eine verständliche Bitte, schließlich war der Boden mit edlem Marmor ausgelegt. Klimaanlagen sorgten für angenehme Innentemperaturen, während überall an den Fenstern Diebstahlsicherungen zu erkennen waren. Das Gebäude war alt, gleichzeitig aber hochmodern. Eine für Korsika nicht ungewöhnliche Kombination.
Mateu warf einen bewundernden Blick auf die Holzvertäfelungen, die Wandreliefs, Säulen, Mosaiken und Keramikfliesen. Im Wohnbereich dominierten feines Leinen, antike Möbel und stilvoll platzierte Blumensträuße. Mit seinen hohen Decken, den Bögen und massiven Türen entsprach die Architektur dem Inneren alter Patrizierhäuser auf dem *Cuntinente* – wie die Korsen das Festlandeuropa nannten.
Der Konferenzraum war im ehemaligen Refektorium untergebracht. In der Mitte stand ein circa zehn Meter langer Tisch, der von vierzehn Stühlen flankiert wurde. Sechs auf jeder Seite plus je einer am Kopf- beziehungsweise Fußende. Modernste LED-Lampen beleuchteten alte Gemälde und Wandvorhänge und erzeugten eine gediegene Atmosphäre. Alte Männer liebten eine vertraute Umgebung. Keiner der Dons war unter sechzig.

Als Mateu und Miguel den Raum betraten, erstarben die Gespräche. Die Anwesenden wichen respektvoll auseinander. Gewiss, Mateu mochte der Jüngste im Raum sein, aber durch die Entführung seines Vaters war er zu einem der ihren geworden. Keiner von ihnen verweigerte ihm den Respekt.
Er wandte sich an Miguel. »Du kannst jetzt gehen.«
Sein Cousin nahm die Anweisung mit einem knappen Nicken zur Kenntnis, drehte sich um und verließ den Raum. Die Wachen verschlossen die Tür. Ruhe kehrte ein. Alle Augen waren auf Mateu gerichtet. Der greise Don Castagnieri sprach ihn als Erster an. »*Ó amicu, cumu state?* Wie geht es dir? Als ich dich das letzte Mal gesehen habe, warst du noch so klein.« Er hielt seine Hand einen guten Meter über den Boden.
»*Cum'èllu passa u tèmpu, Don Castagnieri*«, entgegnete Mateu. »*Ùn c'è male.* Es geht mir gut. Abgesehen von diesem lästigen Hilfsmittel, das ich wohl nicht mehr ablegen werde.« Er deutete auf seinen Gehstock. Gehärtetes Kirschholz mit einem Knauf in Form eines wilden Ebers, dem Wappentier seiner Familie.
»*E vòi, a vi passate?*«, fragte er.
»Mir?« Der Alte stieß ein trockenes Lachen aus. »Wann wäre es mir je schlecht ergangen? Attraktive Frauen und harte Arbeit halten einen Mann jung. Tritt näher.« Er begleitete Mateu zu einem Sideboard, auf dem etliche Gläser und Flaschen standen. Mateu war bereits aufgefallen, dass sämtliche Anwesenden ein Glas in der Hand hielten. Als hätten sie nur noch auf ihn gewartet, um anzustoßen.
»*Piglièmuci un apperitivu.* Was nimmst du? Pastis oder lieber einen Murtellina?«
»Cap Corse.«
Don Castagnieri nickte zufrieden. Dass er es sich nicht nehmen ließ, den Neuankömmling persönlich zu bewirten, war eine Geste höchsten Respekts und ein Zeichen dafür, dass seine Familie den Santini noch immer in Treue verbunden war. Er drückte Mateu das Glas in die Hand und erhob seines.

»Pace è salute!«

»*Pace è salute!*«, intonierten die anderen, und Mateu fügte hinzu: »*Libertà per i patrioti Corsi.*«

Zustimmendes Gemurmel erfüllte den Saal. Auf die Freiheit korsischer Patrioten anzustoßen kam immer gut an.

Der Cap Corse rann wärmend seine Kehle hinunter. Der traditionelle Aperitif bestand aus einer Basis von gespritetem Wein, die mit Chinarinde versetzt war, vergleichbar am ehesten mit Wermut.

Mateu wollte gerade noch einen weiteren Schluck gegen die Nervosität nehmen, als die Türen erneut aufgingen. Alle Blicke zuckten hinüber, auch seine.

Ihre Gastgeber waren eingetroffen.

Die beiden Männer waren etwa gleich groß und gleich alt, doch da hörten die Gemeinsamkeiten auch schon auf. Der eine war makellos gebräunt und hatte weiße Haare, die zu einem Undercut geschnitten und sorgfältig gescheitelt waren. Die modische Brille mit heller Fassung harmonierte perfekt mit dem maßgeschneiderten, hellgrauen Anzug.

Der andere war das komplette Gegenteil. Nicht ein Haar zierte seinen Kopf. Er war so kahl wie eine Bowlingkugel. Unter seinen pigmentlosen Brauen funkelten graue Augen, die schimmerten wie Silbermünzen. Sein Mund war ein schmaler Strich, Kinn und Kaumuskulatur eckig und ausdefiniert. Bei ihm war die dominierende Farbe Schwarz. Schwarzes Hemd, schwarzes Sakko, schwarze Hose und Schuhe. Er wirkte wie ein hochrangiges Kirchenmitglied, während der andere locker als Modedesigner aus Mailand oder Paris durchgegangen wäre. Auch was ihr Auftreten betraf, hätten die beiden nicht unterschiedlicher sein können. Roberto war der Kommunikator. Er begrüßte die Anwesenden, lachte und reichte ihnen die Hand. Enrico hingegen war sein Schatten. Stumm ging er an der Seite seines Bruders. Er verzog keine Miene, bewegte sich dafür aber mit der Eleganz eines Tänzers oder Kampfsportlers.

Das waren sie also, Roberto und Enrico Vezzani. Die berüchtigten neuen Vorsitzenden des Zwölferrates und gewählten Anführer der wiederauferstandenen Brise de Mer. Mateu fand es schwer zu glauben, dass sie tatsächlich dieselben Eltern haben sollten. Er kannte sie bislang nur von Bildern und Erzählungen. Ihr erstes Treffen war daran gescheitert, dass sein Vater und er auf dem Weg dorthin angegriffen worden waren. Seither hatte Mateu nichts von ihnen gehört. Kein Kondolenzschreiben, kein Besuch, nicht mal ein Anruf. Es war, als hätten die beiden von dem Vorfall keinerlei Notiz genommen. Dabei wussten sie in jedem Augenblick, was auf ihrer Insel vor sich ging. Vermutlich besser als jeder andere hier im Raum. Unter normalen Umständen wäre diese Missachtung für Mateu ein Grund gewesen, beleidigt zu sein. Doch in Zeiten wie diesen galten andere Regeln. Der Vorfall hatte internationales Aufsehen erregt. Je mehr Augen sich auf einen richteten, umso ruhiger wurde es auf Korsika. Dann hielten alle die Füße still. Nur ja keinen Staub aufwirbeln. Alle warteten auf den Moment, wenn die Klatschpresse sich einem anderen Thema zuwandte. Was in der Regel nicht lange dauerte. Das Gedächtnis der Menschen war kurz. Bereits nach wenigen Wochen war Gras über die Sache gewachsen, dann war die Zeit für Kondolenzen und Respektsbekundungen gekommen. Das war eine Strategie, die sich seit vielen Jahrzehnten bewährt hatte. Warum daran rütteln?

Kaum hatten die Vezzani-Brüder ihn im hinteren Teil des Saals erspäht, als sie auch schon auf ihn zusteuerten. Mateu spürte seine Hände feucht werden. Auf diesen Moment war er nicht vorbereitet, hatte sich keine entsprechende Begrüßung zurechtgelegt. Er überlegte immer noch, wie wohl die passenden Worte lauten mochten, als Roberto auf ihn zutrat und ihn in die Arme schloss. Ein Kuss links und rechts auf die Wange, dann löste er sich von ihm.

»Endlich lernen wir uns kennen, Bruder. Willkommen in unseren Reihen. Es ist uns eine Ehre, dich heute bei uns zu haben.«

Enrico folgte der Begrüßung, beschränkte sich aber auf einen reservierten Handschlag. Das Sprechen überließ er seinem Bruder. Roberto legte seinen Arm um Mateu und wandte sich an die Versammelten. »Männer, es ist uns eine große Ehre und Freude, euch alle vollzählig zu sehen. Die meisten von euch kennen wir bereits, doch es gibt auch Neulinge in unserem Kreis. Mateu Santini, wir heißen dich herzlich willkommen.« Als er applaudierte, stimmten alle mit ein.

Mateu wollte schon zum Fußende der Tafel gehen, doch Roberto legte ihm die Hand auf die Schulter. »Nein. Du sitzt hier, neben mir. Auf dem Stuhl deines Vaters.« Er zog einen Stuhl vor, wartete, bis Mateu saß, um dann ebenfalls Platz zu nehmen. Sein Bruder Enrico saß auf der gegenüberliegenden Seite, am Fußende des Tisches. Auf ein Händeklatschen seinerseits schwärmte Dienstpersonal herein und versorgte alle Gäste mit Getränken und kleinen Appetithäppchen. Dann wurden die Vorhänge zugezogen.

Mateu runzelte die Stirn. Wieso wurde der Raum verdunkelt? Hatten die Vezzani Angst, man könne sie ausspionieren?

»Ich habe euch einberufen, um euch die neuesten Informationen zu unterbreiten«, leitete Roberto das Treffen ein. »Informationen, die für das Fortbestehen unserer Ordnung von größter Wichtigkeit sind.«

Was ging hier vor? Mateu spürte, wie er sich verkrampfte.

»Ihr alle wisst, was vor vier Monaten geschehen ist«, fuhr Roberto fort, »ihr alle kennt das Schicksal von Mateus Vater. Dass wir bisher nichts von seinen Entführern gehört haben, ließ das Schlimmste befürchten. Doch nun haben wir neue Erkenntnisse, und es freut mich, dir mitzuteilen, Mateu, dass Jean-Baptiste noch am Leben ist.«

Schlagartig kehrte Ruhe ein.

Mateu stand auf. »Mein Vater … lebt?«

»Ja.« Roberto Vezzani legte ihm die Hand auf die Schulter und bat ihn, sich wieder zu setzen. »Wie es aussieht, wird er irgendwo gefangen gehalten. Uns liegen Dokumente vor, die das eindeutig beweisen.«

Mateus Gedanken wirbelten wie Blätter in einem Herbststurm.

»Aber wo? Warum erfahre ich jetzt erst davon? Und warum sitzen wir hier und palavern, anstatt ihn zu befreien?«
Vezzani lächelte noch immer, gütig wie ein Vater. »Geduld, mein junger Freund. Wir kennen die Fakten erst seit einer Woche.«
»Eine Woche?«, keuchte Mateu. »Das ist ja eine halbe Ewigkeit. Sonst was könnte in dieser Zeit geschehen sein.«
»Das ist wahr«, meldete sich Enrico von der anderen Seite des Tischs. Es war das erste Mal, dass er das Wort ergriff. »Doch die Gründe liegen auf der Hand. Wir benötigten Zeit, um die Echtheit der Unterlagen zu prüfen und das Material aufzubereiten. Es war leider in einem sehr schlechten Zustand. Wir mussten einiges an Arbeit investieren, um euch *das hier* zeigen zu können.« Er griff nach der Steuerung und drückte einen Knopf.
Ein Geräusch ertönte. Mateus Blick zuckte nach rechts. Über dem Kamin hing ein großformatiges Ölgemälde. Eine Darstellung der Hafenstadt Calvi. Vermutlich spätes achtzehntes Jahrhundert, wobei Mateu kein Kunstexperte war. Was ihn viel mehr verblüffte, war, dass sich das Bild in Bewegung setzte, nach oben gezogen wurde und in einer Öffnung in der Decke verschwand. Dahinter war eine ebene, weiße Fläche, auf der ein heller Lichtfleck erschien. Der Lichtfleck wurde größer, heller und schärfer. Gleichzeitig ertönte ein Knacken und Rauschen. Eine Videoleinwand?
Mateu kniff die Augen zusammen. Was sahen sie da?
Das Bild wackelte und wirkte verpixelt. Sah aus, als wäre es mit einem Smartphone aufgenommen worden.
»Ein wenig Geduld noch, es wird gleich besser.« Enrico Vezzani drückte die Vorlauftaste. Das Bild wurde klarer. Mateu erkannte, dass sie sich in einem schmalen Gang befanden. Weiß getünchte Wände, Keramikfliesen, Türen mit Rundbögen. Die Bausubstanz war in denkbar schlechtem Zustand. Überall bröckelte der Putz ab, und zwischen den Fliesen klafften Risse und Löcher. Dass das Bild so wackelte, war störend, aber offensichtlich war der Film versehentlich entstanden. Oder aber er war im Geheimen gedreht worden. Schritte erklangen. Mateus Blick erhasch-

te den Rand eines Tabletts. Ein paar Früchte, etwas Gebäck, eine Teekanne. Das Tablett bestand aus getriebenem Metall und war mit allerlei Ornamenten verziert. Plötzlich ertönte eine Stimme.
»Halt.« Augenblicklich fror das Bild ein. »Wer bist du?«
»Mein Name ist Ahmed. Ich vertrete Baschar.«
»Was ist los mit ihm?«
»Er fühlt sich nicht wohl. Liegt mit Fieber im Bett.« Eine kurze Pause, dann: »Ich bringe das Frühstück.«
»Ich habe Augen im Kopf.« Eine Hand fuhr durchs Bild, griff nach den Trauben, dann nach den Trockenfeigen. »Kein Käse heute?«
»Käse war aus. Brot auch. Wir müssen wieder einkaufen.«
»Soll mir recht sein. Dem Alten geht's sowieso viel zu gut. Keine Ahnung, warum Paula ihm nicht schon längst die Kehle durchgeschnitten hat. Dann geh mal zu ihm. Aber keine Dummheiten, in Ordnung? Der Alte ist gefährlich.«
Das Bild fing wieder an zu ruckeln.
Mateu saß wie auf Nadeln. *Der Alte?* War damit sein Vater gemeint?
Es ging um eine Kurve, dann tauchten braune Füße auf. Sie steckten in Ledersandalen. Für einen kurzen Moment war der Lauf eines Gewehrs zu sehen.
»He, wer bist du denn?«
»Vertretung für Baschar. Ich bringe Frühstück für den Gefangenen.«
Offensichtlich fand eine neuerliche Überprüfung statt, dann erklang das Kratzen eines Metallriegels. Eine Tür knarrte.
»He, du da, aufwachen. Frühstück.«
Mateu krallte seine Finger in den Holztisch. Er sah metallene Bettpfosten, ein paar nackte Füße und den Saum eines Morgenmantels. Von draußen erklang das Bimmeln einer Kirchenglocke.
»He, ich sagte: ›*Aufwachen!*‹« Die Wache trat gegen den Bettpfosten. Es klang wie ein Pistolenschuss. Mateu zuckte unwillkürlich zusammen.

Ein Räuspern war zu hören. Knarrend wie ein altes Scharnier.
»Steh auf, es gibt Frühstück. Du solltest dich mal waschen, hier drin stinkt's wie in einem Ziegenstall. Du da, komm hier rüber und stell das Tablett ab. Dann mach, dass du rauskommst.«
»Soll ich ihm nicht die Handschellen abnehmen? So kann er doch nicht essen.«
»Von mir aus. Hier sind die Schlüssel.«
Das Klicken einer entsicherten Waffe war zu hören. Die Kamera näherte sich dem Gefangenen. Sah aus, als wäre sie irgendwo im Stoff eines Hemdes eingenäht.
»Strecken Sie die Arme aus, dann befreie ich Sie von den Dingern.«
Das Bild schwenkte nach oben, und auf einmal war der Gefangene zu sehen. Ein Raunen ging durch den Saal. Mateu hielt den Atem an.
War das sein Vater? Unmöglich. Nicht dieser zottelige Greis. Doch dann machte er den Mund auf und sagte etwas. »Danke, mein Junge. *Grazie!*«
Beim Klang dieser Worte lief Mateu ein Schauer über den Rücken. Zwei Dinge gab es, an denen man einen Menschen zweifelsfrei erkennen konnte. Selbst nach Jahren und selbst wenn dieser Unaussprechliches erlebt hatte. Es waren die Augen und die Stimme. Vor allem die Stimme. Sie veränderte sich am wenigsten. Und diese Stimme gehörte seinem Vater. Zweifel waren ausgeschlossen.
»*U mo dio*«, murmelte er. »Vater, bist du das?«
Das Bild fror ein. Roberto besaß ebenfalls eine Steuerung und hatte die Pausetaste gedrückt. »Ich kann mir vorstellen, wie dir zumute ist. Als ich das sah, ist mir schier das Herz stehen geblieben. Doch es ist eindeutig. Dein Vater lebt. Sieh dir das Datum an. Dort unten, kannst du es erkennen? Die Aufnahme ist vor nicht mal einer Woche gemacht worden.«
»*Bona nutizia.*« Mateo nickte. Gute Nachrichten. Es bestand zwar die Gefahr, dass sein Vater inzwischen doch getötet worden war, aber er schob diesen Gedanken beiseite und klammerte sich

an die Hoffnung, dass ein paar Tage mehr oder weniger keinen Unterschied machten.

»Geht diese Aufnahme noch weiter?«

Roberto drückte auf den Knopf. Das Bild rutschte wieder nach unten und zeigte nur noch die Füße von Mateus Vater. Dann kamen ein paar Ruckler, und die Aufnahme brach ab. »Das war es leider«, sagte er. »Der Rest ist Datenmüll.«

»Von wem stammt sie?«

»Wir bekamen sie über einen anonymisierten Kanal zugespielt, wissen also nicht, wer den Film gemacht hat und warum.«

»Nun, das dürfte doch ziemlich klar sein«, meldete sich Don Castagnieri. »Der Informant ist ein Freund. Ein loyaler Anhänger unserer Vereinigung. Er will uns mitteilen, dass dein Vater am Leben ist. Wäre es ein offizielles Bekennervideo, hätten die Entführer deinen Vater vor die Kamera gezerrt. Doch es ist im Verborgenen gedreht worden. Mit einer Kamera, die irgendwo in der Kleidung eingenäht ist.«

»Das sehen wir ähnlich«, sagte Roberto. »Ganz offensichtlich handelt es sich um jemanden, der den Entführern neu ist. Ein Bote vielleicht oder ein Spitzel? Wer es auch sein mag, es ist keiner von unseren Leuten. Wir kennen unsere V-Männer.«

»Ein Sympathisant vielleicht«, schlug Mateu vor. »Schlussendlich ist es egal. Es grenzt an ein Wunder, dass er keiner Leibesvisitation unterzogen wurde.«

»Nun, ihre Schlamperei ist unser Vorteil«, erwiderte Roberto. »Die Beweggründe dieses Mannes sind für uns im Moment zweitrangig. Wir haben keinen Grund, an der Echtheit dieser Aufnahme zu zweifeln. Wir wissen, dein Vater ist am Leben und er wird irgendwo festgehalten. Auf der Basis dieser beiden Informationen sollten wir jetzt unsere weiteren Schritte planen.«

Mateu war besorgt. »Er sah alt aus. Abgemagert und schwach. Ich frage mich, was die Araber mit ihm wollen. Warum gibt es keine Lösegeldforderung, warum haben sie uns ihre Beute noch nicht präsentiert?«

»Auch das ist im Moment zweitrangig«, erwiderte Roberto.

»Wir können nur spekulieren. Vielleicht wollen sie ihn als Sicherheit für künftige Forderungen. Noch wissen sie nicht, dass wir Kunde von seinem Überleben haben. Wir müssen uns also beeilen. Je eher wir ihn befreien, desto besser.«
»Haben Sie denn schon eine Vorstellung, was wir tun können?«
Roberto Vezzani lächelte. Es war ein kaltes Lächeln. »Geduld. Es wird unsere Aufgabe sein, die nächsten Schritte zu planen. So oder so, wir werden deinen Vater finden und befreien. Und dann werden wir diese Bande von Kameltreibern umlegen. Einen nach dem anderen. Was von ihnen übrig bleibt, werden wir übers Meer zurückschicken. Dorthin, wo sie hergekommen sind.«

VIII

Laurine fühlte den Schweiß zwischen ihren Schulterblättern hinunterlaufen. Es tat gut, den eigenen Körper zu spüren – die Menschmaschine an ihr Limit zu bringen. Egal, ob beim Wandern, beim Tauchen oder Radfahren, es war geradezu eine Lust, mit den Elementen zu ringen. Wo sonst konnte man so wunderbar den Kopf ausschalten, nur noch im Hier und Jetzt existieren und nicht mehr über Vergangenheit oder Zukunft nachdenken? Natürlich war es mitunter qualvoll. Die fünfzehnprozentige Steigung im ersten Gang verlangte auch ihr alles ab. Sie wurde dabei so langsam, dass sie glaubte, jeder Fußgänger könne sie überholen.
Aber das war Teil der Sache. Im Gegensatz zum einfachen Spaziergang war die Dynamik beim Radfahren ungleich komplexer. Auf jede Steigung folgte eine Abfahrt, und was eben noch Zeitlupe gewesen war, wurde nun Zeitraffer. Auf Anstrengung folgte Entspannung, auf Konzentration Euphorie. Zeit wurde zu etwas Relativem. Mal vergingen die Minuten wie im Flug, mal

schleppten sie sich dahin, sodass man glaubte, der Sekundenzeiger wäre eingerostet.

Das Ende dieses letzten Anstiegs war nur noch wenige Hundert Meter entfernt. Danach kam eine zwei Kilometer lange Abfahrt, die Laurine, ohne ein einziges Mal zu treten, bis zu Battistas Haus tragen würde. Hin zu einem kühlen Krug Limonade, einer Dusche und Erics zärtlicher Umarmung.

Dass er sie auf dieser Radtour nicht begleiten wollte, war zwar betrüblich, aber sie konnte es nachvollziehen. Er wollte arbeiten, und diesmal würde sein Roman ganz und gar auf Korsika spielen. Ein klarer Hinweis, welchen Stellenwert er seinem neuen Leben beimaß. Der Gedanke erfüllte sie mit Liebe und Stolz. Für sie war es völlig in Ordnung, dass er sie nicht auf jeder Tour begleitete, Hauptsache, er war danach für sie da.

Noch fünfzig Meter. Sie griff nach ihrer Fahrradflasche und nahm einen Schluck. Das Wasser schmeckte warm und abgestanden, aber es befeuchtete ihre Kehle. Mehr brauchte sie im Moment nicht.

Sie hatte die Flasche gerade wieder in die Halterung gestellt, als ein Hupen ertönte und eine schwarz gepanzerte Limousine an ihr vorbeidonnerte. Die Straße war schmal und das Auto so breit, dass der Außenspiegel nur wenige Zentimeter an ihrer Schulter vorbeisauste. Der Fahrer hatte nicht für einen Moment den Fuß vom Gas genommen.

Laurine hob die Faust und schüttelte sie wütend hinter ihm her. »Idiot!«, brüllte sie. »Willst du mich umbringen?«

Sie war so aufgebracht, dass sie das zweite Fahrzeug gleichen Typs nicht bemerkte, das mit derselben Geschwindigkeit und demselben Abstand an ihr vorbeirauschte. Eine Handvoll Staub fegte ihr ins Gesicht und zwang sie auf den Grünstreifen. Keuchend hielt sie an und rieb sich den Sand aus den Augen.

»Das ist doch nicht zu fassen«, fluchte sie. »Verdammte Hornochsen.«

Sie mochte ihre Landsleute. Wirklich. Ihr ganzes Leben hatte sie auf dieser Insel verbracht und war Korsin durch und durch. Aber dass sich ein Volk so konsequent gegen Innovationen sperrte, durfte ziemlich einzigartig auf der Welt sein. Dabei war Korsika fürs Radfahren wie geschaffen. Die Ortschaften im Inland waren vor vielen Hundert Jahren angelegt worden, in einer Zeit, in der die Transportwege mit Maultierkarren und Kutschen bewältigt werden mussten – was die Steigungen zwar lang, aber sanft ausfallen ließ. Zudem gehörte die Insel zu Frankreich, und Frankreich hatte nun mal das am besten ausgebaute Nebenstraßennetz der Welt. Selbst winzigste Pisten verfügten über einen ausgezeichneten Teerbelag. Beste Voraussetzungen also für Radler – wären da nicht die Korsen. Natürlich freuten sie sich, dass es Menschen gab, die von der Île de Beauté so hingerissen waren, dass sie sie hautnah, vom Sattel eines Fahrrads aus, erkunden wollten, doch selbst würden sie niemals freiwillig aufs Velo steigen. *Cyclistes, et alors?* Sie hielten diesen Menschenschlag für wahnsinnig. Sympathisch zwar, aber völlig durchgeknallt. Schließlich gab es hier Berge. Wenn ein Korse nicht Auto fahren konnte, ging er zu Fuß. Was schlimm genug war. Aber Rad fahren? Niemals! Dementsprechend mangelte es am Verständnis und am Prinzip des gegenseitigen Miteinanders.

Der einzige Grund, diesem Thema tiefere Bedeutung beizumessen, war das Geld. Es hatte sich herumgesprochen, dass Radfahrer eher wohlhabend waren. Sie waren bereit dazu, für ihr Martyrium gut zu bezahlen. Doppelt verrückt, aber so war es nun mal. Wenn es sich erst einmal herumsprach, was für ein Fahrradparadies Korsika war, dann würden bald alle hierherkommen, anstatt sich auf Mallorca gegenseitig über den Haufen zu fahren. Und dann würde richtig viel Geld in die Kassen strömen. Doch bis dahin lag noch ein weiter Weg vor ihnen.

Mit zitternden Beinen schwang Laurine sich wieder aufs Rad und setzte ihren Weg fort. Der Wind bei der Abfahrt vertrieb ihre trüben Gedanken, und schon nach der nächsten Kehre hatte sie den Vorfall vergessen. Er kam ihr erst wieder ins Gedächtnis,

als sie in der lang gestreckten Kurve unter ihr das Haus von Battista liegen sah. Sie erkannte die Werkstatt, das Wohnhaus und die alte Feige. Direkt daneben standen die beiden fetten schwarzen Limousinen.
Wie bösartige Käfer sahen sie aus. Ein Haufen Fremder tummelte sich auf dem kiesbestreuten Vorplatz. Laurine konnte Eric erkennen, der mit den Fremden sprach. Petru war bei ihm und auch Battista. Sie fuchtelte mit den Armen und machte Gesten, wie sie eindeutiger nicht sein konnten. *Haut ab,* sagte sie. *Macht, dass ihr hier fortkommt.*
Das roch nach Ärger.
Laurine tastet nach ihrem Handy. Für einen kurzen Moment spielte sie mit dem Gedanken, die Polizei zu rufen. Die Nummer von Mahmoud Clément war eingespeichert. Er wusste, dass sie nicht leichtfertig bei ihm anrief, und würde alle Hebel in Bewegung setzen, um ihnen beizustehen.
Laurine zögerte. Erst musste sie in Erfahrung bringen, was da unten vorging. Sie trat in die Pedale und erreichte ihr Ziel nur wenige Minuten später. Der knirschende Kies bei ihrer Vollbremsung sorgte dafür, dass sich alle Augen auf sie richteten.
Mateu! Ihre Überraschung währte nur einen kurzen Moment. Sie hatte immer gespürt, dass ihre gemeinsame Geschichte noch nicht vorbei war. Sein schmieriger Cousin Miguel war ebenfalls mit von der Partie.
Während Laurine ihren Helm abnahm, betrachtete sie ihren Ex-Mann. Sie musste zweimal hinschauen, um ihn zu erkennen. Von dem, was sie damals als attraktiv empfunden hatte – seiner äußerst stattlichen Erscheinung –, war kaum noch etwas übrig. Irgendwie schien er geschrumpft zu sein. Gebrochen. Ein Schatten seiner früheren Größe. Nicht nur, dass er mindestens fünf Zentimeter eingebüßt hatte, er ging an einem Stock und bewegte sich dabei wie ein alter Mann. Sein Gesicht war auf merkwürdige Art gealtert, als wären seine Haut und die darunterliegenden Muskeln zu Holz erstarrt. Eine lange Narbe zog sich über seine kahle Stirn, und seine rechte Braue war in der Mitte ge-

spalten. Das darunterliegende Augenlid flatterte, als hätte er nervöse Zuckungen.
»Warst du das eben auf dem Fahrrad?«, fragte er.
»War ich, ja.«
»Habe ich es euch nicht gesagt, Männer?« Er lächelte, doch es war ein unstetes Lächeln. Es verschwand ebenso schnell, wie es gekommen war. »Ich habe dich erkannt. Dein Fahrstil ist unverwechselbar.«
Laurine konnte nur mit Mühe ihren Zorn zügeln. »Ist euch eigentlich klar, dass ihr mich beinahe über den Haufen gefahren hättet?«
»So schlimm war das nicht«, sagte Miguel. »Da war immer noch eine Armlänge Abstand.«
»Vielleicht wenn man Tomaten auf den Augen hat«, zischte Laurine. »Von jemandem, der so gut mit Wurfmessern umgehen kann wie du, sollte man eigentlich ein besseres Augenmaß erwarten.«
Miguels Grinsen wurde breiter.
Mateu schüttelte den Kopf. »Es tut mir leid, wenn wir dich verängstigt haben, Laurine. Ich habe meinem Fahrer gesagt, er solle den Fuß vom Gas nehmen, aber da war es schon zu spät. Dir ist doch hoffentlich nichts passiert?«
»Interessiert dich das wirklich?« Laurine setzte sich auf einen Stein und zog die Schuhe mit den Klickpedalen aus. »Eure Rücksichtslosigkeit ist beispiellos.«
»Laurine …«
»Spar dir deine Worte und sag mir lieber, was ihr wollt. Dass ihr hier nicht willkommen seid, dürfte euch ja wohl klar sein.«
Miguel setzte zu einer Erwiderung an, doch Mateu warf seinem Cousin einen strengen Blick zu. *Sei still*, schien er damit zu sagen. *Ich übernehme das Sprechen.* »Ich war gerade dabei, es Eric zu erklären, aber diese Furie da lässt mich nicht zu Wort kommen.« Er deutete in Battistas Richtung. Die Künstlerin stand breitbeinig da, eine Schweißerbrille auf der Stirn, einen Vorschlaghammer in der Hand. Ein bedrohlicher Anblick.

»Ich habe versucht, ihr zu erklären, dass wir keine feindlichen Absichten hegen und einfach nur reden wollen. Doch sie stellt sich stur.«

»Aus dem einfachen Grund, weil Sie hier nicht erwünscht sind, Mateu Santini.» Battista ließ den Hammer hin und her pendeln. »Sie befinden sich auf meinem Grund und Boden. Ich betrachte Ihr Eindringen als Bedrohung. Ich werde jetzt in mein Haus gehen und mein Gewehr holen. Wenn ich zurückkomme und Sie sind immer noch da, werde ich davon Gebrauch machen.«

»Da hörst du's, Laurine. Stur wie ein Maultier. Ich bin es langsam leid. Meine Geduld hat Grenzen.«

»Das hatte sie immer schon«, sagte Laurine. »Mit wem genau willst du denn reden?«

»Mit ihm.« Er deutete auf Eric.

»Beruht das auf Gegenseitigkeit? Hast du Interesse daran, dich mit Mateu zu unterhalten, Eric?«

Eric zuckte die Schultern. »Kommt aufs Thema an. Wenn es um die alte Geschichte geht, bin ich nicht interessiert. Die Sache ist durch. Ich habe Ihnen das Leben gerettet, Mateu, das sollte genügen. Weitere Diskussionen sind überflüssig.«

Laurine bemerkte, wie Mateu sich versteifte. Das Thema war für ihn noch nicht vom Tisch. Vermutlich würde es das niemals sein. Eric hatte Mateu in seinen Augen etwas weggenommen – sie –, und davon hatte er sich bis heute nicht erholt. In Mateu brodelte es, jedoch schien dieses Thema ausnahmsweise nicht der Grund für seinen Besuch zu sein.

Sie wandte sich an Battista. »Würde es dir etwas ausmachen, wenn wir uns drüben unter die Feige setzen? Wir wären dort weit genug von deinem Haus entfernt, du würdest uns nicht mal sehen, geschweige denn hören.«

»Vielleicht nicht sehen, vielleicht nicht hören«, sagte die Künstlerin, »aber riechen kann ich diese Typen überall. Wo sie sind, stinkt die Luft nach Schwefel. Aber ich will mich nicht sperren. Wenn es für euch okay ist, soll es das für mich auch sein. Ihr dürft euch gerne ein paar Erfrischungen holen. Für euch selbst

und für den da. Nicht für den Rest dieser Halsabschneider, verstanden?«
Miguels Lächeln wurde breiter. »Was denn, keinen Willkommenstrunk? Dabei bin ich doch so verliebt in dich.« Ehe Mateu ihn zurückhalten konnte, warf er ihr eine Kusshand zu. Doch Battista ignorierte ihn. Sie wandte sich ab und stapfte wortlos auf ihre Werkstatt zu.
»Damit ist es beschlossen, Mateu«, sagte Laurine. »Dort unter dem Baum. Und deine Kampfhunde sollen sich verziehen. Husch, ihr Köter, macht einen Spaziergang. Im Ort dort drüben gibt es ein nettes kleines Café. Hauptsache, ihr seid weg.«
»Pass auf, was du sagst, Fräulein«, stieß Miguel aus. »*U tèmpu cambia,* das Wetter ändert sich. Irgendwann begegnen wir uns mal allein.«
»Halt dein Maul, du hast schon genug angerichtet«, fuhr Mateu ihn an. »Du tust, was sie sagt.«
Miguel und die Leibwächter verzogen sich, wenn auch widerwillig. Ebenso Eric, der rasch ins Haus ging, um ein paar Erfrischungen zu holen. Laurine war für wenige Augenblicke mit ihrem Ex-Mann allein.
»Das mit dem Fahrrad tut mir leid«, sagte er leise. »Wir wollten dich nicht in Gefahr bringen. Ich werde mit meinem Fahrer nachher noch ein ernstes Wörtchen reden.«
»Woher wusstest du überhaupt, wo wir sind? Ich dachte, dies wäre ein *safe house.*«
»Du unterschätzt mich immer noch«, sagte Mateu. »Es gibt nichts auf dieser Insel, von dem ich nicht weiß. Diesmal allerdings war es einfache Logik, immerhin ist es nicht das erste Mal, dass ihr dieses Anwesen als Unterschlupf nutzt. Als ich von deiner Situation erfuhr, war mir klar, dass du bei jemandem untertauchen würdest, dem du vertraust.«
Laurine presste die Lippen zusammen. Es ärgerte sie, dass sie so leicht zu durchschauen war. Aber um ehrlich zu sein, war ihr egal, was er dachte, Hauptsache, er verschwand schnell wieder. Das Unheil klebte an Mateu Santinis Fersen wie Pech.

Er sah sie forschend an. »Bist du glücklich?«
Die Frage traf sie so unvermutet, dass sie auf Anhieb nichts zu erwidern wusste.
»Ich meine, mit ihm.« Er deutete in Richtung Haus. »Ist er ein guter Mann?«
»Ist er. Ja«, erwiderte sie vorsichtig. Diese Frage konnte nur Ärger bedeuten.
»Das freut mich für euch. Habt ihr Pläne zu heiraten?«
»Ich … keine Ahnung. Das Thema stand bislang nicht im Raum. Aber vielleicht irgendwann. Warum fragst du?«
»Ich vermute … nein, eigentlich bin ich ziemlich sicher, dass es dir nicht gefallen wird, was ich zu sagen habe. Ich möchte dich aber bitten, mich erst mal ausreden zu lassen. Ob du es glaubst oder nicht, inzwischen habe ich mich mit der Tatsache abgefunden, dich an ihn verloren zu haben. Es bereitet mir keine schlaflosen Nächte mehr. Mein Leben hat eine Wendung genommen, die es mir nicht erlaubt, alte Wunden aufzureißen. Werdet glücklich, ihr beiden, ich stehe euch nicht mehr im Wege. Es gibt jedoch etwas, um das ich deinen Mann bitten muss. Und das ist nicht ungefährlich.«
Aha, dachte Laurine. Hatte sie es doch geahnt. Der Schwefelgeruch, von dem Battista gesprochen hatte, da war er wieder.

IX

Als Eric zurückkam, sah er Laurine und Mateu an dem Tisch unter der Feige sitzen. Die beiden tauschten tiefe Blicke aus. Eric verspürte ein Ziehen in der Brust. Etwa Eifersucht? Alberner Gedanke. Er würde Laurine sein Leben anvertrauen, wieso zweifelte er an ihren Gefühlen? Trotzdem. Die beiden kannten sich viel länger, und Mateu hatte nie aufgegeben, um sie zu kämpfen.

Drei Gläser in der einen sowie je eine Flasche Wasser und Wein in der anderen Hand, trat Eric an ihren Tisch und stellte alles ab. »Bitte sehr. Bedient euch.«

Mateu griff in seine Hosentasche, holte ein Multifunktionsmesser hervor und öffnete den Wein. Er bot allen davon an, doch Laurine lehnte ab. Nachdem er sich und Eric eingeschenkt hatte, verschloss er die Flasche wieder und hob sein Glas. »Auf euch. Möget ihr glücklich werden. *Salute.*« Er kippte das Glas in einem Zug runter. »Ihr könnt euch nicht vorstellen, was es mich für eine Überwindung gekostet hat, hierherzukommen. In dieses *Idyll.*« Er sprach das Wort aus, als hätte es einen bitteren Beigeschmack.

»Tatsächlich?« Laurine runzelte zweifelnd die Stirn. »Der Mateu, den ich kannte, betrachtete diese Insel als sein persönliches Eigentum. Er kam und ging, wie es ihm beliebte, weil er wusste, dass seine Bluthunde nie weit weg sind.«

Mateu schenkte sein Glas wieder voll. »Diesen Mateu gibt es nicht mehr. Er ist tot. Von der Ponte Vecchio gestürzt und unten auf den Felsen zerschmettert. Der Mann, der jetzt vor euch sitzt, hatte eine verschobene Hüfte, mehrere gebrochene Rippen sowie einen Schädelbasisbruch. Drei Wochen lang wurde an mir herumoperiert. Dass ich wieder laufen kann, grenzt an ein Wunder, doch es wird nie wieder so sein wie früher.«

»Gebrochene Knochen machen noch keinen neuen Menschen«, sagte Laurine mit kalter Stimme. »Dazu gehört mehr.«

Eric fand ihre Worte hart, doch sie hatte recht. Ein Mensch konnte humpeln, an Leib und Seele gebrochen, und dennoch immer noch derselbe Drecksack sein. Was zählte, waren die inneren Werte. Die Frage war: Hatte der Unfall Mateus Seele verändert?

»Was du sagst, ist richtig.« Mateu nahm noch einen Schluck, als müsse er sich Mut antrinken. »Doch in meinem Fall ist es anders. Seit diesem Tag kann ich nicht mehr richtig schlafen. Ich nehme Schlaftabletten. Ich fresse das Zeug wie Zuckerkugeln, aber sie betäuben mich nur, sie bringen keine Erholung. Sobald

ich die Augen schließe, sind die Bilder wieder da. Ich werde sie einfach nicht los.«
»Welche Bilder?«, hakte Eric nach.
»Es ist, als stünde ich noch immer dort«, erwiderte Mateu. »Ich spüre den Wind, sehe die Sonne. Meine Ohren sind betäubt vom Lärm der Schnellfeuerwaffen. Überall liegen leere Patronenhülsen herum, man könnte auf den Dingern ausrutschen. Die Luft ist trübe, erfüllt vom Pulverdampf. Es stinkt nach Schwefel, nach Schießpulver und nach Schweiß. Meinem Schweiß. Ich muss in diesen Minuten literweise Wasser verloren haben. Dann ertönt dieser Befehl: *Erschießt ihn. Erschießt diesen Hurensohn und werft ihn über die Brücke.*«
Mateus Hände zitterten, als hätte er einen Anfall. Doch es währte nur kurz. »Das Nächste, was ich spüre, ist die Leitplanke in meinem Rücken. Ich höre etwas. Das Rauschen des Vecchio, vierzig Meter unter mir. Es ist, als würde er mich rufen. *Komm, ruft er. Komm zu mir. Ich fange dich auf.*«
Laurines Augen wurden hart. »Und dann bist du gesprungen.«
»Ja …«
»Vermutlich die einzig richtige Entscheidung«, murmelte Eric.
»Von dem eigentlichen Sturz weiß ich nichts mehr«, sagte Mateu. »Wurde von der Festplatte gelöscht. Genau wie der Aufprall. Meine Erinnerungen setzen erst Tage später wieder ein. Doch seither zittert meine rechte Hand. Ich habe Probleme, meine Augen zu fokussieren. Von anderen Körperteilen will ich gar nicht reden. Meine Ärzte sagten mir, dass ich vermutlich nie wieder Kinder zeugen kann.«
Laurine schien etwas sagen zu wollen, doch Eric legte seine Hand auf ihre, und sie verstummte. Ihr Gesicht war ausdruckslos. Augen, Wangen und Mund waren wie aus Stein gemeißelt.
»Warum erzählst du uns das alles?«, fragte sie. »Was haben wir mit deinen schmutzigen Geschäften zu tun?«
»Ich war gestern auf einem Treffen der Dons«, sagte er. »Der Zwölferrat hat getagt, und ich war eingeladen. Ich durfte den Platz meines Vaters einnehmen, der seit diesem verhängnisvol-

len Tag verschollen ist.« Mateu nahm noch einen Schluck. »Wir dachten, er wäre tot, doch das ist er nicht.«
»Jean-Baptiste ... lebt?« Laurine zog die Brauen zusammen. Zum ersten Mal bemerkte Eric eine Veränderung an ihr. Die Nachricht traf sie, das war deutlich zu erkennen. Sie hatte den Vater immer schon mehr respektiert als den Sohn.
Mateu nickte. »Irrtum ausgeschlossen. Er lebt und wird irgendwo festgehalten. Es gibt Dokumente, die das unwiderlegbar beweisen. Allerdings ist er in denkbar schlechter Verfassung. Ich habe zwei Filmdokumente bei mir, die ich euch zeigen möchte.« Mateu zog sein Handy raus und legte es auf den Tisch. »Es wurde der Entschluss gefasst, eine Rettungsaktion zu starten. Der Plan ist, einen Informanten auszuschicken, der sich in die Kreise der Entführer begibt, um herauszufinden, wo mein Vater gefangen gehalten wird. Sobald wir diese Information haben, werden wir zuschlagen und ihn befreien.«
»Klingt nach etwas, bei dem ich gerne weit weg wäre, wenn es geschieht«, sagte Eric. Doch dann bemerkte er Mateus Blick und zuckte zusammen. »Moment mal. Sagen Sie nicht, das hätte etwas mit mir zu tun.«
»Vielleicht ...«
Eric schüttelte den Kopf. Das entwickelte sich schlimmer als erwartet. »Wollen Sie etwa andeuten, ich soll einen Job für Sie übernehmen? «
»Um ehrlich zu sein, ja. Ich möchte, dass Sie herausfinden, wo mein Vater gefangen gehalten wird, und uns diese Information zukommen lassen.«
Eric lachte laut auf. »Das können Sie vergessen, Mateu. Wer käme denn auf so eine hirnverbrannte Idee?«
»Ich. In Kooperation mit dem Zwölferrat. Es hat mich ziemlich viel Überzeugungsarbeit gekostet, ihnen den Vorschlag schmackhaft zu machen.«
»Das glaube ich gerne.« Eric nahm einen Schluck von dem Wein. Der Sohn des Clanchefs schien jetzt vollkommen den Verstand verloren zu haben. Doch Mateu sah ihn nur ruhig an. Um seine

Lippen spielte ein Lächeln. »Ich kann mir vorstellen, was Sie jetzt denken. Offenbar hat Mateu einen harten Schlag auf den Kopf bekommen oder so. Die Mitglieder des Zwölferrates müssen anfangs auch so etwas gedacht haben. Ein paar von ihnen haben mich öffentlich für verrückt erklärt. *Einen Giuliani?*, haben sie mich gefragt. *Weißt du, was du da vorschlägst? Die Giuliani hätten um ein Haar deine gesamte Familie ausgelöscht. Wie kannst du das Massaker von Novella vergessen haben? Winter 1872.*

Ich habe es nicht vergessen, sagte ich und erzählte ihnen die Geschichte. Dass die Giuliani früher die Herrscher der Balagne gewesen sind. Dass euer Herrschaftsbereich von Palasca bis zum Monte Corona reichte, von Pioggiola bis Vallica, von Occhiatana bis Mausoléo. Nur wir, die Santini, haben euch Schwierigkeiten bereitet. Wir haben eure Ortschaften im Grenzland überfallen, haben eure Ernten gestohlen, euer Vieh vertrieben und die Bewohner in Angst und Schrecken versetzt.

Ich habe nichts vergessen, sagte ich den Dons, *und ich weiß genau, was ich tue.* Ich sagte ihnen, dass ich mich ausführlich mit der Geschichte meiner Familie beschäftigt habe und inzwischen der Meinung bin, dass nicht alles, was die Santini damals taten, koscher war.«

Eric hob erstaunt eine Braue. »Das haben Sie ihnen gesagt?«

»Ja, und dazu stehe ich. Es sind Fehler auf beiden Seiten gemacht worden. Dass wir zwei uns ausgesöhnt haben, Eric, beendet einen jahrhundertealten Zwist. Und ich bin froh darüber.«

»Aber …«

»Die Geschichte ist noch nicht zu Ende.« Mateu hob die Hand. »*Ausgerechnet ihn willst du um Hilfe bitten?*, fragten sie mich, und ich antwortete: *Ja. Erstens, weil Eric Marchand auf dieser Insel ein Unbekannter ist. Zweitens, weil er bereits in der Vergangenheit solche Aktionen durchgeführt hat …*«

»Und drittens?«

Mateu neigte den Kopf und lächelte spöttisch. »Drittens, weil Sie ohne Probleme als Maghreb durchgehen würden.«

Eric runzelte die Stirn. *Maghreb* war die abfällige Bezeichnung der Franzosen für die Nordafrikaner. Aus dem Mund Mateus also nicht unbedingt ein Kompliment. Aber Eric war sich seines äußeren Erscheinungsbildes bewusst. Mit ein wenig Verkleidungskunst und Schauspielerei würde er durchaus als Araber durchgehen. Das hatte ihm bei seiner Recherche in den Banlieues von Paris mehr als einmal das Leben gerettet.

»Wie gesagt, ich habe beim Treffen der zwölf diesen Vorschlag persönlich geäußert«, sagte Mateu. »Ich habe Sie ins Spiel gebracht, weil uns etwas verbindet und weil ich weiß, dass Sie die Dringlichkeit meiner Bitte verstehen würden.«

»Hört sofort auf, alle beide!« Laurine war kreidebleich geworden. Ob vor Angst oder Wut, war nicht zu erkennen. Vermutlich beides. Ihre Finger krallten sich in das Holz des Tisches. »Kein Wort mehr davon. Ich …«

Mateu sah sie ernst an. »Bitte, Laurine, wir hatten eine Vereinbarung …«

»Scheiß auf die Vereinbarung«, zischte sie. »Was Eric betrifft, betrifft auch mich.«

Sie ergriff seine Hand. Ihr Finger waren eiskalt und zitterten.

»Bitte, Laurine«, flüsterte er. »Vertrau mir. Ich bin nicht lebensmüde.«

Sie warf ihm einen Blick zu, der gewisse Zweifel erkennen ließ. Aber immerhin schwieg sie.

»Nun gut«, wandte Eric sich wieder Mateu zu. »Sie wollen mich also als Informanten anwerben. Ich soll mich in die entsprechenden Kreise einschleusen und herausbekommen, wo Ihr Vater gefangen gehalten wird. Sobald ich euch diese Information geliefert habe, übernehmt ihr, und ich bin raus aus der Sache. Habe ich das richtig verstanden?«

»Wir würden es selbst tun, wenn unsere Gesichter nicht so bekannt wären«, sagte Mateu. »Selbst wenn wir uns falsche Bärte und Nasen ankleben würden, das Risiko wäre einfach zu groß. Von uns spricht keiner Arabisch, und mit deren Kultur kennen wir uns auch nicht aus. Sie hingegen …«

»Was ist mit mir …?« Eric nippte an seinem Wein.
»Ach, kommen Sie schon. Sie wissen selbst, dass ich recht habe. Ihre Romane spielen ausnahmslos in den Vororten von Paris. Im Dunstkreis von Mördern, Fixern, Strichern und Terroristen. In *Die brennende Stadt* beschreiben Sie, wie junge Männer in den Bannkreis der Terrormiliz Islamischer Staat geraten, wie sie umgekrempelt und zu willenlosen Marionetten gemacht werden. Der Roman gipfelt in dem Attentat auf das Konzert im Bataclan im November 2015. Ich weiß, dass Sie sich diese Beschreibungen nicht ausgedacht haben.«
»Das stimmt«, sagte Eric. »Trotzdem werde ich den Teufel tun, mich noch einmal in eine solche Situation zu begeben.«
»Da hörst du's, Mateu«, sagte Laurine. »Er hat kein Interesse. Und jetzt geh.«
Mateu beachtete sie nicht. Seine Augen waren nur auf Eric gerichtet. »Ich verstehe Sie, Eric. Kein Mensch, der noch alle Sinne beisammenhat, würde so etwas tun. Ereignisse wie diese gibt es überall auf der Welt. Die Vororte von Ajaccio oder Bastia sind keinen Deut besser. Nicht mal die Polizei traut sich dort rein, und das, obwohl ihr oberster Ordnungshüter ein Halbmaghreb ist.«
Er spielte damit auf Chefinspektor Clément von der Police Nationale Ajaccio an, dessen Vater Marokkaner war. Er selbst war mit einer Marokkanerin verheiratet.
Eric wich seinem Blick aus. »Wenn Sie meine Antwort schon kennen, warum fragen Sie dann?«
Mateus Augen schimmerten silbern wie Manschettenknöpfe. »Weil es für Sie etwas zu gewinnen gibt, Eric. Für euch beide.« Er lehnte sich zurück.
»Es gibt nichts, was wir von dir wollen«, sagte Laurine. »Nicht heute, nicht morgen oder sonst wann. Geh einfach und lass uns in Ruhe.«
Eric überlegte, ob er für sie Partei ergreifen sollte, doch Mateu kam ihm zuvor. »Korsika ist eine sehr spezielle Insel, das dürfte Ihnen inzwischen aufgefallen sein, Eric«, sagte er. »Wir leben hier nach unseren eigenen Regeln und Gesetzen. Regeln, wie sie

nicht unbedingt für den Rest der Welt gelten, die für uns aber seit vielen Hundert Jahren von Bedeutung sind.«
»Ist mir aufgefallen«, sagte Eric vorsichtig. Er spürte, dass irgendwo vor ihm eine Falle lauerte. Der neue Mateu war nachdenklicher, taktierender. Als hätte der Sturz tatsächlich eine Veränderung bewirkt.
Mateu lehnte sich zurück. »Mir ist zu Ohren gekommen, dass Ihr Aufenthalt hier auf unbestimmte Zeit verlängert wurde. Sie haben jetzt ein Heim, eine neue Liebe und einen Job. Vielleicht werdet ihr beide eines Tages Kinder bekommen. Das Problem ist nur, ihr seid nicht allein. Da sind Laurines Eltern, ihr Bruder mit seiner Familie. Da sind Madame Borghetti, Petru und Battista, Émile und Francine …«
Erics Augen wurden schmal. »Wollen Sie uns etwa drohen?«
»Sie missverstehen mich. Ich will Ihnen die Vorteile klarmachen, wenn ihr euch unter den Schutz der zwölf begebt. Erinnert euch an Miguels respektloses Betragen vorhin. So wie er denken viele. Für ihn seid ihr Rechtsbrecher, Vagabunden, *Ausgestoßene*. Er wird euch niemals akzeptieren. Ich könnte das alles für euch ändern.« Er lehnte sich zurück.
Eric erinnerte sich noch recht lebhaft an seinen Besuch bei Laurines Eltern in Bonifacio. Während ihr Vater bemüht war, die Wogen zu glätten, hatte ihre Mutter ihm ganz klar zu verstehen gegeben, dass sie ihn nicht akzeptierte. Sie sah sich selbst als Verbannte. Ausgestoßen, isoliert und gesellschaftlich geächtet. Zweifellos als Folge von Laurines und Mateus Scheidung. Laurine hatte ihm zwar immer versichert, es sei nichts und er brauche sich deswegen keine Gedanken zu machen, doch so wirklich geglaubt hatte er ihr das nie. Die Île de Beauté hatte ein verdammt langes Gedächtnis. Nur diejenigen, die etwas für die Gemeinschaft taten, durften auch etwas von ihr zurückerwarten. Laurines Makel färbte auf all jene ab, die sie liebte.
»Dann meinen Sie also, Sie würden die Weichen neu für uns stellen, wenn ich diesen Job für euch übernehme?«
»Genau das ist mein Vorschlag.«

»Eric!« Laurine sah ihn scharf an. Sie schien zu spüren, dass Mateus Worte Wirkung zeigten. »Lass dich bloß nicht von ihm um den Finger wickeln. Er versucht seine üblichen Spielchen. Schluss damit, Mateu. Ich werde nicht zulassen, dass du Eric zu dieser Dummheit verleitest. Außerdem verdrehst du die Tatsachen. Nicht *wir* sind schuld an der Situation, sondern Leute wie du und Miguel, die auf die Traditionen pochen und uns mit ihrem Starrsinn und ihren vorsintflutlichen Wertmaßstäben das Leben zur Hölle machen. Haltet euch aus unserem Leben raus, verstanden?« Sie tat so, als wolle sie aufstehen, hielt aber inne, als sie merkte, dass die beiden Männer sitzen blieben.

»Kommst du, Eric?«

»Nur noch einen Moment.« Eric hob die Hand. »Ich würde das gerne noch mit Mateu ausdiskutieren. »Sie haben davon gesprochen, es gäbe zwei Dateien. Über die eine, die offenbar Ihren Vater zeigt, wissen wir jetzt Bescheid. Was ist mit der anderen?«

Mateu lächelte. »Sie sind ein aufmerksamer Zuhörer, Eric Marchand. Ganz recht, es gibt eine zweite Aufnahme. Darauf zu sehen ist eine Person, die Ihnen bekannt sein dürfte. Auch sie befindet sich in den Händen der Entführer.«

»Wer ist es?« Eric hatte auf einmal ein mulmiges Gefühl.

Statt einer Antwort nahm Mateu sein Handy und betätigte die Abspieltaste.

Eric rutschte nach vorn, um besser sehen zu können. Es war schwierig, Einzelheiten zu erkennen. Das Bild war sehr unruhig und wackelte dauernd hin und her. Eric erkannte eine Zelle. Ein eisernes Bettgestell, ein Waschbecken, Tisch, Stuhl, ein paar Bücher und einen Fernseher. Über dem Stuhl hing ein Kleid. Dann schwenkte die Kamera nach oben.

Eric hatte das Gefühl, seine Brust würde mit Eiswasser geflutet. Die Kälte presste ihm das Herz zusammen. Da saß eine Frau auf dem Bett. Mit ängstlichen Augen starrte sie in die Kamera. Ihre ehemals lockigen Haare hingen in Strähnen herab. Das Gesicht war blass, tiefe Ringe lagen unter den Augen. Eric fiel auf, dass ihre linke Gesichtshälfte dunkel verfärbt war, als hätte man sie

geschlagen. Sie trug ein seltsam altmodisches Nachthemd mit Blümchenmuster und Spitze. Ihre Hände waren verkrampft, die Finger ineinandergeflochten. Als sie ihr Essen hingestellt bekam, blickte sie kurz auf und murmelte: »Danke.«
Im Bruchteil einer Sekunde wurde Eric klar, warum seine Ex-Freundin sich nicht bei ihm gemeldet hatte. Monique hatte die Insel niemals verlassen.
Sie war immer noch hier.

X

Mahmoud saß in der Sonne vor dem Grand Café Napoléon. Ungeduldig mit den Fingern auf den Holztisch trommelnd, blickte er auf die Uhr. Wo steckte Eric bloß? Sie waren um 15 Uhr verabredet gewesen, jetzt war es zwanzig nach. Der Schriftsteller war normalerweise recht pünktlich, und eine Nachricht hatte er ihm auch nicht geschickt. Ein Missverständnis?
Nach dem vereitelten Bombenattentat auf die Polizeistation war Mahmoud nervöser denn je. Sie hatten allesamt ein unglaubliches Glück gehabt. Wäre da nicht Paulettes kleiner Hund gewesen, die Sache hätte ein schlimmes Ende nehmen können. Unterm Strich hatten sie es Lulus Argwohn zu verdanken, dass sie noch am Leben waren.
Ein Bombenanschlag. Minutiös geplant.
Irgendjemand hatte sehr gründlich recherchiert und herausgefunden, dass der Chef de Police gerne bei Grimaldi einkaufte. Er hatte sich einen Originalkarton besorgt, ihn mit TNT bestückt und es durch einen elektrischen Kontakt mit der Verpackungsschnur verbunden. Hätte Mahmoud wie vorgesehen die Schere benutzt, um das Band durchzuschneiden, es wäre zur Unterbrechung des Stromkreislaufs und zur Detonation gekommen.
Nicht auszudenken, wie viele Menschenleben das gekostet und

was für eine Verwüstung das angerichtet hätte. Das Entschärfungsteam ging davon aus, dass zumindest der erste Stock komplett zerstört worden wäre.
Mahmoud fühlte ein Brennen im Magen. Ihm wurde übel, wenn er daran dachte, wie viel Glück sie gehabt hatten. Woher wussten diese Leute so viel über seine Angewohnheiten? Wurde er beschattet? Und was bezweckten sie mit diesem Anschlag? Fragen über Fragen.
Inzwischen lief alles wieder normal. Nach außen hin ging alles seinen Gang, doch intern herrschte große Unsicherheit. Die Sicherheitsvorkehrungen waren verschärft worden, es gab neuerdings eine Magnetschranke am Eingang, und jegliche Postzustellung wurde doppelt und dreifach überprüft – was die Vorgänge im Haus erheblich verlangsamte. Mahmoud war seither deutlich nervöser. Eine Nacht durchzuschlafen, daran war kaum noch zu denken. Immer wieder ertappte er sich dabei, wie er wildfremde Menschen anstarrte und sie nach ihrer potenziellen Gefahrenstufe überprüfte. Wirkten sie nervös, gehetzt? Verhielten sie sich auffällig, waren sie allein oder zu mehreren? Mit seiner Checkliste im Kopf, die er Stück für Stück durchging, sondierte er die Umgebung. So weit war es schon gekommen, dass er überall nur noch Verbrecher sah.
Der mit grünem Tuch bespannte Rattansessel drückte unangenehm in seinen Rücken. Mahmoud wollte schon zahlen, als er den Schriftsteller um die Ecke kommen sah. Erleichtert winkte er ihm zu.
»Da bist du ja endlich«, sagte er. »Ich wollte gerade gehen.«
»Bitte verzeih«, sagte Eric mit entschuldigendem Lächeln. »Hab den Verkehr in dieser Stadt unterschätzt. Es war fast unmöglich, einen Parkplatz zu bekommen. Ich musste unten am Hafen parken und bin den ganzen Weg zu Fuß gelaufen. Und mein Handy-Akku ist leer.«
»Hauptsache, du bist da und unversehrt«, erwiderte Mahmoud.
Eric hob eine Braue. »Wieso auch nicht? Ist irgendwas los? Du siehst ziemlich mitgenommen aus.«

»Frag nicht.«
Eric runzelte die Stirn.
Mahmoud klopfte auf den Stuhl. »Setz dich. Was willst du trinken?«
»Kaffee. Und essen würde ich auch gerne etwas. Ich habe einen Mordshunger.« Er winkte der Bedienung zu und bestellte ein Omelett mit Toast, zwei Croissants und *Confiture de Figues.*
Mahmoud wartete, bis die Kellnerin verschwunden war, dann beugte er sich vor und senkte verschwörerisch die Stimme. »Dein Anruf gestern war eine ziemliche Überraschung.«
»Nicht nur für mich, das darfst du mir glauben.«
Mahmoud schüttelte den Kopf. »Ich kann es immer noch nicht fassen, dass du das ernsthaft in Erwägung ziehst.«
»Ich auch nicht. Wie Laurine reagiert hat, will ich dir lieber nicht erzählen.«
»Sie weiß davon?«
»Sie war bei dem Gespräch dabei. Ich konnte sie nicht abhalten. Außerdem haben wir keine Geheimnisse voreinander.«
»Geheimnisse sind unter bestimmten Voraussetzungen nicht das Schlechteste«, sagte Mahmoud. »In diesem Fall aber bin ich froh. Vielleicht ist sie ja dazu in der Lage, dir etwas gesunden Menschenverstand einzuprügeln.«
»Ich habe keine Wahl«, entgegnete Eric gepresst. Sein Blick war gesenkt, seine Haltung angespannt. »Ginge es ausschließlich um Jean-Baptiste, mir wäre die Entscheidung leichtgefallen. Aber ich bin in der Verpflichtung. Ich kann Monique nicht ihrem Schicksal überlassen …«
Die Bedienung kam und brachte Erics Bestellung. Das Frühstück sah prächtig aus. Der Kaffee duftete, das Omelett glänzte, und die Toasts und Croissants leuchteten goldbraun. Ein verführerischer Duft stieg Mahmoud in die Nase. Er überlegte kurz, ob er sich das gleiche Gedeck bestellen sollte, doch dann blickte er auf seinen Bauch und verwarf den Gedanken wieder. Er wartete kurz, bis die Bedienung außer Hörweite war, dann fuhr er fort: »Und du bist sicher, dass es Monique ist?«

»Ich habe sie gesehen. Es gibt keinen Zweifel.«
»Verdammt!« Mahmoud presste seine Lippen aufeinander. »Wieso ist sie überhaupt noch hier auf der Insel? Ich dachte, sie wäre längst weit fort.«
»Das dachte ich auch …«
»Sie hat doch überhaupt nichts mit der Sache zu tun. Ich verstehe das nicht …«
Eric nickte. »Geht mir genauso. Es ist alles ein großes Rätsel …« Er strich dick Butter auf seinen Toast und nahm einen Bissen von dem Omelett. »Mateu hat geäußert, es könne eventuell seine Schuld sein. Durch ihn seien die Terroristen überhaupt erst auf Monique aufmerksam geworden.«
Mahmoud runzelte die Stirn. »Wie das?«
»Wie du ja weißt, hat Mateus Cousin Miguel Monique in Paris ausfindig gemacht. Er wusste, dass ich mit ihr liiert war. Er hat sie in Paris aufgestöbert, Kontakt zu ihr aufgenommen und sie hierhergelockt. Das Ziel der beiden war es, einen Keil zwischen mich und Laurine zu treiben.«
»Was auch beinahe geklappt hätte«, sagte Mahmoud.
Eric nickte. »Stimmt. Viel hätte nicht gefehlt, und Laurine wäre auf und davon. Doch zum Glück hat sich alles zum Guten gewendet.«
»Außer für Monique …«
»Richtig. Der Schaden war bereits angerichtet, noch ehe sie überhaupt einen Fuß auf diese Insel gesetzt hat. Die Entführer von Santini scheinen über Wochen hinweg jegliche Korrespondenz verfolgt und aufgezeichnet zu haben. Sie wussten exakt, wann Mateu und sein Vater über die Brücke fahren würden, und konnten ihren Anschlag dementsprechend timen. Möglicherweise ist bei der abgefangenen Korrespondenz irgendwann auch mal der Name Monique Lavalle gefallen.«
»Was bedeuten würde, dass Monique nur rein zufällig ins Schussfeld dieser Verbrecher geraten ist.«
»Das jedenfalls vermutet Mateu«, sagte Eric. »Offenbar haben die Verbrecher sie am Flughafen abgepasst und verschleppt.«

Mahmoud sah seinen Freund unter gesenkten Brauen an. »Du scheinst dich ja in letzter Zeit gut zu verstehen mit Mateu Santini …«

»*Verstehen?*« Eric verschluckte sich und hustete. Als er wieder zu Atem kam, sagte er: »Nichts könnte weiter von der Wahrheit entfernt sein. Wir zwei sind wie Feuer und Wasser. Allein die Sorge um unsere Familien und Freunde hält uns zusammen. Ein Zweckbündnis, mehr nicht.«

»Freut mich, das zu hören«, sagte Mahmoud. »Also, wenn das stimmt, dann sind die beiden jetzt seit vier Monaten in Gefangenschaft. Ganz schön lange Zeit.«

»Allerdings …« Eric biss in seinen Toast. Ihm war anzusehen, wie sehr ihn das belastete. Mahmoud hatte von der Affäre damals nur wenig Notiz genommen. Monique war eines Tages aufgekreuzt und hatte versucht, Eric zurückzugewinnen. Sie führte dabei überzeugende Argumente ins Feld. Mahmoud war nicht entgangen, dass sie überaus attraktiv war. Eine der schönsten Frauen, die er jemals gesehen hatte, dabei aber mit einer natürlichen und sympathischen Ausstrahlung gesegnet. Er erinnerte sich noch lebhaft, wie sie an Erics Seite bei der Pressekonferenz im Gouverneurspalast von Calvi aufgetaucht war und allen die Show gestohlen hatte. Mahmoud war froh gewesen, dass Jamilla an diesem Abend keine Zeit gehabt hatte, ihr wären sofort seine Stielaugen und sein dümmliches Lächeln aufgefallen.

»Also gut, erklär's mir«, sagte er. »Wieso du? Haben die Santini niemand anderen, den sie als Spitzel einsetzen könnten? Schwer zu glauben bei der Menge an Leuten, die für sie arbeiten.«

Eric wischte mit der Serviette über seinen Mund. »Mateu behauptet, dass es bei der Abhöraktion zu einem Datenleck gekommen ist. Den Terroristen sei es gelungen, die Namen sämtlicher Gefolgsmänner und Verbindungspersonen der Clans abzugreifen. Du weißt, was das bedeutet. Für jemanden, der im Verborgenen agiert wie diese ehrenwerten Familien, ist das eine Katastrophe.«

»Ein Super-GAU.« Mahmoud strich über den Rand seiner Tasse.

»Man stelle sich vor, diese Dokumente würden an die Presse geraten. Das gäbe einen hübschen Knall.«
»Bislang ist aber nirgendwo etwas aufgetaucht, oder?«
»Nein.« Mahmoud schüttelte den Kopf. »Aber was nicht ist, kann ja noch werden. Wobei ich finde, dass die sich ganz schön viel Zeit lassen. Das ist ungewöhnlich.« Dann fiel ihm etwas ein. »Wie geht es eigentlich Petru? Hat er sich von seinem Erlebnis in Bastia wieder erholt?«
Eric schaufelte den Rest vom Omelett in sich hinein. Er schien tatsächlich kurz vorm Verhungern gestanden zu haben. »Du kennst ihn doch«, sagte er mit vollem Mund. »Die Angelegenheit ist nur eine Fußnote für ihn. Er ist mit seinen Gedanken längst wieder bei seinem nächsten Artikel.«
»Und worum geht es da?«
»Keine Ahnung.« Erics Augen flatterten, als er den nächsten Schluck Kaffee nahm. Mahmoud spürte, dass er log. Sein Freund verschwieg ihm etwas. Aber er wollte ihn nicht drängen. Wenn er etwas zu sagen hatte, würde er es schon tun.
»Wie dem auch sei, Mateu ist davon überzeugt, dass ich es schaffen könnte«, fuhr Eric fort. »Offiziell bin ich immer noch in Paris gemeldet.«
»Lächerlich.« Mahmoud schüttelte den Kopf. »Erstens bist du seit über einem Jahr hier, zweitens steckst du doch mittendrin. Überleg doch mal: Laurines Wohnung wurde durchwühlt, Monique ist in Gefangenschaft, auf deinen Freund Petru wurde ein Anschlag verübt. Es braucht nicht viel, um eins und eins zusammenzuzählen.« Er verschwieg, was gerade bei ihnen auf dem Polizeirevier los war. Sollte er es Eric erzählen? Vielleicht würde ihn das ja umstimmen.
»Du hast recht«, räumte Eric ein. »Allerdings betrifft mich keines dieser Verbrechen persönlich. Könnte Zufall sein. Ich gebe jedoch gerne zu, dass Zeit ein wichtiger Faktor ist. Wenn mein Name bis jetzt noch nicht aufgetaucht ist, könnte das bald geschehen. Deswegen ist es ja so wichtig, dass ich mich beeile.«
»Und was hast du vor?«

Eric tupfte seinen Mund ab und lehnte sich zurück. »Ich habe mir überlegt, meine alte Scheinidentität wieder anzunehmen. In Paris habe ich monatelang unter dem Namen *Abdul Farid* gelebt. Ich habe mir eine nahezu wasserdichte Existenz zurechtgelegt, die ich wieder aktivieren könnte. Ich würde als syrischer Asylant auftreten und mich dabei ein bisschen umhören. Was denkst du?«

Mahmoud schüttelte den Kopf. »Was ich denke, willst du nicht hören.«

»Komm schon …«

»Also gut. Mein Rat lautet: Schlag dir das ganz schnell aus dem Kopf. Ich habe keine Lust, dein Blut mit einem Feudel aufzuwischen.«

»Nun übertreibst du aber …«

»Nein, gewiss nicht. Du bist kein Kriminalist, Eric. Du hast keine Ahnung, womit du es hier zu tun hast.« Er hob die Hand, als er spürte, dass Eric protestieren wollte. »Komm mir jetzt nicht mit deinen Büchern. Ein paar davon habe ich gelesen. Durchaus beeindruckend, das muss ich zugeben. Aber das hier ist etwas völlig anderes. Dies ist nicht Paris. Die Szene auf Korsika ist klein. Hier kennt jeder jeden. Du kannst nicht einfach aufkreuzen und behaupten, du wärst Ra'id aus Rabat.«

»Abdul Farid …«

»Und wenn schon. So funktioniert das nicht. Du steckst deinen Kopf in eine Schlinge und wirst ihn nicht rechtzeitig rausziehen können.«

Eric schien tatsächlich darüber nachzudenken. »Irgendwelche anderen Vorschläge?«

»Du müsstest eine wasserdichte Story präsentieren. Woher du kommst, wieso du hier gelandet bist, wer deine Kontaktleute sind.«

»Weiß ich«, sagte Eric. »Das war in Paris nicht anders. Ich bin ziemlich gut darin, in fremde Rollen zu schlüpfen. Wie du weißt, hatten meine Eltern ein Kino am Montmartre. Schauspielerei hat mich schon immer begeistert.«

»*Herrgott, Eric!*« Mahmoud musste sich zwingen, nicht laut zu werden. »Das ist kein Spiel, verstehst du? Die Islamistenszene ist klein. Sie sind eine eingeschworene Gruppe und klüngeln dauernd zusammen. Ein Teil von ihnen sitzt in Bastia, ein anderer hier in Ajaccio.«

»Wo genau?«

Mahmoud deutete in nördliche Richtung. »Der Stadtteil nennt sich *Jardins de l'Empereur* – Die Gärten des Kaisers. Wobei du dort nicht viel Kaiserliches finden wirst. Warst du schon mal dort?«

Eric schüttelte den Kopf.

»Versiffte Straßen, kaum Außenbeleuchtung – die Wohnblocks wurden in den Sechzigerjahren hochgezogen. Hässliche Plattenbauten, die einst als billige Arbeiterquartiere gedacht waren. Heute wohnen dort vor allem Menschen mit Namen wie Ayira, Abdul oder Azim. Die Gebäude sind allesamt sanierungsbedürftig und die Infrastruktur miserabel. Dafür sind die Mieten billig.«

Eric seufzte. »Ja, das Problem kenne ich. Paris, Lyon, Ajaccio, es ist überall das Gleiche.«

Beim Namen seiner Heimatstadt zuckte Mahmoud zusammen. Hatte er Eric je von seiner Vergangenheit erzählt? Wenn, dann nur flüchtig. Er war im Armenviertel im Osten von Lyon aufgewachsen. Das Viertel hieß *Quartier Olivier-de-Serres.* 1979 hatten dort die ersten Jugendunruhen stattgefunden. Er war zur Schule gegangen, hatte kleinere Jobs erledigt und Diebstähle begangen. Um ein Haar wäre er auf die schiefe Bahn geraten, wenn er nicht Jacques kennengelernt hätte, einen Sozialarbeiter. Jacques brachte ihn auf die Idee, eine Ausbildung bei der Polizei zu machen. Er hatte ihm dabei geholfen, sich buchstäblich an den eigenen Haaren aus dem Morast zu ziehen, wofür Mahmoud ihm im Nachhinein ewig dankbar war. Leider konnte er ihm das nicht mehr persönlich sagen. Die Nachricht, dass er bei einer Messerstecherei ums Leben gekommen war, hatte Mahmoud tief getroffen. Auch die Tatsache, dass viele seiner ehemaligen

Freunde zu Feinden geworden waren. Man konnte nicht die Seiten wechseln und davon ausgehen, dass alles beim Alten blieb. Die Versetzung nach Korsika war ihm deshalb nicht ungelegen gekommen.

»Die Menschen dort oben leben eingeklemmt zwischen zwei Fronten«, sagte er nachdenklich. »Auf der einen Seite die Imame, die von ihren Anhängern einen streng religiösen Habitus und ein durchritualisiertes Leben fordern, auf der anderen Seite die Korsen, die die Entwicklung mit Argusaugen beobachten. Mehr als tausend Einwanderer aus dem Maghreb leben dort. Verschleierte Frauen, Männer in langen Gewändern – mit ihnen hat ein strenger Islam Einzug gehalten. Das schürt natürlich den Argwohn der Korsen. Die Gettoisierung ist in vollem Gang. Da oben gehen nur noch Araberkinder zur Schule. Ein paar Portugiesen vielleicht. Die wenigen Korsen, die noch nicht abgehauen sind, haben ihre Kinder längst woanders untergebracht. Korsika ist die ärmste Region Frankreichs und zugleich diejenige mit dem höchsten Anteil an Muslimen.«

Eric pfiff durch die Zähne. »Diese Dimension war mir nicht bewusst …«

»Von den dreihundertdreißigtausend Einwohnern kommen fünfzigtausend aus dem Maghreb. Das sind rund fünfzehn Prozent. Die muslimische Minderheit kapselt sich immer stärker ab, was zu weiteren Spannungen führt«, sagte Mahmoud. »Das Ganze ist ein Pulverfass. Ich befürchte, Santinis Entführung könnte der Funke sein, der die Bombe zur Explosion bringt.«

»Aber dann muss dir doch daran gelegen sein, dass der Fall möglichst schnell aufgeklärt wird«, sagte Eric. »Stell dir vor, es gelänge dir, den Mann vor allen anderen zu befreien. Niemand würde zu Schaden kommen. Ich könnte dir dabei helfen. Du würdest den Nationalisten den Wind aus den Segeln nehmen und den Aufruhr im Keim ersticken. Nichts davon müsste an die Presse gelangen. Wäre das nicht ein kleines Risiko wert?«

»Ich soll dir dabei helfen, dich selbst ans Messer zu liefern? Vergiss es. So etwas könnte ich niemals verantworten.«

»Mein Entschluss ist ohnehin schon gefallen, ich muss da rein, verstehst du?«, flüsterte Eric. »Es ist keine Frage des Ob, sondern des Wie. Es würde mir jedoch sehr viel leichter fallen, wenn ich wüsste, dass ich auf deine Unterstützung zählen kann.«
Mahmouds Widerstand bröckelte. Er zog seine Hand zurück. Kopfschüttelnd versuchte er, seine Gedanken zu sortieren. Er hatte schon früher versucht, Eric etwas auszureden, und war gescheitert. So ein sturer Bock! Wenn der sich etwas in den Kopf gesetzt hatte, würde er eher gegen eine Wand laufen, anstatt sich von Worten überzeugen zu lassen.
»Du bringst mich noch ins Grab, weißt du das?«, seufzte Mahmoud. »Eines Tages werde ich wegen dir noch einen Herzinfarkt kriegen. Du bist mein Sargnagel.«
»Das haben mir schon andere gesagt.« Eric lächelte grimmig. Das tat er immer, wenn die Zeichen auf Sturm standen. »Aber zumindest müssten wir uns nicht vorwerfen, wir hätten nicht alles versucht. Wenn wir sterben, dann in dem Bewusstsein, die Welt zu einem besseren Ort gemacht zu haben, und das ist doch etwas wert, findest du nicht?«
»Pathetisches Geschwätz.« Mahmoud sah ihn an und schüttelte den Kopf. »Hätte ich dich doch bloß niemals kennengelernt.«

Teil II

Die Straße der vergessenen Dörfer

XI

Eine Woche später …

Zu guter Letzt war Mahmoud Clément dann doch weich geworden. Einen Tag lang hatte er gebraucht, dann war er zu der Einsicht gelangt, dass der Plan vielleicht doch eine Chance verdient hätte – nicht ohne nochmals zu betonen, dass er Eric weiterhin für einen Idioten hielt. Aber immerhin.

Ein Kollege Mahmouds drüben in Cervione schuldete ihm noch einen Gefallen, und so hatte er seine Beziehungen spielen lassen und Eric eine Unterkunft und einen Job besorgt. Mit einem Mal wurde die Angelegenheit schlagartig ernst. Was für Eric bislang nur als diffuser Plan existierte, bekam Hand und Fuß. Die neue Arbeit versprach genau das, was er sich erhofft hatte: eine Möglichkeit, herumzukommen und dabei unauffällig die Augen offen zu halten. Erics Name wurde geändert, er erhielt eine falsche Identität und Nationalität und würde noch einmal als Abdul Farid unterwegs sein. Ehemals Mathematiklehrer aus Damaskus, jetzt Flüchtling und Gelegenheitsarbeiter.

Eric war klar, dass es ein gewagtes Spiel war, aber selbst Mahmoud schien eingesehen zu haben, dass dies ihre beste Option war. Abgesehen von Erics veränderter Identität, die sich bereits in der Vergangenheit bewährt hatte, kannte er die beiden Entführungsopfer persönlich. Er würde ihnen vielleicht sogar versteckte Botschaften zukommen lassen können. Vorausgesetzt, er fand heraus, wo sie steckten. Denn das war seine eigentliche Aufgabe. Die Hände schmutzig machen mussten sich später andere. Wenn es losging, hätte er seinen Kopf längst aus der Schusslinie bewegt. So hoffte er zumindest.

»Weißt du, wo meine Stoffschuhe sind?«, rief er. »Ich kann sie nicht finden.« Er kramte in seinen Sachen. Was sollte er mitnehmen? Bloß nichts Auffälliges. Schlichte, einfache Klamotten, die ruhig ein bisschen abgetragen wirken durften. In der hintersten Ecke seines Schrankes fand er sogar seinen Gebetsumhang, die alten Ledersandalen und einen kleinen Teppich. Die fingierten Dokumente aus Pariser Zeiten hatte er alle aufbewahrt. Den gefälschten Pass, den Asylantrag, die Aufenthaltsgenehmigung und die Arbeitserlaubnis. Er hatte sich lange genug im Pariser Untergrund herumgetrieben, um die Bekanntschaft von Personen zu machen, die so etwas produzierten. Hochkriminelle Subjekte, die aber gleichzeitig echte Künstler waren. Selbst der Chefinspektor war von ihrer Arbeit beeindruckt gewesen. Oberflächlich betrachtet bestand kein Unterschied zu den offiziellen staatlichen Dokumenten. Man hätte sie schon unter spezielle Lesegeräte legen müssen, um Fehlermeldungen zu erhalten. Ein paar Nachbesserungen hier und da, und alles war wieder auf dem neuesten Stand. Das alterslos wirkende Konterfei im Pass besaß exakt so einen Bart, wie Eric ihn sich gerade wieder stehen ließ.

»Schatz, ich suche meine Schuhe.«

Wo steckte Laurine nur? Ob sie immer noch sauer auf ihn war? Er verließ seinen Arbeitsraum und wandte sich Richtung Schlafzimmer. Sie waren vor zwei Tagen wieder eingezogen. Laurines Haus erstrahlte in neuem Glanz. Die Handwerker hatten schnell und gut gearbeitet. Die Zimmer waren frisch tapeziert, gestrichen, gereinigt, auch die umgefallenen Regale hatte man zurück an ihren Platz gestellt. Die neue Sicherheitstür wirkte stabil, und die Fenster waren mit speziellen Schließmechanismen versehen worden. Ein weiteres Mal würden die Einbrecher nicht so leichtes Spiel haben. Klar, es fehlte noch Ersatz für die aufgeschlitzten Sofakissen und das zerschmetterte Porzellan, aber die Zeit würde die Wunden heilen. Neues Porzellan war schnell gekauft, und schon bald würde es hier wieder aussehen wie zuvor.

»Lau…« Er hielt inne.

Laurine stand im Schlafzimmer, genauer gesagt vor ihrem Kleiderschrank. Auf dem Bett lag ein abgewetzter Lederkoffer, in den sie Kleider, Schuhe, Unterwäsche und andere Kleidungsstücke warf.

Eric runzelte die Stirn. »Was tust du da?«
»Wonach sieht es denn aus?« Ohne ihn anzusehen, packte sie weiter.
»Verreist du?«
»Ja.«
»Ohne mir etwas zu sagen? Wohin soll es denn gehen? Besuchst du deine Eltern? Oder deinen Bruder?«
»Weder noch.« Sie wirkte schrecklich emsig. So, als wolle sie seinen Fragen bewusst ausweichen.
»Eine Freundin? Komm schon, lass mich nicht zappeln wie einen Fisch.«
»Ich werde dich begleiten, Eric Marchand. Hier, wie findest du das? Meinst du, das steht mir?« Sie hielt ein knöchellanges schwarzes Kleid vor ihre Brust. Die Ärmel waren an den Rändern mit Goldfäden verziert. »Man könnte es mit einem Nikab kombinieren, aber ich bin mir noch unschlüssig. Wäre natürlich sicherer. Was meinst du?«
Er stand da wie bestellt und nicht abgeholt. Nach einer kurzen Schrecksekunde fand er seine Stimme wieder. »Mich begleiten? Das ist ein Scherz, oder? Wo hast du die Sachen überhaupt her?«
»Battista hat sie mir gegeben. Sie ist ziemlich gut vernetzt. Zu ihren Freundinnen zählen auch etliche Muslimas. Sie hat mir sogar gezeigt, wie man das anlegt. Sobald man es geschafft hat, sind die Sachen wirklich bequem. Schön luftig.« Sie lächelte.
»Guter Witz«, sagte er. »Fast hättest du mich gehabt. Aber jetzt sag mir bitte, wo meine Stoffschuhe sind. Ich finde sie nicht in meinem Schrank.«
»Hast du schon mal in der Abstellkammer nachgesehen? Da liegen ein paar Sachen für die Altkleidersammlung.«
»Oh, ja, natürlich, die Abstellkammer. Daran habe ich nicht gedacht. Danke.« Er starrte sie weiter unverwandt an. »Es war doch ein Witz, oder?«
»Sieht das für dich so aus?« Sie faltete den Tschador, legte ihn sorgfältig in den Koffer und wandte sich wieder ihrem Schrank zu.

Eric stand da und blickte sie unschlüssig an. Wie sollte er reagieren? Sollte er überhaupt reagieren? Laurine war eine ausgezeichnete Pokerspielerin, die beste, die er kannte. Es war ein Leichtes für sie, ihn an der Nase herumzuführen. Gerne hätte er mal einen Lügendetektor bei ihr angeschlossen, er war ziemlich sicher, dass das Gerät an ihr scheitern würde. Das Problem war nur, dass sie verrückt genug war, zu meinen, was sie da sagte.
Während er sich noch sein Hirn über eine angemessene Reaktion zermarterte, sah sie ihn plötzlich an. »Nanu, du bist ja noch da. Wolltest du nicht in der Abstellkammer nachschauen?«
»Laurine …«
»Ja, Schatz?« Ihre Augen strahlten wie Edelsteine.
»Du meinst das doch nicht ernst, oder?«
Sie zwinkerte ihm zu. »Glaubst du, ich würde so einen Aufwand betreiben, nur, um dir einen Schrecken einzujagen? Das könnte ich schneller und einfacher haben.«
So langsam wurde ihm bewusst, dass es doch kein Scherz war. »Aber … das geht nicht«, stammelte er. »Ausgeschlossen. Es ist viel zu gefährlich. Außerdem gibt es für dich gar keinen Grund. Für mich ist die Sache klar: Ich muss Monique helfen …«
»Natürlich musst du das«, sagte sie knapp. »Es ist sogar deine verdammte Pflicht. Meine ist, dafür zu sorgen, dass du lebend wieder heimkommst.«
Wieder hielt er inne. Laurine hatte Monique eigentlich nie leiden können. Die beiden hätten unterschiedlicher nicht sein können. Doch anscheinend verstand sie, was ihn antrieb. Als könne sie seine Gedanken lesen, fuhr sie fort: »Auch wenn du keine Schuld an ihrer Entführung trägst, so ist sie doch nur deinetwegen hierhergekommen. Sie mag nicht mehr die Frau in deinem Leben sein, aber verantwortlich bist du dennoch für sie. Und ich für dich.« Sie legte ein weißes Nachthemd auf den Stapel. »Ich habe mit Mahmoud gesprochen. Er hält es für eine gute Idee. Er sagte, das würde dich davon abhalten, Dummheiten zu begehen. Außerdem ist es glaubwürdiger, wenn du eine Ehefrau an deiner Seite präsentieren kannst.«

»Du hast mit Mahmoud gesprochen? Wann das?«
»Als er bei Battista aufgekreuzt ist. Während du mit Petru im Weinkeller warst.«
»Das waren nur fünf Minuten …«
»Eher fünfzehn«, sagte Laurine grinsend. »Aber egal. Zeit genug, um mit ihm über meinen Plan zu sprechen. Wie gesagt, er findet es besser so, als dich allein losziehen zu lassen. Er kennt mich inzwischen gut genug, um zu wissen, wie vorsichtig ich bin. Was man von dir ja nicht gerade behaupten kann.«
»Aber du hast nicht mal Papiere, geschweige denn einen Pass.«
Sie winkte ab. »Das Risiko gehe ich ein. Kein muslimischer Mann würde es wagen, die Ehefrau eines anderen anzusprechen.«
»Und was ist mit den anderen Frauen? Die sind neugierig wie die Hölle. Ich habe es selbst erlebt. Ständig tuscheln und tratschen sie. Und du sprichst kein Wort Arabisch …«
»Wer sagt denn, dass ich Araberin sein muss?« Nachdenklich ging sie auf und ab, den Blick zu Boden gesenkt. »Ich könnte doch eine Französin sein, die zum Islam konvertiert ist. Ich habe mir sogar schon eine Geschichte zurechtgelegt. Wie wir uns in Paris begegnet sind und geheiratet haben. Wie du dort fortmusstest und ich dich begleitet habe. Ein paar Brocken Arabisch wirst du mir sicher beibringen, und was meine Motivation betrifft …« Sie sah ihn durchdringend an. »Es geht nicht allein um Monique. Vergiss nicht, was hier passiert ist.« Sie deutete auf ihr Schlafzimmer. Es roch immer noch nach frischer Farbe. »Die Leute, die hinter all diesen Anschlägen stecken, sind immer noch auf freiem Fuß. Ich will, dass sie gefasst und eingebuchtet werden. Ich will, dass auf meiner Insel endlich wieder Ruhe einkehrt. Und wenn Mateu wirklich Wort hält und dafür sorgt, dass meine Familie von der Schande reingewaschen wird, umso besser. Also hör auf, dir meinen Kopf zu zerbrechen. Sorge lieber dafür, dass du deinen Job erledigst. Je eher du brauchbare Ergebnisse lieferst, desto schneller können wir wieder hierher zurückkehren.« Sie trat auf ihn zu und küsste ihn zärtlich. Dann

schnürte sie an ihm vorbei in Richtung Küche und ließ ihn mit seinen Gedanken allein.
Er stand da wie vom Donner gerührt. Sollte er vor Wut schreien oder vor Freude weinen? Er wusste es nicht.

XII

Am nächsten Tag ...

Der Bus zockelte die D334 von Bastia nach Santa-Maria-Poggio hinauf und gab dabei höchst ungesunde Geräusche von sich. Der Fahrer, ein Männlein so alt und grau wie der Straßenbelag, nahm Kurve um Kurve, nicht darauf achtend, ob hinter der nächsten Biegung vielleicht ein anderes Fahrzeug auf sie zukam. An Überholen war ohnehin nicht zu denken, dafür war die Straße viel zu schmal. Nur an den spärlich gesäten Haltestellen bot sich anderen Autofahrern eine Möglichkeit, dem quälenden Schritttempo und der alles vernebelnden Rußfahne zu entkommen. Oben angekommen, entspannte sich die Situation. Der Bus beschleunigte auf stolze fünfzig Stundenkilometer und folgte ganz entspannt der D330 nach Süden.
Von ihrem Sitzplatz aus hatte Laurine einen guten Blick auf die baumbestandenen Hänge, die lang gezogenen Strände und die Küste des Tyrrhenischen Meeres. Kleine Fischerboote quälten sich durch die aufgepeitschten Wellen. In der klaren Luft waren links die Umrisse von Elba, rechts die von Montecristo zu erkennen. Heute ein staatliches Naturschutzgebiet, erlangte die Insel durch den Roman von Alexandre Dumas Weltruhm.
Laurine hatte das Buch vor Urzeiten mal gelesen, konnte sich aber nur noch an die Rahmenhandlung erinnern. Die Geschichte von Edmond Dantès, der vierzehn Jahre lang unschuldig im

Kerker von Château d'If verbringen musste, ehe ihn eine glückliche Verkettung der Umstände zu einem der reichsten Männer Europas machte und es ihm ermöglichte, an seinen Verrätern Rache zu nehmen.
Während sie an die Geschichte dachte, wurde sie plötzlich von einem Gefühl der Einsamkeit übermannt. Früher waren ihre Eltern oft mit Lucca und ihr hierhergefahren, hatten Ausflüge unternommen und Spezialitäten aus der Castagniccia gekauft. Auf der Ostseite der Insel lebte ein komplett anderer Menschenschlag. In den Gesichtern der Mitreisenden konnte man es erkennen. Sie wirkten verschlossener, ernster. So, als hätten die Schatten der dichten Kastanienwälder auf sie abgefärbt. Kaum jemand redete, alle blickten stumm nach draußen.
Laurine tastete nach Erics Hand. Sie fühlte sich warm und fest an.
»Alles in Ordnung?«, fragte er mit veränderter Stimme.
Sie nickte. Es war eigenartig, in eine fremde Identität zu schlüpfen. Das Kopftuch, die ungewohnte Kleidung – sie würde eine Weile brauchen, sich daran zu gewöhnen.
»Wir haben es gleich geschafft. Noch zwei Biegungen, dann müssten wir die Stadt eigentlich sehen.«
Sie nickte erneut, ließ seine Hand aber nicht los. Es war nicht das erste Mal, dass sie sich fragte, ob sie richtig handelte. Hatte sie sich das wirklich gut überlegt? Eine Aktion wie diese barg so viele Unwägbarkeiten, dass ein Ausgang unmöglich abzuschätzen war. Vielleicht hatte Eric recht. Vielleicht machte ihr Eingreifen alles nur noch schlimmer. Vor allem vor dem Hintergrund, dass ihre Regel überfällig war.
Laurine strich über ihren Bauch. Nicht, dass sie ernsthaft daran glaubte, schwanger zu sein – ihr Arzt hatte ihr vor langer Zeit mitgeteilt, dass sie keine Kinder bekommen könne –, doch das Ausbleiben ihrer Monatsblutung beschäftigte sie nun schon einige Tage. Es ärgerte sie, dass sie noch keinen Schwangerschaftstest gemacht hatte. Zu Hause hatte sie die Dinger nicht rumliegen, und heute war Sonntag, da hatten alle Apotheken geschlos-

sen. Wahrscheinlich war es ohnehin blinder Alarm. Ihr Gefühl hätte ihr doch einen Hinweis geben müssen, oder nicht? Auf ihr inneres Auge war eigentlich Verlass. Aber sie spürte nichts. Gar nichts.

Sie lehnte sich zurück und blickte nach draußen. Es tat gut, Eric an ihrer Seite zu wissen. Ihr Fels in der Brandung.

Wie würden die nächsten Tage verlaufen? Eric würde mehrere Stunden am Tag unterwegs sein. In dieser Zeit war sie auf sich allein gestellt. Sie würde einkaufen, kochen, die Wohnung in Schuss halten und lesen. Viel lesen.

Aber genügte das?

Sie kannte hier niemanden, hatte keinen, mit dem sie reden konnte. Der Gedanke, von morgens bis abends auf engstem Raum eingepfercht zu sein, jagte ihr Schauer über den Rücken. Wenn sie wenigstens rauskönnte. Doch sobald sie das Haus verließ, stieg das Risiko, angesprochen zu werden und sich verdächtig zu machen. Sie hatte sich viele Gedanken gemacht, war aber zu keinem Ergebnis gekommen. Schließlich wusste sie nicht, was sie erwartete.

Sie seufzte. Über ungelegte Eier musste man sich nicht den Kopf zerbrechen. Sie hatte es so gewollt, und sie stand hinter ihrer Entscheidung.

»Das ist es. Cervione, siehst du?« Erics Stimme riss sie aus ihren Gedanken.

Der Ort lag lang gestreckt an den Bergflanken der Costa Verde und war das Zentrum und der Verwaltungssitz der gleichnamigen Region. Casinca lag im Norden, die Castagniccia im Westen und die Costa Serena im Süden. Cervione wirkte wie ein Knotenpunkt zwischen den dreien.

In den Geschichtsbüchern präsentierte sich ein ähnliches Bild. Im Spätmittelalter wurde der Bischofssitz von Aléria hierherverlegt, einige Jahrhunderte später schwang sich Cervione sogar zum Regierungssitz Korsikas auf. Allerdings nur für sieben Monate, genauer gesagt von 1735 bis 1736, unter der Herrschaft von König Theodor dem Ersten. Danach wanderte der Pokal

weiter nach Corte, der neuen Hauptstadt. Doch Bischofspalast, Bürgerhäuser, Franziskanerkonvent sowie die prunkvolle Barockkirche Sainte-Marie-et-Saint-Érasme ließen heute noch erahnen, welche Macht und welcher Einfluss früher hier geherrscht hatten.
Der Bus nahm eine letzte Rampe, bog dann in eine Seitenstraße ab und hielt an.
»Cervione«, krächzte der Fahrer. Laurine fragte sich, wie oft er diese Strecke wohl schon gefahren war. Ihr blieb jedoch keine Zeit für weitere Überlegungen. Auf einmal wurde es hektisch, als sich alle von ihren Sitzen erhoben und mit ihrem Gepäck Richtung Ausgang drängten.
Eric ging voran und schleppte dabei Laurines Koffer, der sehr viel größer und schwerer war als sein eigener. Draußen angekommen, trat ein junger Mann an sie heran. »Monsieur Abdul Farid?«
»Das bin ich, ja«, erwiderte Eric und deutete auf Laurine. »Dies ist meine Frau, Aurelie.«
Der Junge nickte. Er mochte zwischen zwanzig und fünfundzwanzig sein.
»Schön, Sie kennenzulernen. Ich heiße Robert. Ich wurde beauftragt, Sie hier abzuholen und zu Ihrer Wohnung zu bringen. Ich arbeite auf der Poststation, bei der Sie morgen anfangen. Um ehrlich zu sein, ich freue mich sehr über die Unterstützung. Zu dritt ist die Arbeit kaum zu bewältigen.«
Laurine nickte. Mahmoud schien alles gut organisiert zu haben.
»Ist es weit?«, fragte Eric.
»Ihre Wohnung? Nein, gleich um die Ecke. Nur ein paar Hundert Meter. Darf ich Ihnen bei dem Gepäck helfen?«
Eric reichte ihm seinen Trolley und nahm Laurine ihren Koffer ab. Das Ding hatte zum Glück auf einer Seite zwei Rädchen, sonst wäre es fast unmöglich gewesen, es von der Stelle zu bewegen.
Laurine war verblüfft, wie sehr Eric in seiner Rolle aufging. Er wirkte mit einem Mal viel zerbrechlicher und gebeugter. Auch

seine Stimme und sein Gesichtsausdruck hatten sich verändert. Als wäre er ein völlig fremder Mensch. Er war also wirklich ein begnadeter Schauspieler. Wie es sich für eine Muslima gehörte, ging sie zwei Schritte hinter ihm.
»Waren Sie schon einmal in Cervione?«, fragte Robert.
»Nein«, erwiderte Eric. »Wir sind erst vor einer Woche in Korsika eingetroffen. Bis gestern waren wir in einer dieser Notunterkünfte in Bastia untergebracht.«
»Dann dürfte die neue Wohnung eine deutliche Verbesserung darstellen«, sagte Robert lachend. Sie gingen eine schmale Gasse in die Oberstadt hinauf. »Ist zwar nicht das Ritz, aber wenigstens sauber. Wo waren Sie denn vorher?«
»Paris«, lautete die einsilbige Antwort.
»Und warum sind Sie dort weg?«
Laurine runzelte die Stirn. War das noch normale Neugier oder schon mehr?
»Die aufgeheizte Stimmung«, sagte Eric, »die Ausländerfeindlichkeit. Es gibt viele Gründe …«
»Dann hoffe ich, dass Sie es hier besser haben.«
»Wenigstens gibt es Arbeit, das ist schon mal ein Anfang.«
»Auch wieder wahr.« Robert lächelte. »So, da wären wir. Wie gesagt, nichts Besonderes, aber das Beste, was wir in der Kürze finden konnten.«
Laurine blickte an der Fassade empor. Das Haus stand in einer schmalen Gasse, in der Wäscheleinen von der einen zur anderen Seite gespannt waren. Dazwischen ragten Satellitenschüsseln wie Ohren in die Luft. Eine blaue Tür, darüber blaue Fenster, aus denen Gelächter, Musik und Essensgerüche drangen.
Robert zog einen Schlüsselbund heraus, schloss auf und forderte sie auf einzutreten.
Von der Tür aus gelangten sie in einen kleinen Innenhof, der sich nach oben zu einem schmalen Himmelsausschnitt verjüngte. Kinderfahrräder standen herum, ein Motorroller sowie ein paar Abfalleimer. Drei Türen führten in unterschiedliche Gebäudeabschnitte.

»Ganz schön verwinkelt, aber man gewöhnt sich schnell daran.« Robert suchte an seinem Bund nach einem anderen Schlüssel. »Ihre Wohnung ist im linken Flügel.« Er öffnete eine weitere Tür und führte sie in ein finsteres und stickiges Treppenhaus. »Ist ein bisschen steil hier. Kommen Sie mit dem Koffer klar?«
»Wir schaffen das schon«, sagte Eric. »Gehen Sie nur voraus.«
Mit vereinten Kräften gelang es Laurine und Eric, den Koffer in den dritten Stock zu befördern. Dort wartete Robert auf sie. Eric ging voran, Laurine folgte ihm mit gesenktem Kopf.
»Wie gesagt, es ist bescheiden, aber sauber. Hier ist Bad und Toilette, gegenüber die Küche. Wohn- und Schlafzimmer gehen zur Straße raus.« Er öffnete eines der Fenster. »Monsieur Franchinis Mutter hat bis vor einem halben Jahr hier gewohnt. Sie war sehr alt. Seit ihrem Tod steht die Wohnung leer.«
Das wenige Licht sickerte wie Honig in die schmale Gasse. Es war eine dieser Wohnungen, in der man auch tagsüber das Licht brennen lassen musste, um nicht depressiv zu werden. Teilweise lösten sich die Tapeten von den Wänden, und die Vorhänge wirkten mottenzerfressen. Aber immerhin hatte die Wohnung hohe Decken. Es schien ein altes Bürgerhaus aus dem achtzehnten Jahrhundert zu sein. Der Geruch, der Laurine in die Nase drang, stammte offenbar ebenfalls aus dieser Zeit.
»Ja, dann …« Robert stand etwas unschlüssig herum.
»Wir kommen schon klar«, sagte Eric. »Danke, dass Sie uns begleitet haben.«
»War mir ein Vergnügen. Oh, ehe ich's vergesse: Dies sind die Schlüssel. Einer für die Vordertür, einer für die Haustür und einer für die Wohnung. Und der hier ist für den Briefkasten unten im Hof.«
»Danke sehr«, sagte Eric in raspelndem Französisch und nahm die Schlüssel in Empfang. »Gibt es sonst noch etwas zu beachten?«
»Der Waschraum ist unten im Keller. Trockner finden Sie dort auch.« Er faltete die Hände. »Wenn Sie noch Fragen haben …«

»Im Moment nicht, danke«, sagte Eric. »Ansonsten sehen wir uns ja schon morgen.«

»So ist es. Ach ja, das Postamt liegt dort, wo die Hauptstraße einen Linksknick macht. Gegenüber der Bäckerei. Ist gar nicht zu verfehlen. Dann sehen wir uns um 6:30 Uhr?«

Eric nickte und begleitete ihn zur Tür. »Danke noch mal. Bis morgen dann.«

Laurine wartete noch, bis die Wohnungstür ins Schloss fiel, dann zog sie das Kopftuch ab. »Herrje, ist das stickig hier«, sagte sie, ging durch die Wohnung und machte alle Fenster auf. Unten knatterte ein Moped durch die Gasse. Gegenüber hängte eine Frau Wäsche an die Leine.

»Was denkst du?« Eric setzte sich aufs Bett. Es gab ein metallisches Knarren von sich. Die Sprungfedern waren wohl schon ziemlich ausgeleiert. »Könnte schlimmer sein, oder?«

Laurine antwortete nicht sofort, sondern inspizierte erst mal das Bad. Gleich morgen würde sie Putz- und Desinfektionsmittel kaufen. »Der Geruch alter Leute«, sagte sie und ging in die Küche. »Aber mit ein paar Kräutern und Lavendel bekommen wir das schon hin.« Sie schaltete den Herd an. Ein alter Gasherd, der aber einwandfrei funktionierte. Der Kühlschank war ausgeschaltet. Sie drehte an dem Knopf, und mit einem asthmatischen Rattern sprang er an. Wasser und Gastherme schienen ebenfalls in Ordnung zu sein. Sie ging zu Eric zurück und fing an auszupacken. »Ja«, sagte sie. »Hier können wir es ein paar Tage aushalten.«

Eric stand auf und legte seinen Arm um sie. »Wir zwei halten es überall aus. Hauptsache, wir sind zusammen. Ich freue mich jetzt schon darauf, mit dir das Bett einzuweihen.«

»An was du wieder denkst.« Sie stieß ihn in gespielter Empörung weg. »Hier ist vor einigen Monaten eine Frau gestorben.«

Er grinste. »Das kann ich ausblenden.«

»Du vielleicht …« Sie entwand sich seinem Griff. »Du könntest versuchen, mich gnädiger zu stimmen, indem du mit mir einkaufen gehst. Hier fehlt es wirklich an allem. Ich könnte uns heute Abend etwas Leckeres kochen, und danach sehen wir weiter. Was hältst du davon?«

»Gute Idee«, sagte Eric und ließ sie los. »Ich habe eben einen kleinen Laden für Alimentaires unten an der Ecke gesehen, der geöffnet zu sein scheint. Das Gemüse sah nicht schlecht aus.«

»Worauf warten wir dann noch?« Laurine griff nach ihrem Kopftuch und band es um. »Schlüpfen wir wieder in unsere Rollen.«

XIII

Der nächste Morgen begann zeitiger, als es Eric lieb sein konnte. Er war es nicht gewohnt, um 5:30 Uhr aufzustehen. In Paris war er um diese Uhrzeit nach Hause gekommen. Selbst Laurines starker Kaffee reichte nicht aus, um ihn zu wecken. Schläfrig sah er sich im Postamt um.

»Nun, wie gefällt Ihnen unser kleiner Ort? Hübsch, nicht wahr? Um ehrlich zu sein, ich könnte mir keinen schöneren Arbeitsplatz vorstellen.« Albert Franchini war ein korpulenter Mann Mitte fünfzig, der vor Energie förmlich glühte. Ein waschechter *Cervionais,* wie er im nächsten Satz ohne Umschweife betonte. Bei seinem Anblick fühlte sich Eric an den späten Orson Welles erinnert, wie er als grimmiger Police Captain in »Im Zeichen des Bösen« Charlton Heston das Leben schwer gemacht hatte.

»Wenn Sie hier aus dem Fenster sehen, haben Sie das Meer direkt vor der Nase«, fuhr er fort. »Atmen Sie den Duft der See ein, vermischt mit dem Aroma der Macchia. Kommen Sie hierher ans offene Fenster und atmen Sie! So etwas finden Sie nirgendwo sonst auf der Welt.« Für diese frühe Morgenstunde war der Leiter des Postamtes erschreckend munter.

»Wir haben hier alles, was Urlauber zu schätzen wissen: einen schönen Blick auf die umliegenden Wälder und das Meer, ein kleines Museum sowie ein Franziskanerkonvent, in dem Oliven zu Öl gepresst werden. Hatten Sie schon Zeit, sich ein wenig umzusehen?« Er saß auf einem Bürostuhl mit Arm- und Nackenstützen, der über besonders leise und leichtgängige Rollen verfügte, auf denen er in erstaunlichem Tempo vom einen Ende des Büros zum anderen gleiten konnte, ohne dabei anzustoßen. Eine Technik, die er im Laufe der Jahre zur Perfektion gebracht hatte.

»Leider nein«, erwiderte Eric mit rauer Stimme. 6:30 Uhr war einfach nicht seine Uhrzeit. »Meine Frau und ich haben die Zeit genutzt, um uns erst mal häuslich einzurichten. Auspacken, einkaufen, solche Dinge.« Er räusperte sich. »Ich wollte mich noch einmal bei Ihnen dafür bedanken, dass Sie mir Arbeit und Unterkunft geben. Ich stehe tief in Ihrer Schuld.« Er legte die Hand aufs Herz und verbeugte sich.

Franchini winkte ab. »Danken Sie nicht mir. Wenn es nach mir gegangen wäre, hätten wir keinen weiteren Mann eingestellt. So was stört nur die Abläufe. Aber ich schuldete Inspektor Clément noch einen kleinen Gefallen. Eigentlich kommen wir hier ganz gut klar, nicht wahr, Robert?«

»Wenn Sie das sagen, Chef …« Der junge Postangestellte machte eine Geste, die das genaue Gegenteil besagte.

»Unser Budget ist begrenzt«, fuhr Franchini fort. »Wir rangieren hier am Limit unserer Möglichkeiten. Aber wir können für die Beschäftigung einer Hilfskraft mit Migrationshintergrund vielleicht ein paar staatliche Zuschüsse geltend machen. Wir werden sehen. Erst mal muss ich den Papierkram erledigen.« Er deutete auf seinen Schreibtisch, der aussah, als wäre der Wind darübergefegt. »Haben Sie Ihre Papiere dabei?«

Eric wühlte in seiner Tasche und reichte ihm Arbeitserlaubnis, Aufenthaltsgenehmigung und Pass. Der Postbeamte überflog die Dokumente, nickte und legte sie zur Seite. »Darum kümmern wir uns später. Erst mal werde ich Sie in Ihre Arbeit einweisen. Was haben Sie früher gemacht?«

Später schien ein Schlüsselwort in Franchinis Gedankenwelt zu

sein. Eric gefiel das. Nichts war schlimmer als ein übereifriger Beamter, der sich für Sherlock Holmes hielt.
»Mathematiklehrer.«
»Dann sollten Sie dieser Aufgabe gewachsen sein.« Franchini klatschte auf seine Schenkel und stand auf. »Robert, du hältst hier die Stellung, während ich Monsieur Farid seine Runde zeige. Fang am besten mit der Vorsortierung der Briefe an, damit er bei unserer Rückkehr gleich loslegen kann. Oh, und wenn Marie eintrifft, sag ihr doch bitte, sie möge den Techniker anrufen. Der EC-Automat spinnt schon wieder. Folgen Sie mir, Monsieur Farid.«
Der Hinterausgang befand sich einen Stock tiefer. Auf einem kleinen Parkplatz hinter dem Gebäude standen ein gelber Renault Kangoo und ein dreirädriger Roller mit einem Gepäckkasten hintendrauf. Beide Fahrzeuge wirkten brandneu.
»Da wundern Sie sich, nicht wahr, Monsieur Farid? Alle Welt denkt, Korsika läge hinterm Mond, dabei sind wir technisch auf dem neuesten Stand. Darf ich Ihnen Ihr neues Dienstfahrzeug vorstellen?« Er klopfte auf das Dreirad. »Das ist ein Staby. Voll elektrisch. Eine Anfertigung von Ligier. Speziell für den Dienst bei der Post. Roller machen zwar nur fünfzehn Prozent der Flotte der Postfahrzeuge aus, dennoch verursachen sie vierundfünfzig Prozent aller Unfälle. Daran kann man ermessen, wie unsicher die kleinen Knatterkisten sind. Aus diesem Grund haben die den hier entwickelt. Wir haben ihn erst vor einem Monat reinbekommen. Haben Sie schon einmal auf so etwas gesessen?«
Eric schüttelte den Kopf.
»Ich auch nicht.« Franchini lachte. »Für mich ist so ein Spielzeug nichts. Vermutlich würde es unter meinem Gewicht sofort zusammenbrechen.« Er klatschte auf seinen Bauch. »Na, Sie werden sich schon daran gewöhnen. Robert sagt, er schnurrt wie ein Kätzchen. Vorausgesetzt, er wird immer schön aufgeladen. Für die Einweisung nehmen wir das Auto. Steigen Sie ein.«
Bei dem Wortschwall, der sich über ihn ergoss, wurde Eric ganz schwindelig.

Franchini quetschte sich hinters Lenkrad, und die Federung sackte merklich ab. Sein Gewicht hinterließ beim Kangoo Spuren. Eric spürte, wie sich das Fahrzeug nach links neigte. Sein Versuch, die Neigung des Fahrzeugs mit seinem Gewicht auszugleichen, brachte nichts. Er war einfach zu leicht.
Doch dann ging es los, und die Furcht vor einem Achsenbruch wurde von einer anderen Sorge verdrängt. Erinnerte Franchini zu Fuß an einen Elefanten, mutierte er zum Wildschwein, sobald er Räder unter sich hatte. Ohne auf den vorfahrtsberechtigten Verkehr zu achten, schoss er hupend und gestikulierend auf die Hauptstraße hinaus. Das Gelb ihres Fahrzeugs ließ ihn wohl annehmen, sie seien unverwundbar. Erst als sie aus der Stadt raus waren, fing Eric an, sich zu entspannen.
»Ihre Strecke umfasst die Gemeinden Santa-Maria-Poggio, San-Giovanni-di-Moriani und San-Nicolao«, erläuterte sein Vorgesetzter. »Wir werden die Ortschaften der Reihe nach abklappern, und ich zeige Ihnen, worauf Sie achten müssen.«
Eric rief Google Maps auf seinem Handy auf. »Das scheinen mir aber recht viele Orte zu sein«, murmelte er. »Schaffe ich das denn an einem Tag?«
»Halb so wild«, sagte Franchini. »Die meisten dieser Käffer bestehen aus kaum mehr als fünfzehn Häusern. Dort wohnen hauptsächlich alte Leute und Einwanderer. Leute wie Sie. Die bekommen nur wenig Post. Wenn Sie sich ranhalten, sind Sie nach vier Stunden mit der Tour durch. Danach arbeiten Sie dann in unserem Lager weiter. Ist eine hübsche Strecke, wird Ihnen gefallen.«
»Was ist mit Cervione?«
Franchini winkte ab. »Darum kümmert sich Robert.« Er lächelte. »Ein aufgeweckter junger Mann, finden Sie nicht?«
»Oh, ja, sehr sympathisch«, antwortete Eric. »Danke noch mal, dass Sie meiner Frau und mir so kurzfristig eine Wohnung besorgt haben.«
»Die Wohnung gehörte meiner Mutter. Eigentlich gehörte ihr das ganze Haus. Inzwischen versuche ich, die Wohnungen zu

vermieten. Ist nicht so einfach. Die Leute wollen lieber ans Meer.« Er warf Eric einen forschenden Blick zu. »Woher kennen Sie Clément eigentlich?«

»Wir sind uns mal in Lyon begegnet«, sagte Eric. »Ist eine lange Geschichte. Wenn Sie mögen, erzähle ich sie Ihnen irgendwann mal.« Franchinis Neugier nervte ihn. Er konnte nur hoffen, dass sich das nicht zu einem Problem auswachsen würde. Die Chancen dafür waren gering, aber ganz ausschließen konnte man es nicht. Am besten, er lieferte ihm keinen weiteren Vorwand, um darüber nachzudenken.

Vor ihnen erschien eine Abzweigung. »Was steht da auf dem Schild?« Eric deutete nach vorn. »Mein Korsisch ist leider nicht so gut.«

»Für Campingfahrzeuge gesperrt«, sagte Franchini. »Ab jetzt wird die Straße ziemlich eng. Wir Einheimische nennen sie *La Corniche* – das Gesims. Weil sie so hübsch in die Landschaft hinausragt. Das ist der schönste Teil, Sie werden sehen. Und die Kaskaden sind wirklich spektakulär.«

»Kaskaden?«

»Warten Sie's ab.«

Sie passierten einen Tunnel, hinter dem sie ein beeindruckender Anblick erwartete. Über grüne Felsen rauschte Wasser in einem zerfransten Strom zu Tal. Die Luft roch frisch und moosig, das Rauschen der Fälle übertönte ihr Gespräch. Franchini stellte den Motor ab und öffnete das Fenster. Sie genossen den Anblick einen Moment lang, ehe er das Fenster wieder hochkurbelte und aufs Gas trat. »Herrlich, oder? Und das Schöne: Sie dürfen diesen Weg jeden Tag fahren. Bei Wind und Wetter.« Er lachte, doch es lag auch ein wenig Spott darin.

Eric fragte sich, wie das wohl gemeint war. Vermutlich würde er sich einen Regenmantel anschaffen müssen.

»Ist dies hier die Straße der vergessenen Dörfer?«

Franchinis Lächeln verschwand. »Woher kennen Sie diesen Ausdruck?«

Eric zuckte die Schultern. »Ich meine, mal was in den Zeitungen darüber gelesen zu haben. Über die Landflucht und den Verkauf an die Immobilienmakler.«

»Hm.« Franchini trommelte mit den Fingern aufs Lenkrad. »Eigentlich sprechen wir nicht so gerne darüber. Die ganze Sache ist ein wenig peinlich. Ich muss gestehen, dass wir Ortsansässigen bei der Geschichte keine gute Figur abgeben.«

»Inwiefern?«

»Weil wir nicht konsequenter eingeschritten sind. Wir hätten diesen Machenschaften schon vor langer Zeit einen Riegel vorschieben müssen, aber unsere Oberen haben mal wieder geschlafen. Sind Sie im Bilde, was hier vorgefallen ist?«

»Ein bisschen«, erwiderte Eric. »Viele Gebäude wurden an einen Großinvestor verkauft, der daraus Asylantenwohnheime gemacht hat, nicht wahr?«

»Nicht nur einzelne Gebäude«, erwiderte Franchini. »Ganze Straßenzüge, ganze Ortsteile.« Er warf Eric einen knappen Blick zu. »Verstehen Sie mich nicht falsch, ich habe nichts gegen Leute wie Sie. Einzeln betrachtet seid ihr nett und fleißig. Aber in Rudeln neigt ihr dazu, euch abzukapseln und zu verschließen. In Bastia ist es ganz schlimm und auch in Ajaccio.«

Eric nickte. Er musste vorsichtig sein. Das Eis, auf dem sie sich gerade bewegten, war dünn. »Davon habe ich gehört, und es tut mir leid«, sagte er. »Dies ist Ihre Insel, wir sind hier nur Gäste.«

Franchini stieß ein wohlwollendes Grunzen aus. »Sie sind ein kluger Mann, Monsieur Farid, Sie verstehen, worauf ich hinauswill. Leider sehen das nicht alle Ihrer Landsleute so. Sie machen sich breit, bauen ihre Gebetshäuser und führen sich auf, als seien sie die Herren. Bislang haben wir das für ein typisches Großstadtproblem gehalten, doch nun schlagen diese Leute ihre Zelte direkt vor unserer Nase auf. Wo sie gehen und stehen, hinterlassen sie Müll. Sie stromern in unseren Wäldern herum, plündern unsere Kastanien und gehen auf die Jagd.« Er blickte grimmig nach vorn. »Erst neulich wieder haben ein paar Freunde von mir eine Gruppe von ihnen dabei erwischt, wie sie Fallen aufgestellt haben. Dass sie dabei Privatbesitz betreten, scheint ihnen völlig

egal zu sein. Nicht mehr lange, und es wird deswegen Ärger geben.« Er umklammerte das Lenkrad. »Schon sehr bald wird der Tropfen fallen, der das Fass zum Überlaufen bringt. Denken Sie an meine Worte, Monsieur Farid. Der Tag ist nicht mehr fern, an dem wir Korsen zurückschlagen werden. Und dann wird sich ein Wind erheben, der nicht zwischen Freund und Feind unterscheidet. Ich will Ihnen keine Angst machen – ich halte Sie für einen klugen und verständigen Mann –, aber Sie sollten auf der Hut sein. Ich werde nicht immer da sein, um Sie zu beschützen. Um ehrlich zu sein, Sie haben sich einen verdammt schlechten Zeitpunkt ausgesucht, um nach Korsika zu kommen.«
Eric schluckte. Die Ansage war deutlich. So jovial sich Monsieur Franchini zu Beginn auch gegeben haben mochte, es hatte nicht lange gedauert, bis sein wahrer Kern zum Vorschein gekommen war. In seiner Brust schlug das Herz eines beinharten Nationalisten. Ob Clément das bewusst gewesen war? Jedenfalls würde Eric noch vorsichtiger sein, als er es ohnehin schon vorgehabt hatte.

XIV

An Mahmouds Bürotür wurde heftig geklopft. Der Chefinspektor hob den Kopf und blinzelte gegen das Licht. »Ja?«
Lieutenant Philippe Renard steckte seinen Kopf herein, ein Ausdruck von Sorge in seinem Gesicht. Mahmoud kannte seinen Kollegen lange genug, um zu wissen, dass es nur wenig gab, was ihn in diesen Zustand versetzen konnte.
»Was ist los?«
»Das wirst du dann sehen. Komm mit.«
»Herrje, ich stecke mitten in dieser Betrugsgeschichte. Kann es nicht warten?«
»Kann es nicht«, erwiderte Philippe, drehte sich um und verschwand.

Mahmoud blickte auf die Unterlagen, die vor ihm ausgebreitet waren, dann stieß er einen Fluch aus und stand auf. »Wehe, es ist nicht wirklich wichtig.«
Die Serie von Fällen, in denen Gauner ältere Leute ausraubten, indem sie sich als Polizisten ausgaben, zog immer weitere Kreise. Paulette warf ihm von gegenüber ein bedauerndes Lächeln zu. »Er ließ sich nicht aufhalten«, sagte sie. »Ich habe ihm gesagt, dass Sie nicht gestört werden wollen.«
»Das ist nicht Ihre Schuld, Paulette, wir wissen ja, wie stur er sein kann.«
Philippe wartete unten an der Treppe auf ihn. »Ich dachte, ich hole dich lieber, ehe die Sache eskaliert. Außerdem will er zu dir.«
»Was eskaliert? Wer will zu mir?«
Statt einer Antwort deutete Philippe zur Eingangstür. Drei Männer standen dort. Groß, kräftig. Einer von ihnen ging am Stock. Sie wurden von fünf Polizisten mit Pistolen in Schach gehalten.
Mahmoud kniff die Augen zusammen. »Mateu Santini?«
»Wusste ich doch, dass es dich interessiert.« Philippe grinste.
»Was ist hier los?«, polterte Mahmoud, während er auf die Gruppe zuging. »Waffen runter, ich kenne den Mann.« Kennen war übertrieben, schließlich standen sie auf entgegengesetzten Seiten des Gesetzes.
Vor nicht allzu langer Zeit war Mahmoud den Santini bei der Aufklärung eines Mordes ziemlich heftig auf die Füße getreten. Er hatte ihr Haus durchsuchen lassen und sie öffentlich gedemütigt. Alle Hinweise hatten auf das Familienoberhaupt gedeutet, und der Haftbefehl war praktisch schon ausgestellt gewesen. Doch dann hatte das Schicksal ihnen einen Streich gespielt und den Clanchef von der Bildfläche verschwinden lassen. Ein Grund, warum die Ermittlungen erst mal auf Eis lagen. Aber aufgeschoben war nicht aufgehoben. Mutig, dass Mateu sich traute, Mahmoud in seinem eigenen Reich aufzusuchen.
»Ich sagte: Runter mit den Waffen!«

Die Kollegen folgten widerstrebend. Ihnen war die Nervosität anzumerken.
»Er hat sich geweigert, uns seinen Laptop auszuhändigen«, sagte einer der Beamten. »Als wir ihn abtasten wollten, kamen uns diese beiden Gorillas in die Quere.«
»Schon gut, Sergeant, ich übernehme das.«
Der Leiter des Sicherheitsteams nickte und befahl seinen Leuten, abzurücken.
Mahmoud wandte sich seinem Besucher zu. »Was wollen Sie, Santini? Was soll dieser Auftritt?«
»Ich will mit Ihnen reden, Clément. Unter vier Augen. Es gibt etwas, das Sie unbedingt wissen sollten.«
»Können Sie keinen Termin machen wie jeder normale Mensch? Ich habe heute keine Zeit. Wenden Sie sich an mein Büro, und wir …«
»Ich mache keine Termine.«
Mahmoud lieferte sich ein sekundenlanges Blickduell mit dem Mann. Irrte er sich, oder flatterte das eine Auge ziemlich heftig? Dann nickte er. »In Ordnung. Aber nur Sie allein. Ihre Männer müssen draußen warten.«
»Von mir aus.«
»Tragen Sie eine Waffe bei sich?«
»Nur den Laptop.«
Mahmoud nickte. »Gut, kommen Sie. Wir gehen in mein Büro.«
»Aber Monsieur le Commissaire«, meldete sich der Angestellte der Security. »Wir müssen das Gerät durchleuchten. Es könnte eine Bombe sein …«
»Monsieur Santini dürfte wohl kaum so dumm sein, sich selbst in die Luft zu sprengen, oder? Nicht nachdem er sich so viel Mühe gegeben hat, dem Tod von der Schippe zu springen.«
»Von mir aus durchleuchten Sie das Scheißgerät«, sagte Mateu und reichte dem Mann den Laptop. »Hauptsache, wir kommen hier endlich voran.«
Die Untersuchung verlief, wie zu erwarten, erfolglos. Gemeinsam gingen sie hinauf in den ersten Stock. Was ein wenig dau-

erte, denn Santini konnte immer nur eine Stufe auf einmal nehmen.
»Was macht das Bein?«
»Mehr Metall als Knochen«, erwiderte Mateu. »Mein Physiotherapeut rät mir, mich irgendwann noch mal unters Messer zu legen. Sie wollen den Knochen künstlich verlängern in der Hoffnung, dass dann das Humpeln aufhört.« Er schüttelte grimmig den Kopf. »Ich hasse Ärzte. Und ich hasse Krankenhäuser.«
Mahmoud presste die Lippen zusammen. Eigentlich sollte Mateu den Medizinern auf Knien danken. Er hatte ihn vor einigen Monaten im Krankenhaus aufgesucht, um ihn zu dem Überfall zu befragen. Damals war der Mann mehr tot als lebendig gewesen. Dafür stand er heute recht gut da.
»Mein Büro ist gleich am Ende des Ganges. Wollen Sie einen Kaffee?«
Kopfschütteln.
»Na, dann kommen Sie. Irgendwas anderes? Wasser, Cola? Oder vielleicht etwas Stärkeres?«
»Ich bin nicht hier, um ein Kaffeekränzchen mit Ihnen abzuhalten, Clément. Sorgen Sie einfach dafür, dass wir nicht gestört werden.«
Mahmoud blickte bei seiner Sekretärin rein. »Paulette, in der nächsten halben Stunde keine Anrufe, okay? Sagen Sie den Leuten, ich sei außer Haus.«
»Wird gemacht, Chef.«
»So, dann kommen Sie mal rein. Entschuldigen Sie die Unordnung, ich hatte keinen Besuch erwartet.« Er räumte die Unterlagen zusammen und machte einen Stuhl frei. Santini nahm dort, sichtlich unter Schmerzen, Platz.
»Ihr Büro ist ein Schweinestall, Clément. Kein Wunder, dass Sie mit Ihren Fällen nicht vorankommen.«
Mahmoud schluckte die Beleidigung und setzte sich ebenfalls. Er stapelte einige der Akten so, dass Mateu sie nicht sehen konnte.
»Also, was wollen Sie?«

»Ihnen das hier zeigen.« Mateu platzierte seinen Laptop auf dem Schreibtisch, sodass beide einen guten Blick darauf hatten. »Bereit?«

Mahmoud nahm Platz. »Kann losgehen.«

Ein verwackeltes Bild war zu sehen. Als er den Startknopf anklickte, lief der Film ab. »He, du, ich sagte: ›Aufwachen!‹ Steh auf, es gibt Frühstück. Du solltest dich mal waschen, hier drin stinkt's wie in einem Ziegengehege. Du da, komm hier rüber und stell das Tablett ab. Dann mach, dass du rauskommst.«

Mahmoud presste die Lippen zusammen. Das war die Aufnahme, die Eric ihm gezeigt hatte. Das anonyme Entführervideo.

»Soll ich ihm nicht die Handschellen abnehmen? So kann er doch nicht essen.«

»Von mir aus. Hier sind die Schlüssel. Aber pass auf, der Alte ist gefährlich.«

»Strecken Sie die Arme aus, dann befreie ich Sie von den Dingern.«

Das Bild schwenkte nach oben, und auf einmal war der Gefangene zu sehen.

»Danke, mein Junge. Grazie!«

Die Kamera ruckelte, der Film brach ab.

Mahmoud sah seinen Gast aufmerksam an. »Sie haben den Weg umsonst gemacht. Ich kenne dieses Video, Eric hat es mir gezeigt.«

»Ich weiß, dass er es Ihnen gezeigt hat«, erwiderte Mateu. »Ich weiß auch von dem Deal, den Sie mit Eric laufen haben.«

»Was für ein Deal?«

»Hören Sie mit den Versteckspielchen auf, Clément.« Mateu wirkte sichtlich ungeduldig. »Karten auf den Tisch. Ich kenne Ihre Situation. Ich weiß, dass Sie dringend einen Erfolg benötigen. Mir wiederum wäre es recht, wenn Sie weiter auf diesem Posten bleiben würden.« Er deutete auf das Büro. »Ich finde, wir haben doch eine ganz gute Basis gefunden.«

»Keine Ahnung, wovon Sie reden …«

»Herrje, Clément. Stellen Sie sich doch nicht dümmer, als Sie sind. Ich kenne Sie, Sie kennen mich. Nichts wäre unangenehmer als irgend so ein Streber aus Paris, der glaubt, er müsse den starken Mann markieren. Ich will, dass mein Vater befreit wird. Mir ist völlig wurscht, ob Sie das tun oder ich. Hauptsache, er kommt frei. Nur sauber muss es ablaufen. Keine Schlamperei, verstanden?«

»Das ist genau mein Anliegen«, erwiderte Mahmoud, überrascht darüber, welche Wendung dieses Gespräch nahm. Hieß das etwa, Mateu bot ihm eine Zusammenarbeit an? »Sie schlagen mir doch nicht etwa eine Kooperation vor, oder? Ich muss das fragen, um Missverständnissen vorzubeugen.«

»Seid ihr Polypen alle so schwer von Begriff? Ja doch. Eine … wie immer Sie das auch nennen mögen. Sind Sie nun dabei oder nicht?«

Mahmoud griff nach seinem Glas, füllte es mit Wasser und leerte es in einem Zug. »Wollen Sie auch …?«

Mateu blickte ihn nur finster an.

»Nun gut …« Mahmoud wischte über seinen Mund. »Wenn Sie es wirklich ernst meinen, verspreche ich Ihnen, die Befreiung mit absoluter Priorität zu behandeln. Ihr Vater ist natürlich ein wichtiger Zeuge, aber es geht mir auch um das Leben von Monique Lavalle. Sie ist das eigentliche Opfer in dieser Sache, schließlich hat sie damit überhaupt nichts zu tun.«

Mateu wich seinem Blick aus. Hatte er ein schlechtes Gewissen? Grund genug dazu gab es. Schließlich war er es gewesen, der Mademoiselle Lavalle nach Korsika gelotst hatte.

»Sie wissen vermutlich, dass Eric Marchand in diesem Augenblick als Postbote verkleidet Erkundigungen vornimmt?«, sagte Mahmoud so beiläufig wie möglich. »Er steht in meinen Diensten, und ich wünsche nicht, dass ihm etwas zustößt.«

»Seien Sie unbesorgt. Ich bin ebenso interessiert an Ergebnissen wie Sie. Ich habe ihn angeheuert, Sie haben ihm eine neue Identität verpasst. Keiner von uns will, dass ihm etwas geschieht.«

Mahmoud nickte. »Ich bin zwar immer noch nicht davon überzeugt, dass das eine gute Idee ist, aber vielleicht erreicht er ja wirklich etwas. Übrigens, Laurine ist bei ihm. Sie gibt sich als seine Ehefrau aus.«

»Das ist mir bekannt.«

Mahmoud bemerkte ein Flattern am Augenlid seines Gegenübers. War das Anspannung oder Stress? Gut möglich, dass er immer noch etwas für Laurine empfand.

»Dann sind wir uns wohl einig«, sagte Mahmoud. »Das Gebiet ist ziemlich umfangreich, und ich rechne kaum vor Ende nächster Woche mit Ergebnissen. Uns bleibt wohl nichts anderes übrig, als uns in Geduld zu üben. Wenn Sie mich jetzt entschuldigen würden …« Er wollte schon aufstehen, bemerkte dann aber, dass Mateu keine Anstalten machte zu gehen.

»Gibt es noch etwas zu besprechen?«

»Das dauert zu lange«, knurrte Mateu.

»Wie meinen …?«

»Mit jedem Tag, den die beiden da draußen sind, wird die Gefahr größer, dass sie entdeckt werden.« Er packte sein Bein und brachte es in eine Streckung. Sein Gesichtsausdruck zeugte von heftigen Schmerzen. »Die Leute, die mir das angetan haben, werden nicht lange fackeln, wenn sie Eric und Laurine entdecken. Sollten sie die beiden als Bedrohung ansehen, werden sie kurzen Prozess mit ihnen machen. Das ist doch wohl hoffentlich klar.«

»Natürlich. Was denken Sie denn, warum ich so große Skrupel habe? Aber ich wüsste nicht, wie ich den Vorgang beschleunigen könnte. Ich …«

»Ich schon«, unterbrach ihn Mateu und stützte sich auf seinen Stock.

»Was wäre Ihnen eine Information wert, die die Suche abkürzen würde?«

»Ich verstehe nicht …« Mahmoud runzelte die Stirn. »Haben Sie denn eine solche Information?«

Die Antwort bestand aus einem knappen Nicken.

»Und was ist das?«

»Sage ich Ihnen, sobald Sie mir ein Angebot machen. Ich habe etwas, das Sie brauchen, und Sie sagen mir, was Sie dafür zu zahlen bereit sind. So werden hier auf Korsika Geschäfte geschlossen.«

»Wie kann ich einen Preis für etwas nennen, das ich nicht kenne? Wie wär's, wenn Sie mir erst mal sagen würden, was Sie haben, dann können wir verhandeln. So haben wir es jedenfalls früher in Lyon gemacht.«

»Lassen Sie die Ermittlungen gegen meinen Vater fallen.«

»Was …?«

»Stellen Sie das Ermittlungsverfahren wegen des Mordes an Magnus Hansen ein.«

Magnus Hansen. Der Name tauchte völlig überraschend auf. Mahmoud faltete die Hände. Der Norweger war im Zuge der Begebenheiten rund um den Schatz von Lava ermordet worden. Man hatte ihm mit einem scharfkantigen Gegenstand die Stirn gespalten, später war er dann in ein Auto verfrachtet worden, das angezündet worden war. Es gab Hinweise, die in Richtung der Santini deuteten, aber keinen eindeutigen Beweis. Mahmouds Plan, gegen Mateus Vater vorzugehen, basierte auf einer Kette von Indizien, die er in mühevoller Kleinarbeit zusammengestellt hatte. Eine recht wackelige Konstruktion, aber das Beste, was er hatte. Ob sie vor Gericht Bestand haben würde, blieb abzuwarten. Er hatte jedoch gelernt, dass es die beste Strategie war, die Santini nicht zur Ruhe kommen zu lassen. Ihnen ununterbrochen einzuheizen und sie so zu beschäftigen, dass sie keine Zeit hatten, zum Gegenschlag auszuholen.

»Wenn Sie das für mich tun, sage ich Ihnen, wie man herausfinden kann, wo mein Vater versteckt gehalten wird.« Mateu sah ihn prüfend an. »Sie brauchen den Erfolg genauso wie ich. Vielleicht sogar noch etwas mehr. Also, was sagen Sie?«

Mahmoud wusste nicht, ob er lachen oder wütend werden sollte.

»Sie sind doch nicht ganz bei Trost, Mateu. Wollen Sie nun, dass Ihr Vater befreit wird, oder nicht?«

»Versuchen Sie mich nicht mit Gegenfragen in die Falle zu locken. Ihre Polizeitricks funktionieren nicht bei mir. Akzeptieren

Sie, oder lassen Sie es sein. Das ist der Preis für meine Kooperation, und davon werde ich nicht abweichen.«

»Sie müssen verrückt geworden sein«, platzte Mahmoud heraus. »Sie wollen eine Antwort? Sie lautet: Nein. Ausgeschlossen.«

»Dann ist unser Deal geplatzt. Ich werde nicht zulassen, dass Sie meinen Vater befreien, um ihn anschließend ins Gefängnis zu sperren. Sie haben doch gesehen, wie krank er ist. Er ist ein alter Mann, er sollte die letzten Jahre seines Lebens mit Würde und Anstand verbringen.«

»Würde und Anstand. Aus Ihrem Mund klingt es, als wäre er ein Heiliger.«

»Das nicht. Aber er ist mein Vater …«

»Er hat ein Verbrechen begangen, und er wird sich dafür verantworten müssen. Ob in diesem oder im nächsten Leben. Ich kann das Gesetz nicht so biegen, wie ich will. Mir sind die Hände gebunden. Abgesehen davon will ich es auch gar nicht.«

Mateu hob sein Kinn. »Dann will ich Ihre Zeit nicht länger in Anspruch nehmen. Ich werde mich selbst um meinen Vater kümmern. Eric steht in meinen Diensten, ich rate Ihnen, sich da rauszuhalten. Salute, Monsieur le Commissaire.« Er schickte sich an, aufzustehen, doch Mahmoud hielt ihn zurück. Ihm war gerade ein Gedanke gekommen. *»Un ómu di quale ùn si sa nunta.«*

Mateu hob eine Braue. »Was sagen Sie?«

»Es war Korsisch. Das verstehen Sie ja wohl, oder?«

»Selbstverständlich verstehe ich es. Ein Mann, von dem man nichts weiß. Ich begreife nur nicht, wen Sie damit meinen.«

»Lassen Sie uns gemeinsam überlegen. Vielleicht gibt es ja noch einen anderen Weg.«

»Kaum vorstellbar …«

»Der Mord wurde doch von Ihrem Cousin verübt, oder irre ich mich? Von Miguel Rossi. Er ist der Mann, von dem man nichts weiß.«

Mateu sah ihn groß an, widersprach aber nicht. Ein Fortschritt.

»Wir haben ein paar Dinge über ihn herausgefunden, aber längst nicht alles«, fuhr Mahmoud fort. »Er ist wie ein Schatten. Taucht hier auf und dort, verschwindet wieder, nur um plötzlich an Ihrer Seite zu stehen. Unsere Akte über ihn ist verdächtig dünn.«

»Er ist ein Meister darin, seine Spuren zu verwischen, wenn Sie das meinen.«

Mahmoud sah Mateu durchdringend an. »Wie gut kennen Sie ihn wirklich?«

Der Sohn des Clanchefs überlegte, dann zuckte er die Schultern. »Er steht meinem Vater sehr nahe, mehr brauche ich nicht zu wissen.«

»Nicht eben viel. Das dachte ich mir.«

Mahmoud griff in einen Ablagekorb und holte das pathologische Gutachten Hansens heraus. »Hansen starb durch das Eindringen einer Klinge in den Schädel – wir fanden einige winzige Metallpartikel. Ihr Cousin war doch eine Zeit lang als Messerwerfer auf dem Festland unterwegs, oder nicht?«

»Ja … und?«

»Wenn sich herausstellen würde, dass er etwas mit dem Tod des Norwegers zu tun hat – wenn wir vielleicht sogar das Tötungswerkzeug fänden –, könnte ich meine Untersuchungen von Ihrem Vater weg und mehr in seine Richtung lenken. Das würde Ihrem alten Herren etwas Zeit verschaffen.«

Mateu zuckte zusammen. Nur für einen winzigen Moment, dann hatte er sich wieder im Griff. Dieser Moment reichte Mahmoud aber, um zu erkennen, dass er ins Schwarze getroffen hatte. Mateu wusste, dass Miguel es getan hatte. Vielleicht war er sogar dabei gewesen, als es geschah.

»Nun?«

»Zeit wofür?«

»Um unterzutauchen. Zu verschwinden. Den korsischen Weg einzuschlagen.«

Mahmoud wusste, dass Mateu ihn verstand. Er spielte damit auf eine Besonderheit Korsikas an, bei der Männer spurlos verschwanden und niemand eine Ahnung hatte, wohin sie gegangen waren. Natürlich nur nach außen. In Wirklichkeit wusste jeder, dass sie getürmt waren. Entweder ins Ausland oder besser noch in die Berge. Nirgendwo funktionierte die Omertà besser als auf Korsika.

Mateu dachte kurz nach, dann nahm er wieder Platz. Er war wütend, das konnte Mahmoud erkennen. Allerdings nicht so sehr, dass er sich seinen Argumenten völlig verschloss. »Sie verlangen also von mir, ich solle statt meines Vaters Miguel ans Messer liefern.«

»Irgendein Schwein müssen Sie schlachten, Santini. Ich muss den Behörden einen Namen präsentieren, um den Fall zum Abschluss zu bringen. Im Moment steht dort noch der Name Ihres Vaters, aber das kann sich ändern. Das hängt ganz von Ihnen ab.«

»Sie sind ein Mann ohne Ehre, Clément. Ein verfluchter Maghreb.«

»Heben Sie sich Ihre Litanei für jemand anderen auf. Ein einfaches Ja oder Nein genügt mir. Was ist das für eine Information, die Erics Suche angeblich so ungeheuer beschleunigt? Und beeilen Sie sich, meine Zeit ist kostbar.«

Es fiel ihm leicht, hoch zu pokern, war er doch ziemlich sicher, dass Mateu keinen vernünftigen Trumpf im Ärmel hatte.

Wie sehr er sich doch täuschte.

XV

Der Telefonanruf riss Laurine aus ihrer Putzaktion. Sie lag im Bad unter dem Waschbecken und versuchte, die jahrzehntealten Dreckränder mit Gummihandschuhen, Scheuerbürste und scharfem WC-Reiniger aufzulösen, denn es gab Zonen im Haus, die einfach sauber zu sein hatten. Sie war so in ihrem Element, dass es fünfmal geklingelt hatte, ehe sie ihr Handy im Wohn-

zimmer erreichte. Als sie dort ankam, hatte der Anrufer schon aufgelegt. Die Rufnummer war offensichtlich unterdrückt. Keine Rückschlüsse, wer es gewesen sein könnte.
»*Merde*«, fluchte sie. Dann sah sie, dass eine SMS eingetroffen war.

Lust auf eine Wanderung? Treffpunkt: Kapelle A Madonna di a Scupiccia, 17 Uhr. Habe neue Informationen. Gruß, M. C.
PS: Vergessen Sie nicht, etwas zu trinken mitzunehmen.

Laurine starrte auf das Display. M. C., das konnte nur einer sein: Mahmoud Clément. Deswegen die unterdrückte Nummer.
Kapelle Scupiccia, wo lag die denn? Laurine öffnete die Umgebungsanzeige auf ihrem Handy und ließ sich die Route anzeigen. Die Kapelle befand sich in zweieinhalb Kilometer Entfernung oberhalb des Ortes. Die zu bewältigende Höhe wurde mit etwa vierhundert Metern angegeben.
Sportlich.
Sie blickte auf die Uhr. 15:50 Uhr. Damit blieb ihr etwas mehr als eine Stunde.
Rasch streifte sie die Gummihandschuhe ab, warf Mantel und Hidschab über ihren normalen Hausdress, zog Turnschuhe an und füllte eine Wasserflasche. Rasch noch Schlüssel und Handy eingesteckt, dann verließ sie die Wohnung.
Hinter ihr fiel die Tür ins Schloss.
Sie wollte sich gerade auf den Weg nach unten machen, als die Tür von gegenüber aufging und eine junge Frau und ihr kleiner Sohn die Wohnung verließen.
Der Junge mochte vielleicht vier Jahre alt sein und war von der schüchternen Sorte. Kaum dass er Laurine erblickt hatte, ging er hinter seiner Mutter in Deckung. Die Frau hatte ein Kopftuch umgebunden und trug ein helles, bodenlanges Kleid. Sie war hübsch, hatte schöne haselnussbraune Augen und einen freundlichen Blick. In ihrem Arm hielt sie einen Wäschekorb.
»As-Salam alaikum«, sagte sie und nickte Laurine zu.

»Wa alaikum as-Salam«, erwiderte Laurine wie aus der Pistole geschossen. Eric hatte ihr die Grundformeln der muslimischen Begrüßung beigebracht, doch sie hatte nicht damit gerechnet, sie so bald schon anwenden zu müssen.
»Gott sei mit dir«, fügte sie schnell noch hinzu.
»Und mit dir, Schwester«, antwortete die junge Frau. »Wie schön, ein neues Gesicht zu sehen. Mein Name ist Kamila.«
»Aurelie.« Den Namen hatten sie zusammen ausgesucht, weil er fast dieselben Buchstaben enthielt wie Laurine, deswegen also leicht zu merken war.
Sie hatten entschieden, die französische Abstammung beizubehalten. Alles andere wäre verdächtig gewesen. Sie streckte die Hand aus, nicht wissend, ob das unter muslimischen Frauen üblich war. Kamila ergriff und schüttelte sie.
»Freut mich, dich kennenzulernen, Aurelie. Das ist Hassan.« Sie versuchte den kleinen Jungen hinter ihrem Rücken hervorzulocken, aber er schien unwillig. »Nun komm schon«, sagte die Frau. »Sei doch nicht so ängstlich. Soll ich Vater erzählen, dass du ein Angsthase bist? Das ist unsere neue Nachbarin.« Aber Hassan ließ sich nicht überreden, sondern lugte nur hinter dem Kleid hervor.
»Niedlich«, sagte Laurine. »Wie alt ist er?«
»Vor Kurzem vier geworden.«
»Hast du noch mehr Kinder?«
Kamila schüttelte den Kopf. »Und du?«
»Farid und ich arbeiten noch an unserem ersten. Bislang hatten wir noch kein Glück. Aber mit Allahs Segen wird es uns gelingen.«
Kamila lachte. »Ach, das wird schon noch. So schwer ist das nicht. Meine Mutter hat mir ein paar Tipps gegeben. Wenn du magst, kann ich sie dir gerne verraten.« Sie neigte den Kopf ein wenig. »Aurelie. Kein sehr arabischer Name.«
»Nein, ist es nicht«, sagte Laurine. »Ich bin Französin. Geboren und aufgewachsen in Paris. Als ich Farid kennenlernte und ihn heiratete, bin ich zum Islam konvertiert.«

Kamila nahm es mit einem Nicken zur Kenntnis. Laurine nutzte die Gelegenheit, um sich zu verabschieden. »Bitte sei mir nicht böse, aber ich muss mich beeilen. Wir sehen uns bestimmt noch.«

»Ja, gerne. Wir könnten auch mal zusammen einkaufen gehen. Ich kenne alles und jeden. Zugegeben, es gibt bessere Märkte als diesen hier, aber wenn du dich auskennst, findest du alles, was du brauchst.«

»Gerne. Ich habe es allerdings ein bisschen eilig …«

»Kein Problem. Wann immer du Fragen hast, kannst du einfach klopfen. Ich freue mich über etwas Unterhaltung.«

»Das mache ich. Und vielen Dank.« Sie winkte Kamila und Hassan zu. »Auf Wiedersehen, kleiner Mann. Bis zum nächsten Mal.« Der Junge tauchte sofort hinter seiner Mutter ab.

Laurine eilte die Treppen hinunter, zur Tür hinaus und auf die Straße. Das Gespräch hatte sie wertvolle Zeit gekostet. Noch fünfzig Minuten.

Sie eilte zu einem winzigen Platz gleich neben der Post, wo eine Büste von Pasquale Paoli, dem korsischen Nationalhelden, stand. Auf ihn ging die einzige Universität Korsikas sowie die korsische Flagge – der Mohrenkopf mit Stirnband – zurück.

Weiter lief sie hinauf zur Kathedrale. Hier folgte sie einem Sträßchen, das rechts daran vorbeiführte, und kam zum Rathaus und dem Museum. Ein paar Meter weiter gabelte sich die Straße. Laurine wählte die aufwärtsführende Straße mit dem Schild *Église Scupiccia,* die nach einer Weile in eine Autostraße überging. In mehreren Kehren wanderte sie aufwärts. Der Schweiß lief ihr über das Gesicht. Sie war viel zu dick angezogen.

Sie blieb stehen und sah sich um. Kein Mensch weit und breit. Etwas weiter den Berg oben stand ein einsamer Baum an der Straße. Daneben befand sich ein Busch. Sie entschied, den hinderlichen Mantel und den Hidschab abzulegen und zu verstecken. Ohne das ganze Zeug würde es erheblich einfacher gehen. Gesagt, getan. Niemand beobachtete sie. Nur eine Ziege stand mümmelnd am Wegesrand und sah ihr bei der Verwandlung zu.

Etwa zwanzig Minuten später gelangte Laurine an eine scharfe Rechtskurve, an deren Scheitelpunkt ein mit einem Steinmännchen markierter Weg abzweigte. Das musste der beschriebene Weg sein. Er führte durch ein schattiges Wäldchen hin zu einem Aussichtspunkt mit Kreuz. Der Blick reichte bis zu den Gipfeln des Monte Renoso und des Monte d'Oro. Drüben lagen die Dörfer Sant'Andréa-di-Cotone und Chiatra. Während Laurine weiter nach oben eilte, sah sie sich immer wieder um. Doch ihre Sorge, sie könne vielleicht verfolgt werden, war unbegründet. Sie war hier oben ganz allein. Sie freute sich, endlich wieder einmal körperlich aktiv sein zu dürfen, und beeilte sich, weil die Zeit langsam knapp wurde. Aber es war nicht mehr weit. Sie war jetzt wohl auf einer Höhe von etwa siebenhundertfünfzig Metern.
Kurz vor der Kapelle wies ein Schild darauf hin, dass sich hier der Startplatz des Gleitschirm-Klubs befand. Der Blick hinunter war atemberaubend. Unter ihr leuchteten die Dächer von Cervione, dahinter befand sich gleich das Meer. Allerdings schien der Wind heute aus der falschen Richtung zu kommen. Zumindest war kein Pilot unterwegs. Nur ein einziges kleines Auto parkte unweit der Kapelle. Ein blauer Renault. Cléments Privatwagen.
Laurine sah sich um. Hier schien vor nicht allzu langer Zeit ein Brand gewütet zu haben. An den Felsen und Bäumen waren Brandspuren zu erkennen. Auch war die Kapelle in Mitleidenschaft gezogen worden. Teile des Daches fehlten, aber es wurde daran gearbeitet. Laurine konnte ein Gerüst durch die Fenster erkennen. Wo steckte der Inspektor nur?
War es wirklich Mahmoud gewesen, der ihr die Nachricht geschickt hatte? Mit einem Mal kamen ihr Zweifel. Könnte vielleicht jemand anders sich als M. C. ausgegeben haben? Sie war hier ganz allein. Niemand, der ihr zu Hilfe eilen konnte, wenn es brenzlig wurde. Der Ort war von einer gespenstischen Ruhe erfüllt. Laurine hörte das Blut in ihren Ohren pochen, als sie weiter nach dem Kommissar Ausschau hielt. War das wirklich Cléments Wagen?
Sie ging auf das Auto zu, konnte jedoch keine Spur von ihm

entdecken. Furcht schnürte ihr die Kehle zu. »Monsieur Clément, sind Sie hier irgendwo?«
Irrte sie sich, oder stand die Tür der Kapelle einen Spalt weit offen? Sie wollte schon den Rückweg antreten, als der Spalt plötzlich größer wurde. Einen Moment lang hielt sie den Atem an, dann schwappte eine Woge der Erleichterung über sie hinweg. Es war Mahmoud.
Aber warum tat er so geheimnisvoll?
»Hierher, Laurine. Kommen Sie.« Er winkte sie zu sich.
Mit klopfendem Herzen wischte sie ihre schweißnassen Hände an der Hose ab. Dann begrüßte sie ihn mit einem Handschlag. »Was tun Sie hier?«
»Ich wollte mir nur mal den Schauplatz des kleinen Dramas von vor zwei Jahren ansehen. Hier hat ein mächtiges Feuer gewütet. Die Kapelle, vor allem aber das Restaurant dahinter wurden ein Opfer der Flammen. Ein Freund von mir hat das alles hautnah miterlebt.« Er öffnete die Tür zur Kapelle und ließ sie eintreten. Innen war es kühl. Bänke, Tische und den Altar hatte man rausgeräumt. Das Dach wurde restauriert, wobei die klaffenden Löcher mit Kunststofffolie isoliert waren. Es roch nach frischem Putz und Malerarbeiten.
»Sein Fahrzeug stand nur wenige Meter entfernt, als die Flammen hochschlugen«, erläuterte Clément. »Geistesgegenwärtig blieb er im Auto sitzen, bis die Flammen die Richtung wechselten, dann flüchtete er zu den Feuerwehrleuten, die sich hier in der Kapelle verschanzt hatten. Sie passten den richtigen Moment ab, dann retteten sie, was zu retten war. Statuen, Teppiche und andere Gegenstände, die Feuer fangen konnten. Das Feuer drang schon durch eine Öffnung hinter dem Altar ein, als sie endlich die Kirche verließen. Das alles geschah in dem Sommer, in dem ich auf diese Insel versetzt wurde.« Er lächelte schief.
»Ja, ich erinnere mich an die Berichte«, sagte Laurine. »Eigentlich hätte ich es wissen müssen, aber bei den vielen Bränden kann man leicht den Überblick verlieren.«
»Schön, dass Sie es einrichten konnten, Laurine. Ich weiß, das

war ziemlich viel verlangt, schließlich hätte es ja auch ein fingierter Anruf sein können. Aber für weitere Sicherheitsmaßnahmen hat mir die Zeit gefehlt. Bitte entschuldigen Sie.«
»Alles gut«, log Laurine.
»Wie geht es Eric?«
»Er hat heute seine erste große Tour. Wir haben uns kaum gesehen, aber ich denke, heute Abend wird er einiges zu berichten haben.«
Der Chefinspektor nickte. »Und Sie? Ist die Unterkunft halbwegs erträglich?«
»Es hätte schlimmer kommen können. Eine nette kleine Wohnung mitten im Zentrum. Nur der Geruch …« Sie verzog die Nase.
»Ja, ich weiß. Franchinis Mutter hat bis vor einem halben Jahr dort gelebt. Nun, Sie müssen ja nur ein paar Tage dort aushalten.«
»Ich habe vorhin unsere Nachbarin kennengelernt. Eine junge Frau mit ihrem vierjährigen Sohn. Wir haben uns kurz unterhalten. Sie scheint recht gut vernetzt zu sein. Vielleicht gehe ich mal mit ihr einkaufen.«
»Gut«, erwiderte Clément. »Aber bitte seien Sie vorsichtig. Kein überflüssiges Wort zu niemandem, verstehen Sie? Wir können nicht wissen, wer in dieser Sache Freund ist und wer Feind.«
»Ich bin schon vorsichtig, keine Sorge. Warum dieses überhastete Treffen? Hätten Sie nicht einfach anrufen können? Ich bin sicher, Eric hätte gerne gehört, was Sie zu sagen haben.«
Mahmoud schüttelte den Kopf. »Telefone können abgehört werden, und je eher Sie es erfahren, desto besser. Ihr Ex-Mann war heute Vormittag bei mir. Er hat mir das Video von seinem Vater gezeigt.«
Laurine riss die Augen auf. Die Nachricht traf sie völlig unerwartet. »Mateu war bei Ihnen – im Polizeidezernat?«
»Er und zwei seiner Leibwächter. Ohne die scheint er nirgends mehr hinzugehen. Es hat einen ganz schönen Aufruhr gegeben, aber sein Besuch war nicht umsonst. Immerhin hat er etwas

Wichtiges herausgefunden. Etwas, das Ihnen und Eric weiterhelfen könnte und das den Suchradius gewaltig eingrenzt.«
Laurine scheiterte noch immer an der Vorstellung, dass Mateu sich in die Höhle des Löwen gewagt hatte. Er hasste Polizisten, verachtete sie aus seinem tiefsten Inneren. Und jetzt bot er ihnen seine Hilfe an? Das passte nicht zu ihm.
Mahmoud lächelte. »Haben Sie ein gutes Gehör?«
Laurine atmete tief ein. »Ziemlich durchschnittlich, würde ich sagen, warum?«
»Lauschen Sie mal.« Er hielt sein Handy in der Hand, auf dem das Video zu sehen war. Der Ton war auf laut gestellt. Eine Tür knarrte.
»*He, Alter, aufwachen. Frühstück.*« Weit entfernt war das Bimmeln einer Kirchenglocke zu hören. »*He, du, ich sagte: ›Aufwachen.‹*«
Mahmoud betätigte die Stopptaste. »Ist Ihnen etwas aufgefallen?«
Laurine runzelte die Stirn und wollte schon den Kopf schütteln, als sie erkannte, worauf der Chefinspektor hinauswollte. »Sie meinen die Glocke?«
»Ein Tonspezialist konnte den Klang isolieren und herausfiltern. Er klingt jetzt so.« Mahmoud betätigte erneut die Abspielfunktion. Das Läuten klang jetzt voller und erhabener. Laurine ließ es sich zweimal vorspielen.
»Eine Kirche …«
»Ganz recht. Und zwar keine kleine. Es ist die *Église de San-Nicolao*. Zu Beginn des achtzehnten Jahrhunderts fertiggestellt. Sie liegt etwas abseits des Ortes auf einer Hügelkuppe. Der fünfstöckige Glockenturm ist mit seinen neununddreißig Metern weithin sichtbar.«
»Das können Sie anhand des Läutens feststellen?«
Mahmoud nickte. »Es wurde uns von mehreren Spezialisten bestätigt. Eine Kirchenglocke ist wie ein Fingerabdruck. Keine klingt wie die andere. Es gibt immer leichte Unterschiede. Doch das fällt einem erst auf, wenn man sie nebeneinander hört.«

Laurine nickte. »San-Nicolao. Im Osten, nicht wahr?«
»Stimmt. Ganz in der Nähe der Tour, die Eric gerade fährt. Eben deshalb ist diese Information so wertvoll für uns. Anhand dieses Läutens können wir den Umkreis, in dem Jean-Baptiste und Monique gefangen gehalten werden, auf wenige Kilometer einkreisen.«
»Dann muss Eric unbedingt davon erfahren.« Laurine schwirrte der Kopf. »Ich werde ihm gleich heute Abend davon erzählen. Ich werde ihm raten, die Suche auf dieses Gebiet zu konzentrieren.«
Mahmoud lächelte. »Aus Ihnen wäre eine gute Polizistin geworden.«
Laurine grinste. Nun war sie also doch zu etwas nütze. Es war eine gute Idee gewesen, Eric zu begleiten.
»Danke, dass Sie sich die Mühe gemacht haben«, sagte sie. »Ich bin sicher, er wird begeistert sein, davon zu hören.«
»Vielleicht gelingt es uns mithilfe dieser Information, die beiden Gefangenen schneller als erwartet ausfindig zu machen. Dann können Sie beide wieder nach Hause.«
Laurine lief ein Schauer über den Rücken. Nach Hause. Was für einen wunderbaren Klang diese beiden Wörter doch hatten. Sie strich über ihren Bauch.

XVI

Eric hatte gerade das Ortsschild von Cervione passiert, als die Sonne hinter dem italienischen Festland aufging. Im Osten war der Himmel in blutiges Rot getaucht, während der Mond im Westen von rasch aufziehenden Wolken verdeckt wurde.
Die Luft roch nach Regen. Es würde ein nasser Tag werden. Laut Wetterbericht sollte es im Verlauf des Morgens immer wieder zu heftigen Schauern kommen. Doch das kümmerte Eric nicht.

Was Laurine ihm gestern beim Abendessen erzählt hatte, beflügelte seine Gedanken.
Er zurrte sein neu erworbenes Regencape zurecht, prüfte den Sitz der Transportkiste, dann gab er Gas und fuhr los. Das Staby surrte und beschleunigte in kurzer Zeit auf sportliche fünfzig Stundenkilometer. Ein ziemlicher Unterschied zu herkömmlichen Verbrennern. Nicht nur, dass es leise war, man konnte auch gänzlich auf das Schalten verzichten. Die Beschleunigung sprach unmittelbar an, ohne die Verzögerungen, die man von normalen Getrieben gewohnt war. Er konnte sich in Kurven sogar zur Seite lehnen, da der vordere Teil des Rollers über eine drehbare Achse mit dem Heck verbunden war. Ein intuitives, beglückendes Fahrgefühl. Eric hörte das Geräusch der Reifen auf dem Fahrbahnbelag, vernahm Vogelgezwitscher, das Rauschen des Windes und das Plätschern von Wasser – Dinge, die er beim Autofahren nie bemerkt hatte. Den Tunnel und den Wasserfall hinter sich lassend, nahm er Kurs auf die Straße der vergessenen Dörfer.
Die ersten Tropfen erreichten ihn kurz vor Fano.
Als er rechts von der Hauptstraße in die schmale Gasse zwischen den Häusern abbog, regnete es bereits in Strömen. Der Himmel war wie mit Bleiplatten vernagelt. Hatte der Blick vor zehn Minuten noch bis runter zum Meer gereicht, hörte die Welt jetzt bereits nach hundert Metern auf.
Nirgendwo sonst hatte Eric solche Schauer erlebt wie auf Korsika. Wenn es hier regnete, dann, als ob jemand die Dusche angestellt hätte. An oder aus, dazwischen schien es nichts zu geben.
Dort, wo die Gasse endete, befand sich ein kleines Vordach auf der linken Seite. Er parkte das Staby, stieg ab und schüttelte sich wie ein Hund. In seinem Gepäckkasten befanden sich zwei Briefe, die die Anschrift Fano in der Adresszeile trugen. Einer für die Nummer drei, einer für die fünf.
Franchini hatte ihm erklärt, wie die Häuser aufgeteilt waren. Viele der baufälligen Gebäude verfügten über keinerlei Beschilderung. Und darauf, dass die Namen außen dranstanden, konnte man sich ebenfalls nicht verlassen.

Eric hatte gestern Abend noch lange über den Karten gebrütet. Er hatte versucht, ein Gefühl dafür zu entwickeln, welche Dörfer überhaupt in Betracht kamen. Die *Église de San-Nicolao* hatte er dabei rot markiert.

Moriani-Plage war zu weit entfernt. Außerdem hätten der seeseitige Wind und das Meeresrauschen das Glockengeläut bestimmt übertönt. Mit der Information, die Clément ihnen zukommen gelassen hatte, war klar, dass Monique und Santini nur in einem der oberhalb gelegenen Orte gefangen gehalten werden konnten.

Es mochte dieses Dorf sein, vielleicht aber auch Mucchio, Castellana, Piedigrado oder Coccola. Die Dörfer lagen relativ nahe beieinander. Wobei Letzteres schon fast wieder zu weit weg war, außerdem wurde es durch einen Hügelkamm abgeschirmt. Fünf Dörfer mit zusammen etwa hundert Gebäuden. Obwohl das Glockengeläut den Suchradius erheblich einschränkte, gab es immer noch viele Möglichkeiten.

Eric orientierte sich kurz, dann ging er über den Hof und steuerte eines der südwärts gelegenen Gebäude an. Niemand schien von seiner Ankunft Notiz zu nehmen. Nirgendwo brannte Licht, die Häuser wirkten wie ausgestorben. Aber das waren sie nicht. Irgendwo hörte er Stimmen. Kinderlachen.

Eric verlangsamte seinen Schritt. Briefkästen waren keine zu erkennen. Vermutlich wurde die Post einfach unter der Tür durchgeschoben. Oder man klopfte an.

Eine der Türen war nur angelehnt. Eine Klingel gab es nicht.

Er blickte auf die beiden Briefe in seiner Hand, dann nahm er seinen Mut zusammen und drückte die Tür auf.

Er stand in einem kahlen Flur, der durch ein gegenüberliegendes Fenster erhellt wurde. Essensgeruch drang ihm in die Nase. Zwiebeln, Knoblauch, Kurkuma. Ein paar Schuhe standen aufgereiht am Boden.

»Hallo?«

Leise Musik drang an sein Ohr.

»Ist da jemand?«

Gemurmel war zu hören, dann ertönte Fußgetrappel. Eine Tür ging ein Stück weit auf, und ein Mädchen erschien. Es war vielleicht sieben oder acht Jahre alt, hatte ein hübsches Gesicht und ein Kopftuch umgebunden.
»Äh, hallo«, sagte Eric. »Ist dein Vater oder deine Mutter da?«
Das Mädchen starrte ihn nur an. Vermutlich verstand es kein Wort von dem, was er sagte.
In diesem Moment ging die Tür ganz auf, und ein Mann trat in den Flur. Weißes Gewand, dunkler Vollbart und einen Turban um den Kopf geschlungen. Er scheuchte das Mädchen zurück ins Zimmer. Eric konnte den dürren Körper im Gegenlicht sehen.
»Ja?« Seine Stimme klang misstrauisch.
»'tschuldigung«, nuschelte Eric, ganz in seiner Rolle gefangen. »Hab keine Klingel gefunden. Und draußen regnet es in Strömen.« Er lächelte entschuldigend. Die Miene des Mannes war wie versteinert.
»Äh, ja, ich habe hier einen Brief für einen gewissen Ahmad Zubair. Wissen Sie, wer das ist? Wohnt der vielleicht hier?« Er hielt den Brief hoch.
Das Mädchen lugte wieder um die Ecke. Der Mann sagte ein paar Worte zu ihr, die paschtunisch klangen. Vermutlich Afghanen. Von denen hatte Eric in Paris einige kennengelernt. Das Mädchen sauste davon und kam kurze Zeit später mit einem zweiten Mann wieder. Er ähnelte dem ersten verblüffend. Ob die beiden Brüder waren?
»Ja?«
»Ahmad Zubair?«
»Das bin ich.«
»Ich habe hier ein Einschreiben für Sie. Sie müssen mir den Erhalt quittieren.«
»Quitt…?« Hilfe suchend sah er seinen Bruder an. Die beiden sprachen nur ein paar Brocken Französisch.
»Quittieren. Unterschreiben.« Eric machte eine schreibende Handbewegung und deutete dann auf sein Gerät. »Als Bestäti-

gung, dass Sie ihn erhalten haben.« Er hielt ihnen das Quittiergerät entgegen.
Inzwischen war auch der Rest der Familie eingetroffen. Neugierige und fragende Gesichter tauchten in den Türrahmen und auf der Treppe auf. Eric nickte. »Salam.«
»Salam«, kam es lächelnd zurück.
Ahmad Zubair nahm den Stift und unterschrieb auf dem Display. Eric gab ihm den Brief. »Ich habe hier noch eine zweite Sendung für einen gewissen Rasheed Jawed. Wohnt der auch hier?«
»Rasheed? Ja … ja. Drüben. Komm … ich bringen.«
Lächelnd ging der Mann an Eric vorbei zur Tür. Auf dem Weg dorthin schlüpfte er rasch noch in ein paar Sandalen. Eric winkte den Bewohnern des Hauses zu, und alle winkten lachend zurück.
Mit eingezogenem Kopf eilten sie hinüber zum Nachbargebäude. Ahmad klopfte lautstark, dann öffnete er die Tür und trat ein. »Rasheed?«
Es dauerte nicht lange, bis der Betreffende auftauchte. Ahmad sprach ihn an, und sie wechselten ein paar Worte auf Paschtu. Dann übergab Eric ihm den Brief. Der Mann war alt und schwerhörig, aber freundlich. Er freute sich über den Brief und schüttelte Eric zum Abschied die Hand.
Eric verließ das Haus und ging zurück zu seinem Staby. Inzwischen war der Schauer fast vorüber. Nein, dachte er. Das waren keine Entführer. Er musste sich schon schwer täuschen, wenn diese Leute irgendetwas mit der Sache zu tun hatten. Eine Entführung würde sich doch rumsprechen. Räume mussten abgeschlossen werden, es würden Wachen herumstehen. Weder Monique noch Santini waren auf den Videos geknebelt gewesen, sie würden vielleicht um Hilfe rufen. Hier wohnten so viele Menschen, dass es unmöglich wäre, etwas Derartiges geheim zu halten.
Mit einer Mischung aus Erleichterung und Sorge setzte er sich auf seinen Roller.

Fano konnte er schon mal abhaken. Er startete den Motor, machte kehrt und fuhr zurück. Ihm schoss durch den Kopf, was wohl passieren würde, wenn das Wasser einen Kurzschluss in seinem Fahrzeug auslöste. Diese Batterien hatten ordentlich Kraft. Er vertraute darauf, dass die Hersteller für gute Isolierung gesorgt hatten. Eine Schlagzeile wie »Fahrer eines Elektrobikes von seiner Batterie gegrillt« würde sich in den Quartalsberichten sicher nicht gut machen.

Die Hauptstraße war zu einem kleinen Bach angeschwollen. Von den Hängen strömte das Wasser über die Straße. Fahrbahnmarkierungen gab es keine mehr, aber das war nicht weiter schlimm. Er schien weit und breit der Einzige zu sein, der bei diesem Mistwetter unterwegs war.

Eric gab Gas und beschleunigte auf dem nassen Asphalt. Sein nächstes Ziel hieß Castellana.

XVII

Von der Kathedrale Saint-Érasme erklang bereits das abendliche Angelusläuten, als Eric zu Hause ankam. Ein langer Tag lag hinter ihm. Obwohl er die meiste Zeit nur gesessen hatte und herumgefahren war, fühlte er sich wie gerädert. Vielleicht war es auch der Frust darüber, dass er nichts erreicht hatte. Moslem hin oder her, heute würde er sich ein Bier gönnen – und wenn er dafür nachher die nächste Eckkneipe aufsuchen musste.

Allein der Gedanke an Laurine munterte ihn auf. Er freute sich auf das, was sie zu erzählen hatte, sehnte sich nach ihrer Umarmung und ihren Küssen. Und er freute sich auf etwas zu essen. Das belegte Baguette hatte nur bis zum späten Vormittag vorgehalten, danach war der Hunger zurückgekommen.

Müde schleppte er sich die Treppen hoch. Die Stufen schienen kein Ende zu nehmen. Als er endlich auf ihrer Etage ankam und in Richtung ihrer Wohnung blickte, hielt er inne. Die Tür stand einen Spalt weit offen. Licht drang von innen ins Treppenhaus. Er trat näher, klopfte vorsichtig an und rief Laurines Namen. Keine Antwort.

Er öffnete und trat ein. »Bist du da?«

Stille.

Der Schock erwartete ihn hinter der nächsten Tür. Das Schlafzimmer sah aus, als wäre ein Wirbelsturm hindurchgefegt. Kleider lagen verstreut auf dem Bett, die Schranktür stand offen.

Ein eiskalter Schrecken durchfuhr Eric. Die Szene hatte unbestreitbar Ähnlichkeit mit der Verwüstung in Laurines Haus – auch wenn es diesmal nicht ganz so verheerend war. Dennoch schrillten bei ihm sämtliche Alarmglocken.

Hastig durchquerte er die Wohnung, sah überall nach, doch von Laurine fehlte jede Spur. Entführt, war alles, was er denken konnte. Direkt aus der Wohnung. Hat nicht lange gedauert, uns ausfindig zu machen.

Sein Verstand raste zeitgleich in verschiedene Richtungen. Was sollte er jetzt tun? Er konnte durch die Straßen rennen und sie suchen. Bei den Nachbarn klingeln und fragen, ob jemandem etwas Ungewöhnliches aufgefallen war. Oder sollte er lieber gleich Mahmoud anrufen?

Für den Augenblick erschien ihm das die einzig sinnvolle Option. Er musste gestehen, dass der Plan gescheitert war und sie es ab jetzt mit einer weiteren Vermissten zu tun hatten. Himmelherrgott!

Wenn ihm doch nur irgendetwas Kluges einfiele. Aber sein Kopf war wie vernagelt. Er war kaum in der Lage, einen vernünftigen Gedanken zu fassen, geschweige denn, etwas zu unternehmen. Wie dumm sie gewesen waren.

In diesem Moment tiefster Verzweiflung drang ein Geräusch an seine Ohren. Gelächter erklang aus dem Treppenhaus. Eric fiel ein, dass die Wohnungstür immer noch offen stand. Während bei ihm gerade die Welt unterging, lachten sie dort drüben. Gab es denn überhaupt keine Gerechtigkeit auf der Welt?

Bedrückt schlurfte er zurück, um die Tür zu schließen, als er verwundert innehielt. Das Lachen kam ihm vertraut vor. Klang fast wie das von Laurine. Er blieb stehen und spitzte die Ohren. Moment mal, das war Laurine!
Er verließ die Wohnung und trat ins Treppenhaus. Die Geräusche kamen eindeutig aus der Wohnung gegenüber. Zwei Frauen, die sich prächtig zu amüsieren schienen. Ein Hoffnungsfunke durchzuckte ihn.
Eric nahm seinen Mut zusammen und klopfte an. Augenblicklich erstarb das Gelächter. Hinter dem Türspion war eine Bewegung zu erkennen. Verhaltenes Getuschel, dann ging die Tür auf. Er hatte Mühe, seine Fassung zu bewahren.
»Da bist du ja endlich!«, rief Laurine. »Wo hast du denn so lange gesteckt? Ich dachte, du würdest um fünf Uhr heimkommen.« Sie umarmte ihn und gab ihm einen Kuss.
Eric stand da wie zur Salzsäule erstarrt. Wenn das ein Traum war, dann einer mit einer gehörigen Portion Ironie. Er löste sich aus Laurines Umarmung.
»Du bist hier? Aber die Wohnung … das Schlafzimmer …«
Sie sah ihn an, als verstünde sie nicht, wovon er sprach, doch dann schien der Groschen zu fallen. »Oh …«
Er presste die Lippen zusammen. »Ich habe gedacht, dir wäre etwas zugestoßen. Ich stand kurz davor, die Polizei zu rufen.«
Ein Gesicht erschien neben Laurine. Eine junge Frau mit einem kleinen Jungen im Arm. Trotz seiner Überraschung gelang es Eric augenblicklich, in seine Rolle zurückzufallen.
Die Frau sah ihn neugierig an, wagte aber nicht zu grüßen. Unter Muslimen war es unüblich, dass eine Frau einen Mann ansprach.
Laurine sprang helfend ein. »Bitte verzeih. Das ist Kamila, unsere Nachbarin. Kamila, das ist Farid, mein Mann.«
Er berührte die gesenkte Stirn mit den Fingerspitzen. »As-Salam alaikum.«
»Wa alaikum as-Salam.« Sie senkte den Blick. Doch ihre Schüchternheit war gespielt. Er spürte, dass sie wesentlich

selbstbewusster war, als sie sich gab. »Möchten Sie hereinkommen? Aurelie und ich sind gerade beim Kochen. Es ist bald fertig.«

»Kochen …?« Er sah Laurine irritiert an. Was ging hier vor?

»Bitte sag Ja«, sagte Laurine, die sein Zögern bemerkte. »Ich bin so froh, endlich ein paar neue, nette Nachbarn getroffen zu haben. Ich möchte, dass ihr euch kennenlernt.«

»Es wäre mir eine Ehre«, sagte Kamila und lächelte.

Eric zögerte. Für eine Muslima war die Frau erstaunlich extrovertiert.

Vorsichtig sah er sich um. »Ist Ihr Mann da? Ich würde ihn gerne begrüßen und ihn fragen, ob es in Ordnung ist, dass wir Sie einfach so überfallen.«

»Yabram ist noch unterwegs. Er ist auf dem Festland auf Montage. Er wird vor übermorgen nicht zurückkommen.«

Eric runzelte die Stirn. »Und er hat nichts dagegen, dass Sie Fremden einfach so Ihre Gastfreundschaft gewähren?«

»Er ist ein guter Ehemann, er vertraut mir«, sagte Kamila. »Abgesehen davon ist Aurelie ja keine Fremde. Nicht mehr.« Ihr Lächeln wurde breiter.

»Wir sind uns zwar heute das erste Mal über den Weg gelaufen, haben uns aber gleich angefreundet«, sagte Laurine. »Stell dir vor, wir beide waren heute sogar einkaufen. Ich habe zwei neue Kleider und ein Paar hinreißende Ledersandalen. Sie kennt hier wirklich alles und jeden.«

»Nicht nur hier«, sagte Kamila.

Die beiden sahen einander an, dann lachten sie lauthals los.

Eric ging das zu schnell. »Ich muss mich jetzt erst mal frisch machen, und dann möchte ich beten«, sagte er. »Eine knappe Stunde werde ich noch brauchen.«

»Das passt perfekt«, sagte Kamila. »Ich muss noch den Kleinen füttern und ins Bett bringen. Um sieben dann?«

Er verbeugte sich und legte als Geste der Dankbarkeit seine Hand auf die Brust. »Um sieben.«

Die Zeit reichte sogar noch, um Kamila ein kleines Präsent zu besorgen. Da er nicht wusste, was sie mochte, entschied er sich für einen Tontopf mit korsischem Honig, den er in einem der kleinen Alimentaires um die Ecke fand. Ein regionales Produkt, bei dem man den Topf später noch verwenden konnte.
Offenbar hatte er damit voll ins Schwarze getroffen. Kamila bedankte sich überschwänglich und stellte den Topf mit der roten Schleife gut sichtbar im Wohnzimmer auf die Vitrine. »Damit Yabram auch noch Freude daran hat«, sagte sie. »Wir lieben Honig, und der hier auf Korsika ist besonders gut.« Ihr Französisch war ausgezeichnet, auch wenn man ihr anhörte, dass es nicht ihre Muttersprache war.
»Woher stammen Sie?«, fragte Eric.
»Aus Marokko«, erwiderte sie. »Mein Mann ist Schweißer. Er hat in Rabat keine Arbeit gefunden, deshalb sind wir hierhergezogen. Das war nach dem Arabischen Frühling. Unser Sohn wurde bereits auf Korsika geboren.«
Eric nahm die Information interessiert zur Kenntnis. Wirtschaftsflüchtlinge also. Von denen hatte er in Paris auch einige kennengelernt. Die Angst vor der materiellen Armut war ein genauso berechtigter Fluchtgrund wie die vor Krieg, er hatte da nie einen Unterschied gemacht. Ob einem Menschen die Existenzgrundlage entzogen oder ob einem das Haus weggebombt wurde, war unterm Strich beides furchtbar. Und in Europa konnten sie ausgebildete Fachkräfte gut gebrauchen.
Sie begannen zu essen. Eric war überrascht zu erfahren, dass Laurine Kamila bereits einiges über ihre Situation erzählt hatte. Sie hatte die Geschichte mit vielen kleinen und klugen Details ausgeschmückt, sodass es für einen Außenstehenden unmöglich war, Lüge von Wahrheit zu unterscheiden. In Laurine steckte also doch eine Geschichtenerzählerin – genau wie Eric vermutet hatte. Sobald sie wieder alleine waren, würde er das Thema noch einmal ansprechen. Als sie beim Kaffee angelangt waren, fragte er: »Planen Sie, irgendwann wieder zurückzukehren?«
»Oh, ja!« Ihre Augen leuchteten. »Sobald wir uns etwas zusam-

mengespart haben, ziehen wir wieder nach Rabat. Wir beide haben dort Familie.«

»Möge Allah seine schützende Hand über euch halten.«

Kamila legte ihre Hand auf die Brust und neigte den Kopf. »Shukran.«

»Werden Sie Korsika denn nicht vermissen?«

»Oh, doch. Nicht zuletzt, weil unser Kleiner hier geboren wurde. Aber ich beobachte einige Entwicklungen hier mit Sorge. Es ist nicht mehr so, wie es früher war.«

»Was meinen Sie damit?«

Sie warf ihm einen schwer zu deutenden Blick zu. »Laurine hat mir erzählt, dass Sie als Postbote im Norden unterwegs sind.«

»Das ist richtig. Die Straße der vergessenen Dörfer, wie die Einheimischen sie nennen.«

»Dann sind Ihnen bestimmt die vielen Flüchtlingsunterkünfte aufgefallen.«

»Allerdings ...«

»Es werden von Jahr zu Jahr mehr. Ich weiß, ich dürfte so nicht reden, aber ich halte die Situation für nicht tragbar. Nicht auf so einer kleinen Insel wie Korsika.«

Er nickte. Geografisch betrachtet war Korsika nicht gerade klein, doch natürlich musste man auch die geringe Einwohnerzahl miteinbeziehen.

»Ich war in einigen dieser Unterkünfte«, sagte er. »In vielen von ihnen leben die Menschen zusammengepfercht auf engstem Raum. Ich gebe Ihnen recht, das ist auf Dauer kein Zustand. Europa muss sich dringend darum kümmern, dass diese Leute besser verteilt werden. Was ich aber sagen kann, ist, dass es sich ausnahmslos um nette, freundliche Menschen handelt. Obwohl sie nichts haben und über nahezu keine Sprachkenntnisse verfügen, wurde ich überall gut behandelt.«

»Dann haben Sie Glück gehabt.«

Er runzelte die Stirn. »Was meinen Sie damit?«

»Ich kenne einige der Leute, die dort wohnen. Zugezogen aus Marokko, genau wie wir. Sie erzählen seltsame Geschichten.«

»Ach ja?« Er wurde hellhörig.
Kamila rückte vor und senkte ihre Stimme. Sie wirkte, als hätte sie Angst, belauscht zu werden. »Ich will Sie ja nicht beunruhigen, aber Sie sollten vorsichtig sein. Ich habe von Häusern gehört – ganzen Straßenzeilen –, in denen höchst eigenartige Dinge vorgehen.«
»Was denn für Dinge?« Er versuchte möglichst beiläufig zu klingen, lauschte aber mit gespanntem Interesse.
»Oh, das will ich Ihnen gar nicht im Einzelnen erzählen, es ist zu schrecklich.« Sie senkte ihre Stimme und kam näher. »Meine Freunde berichteten mir von Schreien, von schwerem Poltern und merkwürdigen nächtlichen Aktivitäten. Es wurden auch schon Männer beobachtet, die sich öffentlich geprügelt haben. Wenn immer sie in ihre Autos steigen, flüchten die Dorfbewohner in ihre Häuser, denn diese Kerle fahren wie die Irren. Kürzlich hätten sie um ein Haar ein kleines Mädchen überfahren.«
»Tatsächlich?« Eric knabberte an einem Hühnerschenkel.
»Oh, ja«, flüsterte Kamila. »Sie erzählten mir von seltsamen Leuten, die dort ein und aus gehen, und davon, dass dort draußen Männer herumlungern. Tag und Nacht.«
Eric blickte zu Laurine. Er fing an zu begreifen, warum sie Freundschaft mit dieser Frau geschlossen hatte. Kamila schien ein wahrer Hort von Informationen zu sein. Jemand wie sie konnte sich bei ihrem Vorhaben als entscheidender Faktor erweisen.
Nach dem Essen gab es noch Kaffee, und Eric nahm etwas Zucker. Er rührte um und setzte die Tasse an seine Lippen. »Wo genau soll das sein? Nur für den Fall, dass ich eine Lieferung habe. Ich laufe ungern ins offene Messer.«
Kamila sah sich um, als fürchtete sie, belauscht zu werden. »Kommen Sie näher, ich sage ich es Ihnen …«

XVIII

Piedigrado war ein kleiner Teil von Castellana, genauer gesagt die südöstliche Spitze der Felsnase, auf der man den Ort errichtet hatte. Warum man für diese paar Häuser einen anderen Namen gewählt hatte, war Eric ein Rätsel, schließlich umfasste Castellana nicht mehr als hundertfünfzig Seelen. Aber vielleicht hatten hier einst zwei Familien gelebt, die sich nicht leiden konnten und die beide auf einen eigenen Ortsnamen bestanden hatten. Wer wusste das schon? Mit Logik kam man auf Korsika nicht weit.

Es war ein sonniger Nachmittag, und das Bild wirkte vertraut. Spielende Migrantenkinder, alte Leute, Wäsche an den Leinen und Musik, die aus geöffneten Fenstern schallte.

Eric lieferte seine Post aus, grüßte und sah sich dabei unauffällig um. Hühner rannten vor seinen Reifen her, und überall lag Müll. Die Straße führte in einer schmalen Schleife einmal um den Ort herum. Laut Karte wechselte sie zwar zwischendurch ihren Namen, doch verfahren konnte man sich nicht.

Eric brannte darauf, herauszufinden, ob Kamilas Andeutungen auf Tatsachen beruhten. Was ihre Nachbarin ihnen gestern Abend im Vertrauen erzählt hatte, entsprach genau der Art von Information, auf die sein internes Radar ansprang. Nun war es an ihm, den Wahrheitsgehalt dieser Geschichte zu prüfen. Bislang jedoch blieb sein Frühwarnsystem ruhig. Im Licht des frühen Nachmittags wirkten die Häuser freundlich und lebendig. Nicht anders als in den vielen Ortschaften, die ringsherum in den grünen Hügeln und Bergen verstreut lagen.

Er war schon drauf und dran, die Geschichte als Missverständnis oder Hirngespinst abzutun, als er plötzlich merkte, dass etwas nicht stimmte. Die Stimmung veränderte sich unmerklich. Als wären Wolken aufgezogen.

Er hatte etwa die Mitte der Siedlung erreicht, als er spürte, wie es kühler wurde. Oder bildete er sich das nur ein?

Haus Nummer siebzehn stand leer, achtzehn ebenfalls. Auf der gegenüberliegenden Seite befand sich eine Baulücke. Nur ein paar Trümmer lagen dort, zwischen denen Unkraut wucherte. Es folgten welke Sträucher, ein struppig aussehender Oleander sowie eine Garageneinfahrt.
Eric nahm die Hand vom Gas und ließ das Staby im Schritttempo die Straße entlangrollen. Kein Bewohner ließ sich blicken. Die Häuser wirkten verriegelt und verrammelt. Weder Stimmen noch Musik drangen aus dem Inneren. Hin und wieder stand ein Fensterladen offen, doch die Scheiben wirkten trübe. Wie Augen, die mit Blindheit geschlagen waren. Hätte Eric diesen Weg gestern schon genommen, wäre ihm dieser Umstand sofort aufgefallen, aber der Zufall wollte es, dass er für diesen Ortsteil keine Briefe dabeigehabt hatte.
Das war heute anders.
Dies war die Stelle, von der Kamila erzählt hatte. Man musste ein Idiot sein, um nicht zu bemerken, dass hier etwas nicht stimmte. Doch bisher war es nicht mehr als ein Gefühl. Was er brauchte, waren Beweise, keine Hinweise.
Langsam fuhr er weiter. Die trübsinnige Stimmung kroch ihm unter die Haut. Er fröstelte – obwohl die Sonne schien. Es war, als wäre man in einem fremden Land unterwegs, auf einem fremden Planeten. Ein merkwürdiger Geruch stahl sich in sein Bewusstsein. Eric benötigte einen Augenblick, bis er erkannte, was das war. Marihuana. Pot. Haschisch. Ein süßlicher Gestank, der an verbrannten Salbei erinnerte. Aber wo kam der her?
Ratlos schaute er sich um. Nichts zu sehen.
Er hatte zwei Poststücke dabei; einen Brief für einen gewissen Nathan Troyat sowie ein kleines Päckchen, auf dem nur der Name Jérôme vermerkt war. Beides keine arabisch klingenden Namen.
Troyat wohnte in Haus Nummer achtundzwanzig. Das musste das übernächste auf der linken Seite sein. Eric beschloss, sein Glück zuerst dort zu versuchen.
Um Zeit zu schinden, stellte er das Staby ab, schulterte seine

Umhängetasche und schlenderte hinüber. Es war ein herrlicher Nachmittag, und die Welt war wie in einen Dornröschenschlaf gesunken. Ein leichter Wind wehte von Westen über die Berge und wirbelte Staub vor seinen Füßen auf.
Eric blieb vor dem Haus stehen, von dem er annahm, dass es die achtundzwanzig sein musste. Wie überall gab es hier natürlich weder Namens- noch Nummernschild. Er klopfte. »Hallo?«
Er stand da und wartete. Die Sekunden vergingen in quälender Langsamkeit. Irgendwann meinte er, ein schlurfendes Geräusch hinter der Tür zu hören.
»Hallo, ist da jemand? Monsieur Troyat? Ich habe einen Brief für Sie.«
Die Tür blieb geschlossen. Stattdessen wieder dieses Schlurfen, begleitet von einem leisen Klicken.
Eric trat einen Schritt zurück. Die Geräusche gefielen ihm nicht. Aber was sollte er tun? Noch mal zu klopfen erschien ihm wenig sinnvoll. Wer immer dort war, er hatte offensichtlich kein Interesse daran, zu öffnen. Andererseits war Aufgeben keine Option. Sein Jagdinstinkt war geweckt.
Nach allen Seiten Ausschau haltend, entdeckte er rechts einen schmalen Durchgang zwischen den Häusern. Vielleicht würde ein Blick von der anderen Seite weitere Informationen liefern. Er vergewisserte sich, dass er nicht beobachtet wurde, dann tauchte er in den Durchgang ab.
Die Luft war stickig. Es roch nach Schimmel und Rattenkot. Die Luft anhaltend, durchquerte er den schmalen Gang.
Die Rückseite bot einen ähnlich heruntergekommenen Anblick wie die Front. Hangseitig lag ein verwilderter Garten, der von einer niedrigen Natursteinmauer umgeben war. Eric bemerkte eine verrostete Hollywoodschaukel, ein lieblos angelegtes Gemüsebeet sowie eine schief stehende Vogeltränke, aus der sicher schon lange kein Vogel mehr getrunken hatte. Die Schiebetür zur Veranda stand einen halben Meter offen. Zu hören oder zu sehen war nichts.
Was nun?

Eric versuchte seine Gedanken zu sortieren. Wenn er das tun würde, was ihm gerade im Kopf herumspukte, würde das seine Tarnung gefährden. Andererseits ließ ihm der Gedanke an Monique keine Ruhe. Er musste hier vorankommen, egal, ob legal oder illegal. Im Grunde genommen hatte er seinen Entschluss schon längst gefasst.
Einen weiteren Blick in die Umgebung schickend, setzte er seinen Fuß auf einen Vorsprung, stieg über die Mauer und ließ sich in den Garten dahinter fallen. Der Boden war weich, sodass er einige Zentimeter einsank. Disteln stachen durch seine Hose. Durch ein Meer aus Unkraut watend, schlich er in Richtung Veranda. Er hielt sich seitlich an der Mauer, um nicht gesehen zu werden. Falls jetzt jemand aus dem Haus kam, hatte er ein Problem. Wie sollte er rechtfertigen, was er hier tat? Sein Verhalten war für einen Postangestellten ziemlich ungewöhnlich. Doch nichts geschah. Innen schien alles ruhig zu sein.
Er war am Haus angelangt und hatte gerade seinen Fuß auf die Veranda gesetzt, als er eine Bewegung hinter der Schiebetür bemerkte. Etwas Großes, Haariges versperrte ihm den Weg.
Eric blieb wie angewurzelt stehen. Ein Hund. Ein ziemlich großer sogar.
Die Augen hinter einer Mähne aus hellem und dunklem Fell verborgen, hechelte er Eric mit heraushängender Zunge an. Ein Bobtail. Normalerweise eine gutmütige Rasse. Aber was, wenn das Tier ihn als Eindringling betrachtete?
Witternd, aber unentschlossen hielt der Hund die Nase in die Höhe.
»Na, mein Guter«, sagte Eric mit sanfter und beruhigender Stimme. »Ist denn dein Herrchen auch zu Hause?« Vorsichtig streckte er die Hand aus und kraulte das Tier am Kopf.
Der Bobtail schnupperte, dann verzog er sich mit einem kurzen Schnauben in den hinteren Teil der Wohnung. Seine Krallen hinterließen klickende Geräusche auf dem Parkett. Das war es also, was er vorhin gehört hatte.
Eric atmete auf. »Eines steht mal fest«, murmelte er. »Als Auf-

passer bist du eine Null.« Grimmig lächelnd ging er weiter. Die Wohnung verströmte den Geruch von Armut. Ein paar Regale, ein Tisch, ein winziger Fernseher. Das einzig Bemerkenswerte war eine Standuhr mit Pendel, das langsam hin und her schwang. Vermutlich ein Erbstück.
»Monsieur Troyat? Ich komme von der Post. Ich habe hier einen Brief für Sie.«
Statt einer Antwort erhielt er ein Grunzen von der Seite.
Eric zuckte zusammen. Ihn traf fast der Schlag. Da lag jemand auf dem Sofa!
Die Decke war von exakt derselben Farbe wie der Sofabezug, weswegen Eric zunächst gedacht hatte, es würde sich um Kissen handeln. Ein Schopf grauer Haare lugte unter der Decke hervor. Auf dem kleinen Beistelltisch daneben befanden sich eine leere Schnapsflasche sowie ein Päckchen Zigaretten.
Eric nahm seinen ganzen Mut zusammen. »Monsieur, können Sie mich hören? Geht es Ihnen gut?« Er zog die Decke ein wenig zurück.
Der Mann war um die siebzig und anscheinend voll wie eine Strandhaubitze. Er schlief den Schlaf der Unschuldigen und würde sicherlich nicht allzu bald daraus erwachen.
Eric empfand Mitleid. Wenn man im Alter nichts anderes mit sich anzufangen wusste, als seine Existenz im Alkohol zu ertränken, dann musste einiges schiefgelaufen sein. Keine Kinder, keine Enkel, weder Freunde noch Hobbys – wofür lohnte es sich dann noch zu leben? Es gab nur diesen zotteligen Bobtail, dessen Augen hinter einem Gestrüpp von Haaren verborgen lagen.
Eric seufzte. Hier war nichts zu finden.
Schon wieder kein Erfolg. Und die Zeit wurde langsam knapp.
Eric trat den Rückzug an. Er verließ das Haus auf demselben Weg, den er gekommen war, kletterte über die Mauer, den schmalen Gang hindurch und hinaus auf die Straße.
Dort hatte sich etwas verändert. Er war nicht länger allein.
Zwei junge Männer standen neben seinem Elektroroller. Sie machten den Eindruck, als hätten sie nichts zu tun. Der eine

steckte sich gerade eine Zigarette an, während der andere am Gasgriff herumspielte. Es war ein dürrer Kerl mit abgewetzten Jeans und stechenden Augen. Sobald er Eric sah, erschien ein Haifischlächeln auf seinem Gesicht.

»Na, da ist er ja endlich«, rief er mit schnarrender Stimme. »He, du, wir haben dich schon vermisst.«

»Wo kommst'n her?« Der andere trug einen hellblauen Trainingsanzug und Sportschuhe. Beides aus so billigem Plastik, dass es beim Gehen Funken zu schlagen schien. Auf seiner Wange prangte eine fette Narbe.

Eric kannte diesen Menschenschlag. In Paris hatte er oft mit solchen Idioten zu tun gehabt. Streuner, die auf Streit aus waren.

»He, du, Postbote, ich hab dich was gefragt«, näselte der Dürre.

Eric überlegte kurz, ob er pampig werden sollte, fiel dann aber in seine Rolle zurück. Er war hier nur der Postangestellte. In gebrochenem Französisch antwortete er: »Ich war nur kurz hinten, um nachzusehen, ob jemand zu Hause ist. Es gibt keinen Briefkasten hier. Hab geklingelt und geklingelt. Hat aber niemand aufgemacht.«

»Das hätten wir dir vorher sagen können«, schnarrte der Dürre. Er schien hier der Boss zu sein. »Der alte Nathan ist um diese Uhrzeit voll wie ein Pisseimer. Vor morgen früh wirst du den nicht nüchtern antreffen. Gib uns den Brief, wir liefern ihn für dich ab.« Sein Grinsen verhieß das genaue Gegenteil. Vermutlich würden sie den Brief aufreißen und nachsehen, ob Geld drin war. Wenn nicht, würden sie ihn achtlos wegwerfen.

»Tut mir leid, das darf ich nicht«, sagte Eric. »Nur mit persönlicher Übergabe. Aber vielleicht geht es ja so …« Er ließ die zwei Typen stehen, ging rüber zur Haustür und schob den Brief unten durch. Troyat würde ihn schon finden.

Als er zurückkam, war das Lächeln in den Gesichtern verschwunden.

»Sag mal, wer bist du eigentlich? Wir haben dich hier noch nie gesehen.«

»Wo steckt Robert, die kleine Schwuchtel?«, fragte der andere. »Zu Hause bei Mama?« Er blies Eric Rauch ins Gesicht.
»Der fährt seit gestern eine andere Tour«, erwiderte Eric. »War zu viel für ihn, deswegen haben sie mich eingestellt.«
»Dich? Einen Maghreb? Na, die haben ja Nerven.«
»Müssen ganz schön verzweifelt sein«, sagte der andere. »Haben die keine Angst, dass du einfach mit der Post verschwindest?« Dreckiges Gelächter erklang. Der Dürre hatte endlich aufgehört, an Erics Maschine herumzuspielen. Eric erkannte mit fachkundigem Blick, dass er eine Pistole im Hosenbund seiner Jeans stecken hatte. Er spürte, dass er an der richtigen Adresse war. Gefahr hing in der Luft wie der Gestank nach altem Frittenfett. Er beschloss, in die Offensive zu gehen.
»Ich suche Jérôme«, sagte er. »Hab keine Hausnummer, nur die Straße und den Ort.« Er deutete auf das Päckchen in seiner Box. »Er muss hier irgendwo wohnen.«
»Jérôme?« Die beiden sahen sich an. »Na klar, den kennen wir.«
»Wo ist er?«
»Komm. Wir führen dich.« Der Dürre legte seine Hand auf Erics Schulter. Eric musste sich bemühen, nicht die Beherrschung zu verlieren.
»Deine Maschine kannst du hier stehen lassen«, sagte der Typ. »Die wird schon nicht geklaut. Was is' das überhaupt? Ein Kinderspielzeug?«
»Ist Elektro«, erwiderte Eric in raspelndem Tonfall.
»Ist Elektro, soso. He, Alfonse, schon mal auf so was gesessen?«
»Ne«, sagte der Typ im Trainingsanzug. »Will ich auch nicht. Da kommt man sich ja vor wie auf 'nem Mickymausroller.«
»Ob ich wohl mal 'ne Runde drehen dürfte? Was meinst du, Maghreb? Ich würd gerne mal Elektro fahren.« Das Grinsen im Gesicht des Dürren sah aus wie mit dem Messer geschnitzt. »Nur schnell um den Block.«
»Geht nicht, tut mir leid«, murmelte Eric und schüttelte heftig den Kopf. »Ist Dienstfahrzeug.«
»Komm schon, jetzt hab dich nicht so. Muss ja keiner erfahren.«

Der Griff an seiner Schulter wurde fester. In diesem Augenblick ertönte von irgendwo ein Pfiff. Die beiden fuhren herum.
Eric kniff die Augen zusammen. Am Kopfende der Straße befand sich ein Haus, vor dem auffällig viele Autos geparkt waren. Die meisten von ihnen waren schwarz und sahen ziemlich protzig aus. Ungewöhnlich für diese Gegend. Ein Mann tauchte zwischen ihnen auf und winkte den beiden zu. Ein großer Kerl mit Vollbart.
»He, ihr, lasst den Mann in Ruhe und kommt her. Der Boss will euch sehen. Hopp, hopp, schwingt eure Hufe.« Mit diesen Worten ging er wieder ins Haus.
Der Dürre grinste. »Na, wenn das kein Zufall ist. Dann darfst du das Päckchen gleich persönlich abgeben. Komm, Maghreb, wir begleiten dich. Mit deinem kleinen Flitzer fahren wir dann später.«
»Ist Elektro«, sagte der andere, woraufhin beide in wieherndes Gelächter ausbrachen.

XIX

Der Raum war gerammelt voll mit Männern. Überall standen Aschenbecher und leere Bierflaschen herum. Die Luft war zum Schneiden dick, der Fernseher hinter dem Qualm kaum zu erkennen.
Auf dem Bildschirm lief ein Fußballspiel. Eric tippte auf ein Spiel der Regionalliga, auch wenn er sich da nicht wirklich auskannte. Es schien sich um eine französische Mannschaft zu handeln.
Die Typen sahen nicht aus, als wäre mit ihnen gut Kirschen essen. Zumindest eines ließ sich nun mit Bestimmtheit sagen: Der penetrante Gestank nach Marihuana, den Eric draußen auf der Straße wahrgenommen hatte, stammte von hier.

Als er in Begleitung seiner zwei Bewacher eintrat, richteten sich alle Augen auf ihn. »Da seid ihr ja endlich«, sagte der Mann, den er vorhin auf der Straße gesehen hatte. Ein breitschultriger Kerl mit Vollbart. Unter seinem T-Shirt und hinauf bis zum Hals rankte ein markantes Tattoo empor. War das ein Skorpion? Augenblicklich fiel Eric Petrus Geschichte wieder ein. Die beiden Kerle auf dem Motorrad.

»Ihr habt euch ja ganz schön Zeit gelassen.« Die Stimme des Mannes war tief und dominant. »Habt ihr das Bier mitgebracht?«

»Scheiße, das Bier.« Der Typ mit der Knarre im Hosenbund klatschte sich gegen die Stirn. »Ich wusste doch, dass wir was vergessen haben. Steht noch im Auto.«

»Dann holt es gefälligst, ehe es warm wird. Wir verdursten hier.«

»Bin gleich wieder da.«

Kaum war er draußen, richteten sich die Blicke auf Eric. Der Vollbart baute sich mit verschränkten Armen vor Eric auf. Wie es aussah, hatte er hier das Sagen. »Was schleppst du uns hier für 'n Typen an, Alfonse? Wer ist das?«

»Er ist uns draußen aufgefallen«, sagte der Trainingsanzug. »Schlich beim alten Troyat rum. Sagt, er wäre der neue Postbote.«

»Stimmt das? Bist du der neue Postbote?«

Eric nickte. »Abdul Farid mein Name.« Er deutete auf sein Namensschild. »Ich bin die neue Aushilfe. Ersatz für Robert.«

»Ein neuer Postbote, soso. Und was willst du?«

»Hab hier ein Päckchen für Jérôme. Ist der hier? Sind Sie Jérôme?«

»Ich?« Die buschigen Augenbrauen schossen nach oben, dann lachte der Mann. Die anderen stimmten mit ein. Kopfschüttelnd sagte er: »Nein, mein Name ist Madib. Jérôme ist oben. Darf ich mal sehen?« Er streckte seine Pranke aus. Eric gab ihm das Päckchen. Diesmal wäre es unklug gewesen, sich zu weigern.

»Was ist dadrin?«

»Weiß ich nicht, Monsieur«, sagte Eric kleinlaut.
»Weißt du nicht, soso. Vielleicht ein Buch oder so? Ich höre nichts klappern.« Er umfasste es mit seinen mächtigen Pranken. »Na, dann will ich es ihm mal bringen. Danke dafür. Du kannst jetzt gehen.«
Eric räusperte sich und sagte mit dem Mut der Verzweiflung: »Tut mir leid, aber ich muss das Päckchen selbst aushändigen. Ist mit Empfangsbestätigung, sehen Sie?« Er deutete auf den Aufkleber. Einschreiben mit persönlicher Übergabe, stand dort zu lesen.
Der Tätowierte warf einen Blick darauf. »Vertraust du mir nicht?«
»Doch, nur …«
»Ja?«
»Ist Vorschrift. Bekomme schrecklichen Ärger, wenn es rauskommt. Und ich brauche Arbeit.«
»Ja, so dürr, wie du bist, dürfte das stimmen. Gibt nicht viel zum Beißen bei euch, oder?« Er lachte, und wieder stimmten die anderen mit ein. Als gäbe es hier ein verdammtes Echo. »Also gut. Du findest Jérôme oben. Melde dich einfach im ersten Stock an, dann wird man dich zu ihm lassen. Sag, Madib hätte dich geschickt.«
In diesem Moment stieß einer der Männer einen Jubelruf aus. Offenbar hatte eine der Mannschaften gerade ein Tor erzielt. Von der einen auf die andere Sekunde stand Eric nicht mehr im Mittelpunkt des Interesses.
Er nutzte die Gelegenheit, verließ schnell den Raum und wandte sich in Richtung Treppe. Im Gang standen überall Bierkästen herum. In der Küche nebenan türmten sich leere Pizzaschachteln und Chipstüten. Die Kaffeemaschine sah aus, als hätte man sie aus dem Sondermüll gezogen.
Das Haus war ein Schweinestall. Nichts, worin man sich länger aufhalten wollte. Es sah auch nicht nach einer Dauerunterkunft aus, bestenfalls nach einer provisorischen Behausung. Frauen schien es hier keine zu geben.

Mit einem mulmigen Gefühl stieg er die Stufen empor.
Oben angekommen, traf er auf einen Mann, der auf einem billigen Campingstuhl hockte. Auf seinem Schoß lag eine Maschinenpistole. Als er Eric kommen sah, zuckte er aus seinem Halbschlaf empor.
»He, wer bist du?« Die Mündung der Waffe zuckte in Erics Richtung. Eric riss die Hände hoch. Um ein Haar wäre ihm das Päckchen aus der Hand gefallen.
»Postzustellung, Monsieur«, stieß er aus und fügte schnell hinzu: »Madib schickt mich.« Sein Schreck war nicht gespielt.
Die Waffe blieb weiter auf seine Brust gerichtet. »Post? Für mich?«
»Nein, Monsieur«, stammelte Eric. »Für einen gewissen Jérôme. Ist ein Einschreiben. Madib sagte, ich solle mich bei Ihnen anmelden.«
Sein Auftritt als ängstlicher Postbote war offensichtlich so überzeugend, dass der Mann seine Waffe sinken ließ. Gelegenheit genug, die Situation neu zu bewerten.
Von dem kahlen Gang zweigten drei Türen ab. Zwei auf der linken Seite, eine am Kopfende. Auf der hinteren prangte ein WC-Zeichen. Eric spürte instinktiv, dass er ins Schwarze getroffen hatte. Spätestens beim Anblick des bewaffneten Postens war ihm klar geworden, dass die Gefangenen nicht weit sein konnten.
»Ein Päckchen?«, raunzte der Typ. »Zeig mal her.«
Eric sah sich nicht in der Position zu diskutieren und gab dem Mann, was er wollte. Der schaute auf den Absender und riss dann die Pappschachtel auf. Eric zuckte zusammen. Ein Buch befand sich darin. *Die Kunst des Krieges* von Sun Tzu. Wie es aussah, eine bibliophile Ausgabe.
Der Posten öffnete das Buch und blätterte darin herum, als vermute er eine versteckte Waffe, dann schlug er es zu und gab es Eric. »Hier.« Er klopfte an die vordere der beiden Türen. »Hier ist ein Postbote mit einer Lieferung für Sie. Sie müssten ihm die Annahme kurz unterzeichnen.«

»Lassen Sie ihn rein«, ertönte es von drinnen.

Eric vernahm die Stimme nur gedämpft. Er hatte jedoch das Gefühl, sie schon einmal gehört zu haben. Der Posten holte einen Schlüsselbund aus der Tasche und schloss auf. »Bitte sehr. Und keine Dummheiten, verstanden?«

Die Tür schwang auf.

Eric stand einen kurzen Moment wie angewurzelt im Türrahmen. Geblendet vom Sonnenlicht, das durch das gegenüberliegende Fenster schien, versuchte er sich zu orientieren. Das Fenster war leicht gekippt.

Am Schreibtisch gegenüber war der Umriss eines Mannes zu sehen. Er war alt, kahl und gebeugt. Er saß mit dem Rücken zur Tür, sodass Eric sein Gesicht nicht erkennen konnte. Doch obwohl er ihn nicht sehen konnte, wusste er, wen er da vor sich hatte. »Monsieur Jérôme?«

Der Alte drehte sich um. Trübe Augen blickten Eric an.

Eric musste versuchen, ruhig zu bleiben. So sehr hatte er gehofft, den alten Mann zu finden, dass es ihn beinahe aus den Schuhen haute, ihn jetzt von Angesicht zu Angesicht zu sehen. Es war Jean-Baptiste Santini.

Er schien Eric hinter seiner Maskerade nicht zu erkennen.

»Ja?«

»Hier, Monsieur. Eine Sendung für Sie.«

»Mein Buch.« Die Augen leuchteten auf, dann rückten die Brauen aufeinander zu. »Wieso wurde es schon ausgepackt?«

»Sicherheitskontrolle«, schnarrte es hinter Erics Rücken.

»Bitte den Empfang kurz quittieren.« Eric nahm sein Gerät und tat so, als müsse er etwas eintippen. Stattdessen schrieb er auf das Display: »Ich bin's, Eric Marchand.« Er hielt Santini das Gerät unter die Nase.

Der alte Mann ergriff den Stift und wollte gerade unterschreiben, als er die Botschaft entdeckte. Seine Hand verharrte in der Luft. Santinis Augen verengten sich, dann zuckte sein Blick empor. Eric sah ihn mit starren Augen an und nickte dabei leicht. »Einfach hier auf das Display, Monsieur.«

Ihre Blicke begegneten sich. Endlich schien der Groschen zu fallen. Santini stieß ein Räuspern aus. »Auf das Display, sagten Sie?«

»Ja, genau hier.«

Santini schrieb etwas mit zitternder Hand. Eric war kein Spezialist in Sachen Überkopflesen, aber er konnte auch so entziffern, was da stand.

»Bitte helfen Sie mir!«

Er nickte.

»Schluss jetzt mit dem Gequatsche«, erklang die Stimme von hinten. »Hast du, was du wolltest?«

»Ja«, sagte Eric. »Jetzt hat alles seine Ordnung.«

»Dann raus mit dir. Das hat schon viel zu lange gedauert.«

»Bin schon weg. Und Ihnen noch einen schönen Tag, Monsieur.« Eric verbeugte sich, dann trat er den Rückzug an.

Kaum war er draußen und die Tür zugeschlagen, sagte er: »Verzeihen Sie, Monsieur, ich habe gesehen, dass dort drüben eine Toilette ist. Darf ich sie kurz benutzen?«

»Musst du pissen oder was?«

Eric nickte. »Bitte …«

»Immer diese Muselmänner. Haben Blasen wie die Vorschulkinder. Na gut, aber mach nichts dreckig.«

»Nein, Monsieur. Danke, Monsieur.« Mit gesenktem Kopf eilte Eric Richtung Toilette. Beim Vorbeigehen fiel sein Blick auf die zweite Tür. Ob dahinter wohl Monique war? Er wagte nicht, anzuhalten und zu lauschen, und ging stattdessen schnurstracks weiter.

Kaum war die Klotür hinter ihm ins Schloss gefallen, holte er sein Handy hervor. Mit schnellen Bewegungen öffnete er Google Maps. Hoffentlich hatte er Netz. Nach einigen bangen Sekunden erschien die Karte. Sein Standort wurde punktgenau angezeigt. Er kopierte die Koordinaten, scrollte nach Chefinspektor Cléments privater Handynummer und tippte eine Nachricht ein.

Santini gefunden, möglicherweise Monique. Wird gefangen ge-

halten. Schwer bewacht. Etwa fünfzehn Männer, bewaffnet. Frei stehendes Haus am Ende der Straße. Genaue Koordinaten: 42°22′16.5"N 9°29′36.8"E. Dringendes Eingreifen erforderlich. Mache mich jetzt aus dem Staub. Gruß, E. M.
Er überprüfte die Nachricht, dann schickte er sie ab.
Geschafft.
Sein Puls hämmerte. Er keuchte wie nach einem Hundertmetersprint. Was für ein unglaubliches Glück er gehabt hatte. Die Nadel im Heuhaufen. Und er hatte sie gefunden. In kürzester Zeit. Das war fast zu einfach gewesen.
Durch das geöffnete Klofenster drang das Läuten der Kirchenglocken. Es war absolut identisch mit dem in der Videoaufzeichnung. Das letzte Teilchen im Mosaik. Nur um ganz sicherzugehen, schaltete er die Diktierfunktion des Handys ein und machte eine Aufnahme. Sollten sich die Fachleute später damit beschäftigen. Jetzt musste er nur noch hier rauskommen.
»He, warum dauert das denn so lange?«, hörte er den Wachtposten von draußen. »Beeil dich mal ein bisschen.« Er faselte etwas von Prostatabeschwerden, doch das ging im Läuten der Glocken unter.
»Gleich fertig.« Rasch steckte er das Handy ein, betätigte die Spülung, wusch seine Hände und zog die Uniform straff. Binnen weniger Sekunden fiel er in seine alte Rolle zurück.
Der Wachtposten musterte ihn argwöhnisch. »Hast dir ja ganz schön Zeit gelassen. Und jetzt mach, dass du fortkommst.«
»Ja, Monsieur. Und vielen Dank.« Er zog den Kopf ein. Wie ein geprügelter Hund schlich er die Treppe hinunter.
Die Luft unten war immer noch stickig. Warum wurde hier nicht gelüftet? Die Gespräche waren verstummt, man hörte auch kein Gläserklirren mehr. Ganz offensichtlich war das Spiel zu Ende. Höchste Zeit, sich aus dem Staub zu machen. Eric wollte gerade auf Zehenspitzen an der Wohnzimmertür vorbeischleichen, als er eine Stimme vernahm.
»Na, Monsieur Farid, wollen Sie uns etwa schon verlassen?«
Er zuckte zusammen. Diese Stimme!

Sein Blick zuckte nach links. Alle hatten sich dort versammelt. Der Typ im hellblauen Trainingsanzug, der Dürre mit der Knarre sowie der Mann mit Vollbart und Tätowierung. Er hielt eine Pistole in der Hand. Sie war auf Eric gerichtet.
Viel schockierender jedoch war für Eric, dass mitten unter diesen finster aussehenden Männern ein kleiner älterer Herr stand. Schmales Gesicht, Glatze, gut sitzender Anzug. Er trug ein verschmitztes Lächeln zur Schau.
»Oder sollte ich besser Eric Marchand sagen?«
Eric hatte das Gefühl, der Raum würde kippen. Unter seinen Schuhen tat sich ein Abgrund auf. Er musste sich am Türrahmen abstützen, weil der Boden nicht länger stabil war.
»Santini!«
Das war alles, was er herausbrachte. Und selbst das klang wie ein Krächzen.
»Ganz recht«, sagte der alte Mann. »Ich glaube, ich habe Ihnen nie meinen vollständigen Namen genannt. Er lautet Jean-Baptiste Jérôme Santini. Meine Mutter fand den Namen so schön. Ich habe ihn nie leiden können. Klingt irgendwie schwul, findet ihr nicht?«
Die Männer lachten. Es war ein einvernehmliches, respektvolles Lachen. Ein Lachen, in dem Bewunderung und Unterwürfigkeit mitschwangen. Eric wurde mit jeder Sekunde bewusster, in was für eine ausweglose Situation er sich hineinmanövriert hatte. Und noch hatte er nur die Spitze des Eisbergs erblickt.
»Abdul Farid«, fuhr Santini fort. »Ein ziemlich ungewöhnlicher Name für einen Schriftsteller aus Paris. Aber vermutlich genau richtig, wenn man in so einer Umgebung unerkannt bleiben möchte, nicht wahr? Hübsche Maskerade übrigens. Als Sie vorhin in meiner Tür erschienen, habe ich Sie für einen Moment nicht erkannt. Aber ich wusste ja, dass Sie kommen würden.« Er zwinkerte ihm zu. »Haben Sie schon Meldung bei Chefinspektor Clément gemacht?«
»Was …?«
»Ja, ich weiß, das muss ziemlich verwirrend für Sie sein. Aber

ich versichere Ihnen, es läuft alles nach Plan. Das Getriebe hat sich in Bewegung gesetzt, und die Zahnrädchen greifen perfekt ineinander.« Er verschränkte die Finger. »Das Ziel, die Clans unter meiner Führung zu vereinen, ist nur noch einen Steinwurf entfernt. Ein Jammer, dass ich meinen Sohn nicht einweihen konnte. Er darf das niemals erfahren. Aber das ist Politik, und Politik ist nun mal schmutzig. Sie, lieber Monsieur Marchand, waren das wichtigste Rädchen von allen. Das zentrale Steuerungselement, wenn ich so sagen darf. Hätten Sie nicht funktioniert, mein Plan wäre für die Katz gewesen. Aber auf Sie ist Verlass. Auf Sie ist immer Verlass. Wenn ich Sie kurz bitten dürfte, mir Ihr Mobiltelefon zu geben?«

»Ich verstehe nicht …«

»Hörst du schlecht? Du sollst das Handy rausrücken.« Madib richtete die Pistole auf ihn. Sein Atem stank nach Tabak und Bier. Eric befolgte die Anweisung mechanisch. Als wären seine Glieder nicht länger Teil seines Körpers. »Hier …«

Der Typ riss es ihm aus der Hand und gab es Santini.

»Sehr schön«, sagte der Mafiaboss. »Wie lautet der Entsperrungscode?«

»1979.« Erics Stimme war kaum mehr als ein Flüstern.

»Ihr Geburtsjahr? Wie unoriginell. Da müssen Sie aber aufpassen, dass das Gerät nicht versehentlich in falsche Hände gerät.« Er tippte den Code ein. Eric sah, wie er die Telefonapp öffnete. Vermutlich auf der Suche nach einer bestimmten Nachricht. Als er sie las, wurde sein Lächeln breiter. »Wunderbar«, sagte er. »Ganz wunderbar. Chefinspektor Clément hat sogar schon geantwortet. Meine Herren, ich denke, es ist Zeit aufzubrechen. Der letzte Akt hat begonnen. Jeder weiß, was zu tun ist, und ich wünsche keine Fehler. Hier, vernichten Sie das.« Er reichte das Handy einem Handlanger, der es mit einem Vorschlaghammer zertrümmerte.

»Santini …«, brach es aus Eric heraus.

»Ja, Monsieur Marchand?«

»Was ist mit Monique? Ist sie noch am Leben?«

»Aber selbstverständlich. Halten Sie mich für einen Unmenschen? So eine zauberhafte junge Dame. Sie befindet sich in unserem Gewahrsam und wird bald wieder frei sein. Genau wie ich.« Er grinste.
»Und was ist mit mir?«
Santinis Lächeln schwand. »Nun ja. Sie werden verstehen, dass ich Sie nicht einfach laufen lassen kann, oder? Sie würden postwendend zurück zu Clément rennen und ihm von diesem kleinen Komplott berichten. Das kann ich natürlich nicht zulassen. Daher muss ich Sie bitten, für ein paar Tage mein Gast zu sein. So lange, bis ich entschieden habe, was mit Ihnen geschehen soll.« Er machte eine seltsame kleine Handbewegung.
Eric wollte etwas erwidern, doch er konnte nicht. Ein Stechen im Hals und eine plötzlich einsetzende Lähmung hinderten ihn daran. Seine Beine gaben nach. Seine Sinne begannen sich zu verwirren. Er sah noch, wie einige der Männer auf ihn zukamen, fühlte ihre Hände, wie sie seinen Sturz abfingen. Am Boden liegend, sah er den Typen aus dem Treppenhaus, der wie aus dem Nichts hinter ihm aufgetaucht war. Seine Maschinenpistole hatte er mit einer Spritze vertauscht.

Teil III

Das Geisterdorf

XX

Schritte hallten durch das Treppenhaus, wurden lauter. Dann wurde gegen die Tür gehämmert. Laurine hatte das Klopfen erwartet, dennoch schrak sie empor. Sie eilte darauf zu und riss sie auf.

Chefinspektor Clément war sichtlich außer Atem. In seinem Schlepptau befanden sich zwei hochgewachsene Polizeibeamte mit ernsten Gesichtern. Laurine hoffte, Eric zu sehen, wurde aber enttäuscht. Nun, vielleicht wartete er ja unten auf sie.

»*On y va*«, schnaufte Mahmoud.

Laurine griff nach ihren Sachen, dann schloss sie die Tür.

Auf dem Weg nach unten brachte Mahmoud sie auf den neuesten Stand. Der Anruf war um kurz vor sechzehn Uhr eingegangen. Jean-Baptiste Santini sei gefunden worden, hatte es in Erics Botschaft geheißen. Er hatte das Haus, in dem die Entführer den Clanchef seit vier Monaten gefangen hielten, mittels geostationärer Koordinaten eindeutig identifiziert und die Information an die Polizei geleitet. Die Zufahrtsstraßen nach Castellana waren inzwischen hermetisch abgeriegelt worden. Nicht mal eine Maus konnte da durchschlüpfen. Staatsanwaltschaft und Polizei arbeiteten Hand in Hand. Ihr Ziel war klar definiert. Es handelte sich um weniger als die spektakulärste Befreiungsaktion, die diese Insel jemals gesehen hatte. Um Punkt siebzehn Uhr wollte man losschlagen.

Das war in einer halben Stunde.

»Kommen Sie, Laurine, der Hubschrauber wartet.« Mahmoud hetzte die Stufen hinunter, seine Begleiter dicht hinter ihm. Laurine versuchte, Schritt zu halten.

»Ist Eric bei Ihnen?«, fragte sie. »Haben Sie etwas von ihm gehört?«

Er sah sie verwundert an. »Nicht, seit er uns die Nachricht geschickt hat. Eigentlich hatte ich gehofft, ihn bei Ihnen anzutreffen.«

Besorgt schüttelte sie den Kopf.
»Vermutlich wird er seine Gründe haben«, versuchte Mahmoud sie zu beruhigen. »Zieht den Kopf ein, bis das Gewitter vorüber ist.«
»Aber dass er uns nicht mal eine SMS oder E-Mail geschickt hat, ist schon merkwürdig, oder? Es passt nicht zu Eric, sich nicht zu melden.«
»Stimmt.« Mahmoud stieß die Tür auf und betrat den Innenhof. »Es könnte allerdings technische Ursachen haben. Bei Großeinsätzen dieser Art wird der Netzempfang großflächig gestört. Das ist inzwischen Standard, damit die Täter nicht miteinander kommunizieren können.«
Sie nickte, doch ihr war immer noch mulmig zumute. Eric wusste doch, wie die Polizei vorging. Er hätte einen Weg gefunden, ihr Bescheid zu geben. So logisch Mahmouds Worte auch klangen, sie überzeugten sie nicht.
Unten auf der Straße trafen sie auf Petru. Der Reporter war mit den Nerven völlig am Ende, das war ihm deutlich anzusehen. Vermutlich würde das die Story seiner Karriere werden.
»Da seid ihr ja endlich«, rief er. »Warum hat das denn so lange gedauert?«
»Das Haus ist ziemlich verwinkelt«, antwortete Mahmoud. »Außerdem mussten wir bis in den dritten Stock hoch. Und das bei den steilen Treppen.«
»Ja, ja«, schnaubte Petru. »Jetzt aber los. Ich will nicht erst ankommen, wenn alles vorbei ist.«

Der Hubschrauber wartete unten auf dem Sportplatz auf sie. Ihr Fahrer bretterte die Serpentinen mit quietschenden Reifen hinunter und schaffte es, sie in weniger als fünf Minuten am Ziel abzuliefern. Eine Staubschleppe hinter sich herziehend, trat er auf die Bremsen und brachte das Fahrzeug zum Stehen. Die Rotoren des Helikopters kreiselten zunehmend schneller, während die Turbine langsam hochgefahren wurde.
»Schon mal mit so etwas geflogen?« Mahmoud sah Laurine

neugierig an. Sie schüttelte den Kopf. Weder hatte sie je einen Fuß in ein Flugzeug gesetzt noch in einen Hubschrauber.
»Dass wir Zivilisten mitnehmen, ist eigentlich nicht üblich«, sagte Mahmoud. »Aber bei euch mache ich mal eine Ausnahme. Immerhin ist es ebenso sehr euer Fall wie meiner. Ohne eure Hilfe wären wir nicht hier.« Er öffnete die Tür für sie, und sie stiegen ein. Nun spürte sie doch Angst in sich hochsteigen. Es war ein Unterschied, ob man sich auf dem Boden befand oder in der Luft. Mahmoud schien ihre Sorge zu spüren und nahm ihre Hand. »Kein Problem. Es ist ganz sicher. Befolgen Sie einfach die Anweisungen, dann kann nichts passieren. Am besten setzen Sie sich dort rüber, da haben Sie einen guten Blick. Petru, Sie nehmen auf der anderen Seite Platz, dann können Sie ein paar Fotos machen. Setzen Sie Ihre Helme auf und schalten Sie das Funksprechgerät an, so können wir immer miteinander kommunizieren.« Er selbst ging nach vorn und nahm neben dem Piloten Platz. Die beiden anderen Beamten belegten die hinteren Plätze.
Die Schiebetür rastete ein, und der Helikopter startete.
Das Dröhnen nahm zu, der Sitz vibrierte. Laurine presste ihre Nase an die Scheibe. Zunächst konnte sie aufgrund des aufgewirbelten Staubs kaum etwas erkennen, dann aber stieg der Hubschrauber empor und ließ Cervione unter sich zurück.
Laurine sah Häuser und Autos auf Spielzeugformat schrumpfen. Die Straßen waren gesäumt von Menschen, die ihren Abflug mitverfolgten. Wie Ameisen sahen sie aus, winzig klein und zerbrechlich.
Dann aber rückten die Berge in den Fokus, und Laurine hielt den Atem an. Wie wunderschön das Land von hier oben war. Die dichten Wälder, die schroffen Hänge, die langen Strände und die tiefblaue See. Noch niemals zuvor hatte sie ihre Insel aus dieser Perspektive gesehen. Es verschlug ihr die Sprache. Was für ein grünes Juwel inmitten des Meeres.
»Laurine?« Mahmouds Stimme riss sie aus ihren Gedanken.
»Ja?«
»Wir sind gleich da. Dort drüben liegt Castellana, sehen Sie?« Er

deutete nach links. Laurine kniff die Augen zusammen und versuchte, sich zu orientieren. Die Straße der verlorenen Dörfer zog sich wie ein helles Band von Nord nach Süd. Sie sah die Orte Mucchio, Piedigrado und Coccola. Dann sah sie Castellana. Die Siedlung lag auf einem Vorsprung über der Ebene. Zuerst wirkte alles ganz normal, doch dann bemerkte sie die vielen Fahrzeuge und Menschen. Eine Rauchwolke erhob sich in den Himmel.
»Schauen Sie mal.« Sie deutete hinüber. »Sieht aus, als würde es brennen.«
Mahmoud griff nach seinem Funktelefon. »Philippe, hier Mahmoud. Was ist da los bei euch?«
Ein Knacken ertönte in Laurines Helmlautsprecher, dann war die Stimme Lieutenant Renards zu hören. Er war für die Koordination am Boden zuständig.
»Wir treffen hier auf erheblichen Widerstand«, hörte sie ihn sagen. Seine Stimme klang angespannt. »Die Bewohner versperren den Weg mit brennenden Barrikaden. Wir kommen nicht durch.«
»Was?« Mahmoud kniff die Augen zusammen. »Was sind das für Leute? Was haben sie gegen euch?«
»Es sind Dorfbewohner, Kommissar. Einfache Leute …«
»Aber was soll das? Die Aktion ist doch überhaupt nicht gegen sie gerichtet.«
»Jemand hat ihnen gesagt, wir wollten das Dorf mit Gewalt räumen.«
»So ein Quatsch …«
»Das habe ich ihnen auch erklärt, aber sie lassen sich nicht umstimmen. Ich habe eben mit einem der Männer aus dem vorderen Teil des Dorfes gesprochen. Er ist mit seiner Familie gerade erst aus Syrien geflohen. Jetzt hat er Angst, dass sie rausgeworfen werden …«
»Welcher Idiot setzt solche Gerüchte in die Welt?«, brüllte Mahmoud.
»Das haben wir bislang nicht herausfinden können. Die Situation ist ziemlich aufgeheizt. Was sollen wir tun?«
Laurine sah, wie Mahmoud die Lippen aufeinanderpresste. Die

Aktion schien sich anders zu entwickeln als geplant. Schon brannten die ersten Fahrzeuge.
»Mahmoud?«, hörte Laurine Renards Stimme. »Was sollen wir machen?«
»Wir müssen da durch«, stieß Mahmoud aus. »Informier die Leitstelle. Sie sollen das Sonderfahrzeug vorschicken. Je länger wir warten, desto schlimmer wird es. Das Räumkommando soll den Weg frei machen. Unser Überraschungsmoment ist ohnehin für den Arsch.«
»Das sehe ich auch so. Ich hoffe bloß, dass es ohne Verluste abläuft. Die Leute hier sind ziemlich aufgebracht.«
Mahmoud nickte. Schweißperlen standen auf seiner Stirn. »Zuerst mal müssen wir die Geiseln freibekommen. Melden Sie sich wieder, sobald Sie freie Bahn haben. Over and out.« Mit einem Fluch auf den Lippen schaltete er das Funkgerät ab. »*Merde!*«
Drüben zwischen den Hügeln war inzwischen ein zweiter Helikopter aufgetaucht. Er kreiste über dem Dorf und ging dabei immer tiefer.
»Was ist das für einer?« Laurine deutete darauf. Die Buchstaben TF1 auf blau-rotem Hintergrund prangten auf dem Leitwerk.
»Ein Fernsehsender«, antwortete Petru, sein Auge am Sucher der Kamera. Er fotografierte das Dorf und die aufgebrachten Menschen. »Ich habe den schon eine ganze Weile auf dem Schirm. Vermutlich senden sie live.«
»Ein gottverdammtes Medienspektakel«, murmelte Mahmoud. »Das hat uns gerade noch gefehlt.«
»Dürfen die das denn?«, erkundigte sich Laurine. »Brauchen sie nicht irgendeine Genehmigung?«
»Natürlich«, sagte Mahmoud. »Aber das geht über Paris, ist also außerhalb unseres Einflussbereichs. Na ja, die werden jetzt ordentlich was geboten bekommen. *Grand opéra.* Macht sich bestimmt gut in den Abendnachrichten.« So, wie er das sagte, hielt er wohl nicht allzu viel vom Fernsehen.
Laurine wandte sich wieder dem Geschehen unter ihr zu. Die Nase an der Scheibe, sah sie, wie sich von Westen ein gepanzer-

tes Fahrzeug näherte. Mit seinen kantigen Konturen und seiner dunkelgrünen Farbe wirkte es wie ein bösartiges Insekt. Unaufhaltsam rückte es auf die brennenden Barrikaden zu. Schon flogen die ersten Flaschen und Steine. Doch das Fahrzeug brach einfach durch und schob die Hindernisse aus dem Weg. In seinem Schutz stürmten etwa zwanzig vermummte und dick gepanzerte Einsatzkräfte in die Ortschaft und drängten die Demonstranten zur Seite.

Fünf Polizeifahrzeuge fegten durch die Bresche und rasten in Richtung des Zielortes. Laurine sah Polizisten das Haus stürmen. Einige kamen von vorn, andere bahnten sich ihren Weg über den rückwärtigen Teil. Es wirkte so unwirklich wie in einem Hollywoodstreifen.

Ihr Hubschrauber hatte inzwischen die Position verändert und war tiefer runtergegangen. Nur mehr hundert Meter trennten sie vom Ort des Geschehens. Laurine erwartete, flüchtende Personen zu sehen, aber da war niemand. Die Polizisten schienen jetzt plötzlich auf keinerlei Gegenwehr mehr zu stoßen. Das war eigenartig. Sie hatte mit deutlich mehr Widerstand gerechnet.

Ob Eric dort unten war? Hoffentlich nicht. Laurine betete, dass er sich weit weg und in Sicherheit befand.

Die Verandatür flog auf. Polizeibeamte stürmten aus dem Inneren des Gebäudes und trafen auf ihre Kollegen, die sich auf der Rückseite verschanzt hatten. Dort unten herrschte schulterzuckende Ratlosigkeit. Jetzt ging ein Fenster im ersten Stock auf. Ein Polizeibeamter kam zum Vorschein und rief seinen Kollegen im Garten etwas zu. Sofort rannten alle wieder ins Haus.

Ein paar atemlose Momente später tauchten sie wieder auf. Doch diesmal befanden sich zwei Personen in ihrer Obhut. Ein kahlköpfiger alter Mann und eine Frau mit braunen lockigen Haaren. Sie wurden gestützt, schienen aber ansonsten bei guter Gesundheit zu sein.

»Seht mal!« Laurine deutete hinunter. »Ich glaube, sie haben sie.«

Petru rutschte zu ihr rüber und schoss ein paar Bilder aus ihrem

Fenster. Mahmoud griff erneut zum Funkgerät. »Philippe, melde dich. Wie sieht's aus?«
Ein Knacken ertönte im Kopfhörer, dann vernahm Laurine Lieutenant Renards Stimme. »Alles klar so weit. Wir haben sie. Gesund und munter.«
»Ist Eric Marchand auch da?«
»Der Schriftsteller? Nein, den haben wir nicht gefunden. Hier ist sonst niemand.«
»Seid ihr auf Gegenwehr gestoßen?«
»Das Haus ist verlassen. Alle ausgeflogen. Scheinen wohl einen Tipp bekommen zu haben. Hauptsache, wir haben die Gefangenen.«
»Das sehe ich auch so. Zieht euch zurück. Bringt die beiden ins Krankenhaus in Bastia, damit sie untersucht werden. Du wirst dich darum kümmern, hörst du, Philippe? Den Rest hier soll Salvatore erledigen. Er soll aufräumen und die Leute beruhigen. Ich will, dass die Rädelsführer verhaftet und ihre Personalien aufgenommen werden. Aber ohne Gewalt. Unsere Deeskalationsspezialisten sollen das in die Hand nehmen. Ich will später mit den Anführern persönlich reden.«
»Verstanden. Over and out.«
»Gute Arbeit. Dann sehen wir uns nachher. Over and out.«

XXI

Eric sah einen schmalen Streifen Licht. Über ihm war eine gewölbte Decke, von der der Putz abblätterte. Ziegel kamen darunter zum Vorschein. Alte Ziegel. Eine nackte Glühbirne baumelte an einem Kabel, das lose an die Decke gedübelt war. Kaltes Licht schlug gegen die Wände, warf harte Schatten. Ein gammeliges altes Holzregal stand auf der gegenüberliegenden Seite, ein paar Weinflaschen, ein Tisch, zwei schiefe Stühle.

Er stellte fest, dass er Schwierigkeiten mit seinen Augen hatte. Aus irgendeinem Grund bekam er die Dinge einfach nicht scharf gestellt.

Kühl war es hier unten. Kühl und feucht. Ein beständiges Plätschern drang an sein Ohr. Der Hall des herabtropfenden Wassers erzeugte ein gespenstisches Echo. Die Luft roch nach Moder und Schimmel.

Er lag auf dem Rücken, eine Decke über seinem Körper. Soweit er es beurteilen konnte, war er allein.

Er versuchte, den Kopf zu drehen, doch es ging nicht. Als wäre er festgeschnallt. Auch seine Bemühungen, seine Arme und Beine zu bewegen, scheiterten. Was merkwürdig war, denn augenscheinlich war er nicht gefesselt. Seine Hände lagen friedlich über der Brust gekreuzt. Warum zum Teufel konnte er seine Finger nicht bewegen?

Ein panischer Gedanke zuckte durch seinen Kopf. Er war gelähmt! Vom Hals abwärts. Nur seine Augen konnte er bewegen. Was hatten sie mit ihm gemacht? Vielleicht lag es an dem Zeug, das sie ihm gespritzt hatten. Sein Gehirn funktionierte immerhin. Er erinnerte sich an die Einzelheiten. Ein Name zuckte in seinem Gedächtnis auf: Santini!

Was war geschehen? Die Geschichte ergab überhaupt keinen Sinn.

Noch einmal versuchte er mit aller Kraft, seine Hände zu bewegen. Er glaubte, ein feines Kribbeln in den Fingerspitzen zu spüren. Als wären seine Glieder erfroren und würden langsam wieder auftauen.

Hoffnung keimte in ihm auf.

Vielleicht war es nur eine Nervenreaktion? Er biss die Zähne zusammen und konzentrierte sich. Wieder und wieder versuchte er sein Glück, mit wachsendem Erfolg. Tatsächlich hatte er das Gefühl, als würde das Leben langsam in ihn zurückströmen. Die Minuten verstrichen. Nach einer halben Ewigkeit war er endlich in der Lage, seine Finger ein wenig zu spreizen. Arme, Beine und Füße waren nicht mehr ganz so kalt, fühlten sich aber

immer noch etwas leblos an. Dennoch: Er war schon ein bisschen beweglicher.
Plötzlich vernahm er Stimmen. Das Geräusch von Schuhsohlen auf rauen Steinstufen. Schlüssel klirrten, dann klickte ein Schloss. Am Ende des Raums erschien ein erleuchtetes Rechteck. Knarrend öffnete sich eine Tür. Zwei Personen erschienen. Eine riesig und breitschultrig, die andere einen Kopf kleiner. Scherenschnittartig zeichneten sie sich vor dem hellen Hintergrund ab.
»Warte hier«, hörte er eine weibliche Stimme sagen.
Der Riese blieb stehen, während die Frau auf ihn zukam. Sie durchquerte die Dunkelheit, dann trat sie in den Schein der Glühbirne.
Eric versuchte, das Bild scharf zu bekommen.
»Wie fühlen Sie sich? Ich hoffe, Sie liegen bequem und Ihnen ist nicht zu kalt.« Die Stimme kam ihm bekannt vor. Noch immer hatte er Probleme mit der Fokussierung. Was er aber sah, ließ ihn verwundert innehalten. Er hatte dieses Gesicht schon einmal gesehen. Die haselnussbraunen Augen, das Kopftuch. Der verschmitzte Zug um den Mund.
Die Gewissheit traf ihn wie ein Schlag. Er kannte diese Frau!
»Nanu, so sprachlos?« In ihren Augen leuchtete Vergnügen. »Ja, ich weiß, das muss ein ziemlicher Schock sein, aber ich kann Ihnen versichern, dass alles seine Richtigkeit hat. Lassen Sie sich nicht hiervon täuschen, das ist nur Maskerade.« Sie nahm das Kopftuch ab. Darunter kamen prächtige schwarze Locken zum Vorschein. »Ich wollte nur sichergehen, dass Sie sich an mich erinnern.«
»Kamila?«
»Der Kandidat hat hundert Punkte. Obwohl das nicht mein richtiger Name ist. Aber schön, dass Ihr Gedächtnis wieder funktioniert.« Sie lächelte. »Was macht der Tastsinn? Schon wieder etwas Gefühl in den Fingern?« Sie berührte ihn. Er spürte den Druck ihrer Hände. »Wie ist das, können Sie das fühlen?«
»Ich verstehe nicht …«

»Alles zu seiner Zeit«, sagte die Frau. »Erst mal müssen wir Sie wieder auf die Beine bekommen.« Sie legte ihre Hand auf seine Stirn und nickte zufrieden. »Das wird schon. Noch ein paar Stunden, dann sollten Sie sich wieder problemlos bewegen können.«

Seine Gedanken flatterten ziellos umher. »Was haben Sie mit mir gemacht? Wo bin ich? Wo ist Laurine?«

»Sie dürfen sich jetzt nicht aufregen«, sagte die Frau. »Ihrer Freundin geht's gut. Sie ist jetzt an der Seite von Chefinspektor Clément.« Ein glucksendes Lachen stieg aus ihrer Kehle. »Schon verrückt, wie schnell jemand zum Medienstar werden kann. Eben noch ein unbedeutender Polizeibeamter, jetzt der Held des Tages.«

»Was …?«

»Sie können das nicht wissen, aber eben lief die Pressekonferenz im Fernsehen. Die Aktion war ein überwältigender Erfolg. Staatsanwaltschaft und Regierung äußerten sich hochzufrieden. Kein Blutvergießen, kaum Verletzte und beide Geiseln befreit. Die Polizeiaktion war ebenso spektakulär wie medientauglich. Die Luftaufnahmen waren grandios. Wenn Sie mögen, zeige ich Ihnen später die Aufzeichnung. Laurine ist dort ebenfalls kurz zu sehen, wenn auch etwas im Hintergrund. Also kein Grund zur Sorge. Erholen Sie sich, schlafen Sie eine Runde, und dann sehen wir weiter. Hier, ich gebe Ihnen noch etwas zur Beruhigung.« Sie drückte ihm eine Spritze in den Oberarm, dann legte sie ihm ihre Hand auf die Stirn.

»Ich … bin Ihr Gefangener, nicht wahr?«

»Das hängt von Ihnen ab. Wir haben Sie hierhergebracht, damit Sie die beste medizinische Betreuung erhalten und wir sichergehen können, dass Sie nichts Dummes anstellen. Mit der Zeit werden Sie alles begreifen. Die Kühle hier im Gewölbe sorgt dafür, dass sich das Gift langsam zersetzt und nicht etwa Ihre Nieren oder Lymphknoten angreift. Wie gesagt, noch ein paar Stunden, dann dürften Sie wieder auf dem Damm sein.« Sie sah kurz auf die Uhr. »Übrigens ist es weniger schmerzhaft, wenn

Sie gar nicht erst versuchen, Arme und Beine zu bewegen. Madib wird Ihnen etwas zu essen auf den Tisch stellen. Wir sehen uns dann später.«

Eric brachte keinen klaren Gedanken zuwege. Für ihn klang das alles wie das Geschwätz einer Wahnsinnigen. »Wer seid ihr Typen?«, stieß er aus. »Was habt ihr mir gegeben?«

Doch sie lächelte nur, ging zu dem Riesen im Türrahmen zurück und verschwand. Krachend fiel die Tür hinter ihr ins Schloss.

Eric war wieder allein. Allein mit einer bleiernen Müdigkeit, die ihn augenblicklich einschlafen ließ.

XXII

Der Schlüssel drehte sich im Schloss. Laurine drückte die Wohnungstür auf und steckte den Kopf zur Tür hinein. »Eric?«

Ihr Herz pochte vor Aufregung und Erwartung. »Bist du da?«

Keine Antwort.

Petru, der dicht hinter ihr stand, blickte über ihre Schulter. »Und?«

»Nichts.« Ihr Herz sank tiefer als jemals zuvor. Tief in sich spürte sie, dass etwas schiefgegangen war. Ganz und gar schiefgegangen. Das Gefühl beruhte auf einem allgemeinen Bewusstseinszustand, nicht etwa auf ihren seherischen Fähigkeiten. Ihr sprichwörtlicher sechster Sinn – die Fähigkeit, Dinge zu sehen, ehe sie passierten, und mit Menschen zu kommunizieren, die entweder weit weg oder bereits gestorben waren, schien sie verlassen zu haben. Zugegeben, so wirklich lenken und steuern konnte sie diesen Sinn noch nie, aber er war immer wieder in unregelmäßigen Abständen aufgetaucht. Nun schien er sich völlig verabschiedet zu haben.

Ob das etwas mit dem Ausbleiben ihrer Regel zu tun hatte? Sie musste dringend einen Schwangerschaftstest besorgen und Klarheit erlangen.

Sie betrat die Wohnung und durchquerte in schneller Folge sämtliche Räume. Das gemachte Bett war der letzte Hinweis, der noch gefehlt hatte. Wäre Eric zurückgekehrt, er hätte sich bestimmt hingelegt. Sie holte ihr Handy hervor und prüfte die letzten Nachrichten. Nichts.
»Ich verstehe das nicht«, murmelte sie verzweifelt. »Wo kann er nur stecken? Irgendetwas stimmt da nicht.«
»Da muss ich dir leider recht geben.« Petru nickte ernst. »Es ist nicht Erics Art, sich so gar nicht zu melden. Battista hat auch nichts von ihm gehört.«
»Du hast mit ihr telefoniert?«
Er nickte. »Sie hat inzwischen mit allen geredet. Madame Borghetti, Francine und Émile, sogar mit Ernestu vom *La Voûte*.«
»Und …?«
Er schüttelte den Kopf.
»Oh, Gott, wenn ich doch nur irgendetwas tun könnte.« Tränen stiegen ihr in die Augen. Sie fühlte sich so allein, so verletzlich. Für sie ein vollkommen neues Lebensgefühl. Irgendetwas stimmte nicht mit ihr.
Petru legte seinen Arm um sie.
»Ich muss immerzu daran denken, dass er vielleicht irgendwo verletzt im Wald liegt«, schluchzte sie. »Seit der Nachricht an Mahmoud ist er wie vom Erdboden verschluckt.«
»Wir dürfen die Hoffnung nicht aufgeben. Vielleicht ist er in einem Hotel abgetaucht und erholt sich dort von den Anstrengungen. Solange wir nichts Genaues wissen, sollten wir uns nicht verrückt machen.«
»Recht hast du«, murmelte sie kleinlaut. Doch sie spürte, dass er sie nur trösten wollte. In Wirklichkeit dachte Petru genau dasselbe wie sie. Eric war etwas zugestoßen. Etwas Schlimmes.
»Soll ich uns einen Tee machen?« Er sah sie forschend an. »Es war alles ein bisschen viel heute – die Befreiungsaktion, die Pressekonferenz, das Medienspektakel. Ich bin so viel Hektik nicht mehr gewohnt. Zu allem Überfluss muss ich noch meinen Artikel schreiben.«

Sie riss die Augen auf. »Heißt das, du willst gehen?«
»Job ist Job. Ich kann das nicht verschieben.«
Ihre Stimme war Ausdruck ihrer Verzweiflung. »Aber du könntest doch auch hier schreiben. Erics Laptop steht da drüben.«
»Und wie soll ich Text und Bilder hochladen? Ihr habt doch bestimmt kein funktionierendes WLAN in dieser Wohnung, oder?«
»Nein ...« Sie senkte betrübt den Kopf. »Bitte, Petru. Gibt es denn keine andere Möglichkeit? Ich kann jetzt nicht allein sein ...«
Petru dachte angestrengt nach. »Nun ja, ich könnte versuchen, einen Hotspot mit meinem Handy einzurichten. Vorausgesetzt, das Mobilfunknetz taugt etwas. Warte einen Moment, ich sehe mir das mal an.« Er zückte sein Handy und prüfte die Verbindung. »Erstaunlich gut«, sagte er zu ihrer Erleichterung. »Also schön, ich versuch's.«
»Danke!« Sie drückte ihm einen Kuss auf die Wange. »Du bist der Beste. Wenn du schlafen willst, kannst du dich drüben ins Bett verziehen. Ich bleibe hier. Ich werde heute Nacht ohnehin kein Auge zutun.«
Petru sah sie forschend an. »Alles in Ordnung mit dir? Du wirkst so anders. So verletzlich.«
Aha, jetzt fiel es also auch schon den anderen auf. Es stimmte also. Laurine, die normalerweise eher zurückhaltend war, was körperliche Berührungen betraf, trat auf Petru zu und schloss ihn in die Arme. Sie konnte den Trost jetzt gut gebrauchen. Es brachte sie schier um den Verstand, dass sie nicht wusste, was mit Eric los war. Plötzlich durchzuckte sie ein Gedanke, und sie löste sich von ihm.
»Was ist los?« Er sah sie verwundert an.
»Mir ist gerade eingefallen, wen ich noch fragen könnte.« Sie ließ ihn stehen und eilte Richtung Wohnungstür.
»Was? Wen? Wo willst du denn hin?«
»Bin gleich wieder da«, rief sie.
Sie durchquerte das Treppenhaus und klopfte an. Eine Klingel

gab es nirgendwo im Haus. Bildete sie sich das ein, oder war das Geräusch anders als zuvor? Als würde man gegen eine leere Holzkiste klopfen. Durch die Berührung schwang die Tür einige Zentimeter auf.

Laurine steckte den Kopf rein. »Kamila?«

Ihre Stimme verhallte in den leeren Zimmern. »Bist du da?«

Sie lauschte, doch nur die Stille antwortete ihr. Tief Luft holend, drückte sie die Tür auf und trat ein. Der scharfe Geruch nach Reinigungsmitteln stieg ihr in die Nase. Es war dunkel. Sie knipste das Licht an. Ein Schrei entfuhr ihr. Petru stand direkt hinter ihr. Er war ihr vollkommen lautlos gefolgt.

»Herrje, musst du mich so erschrecken?«

»Entschuldige. Ich dachte, ich komme mal hinterher. Du hast dich so eigenartig benommen.«

»Schon gut«, murmelte sie.

»Was ist das hier?« Seinem Gesichtsausdruck nach zu urteilen, war er ziemlich verwirrt. »Erklärst du mir, warum wir diese verlassene Wohnung betreten? Wen hofftest du hier zu finden?«

»Kamila …«

»Wen?«

»Unsere Nachbarin. Die Frau, von der ich dir erzählt habe. Muslimin. Hübsche Frau, haselnussbraune Augen, freundlicher Blick, erinnerst du dich?«

»Ja …«

»Ich hatte dir doch erzählt, dass ich Kleider und Ledersandalen mit ihr kaufen war. Sie hatte einen Jungen. Gerade mal vier Jahre alt. Sie hat mir auch von ihrem Mann erzählt. Yabram. Ich bin ihm aber nie begegnet.«

»Und?«

»Kamila sagte, er sei auf dem Festland auf Montage unterwegs. Sie war diejenige, die uns den Tipp mit Castellana gegeben hat.«

Petru runzelte die Stirn. »Und wo ist sie jetzt?«

»Wenn ich das wüsste. Gestern Abend war sie noch da. Und die Wohnung hier war noch komplett möbliert.«

Petru durchquerte die leer geräumten Zimmer. Es standen nur noch ein paar alte Möbel herum, die aber völlig leer waren. »Sieht aus, als wäre in aller Eile gepackt worden.«
»Das ist schon sehr merkwürdig, findest du nicht?«
Er zuckte die Schultern. »Kann ich nicht sagen. Hat sie denn davon gesprochen, dass sie ausziehen will?«
»Mit keiner Silbe.«
»Ah, das hier kenne ich.« Er zog eines der Bücher aus dem Regal. »Marcel Proust, *À la recherche du temps perdu.* Und das hier. Albert Camus, *La peste.* Gute Bücher. Glaubst du, sie hat das Zeug gelesen?«
»Schwer zu sagen.« Laurine zuckte die Schultern. »Wenn sie ihr etwas bedeuten würden, hätte sie die doch bestimmt mitgenommen.« Sie sah sich um. Ihr fiel auf, dass viele Dinge fehlten. Die Fotos an den Wänden, die gestickten Deckchen, die Teppiche. Eigentlich sämtliche persönlichen Gegenstände.
Sie ging in die Küche und blickte in Vorratsvitrinen und den Kühlschrank. Alles leer. Im Kinderzimmer und im Bad derselbe Anblick. Außerdem war überall gründlich geputzt worden.
Als sie zurückkam, stand Petru noch immer im Wohnzimmer und blätterte in den Büchern. Er hob seinen Blick. »Und?«
»Ausgeflogen. Alles, was irgendwelche Rückschlüsse zulassen könnte, ist fort. Nicht die kleinste Kinderzeichnung, keine Haare, nichts.«
Petru stellte das Buch zurück. »Sehr merkwürdig. Vor allem der Zeitpunkt. Sie müssen verschwunden sein, als alle Augen auf Castellana gerichtet waren. Meinst du, das ist ein Zufall?« Er sah sie durchdringend an.
Sie ließ ihre Schultern hängen. »Ich weiß es nicht«, murmelte sie. »Es ist alles sehr verwirrend. Aus dem Bauch heraus würde ich sagen, dass da ein Zusammenhang besteht, aber dafür brauchten wir mehr Informationen.«
»Frag doch mal im Haus herum«, schlug Petru vor. »Vielleicht hat ja jemand etwas gesehen oder gehört. So ein Umzug kann doch nicht völlig unbemerkt vonstattengehen.«

»Gute Idee«, sagte sie. »Allerdings habe ich wenig Hoffnung. Die Leute hier leben sehr zurückgezogen.«
»Trotzdem ...«
»Du hast ja recht.« Sie nickte. »Ich mache mich gleich an die Arbeit. Zuerst aber werde ich mich hier noch ein bisschen umsehen. Vielleicht finde ich doch einen Hinweis, auch wenn die Chancen dafür ziemlich gering sind. Wer immer diese Wohnung ausgeräumt und geputzt hat, war verdammt gründlich.«

XXIII

Fackeln beleuchteten die Hügelspitze hoch über Vivario. Die Flammen zuckten im Wind und tauchten die Villa in rötliches Licht. Der Anblick war beeindruckend. Wie ein vorsintflutlicher Tempel ragte das Bauwerk in die Nacht, umgeben von Bergen, die wie stumme Riesen darüber wachten. Das Licht des zunehmenden Mondes überzog Hügel, Täler und Wälder mit einem silbrigen Schimmer.
Mateu schlug den Kragen hoch und lauschte. Selbst die Bäche schienen verstummt zu sein. Nur das Knarren der Zedern und das Knacken des Feuers drangen an ihre Ohren. Es war, als hielte die Welt den Atem an.
Die Nachtluft war kühl. Angesichts des Zaubers, der über dem Land lag, traute sich keiner der Anwesenden, ein Wort zu sagen. Sie alle hielten die Hände gefaltet und schwiegen. Don Castagnieri, Eduardo Fratelli, Enzo Garbo, Mauro Cazale – sie alle waren gekommen, um diesen bedeutenden Moment zu feiern. Mochten manche von ihnen auch alt und gebrechlich sein, keiner von ihnen wollte das Ereignis verpassen. Es war ein Moment, von dem man noch in Generationen erzählen würde. Ein Wunder war geschehen. Das größte von allen.
Sein Vater war heimgekehrt.

Kreisförmig standen die Männer im Schatten des Mausoleums unter den Zweigen der uralten Zedern, den Blick ins Feuer gerichtet. Die Hände verschränkt, die Gesichter ernst, erwarteten sie das Eintreffen ihrer Gastgeber. Minutenlang standen sie so da, die Gesichter verhüllt, die Gedanken in weiter Ferne. Doch dann ertönten knirschende Schritte, und drei Männer kamen auf sie zu. Links und rechts die Gebrüder Vezzani, Mateus Vater in der Mitte. Es war eine feierliche Prozession. Als sich der Kreis öffnete, um die drei aufzunehmen, ging ein Raunen durch die Menge. Worte der Bewunderung und des Respekts wurden gemurmelt. Roberto und Enrico begleiteten den alten Mann bis vor das Feuer, dann blieben sie stehen. Roberto leitete das Treffen ein.

»Meine lieben Freunde, werte Anwesende, hochgeschätzte Mitglieder des Zwölferrates. Ich denke, ihr alle werdet mir beipflichten, wenn ich sage, dass heute etwas Außergewöhnliches geschehen ist. Etwas, von dem selbst die Hoffnungsfrohesten nicht geglaubt haben, dass es jemals eintreten würde. Unser lieber Freund, Vater und Ratgeber Don Santini ist zurückgekehrt. Nach vier Monaten Gefangenschaft steht er nun wieder vor uns. Gesund und unversehrt. Bitte begrüßt ihn mit einem herzlichen Applaus.«

Das Klatschen war ohrenbetäubend. Es brach förmlich aus den Männern heraus. Hochrufe ertönten. Mateu ertappte sich dabei, wie ihm Tränen in die Augen stiegen.

Jean-Baptiste nahm den Beifall stumm und mit gesenktem Kopf entgegen. Die Lippen zusammengepresst, die Hände verschränkt, wartete er, bis die Begeisterungsrufe verklungen waren, dann hob er sein Gesicht.

Mateu konnte Tränen der Rührung in seinen Augen erkennen. Er erinnerte sich nicht, seinen Vater jemals so ergriffen gesehen zu haben. Er nahm Blickkontakt zu ihm auf, dann ging er auf ihn zu und nahm ihn in die Arme. Sein alter Herr erwiderte die Begrüßung.

Mateu spürte, wie schmal sein Vater geworden war. Wie ein dürrer Zweig. Trotzdem war da eine Energie, die er vorher nicht bemerkt hatte. Was immer geschehen war, seinen Lebensmut hatte Jean-Baptiste nicht verloren.

»Männer«, sagte der Clanchef mit leiser Stimme, »verehrte Dons, geliebter Sohn, ich danke euch.« Er ließ Mateu los. »Dass ich heute hier stehen darf – hier unter euch –, kommt mir vor wie ein Wunder. In den vielen einsamen Stunden meiner Gefangenschaft habe ich mich oft gefragt, wie es wohl sein würde, zurückzukehren, mein Leben weiterzuleben wie bisher. Doch nicht für einen Moment habe ich geglaubt, dass es tatsächlich geschehen würde. Gehofft, ja, auch gebetet. Aber wir sind Realisten, das verbindet uns. Wir geben uns nicht sinnlosen Wunschträumen hin, sondern sind es gewohnt, den Tatsachen ins Auge zu blicken und Konsequenzen furchtlos zu akzeptieren. Aus diesem Grund hatte ich mit meinem Leben abgeschlossen. Ich hatte meinen Frieden gemacht, wusste ich doch das Haus Santini in guten Händen.« Er blickte Mateu fest in die Augen. »Ja, mein Sohn, ich war über deine wundersame Rettung informiert. Ich wusste, dass du am Leben bist, auch wenn du schwer verletzt wurdest. Zumindest diesen Trost gewährten mir meine Entführer.«

Er begann, um das Feuer herumzugehen.

Die Männer hingen an seinen Lippen.

»Einhundertdreiundzwanzig Tage war ich gefangen. Einhundertdreiundzwanzig Tage, an denen ich Zeit hatte, nachzudenken. Gerne würde ich euch meine Gedanken bei einem gemeinsamen Abendessen unterbreiten. Doch zuerst möchte ich euch um etwas bitten.« Er hob seinen Kopf. »Ich möchte, dass wir zusammen singen.«

Mateu kniff verwundert die Augen zusammen. Er hatte mit vielem gerechnet, aber nicht damit, dass sein Vater singen wollte. Die anderen Clanmitglieder tauschten ebenfalls überraschte Blicke aus.

Doch Jean-Baptiste lächelte aufmunternd. »Kommt schon, nur nicht so schüchtern. Legt dem Mann zu eurer Rechten die Hand auf die Schulter und dann *cantate!* Don Castagnieri, wären Sie so freundlich, den Ton anzugeben? *Què sò voci muntagnole,* wenn ich bitten darf.«

Der Alte nickte, legte seine Hand auf das Ohr und stimmte einen Ton an, den alle aufnahmen und weiterspannen. Kräftige Stimmen erhoben sich in die Dunkelheit. »*Què sò voci muntagnole / Spurgulate di cannella / Beienu tutte le mani / L'acqua di la funtanella / A' lu frescu di lu fovu / 'Ntonanu la so paghjella.*« Die Stimmen legten sich übereinander, wanderten nebeneinander und gingen an bestimmten Punkten in einen harmonischen Dreiklang über. Für ungeübte Ohren mochte der Gesang disharmonisch klingen, doch Mateu fühlte, wie die Worte und die Melodie ihm Mut spendeten. Er war damit aufgewachsen. Nicht jeder der Anwesenden war ein Gesangstalent, aber die Vielzahl der Stimmen machte das wieder wett. Dadurch, dass sie leicht versetzt zueinander waren, entstand der Eindruck von Weite und Hall.

»*Hier sind einige Bergstimmen / klare Stimmen aus der Kehle /*
Sie trinken jeden Morgen / das Wasser der Quelle /
Unter der Frische der Buche / singen sie die Paghjella.«

Mateu schloss die Augen. Er ging vollkommen auf in der Musik. Es war, als öffnete sich ein weiter Raum, als würde er auf Echos davonschweben, die von den Bergen widerhallten. Über die Wiesen und Weiden, hin zu den heiligen Orten mit ihren sprudelnden Quellen und rauschenden Wäldern. Orte, an denen jegliches Wissen endete und alles Legende war.

Irgendwann hörte das Lied auf, und die Männer tauchten aus ihrer Versenkung auf. In vielen Augen glitzerten Tränen.

»*Fattu bè!*«, sagte Jean-Baptiste. »Danke, meine Brüder, das bedeutet mir viel. Und nun lasst uns reden. *Pusate!*« Er deutete hinüber zur Villa, und alle setzten sich in Bewegung.

Der Raum war festlich beleuchtet. Kerzenschein spiegelte sich auf Gläsern und Besteck. Da die Lichtquelle aus Hunderten einzelner Flammen bestand, wirkte es, als würde die Luft selbst

leuchten. Die Tische bogen sich unter den Köstlichkeiten. Das Büfett bestand aus Dutzenden von korsischen Spezialitäten. Charcuterie, bestehend aus Coppa, Figatellu, Lonzu, Saucisson und Boudin. Dazu Fromage de tête, eine Delikatesse, die aus dem Gehirn von Schweinen gemacht wird, Prisuttu, Salamu und Valetta. Für den Hauptgang hatten die Köche Agneau Corse vorbereitet – korsisches Lamm mit Rosmarinkartoffeln und ganzen Knoblauchzehen. Es gab Civet de sanglier – eine Wildschwein-Schmorpfanne mit Karotten, Esskastanien, Fenchel, Knoblauch und Zwiebeln sowie Veau aux olives, das traditionelle Kalb mit Oliven. Dazu wurden erlesene Weine gereicht. Niellucciu, der dem italienischen Sangiovese entspricht, der rote Sciaccarellu, der am besten auf den rötlichen Granitausläufern gedeiht, sowie der ausdrucksstarke Vermentinu, eine alte Weißweinsorte, typisch für den mediterranen Raum.
Mateu fand es erstaunlich, was die Vezzani-Brüder in so kurzer Zeit auf die Beine gestellt hatten. Es war ein Essen, eines Königs würdig. Und Jean-Baptiste wurde verehrt wie ein König. Mit einem Glas Saparale in der Hand erzählte er Episoden aus seiner Gefangenschaft. Schilderte, was ihm widerfahren war und wie er die Befreiung erlebt hatte. Mateu wunderte sich ein wenig über die Schwammigkeit an manchen Stellen, erklärte es sich aber damit, dass sein Vater unter Schock gestanden und die Details nicht so richtig mitbekommen hatte. Jean-Baptiste war normalerweise ein Mann mit einem fotografischen Gedächtnis, aber in jenen letzten Momenten – kurz ehe die Kavallerie angerückt war – schien ihn eine seltsame Form der Amnesie befallen zu haben. Wer hatte die Polizei informiert? Wer waren die Entführer, und wie hatten sie dem Großaufgebot der Polizei entkommen können? Und noch etwas war seltsam. Warum hatte sich die Dorfbevölkerung gegen die Befreiungsaktion zur Wehr gesetzt? Die hatten doch gar nichts damit zu tun gehabt.
Doch jetzt war nicht der richtige Augenblick, sich darüber den Kopf zu zerbrechen. Roberto Vezzani war auf einen kleinen Schemel gestiegen und schlug mit dem Besteck gegen sein Glas.

»Meine lieben Freunde, werte Dons, Mitglieder des Zwölferrates. Darf ich kurz um eure Aufmerksamkeit bitten?«
Es kehrte Ruhe ein. Alle Blicke richteten sich nach vorn.
Mateu überkam ein merkwürdiges Gefühl. Er spürte, dass dies mehr werden würde als nur ein gemütliches Beisammensein. Viel mehr.
Und tatsächlich zündete Roberto mit seinen nächsten Worten die Bombe.
»Mein Bruder und ich haben uns entschieden, die Führungsposition zu räumen. Wir werden den Weg frei machen für die Wahl eines neuen Vorsitzenden.«
Ungläubige Blicke wurden getauscht, dann entstand Unruhe. Enzo Garbo erhob seine Stimme. »Aber Sie können nicht einfach gehen, Sie wurden von uns gewählt.«
Zustimmendes Gemurmel.
Roberto hob seine Hand. »Das ist wahr, Don Garbo«, sagte er, »und wir fühlen uns davon zutiefst geehrt. Dennoch erlauben uns die Statuten, unser Amt niederzulegen, wenn wir uns der Aufgabe nicht mehr gewachsen fühlen oder wir den Eindruck haben, dass jemand anders qualifizierter für diese Aufgabe ist.« Er blickte zu Jean-Baptiste hinüber. »Es war von Anfang an abgemacht, dass wir diese Position nur interimsweise übernehmen würden. So lange, bis ein neuer Vorsitzender gefunden würde. Unser Ziel war es, einen Übergang zu schaffen, das Chaos zu verhindern und die Geschäfte so lange weiterzuführen, bis einer aus euren Reihen uns ablöst. Der Moment ist nun gekommen. Früher, als wir alle es für möglich gehalten haben. Machen wir uns nichts vor; Enrico und ich sind zu lange fort von Korsika, um eure Interessen angemessen vertreten zu können. Dafür braucht es einen anderen. Jemanden, der sein ganzes Leben hier verbracht hat, der Land und Leute kennt und der euren Respekt verdient hat. Dieser Mann ist Jean-Baptiste Santini.«
Wieder Gemurmel. Diesmal klang es zustimmender.
»Er ist ein Patriot, ein Held unserer Bewegung und ein echter Korse. Niemand versteht das Wesen unseres Volkes besser als er.

Niemand verfügt über mehr Erfahrung. In Zeiten wie diesen brauchen wir einen starken Anführer und eine klare Linie. Dem Gesetz folgend, räumen wir unseren Platz als Vorsitzende des Zwölferrates und reichen das Zepter weiter an Jean-Baptiste Santini. Wer ist dafür? Ich bitte um Handzeichen.«

Die Dons reckten ihre Hand in die Höhe. Manche schneller, manche langsamer. Doch am Schluss waren alle Hände oben. Es herrschte Einigkeit. Dann erklangen Applaus und Hochrufe. Es war eine Stimmung, der man sich nicht entziehen konnte, die einen förmlich mitriss. Das, wovon sein Vater immer geträumt hatte – die Vereinigung der Clans unter seiner Führung –, war nun in greifbare Nähe gerückt. »Ich danke euch«, übertönte Robertos Stimme die Beifallsbekundungen. »Gegenprobe. Wer ist dagegen?«

Niemand wagte es, die Hand zu heben.

»Damit ist es beschlossen. Der neue Vorsitzende unserer Bewegung ist Jean-Baptiste Santini!«

Mateu konnte nur dastehen und staunen. Praktisch über Nacht hatte sein Vater sich vom Totgeglaubten zum mächtigsten Mann Korsikas emporgeschwungen. Die Frage war nur: Welcher Platz war für ihn vorgesehen? Durfte er an der Seite seines Vaters herrschen? Würde Jean-Baptiste ihn neben sich dulden?

Wie auch immer die Entscheidung ausfiel, eines stand fest: Die Entführer – die islamistischen Dreckschweine, die das ganze Chaos zu verantworten hatten – würden seinen Zorn zu spüren bekommen. Mateu würde sich persönlich mit ihnen befassen. Knietief würde er in ihrem Blut waten.

XXIV

Am nächsten Tag …

In dem Augenblick, als Laurine und Petru das Gebäude aus der Ferne sahen, wussten sie, dass in der Polizeizentrale heute der Ausnahmezustand herrschte. Vor dem Gebäude in der Rue Général Fiorella hatte sich eine beträchtliche Menschenmenge versammelt. Journalisten mit Kameras und Mikrofonen belagerten die Polizeistation in der Hoffnung, neue Informationen zum Entführungsfall zu erhaschen. Es sollte wohl auch eine Pressekonferenz stattfinden, allerdings war sie erst für den frühen Nachmittag anberaumt worden.

Der Menschenauflauf kam nicht überraschend. Die Kioske und Zeitungsstände entlang Ajaccios Straßen waren gepflastert mit Titelbildern und Schlagzeilen, in denen es um die gestrige Befreiungsaktion ging. Nicht nur Petru hatte darüber berichtet, alle Zeitungen befassten sich mit dem Thema. *Ein triumphaler Schlag gegen islamische Verbrecherorganisation* stand zu lesen. *Polizei erlebt Sternstunde* und *Schwere Ausschreitungen in Flüchtlingsunterkünften.*

Überall prangte das Konterfei Mahmoud Cléments. Der Chef de Police war der strahlende Held des Tages, der Ankerpunkt in dieser verworrenen Affäre, die viele Fragen aufwarf.

»Komm, Laurine, ich leite dich da durch.« Petru nahm sie bei der Hand und zog sie hinter sich her. Wie sich herausstellte, waren viele seiner Kollegen unter den Wartenden. Hände wurden geschüttelt und Schultern geklopft. Petru war eine Instanz auf Korsika, Laurine war das zuvor gar nicht bewusst gewesen. Für sie war er ein Eigenbrötler, ein einsamer Wolf, doch nun musste sie ihr Bild korrigieren. Bereitwillig gaben die Journalisten den Weg frei und ließen Petru und Laurine nach vorn. Am Eingang zur Polizeiwache trafen sie auf das nächste Hindernis. Offenbar

hatte man das Sicherheitspersonal aufgestockt und die Tür mit jungen Beamten bestückt. Einer von ihnen verstellte ihnen den Weg. »Kein Zutritt für Journalisten.«
»Wir sind nicht als Vertreter der Presse hier, sondern weil wir Monsieur Clément sprechen müssen«, sagte Petru. »Er muss hören, was wir zu sagen haben.«
»Der Chefinspektor?« Die Brauen wanderten nach oben. »Der dürfte heute keine Zeit haben. Haben Sie einen Termin? Wer sind Sie überhaupt?«
»Mein Name ist Petru Ciosi. Dies hier ist Madame Altieri. Wir …«
»Ciosi, der Reporter?«
»Ganz recht.«
»Dann war Ihr Bericht doch im heutigen Corse-Matin, oder nicht?«
»Ja, schon, aber …«
»Ich sagte doch, keine Reporter.«
»Jetzt hören Sie mal …« Petru blähte sich auf wie ein Frosch, der kurz vor dem Platzen stand. Laurine wusste, wie impulsiv er war. Wenn man ihn reizte, konnte er regelrecht ausrasten. Doch zum Glück lief gerade Lieutenant Renard im Inneren des Gebäudes vorbei, einen Berg Akten unter dem Arm. Als er sie sah, bremste er ab und kam stirnrunzelnd zu ihnen herüber.
»He, Étienne, die zwei dürfen reinkommen. Die sind okay!«
»Aber das sind Reporter. Ich habe klare Anweisungen …«
»Ist in Ordnung. Ich verbürge mich für sie.«
Widerwillig ließ der Beamte sie durch. Die Enttäuschung stand ihm ins Gesicht geschrieben. Offenbar hatte er hier eine Chance gewittert, sich ein paar Pluspunkte zu verdienen.
Renard sah Laurine und Petru neugierig an. »Ich vermute, Sie wollen zu Mahmoud? Das dürfte heute schwierig werden. Sie sehen ja, was hier los ist.« Als er Laurines trauriges Gesicht bemerkte, sagte er: »Ach, was soll's. Kommen Sie. Er steckt zwar bis über beide Ohren in Arbeit, aber ein paar Minuten wird er schon erübrigen können.«
Laurine lächelte dankbar.

In der Zentrale ging es zu wie in einem Bienenstock. Pressesprecher wuselten von einem Büro zum anderen, Faxgeräte ratterten, und es wurde lautstark telefoniert. Im ersten Stock wurde gerade der Konferenzraum hergerichtet, damit er später die Journalisten aufnehmen konnte. Stühle wurden herangetragen und Mikrofone installiert. Ein großer Monitor lieferte Bilder der Befreiungsaktion. Das Logo des Senders TF1 war in der oberen rechten Ecke zu sehen.

Sie stiegen die Treppe in den ersten Stock hinauf und gingen in das Büro am Ende des Gangs. Mahmouds Tür war verschlossen, und sie mussten anklopfen. Es dauerte eine ganze Weile, ehe geöffnet wurde.

Mahmoud blinzelte wie ein Maulwurf, den man ins Rampenlicht gezerrt hatte. Müde sah er aus. Laurine bemerkte dunkle Ringe unter seinen Augen. Das krause Haar stand wild von seinem Kopf ab. Es schien eine Weile zu dauern, ehe er sie erkannte. Dann stahl sich ein Lächeln auf sein Gesicht. »Laurine, Petru, was für eine schöne Überraschung. Was führt euch zu mir?«

»Wir müssen dir etwas zeigen.« Mahmoud und Petru waren per Du, was Laurine ein wenig irritierte. Offenbar war das in ihrer Branche so üblich. Dass der Reporter jedoch so einfach an Mahmoud vorbeischnürte und anfing, auf dessen Schreibtisch einen freien Platz zu schaffen, empfand sie als ziemlich dreist. Philippe verabschiedete sich mit einem Grinsen. »Ich mache mich mal vom Acker. Wenn ihr etwas braucht, ich bin in meinem Büro.«

Stirnrunzelnd schloss Mahmoud die Tür und schloss ab. Das Telefonklingeln und Stimmengewirr waren ausgesperrt.

»Leute, seid mir nicht böse, aber heute passt mir das überhaupt nicht. Habt ihr gesehen, was da draußen los ist? Hättet ihr nicht anrufen können?«

»Und was hätte das gebracht?« Petru deutete auf das Telefon. Es war abgehängt. Laurine vermutete, dass auch das Handy auf stumm geschaltet war.

»Was wir dir zu sagen haben, sollte erst mal unter uns bleiben.

Genau genommen vertrauen wir niemandem außer dir. Na ja, Renard vielleicht noch, aber der kann es von dir erfahren. Die Sache duldet keinen Aufschub. Es wird auch nicht lange dauern, versprochen.«
»Das klingt ja mächtig geheimnisvoll.« Mahmoud kratzte sich die Stirn. Er schien nicht mal dazu gekommen zu sein, sich zu rasieren. »Also gut, sucht euch irgendwo einen Platz und dann los. Ihr habt zehn Minuten. Doch ehe wir beginnen, die wichtigste Frage von allen: Gibt es Nachrichten von Eric?«
Laurine schüttelte den Kopf.

Zehn Minuten später hatte er es nicht mehr ganz so eilig. Die Beine ausgestreckt und die Füße übereinandergelegt, nippte er an seinem Kaffee.
»Ich bin nicht ganz sicher, ob ich verstehe, was ihr mir sagen wollt«, sagte er nachdenklich. »Ihr behauptet also ernsthaft, Jean-Baptiste Santini hätte sich entführen lassen, um dadurch seinen Weg zur Macht zu ebnen? Bei aller Liebe, aber das ist Unsinn.«
Petru grinste. »Natürlich erwarten wir nicht, dass du uns das glaubst. Nicht ohne die nötigen Beweise. Doch die werde ich dir liefern. Das Geflecht ist recht kompliziert, aber inzwischen habe ich fast alle Puzzleteile zusammengetragen. Das Bild fügt sich zusammen, und ich sage dir: Das sieht alles gar nicht gut aus.«
Der Blick des Chefkommissars wanderte zu Laurine hinüber. »Wie ist Ihre Meinung dazu, Laurine? Können Sie sich ernsthaft vorstellen, dass die Santini zu so einem Komplott fähig wären? Immerhin waren Sie für kurze Zeit mit seinem Sohn verheiratet.«
Laurine überlegte, was sie antworten sollte. Sie war ja selbst nicht hundertprozentig sicher. Andererseits hatte sie Petru als gewissenhaften Mann kennengelernt. Leichtfertig würde er solche Gerüchte nicht in die Welt setzen. Er hatte seine Gründe.
»Ich finde es schwierig, Vater und Sohn über einen Kamm zu scheren«, sagte sie vorsichtig. »Mateu ist ganz anders als sein

Vater. Ihn zu kennen heißt nicht, zu wissen, was im Kopf des alten Herren vorgeht.« Zu diplomatisch, dachte sie. Sie redete um den heißen Brei herum. Mahmoud würde das durchschauen, deswegen versuchte sie, es noch einmal genauer zu formulieren. »Ich kann bestätigen, dass Jean-Baptiste schon seit vielen Jahren davon redet, die Clans vereinen zu wollen. Das war sein größter Wunsch. Ich erinnere mich, mehr als einmal von ihm gehört zu haben, dass die Familien vereint werden müssten, um den Feind zurückzuschlagen. Rücken an Rücken sollten sie der Bedrohung entgegentreten. Und er würde dafür sorgen, dass es geschieht.« Sie knetete ihre Finger. Ihre Hände fühlten sich eiskalt an. »Bis vor Kurzem habe ich nicht damit gerechnet, ihn noch mal lebend zu sehen. Jetzt ist er wieder da, und seine Macht ist größer als je zuvor. Kann das ein Zufall sein?«
»Von welcher Bedrohung reden wir hier genau?« Mahmoud beobachtete sie aufmerksam. Nervös zupfte sie an ihrer Bluse. »Na, die von außen«, sagte sie. »Ausländische Investoren, die französische Regierung, Flüchtlinge aus arabischen Ländern … in Jean-Baptistes Augen ist die Bedrohung allgegenwärtig. Er ist diesbezüglich geradezu paranoid.«
»Wie so viele Korsen«, warf Petru ein. »Ob Eroberer, Plünderer oder Steuereintreiber, der Druck auf Korsikas Küsten war seit jeher groß. Wir konnten nur deswegen unsere Eigenständigkeit bewahren, weil wir in die Berge geflohen sind. Viele Jahrhunderte konnten wir so überdauern. Allerdings nur, weil wir unsere Einigkeit bewahrt haben. Nun aber droht eine Zerrissenheit im Inneren. Die einen wollen dies, die anderen das. Die einen sagen, die Subventionspolitik Frankreichs sei das Beste, was der Insel passieren kann, die anderen halten sie für einen Fluch, den man mit Gewalt austreiben muss. Unsere Gesellschaft ist gespalten.«
Laurine nickte. »Das waren genau Jean-Baptistes Gedanken. Er sagte mir mal in einem Gespräch unter vier Augen, ihn ängstige am meisten, dass unter den Menschen keine Einigkeit herrsche. Was gerade in Europa geschähe, sei ein warnendes Beispiel für

alle. Wahlergebnisse endeten nicht selten in Pattsituationen, ganze Regierungen wären handlungsunfähig. Das dürfe auf keinen Fall auf Korsika geschehen. Nur ein gesunder Körper könne genügend Abwehrkräfte aufbauen, um eine Krankheit zu besiegen. Versagten die Abwehrkräfte, sei der Organismus nicht mehr lebensfähig.«

»Klingt nach einem Mann, der ein klares politisches Ziel verfolgt und der bereit ist, mit allen Mitteln dafür zu kämpfen«, sagte Mahmoud nachdenklich. »Allerdings stellt sich die Frage, ob er diese ganze Entführung wirklich selbst inszeniert hat und ob es unbedingt die hochkriminellen ehrenwerten Familien sein müssen, die hier die Abwehrkräfte spielen. Als jemand, der auf der anderen Seite des Gesetzes steht, habe ich dazu natürlich eine gegenteilige Meinung. Aber bei diesem Thema werden Santini und ich uns wohl nicht einig werden.« Er lächelte gequält. »Eines aber gibt mir zu denken. Diese Sache mit eurer Nachbarin. Sehr mysteriös, das Ganze. Sollte sie tatsächlich in die Affäre verwickelt sein, würde das bedeuten, dass Franchini mich an der Nase herumgeführt hat. Der Kreis der Verschwörer wäre damit größer als vermutet.« Er zückte seinen Stift. »Wie war noch mal der Name dieser Frau?«

»Kamila«, sagte Laurine. »Kamila Madih. Ihr Mann heißt Yabram. Der Name des Jungen ist Hassan.«

Mahmoud notierte die Namen und rief dann seine Sekretärin herein. »Paulette, ich habe hier drei Namen, die du bitte für mich recherchieren sollst. Bitte hake unbedingt bei der Einwanderungsbehörde nach und frage, ob sie dort gelistet sind. Ich will wissen, ob wir es mit einer real existierenden Familie zu tun haben oder ob es Schläfer sind.«

»Wird gemacht, Chef.«

»Als Mitglieder von Terrorgruppen oder Geheimdiensten verbringen diese sogenannten Schläfer beträchtliche Zeit damit, sich den örtlichen Sitten und Gebräuchen anzupassen. Ihre Aufgabe besteht darin, unerkannt in feindlichem Gebiet zu operieren und dann auf Abruf Terror- oder Sabotageakte zu begehen.«

»Ich bin mit dem Begriff vertraut«, sagte Laurine. »Eric hat mit mir darüber gesprochen.«

»Dann wissen Sie ja, dass es für einen Außenstehenden praktisch unmöglich ist, einen Schläfer zu erkennen. Was hat denn die Nachforschung bei Ihren Nachbarn ergeben?«

Laurine schüttelte betrübt den Kopf. »In dem Haus herrscht ein ständiges Kommen und Gehen. Es bleibt nie jemand lange genug, als dass sich eine Bekanntschaft daraus entwickeln würde, geschweige denn eine Freundschaft. Angeblich seien Mutter und Kind erst einige Wochen zuvor eingezogen, aber etwas Genaues weiß niemand.«

Mahmoud kritzelte irgendetwas mit dem Kuli aufs Papier. »Das gefällt mir nicht«, murmelte er. »Ich habe dem Chef der Post in Cervione, Albert Franchini, kurz nach meinem Amtsantritt mal einen Dienst erwiesen, für den ich jetzt um eine Gefälligkeit gebeten habe. Möglicherweise hängt er ebenfalls mit drin, ich werde das überprüfen. Wenn es so wäre, trifft mich eine Mitschuld an Erics Verschwinden. Es würde nämlich bedeuten, dass die Gegenseite stets über meine Pläne informiert war.« Er presste die Lippen zusammen, machte ein paar abschließende Notizen und richtete sich dann auf. »Ich würde gerne später mit euch weiter darüber sprechen, aber jetzt muss ich erst mal zu dieser verdammten Pressekonferenz. Können wir uns nachher irgendwo treffen? Ich würde gerne einen Ort außerhalb wählen. Die Wände hier haben Ohren.«

»Was haltet ihr vom Tour de la Parata draußen vor der Stadt? Vier Uhr? Es gibt dort ein nettes kleines Restaurant, das *Sanguinaire*. Da können wir ungestört reden.«

»Einverstanden«, sagte Mahmoud. »Ich werde da sein. Und dann will ich den Rest der Geschichte hören.«

XXV

Das Mauerwerk war grob und starrte vor Dreck und abblätterndem Putz. Wasser tropfte von dem Tonnengewölbe auf ihn herab. Überall waren Pfützen. Auf ihrer glänzenden Oberfläche spiegelte sich fahl schimmerndes Moos. Es stank nach Fäulnis und Verwesung. Die Luft war geschwängert von Feuchtigkeit und Keimen.

Nach seinem Erwachen hatte Eric sich tatsächlich wieder bewegen können, so, wie Kamila es vorhergesagt hatte.

Die Freude währte allerdings nur kurz, denn in den Stunden der Einsamkeit, die danach folgten, war wieder Ernüchterung eingekehrt. Niemand war gekommen, um nach ihm zu sehen und sich zu erkundigen, wie es ihm ging.

Dem groben Mauerwerk nach zu urteilen, handelte es sich um ein altes Gebäude. Neunzehntes Jahrhundert, vielleicht älter. Es gab weder Fenster noch ein Luftloch. Nicht mal einen Schacht, durch den Tageslicht nach unten drang. Da er keine Uhr besaß, war er außerstande, zu sagen, ob es Tag oder Nacht war. Wenn es nicht diese kalte Glühbirne gegeben hätte, so hätte er in absoluter Finsternis gesessen. Er konnte nur hoffen, dass sie noch ein bisschen durchhielt und nicht einfach durchbrannte. Dies war ein Ort, um einen einsamen Tod zu sterben.

Doch seine Entführer hielten ihn am Leben. Aus irgendeinem unerfindlichen Grund gaben sie ihm zu essen und zu trinken, ließen ihn schlafen und warteten auf seine Genesung. Wozu? Bis jetzt hatten sie ihm nicht mal eine einzige Frage gestellt. Die Tür war versperrt, und auf seine Rufe reagierte niemand.

Mit einer Mischung aus Langeweile und Verzweiflung begann er damit, sein Verlies zu untersuchen. Systematisch klopfte er jeden Stein ab. Und siehe da: Irgendwann wurde seine akribische Suche von Erfolg gekrönt.

Das immerfort heruntertropfende Wasser hatte den Mörtel zwischen den buckeligen Bodenplatten weich werden lassen. Am stärksten dort, wo acht Steinquader ein Loch einfassten. Eine kreisrunde, stinkende Öffnung, unter der das Wasser hindurchrauschte. Es war dazu gedacht, die Notdurft zu verrichten, und sah deshalb ziemlich versifft aus. Eric war diesbezüglich nicht zimperlich. Wenn dieses Scheißloch die einzige Möglichkeit darstellte, von hier zu entkommen, würde er es benutzen. Allerdings hatte die Öffnung einen entscheidenden Nachteil. Sie war zu schmal für ihn. Ein Kind hätte vielleicht hindurchgepasst, nicht aber er. Er steckte den Kopf hinein und bemerkte, dass der Kanal darunter breiter wurde. Wenn er die Umfassung lockern könnte und die Steine entfernte, böte sich vielleicht ein Fluchtweg.

Ein Plan begann zu reifen.

Er hob den Kopf und spitzte die Ohren. Sicherheitshalber lauschte er an der Tür. Nichts zu hören. Auf dem Esstisch lag ein Löffel. Nichts Besonderes. Ein billiges Produkt aus einem Metall, das nicht besonders hart war. Er musste sehen, wie weit er damit kam. Für den Mörtel würde es vielleicht reichen.

Kratzend und schabend machte er sich an die Arbeit.

Nach nicht mal einer halben Stunde war es ihm gelungen, einen der Steine komplett freizulegen und den zweiten daneben zu lockern. Allerdings waren die Steine so passgenau verfugt, dass sie nur mit erheblichem Kraftaufwand herauszuheben waren. Da sie obendrein recht rutschig waren, gehörte einiges an Geschicklichkeit dazu, sie aus ihrer Verankerung zu lösen.

Sein Plan ging in die zweite Phase. Er musste die Steine so präparieren, dass sie sich zu einem bestimmten Zeitpunkt alle auf einen Schlag entfernen ließen und er durch die Kanalisation in die Freiheit entschwinden konnte. Das Zeitfenster für seine Flucht würde ziemlich klein sein, er musste also sehr genau arbeiten. Doch der Gedanke an Laurine verlieh ihm Kraft und Ausdauer.

Er atmete tief ein.

Wann immer er die Augen schloss und an sie dachte, wurde sein Herz warm. Laurine begleitete ihn bei allem, was er tat. Er konnte ihr Lachen hören, ihre Stimme. Er konnte hören, wie sie sang, fluchte oder still vor sich hin murmelte. Wann immer er es wollte, war sie bei ihm. Dann erfüllte ihn eine Sehnsucht, die ihn schier zerriss.

All sein Denken, Fühlen und Sehnen war auf sie gerichtet. Er musste sie wiedersehen, sie in seine Arme schließen und festhalten. Niemals, nicht in seinen kühnsten Träumen, hätte er sich vorstellen können, jemals wieder so lieben zu können. Es war die Hölle und gleichzeitig das Paradies!

Beharrlich kratzte er mit dem Löffel im Putz herum. Das helle Material löste sich in feinen Krümeln, die sofort mit dem abfließenden Wasser fortgeschwemmt wurden. Noch ein paar Minuten, dann hatte er den Stein so weit präpariert, dass er ihn herausheben konnte. Er wackelte bereits. Doch wie schon bei dem Exemplar davor war der schwierigste Teil, ihn aus seiner Verankerung zu heben. Die Steine waren schwer, etwa zehn Kilo. Durch die Feuchtigkeit waren sie extrem glatt und schlüpfrig. Es gab nur wenige Ansatzpunkte, an denen er zupacken konnte. Wenn er einen von den Brocken ins Loch fallen ließe, wäre er geliefert. Die Wachen würden sofort merken, was los war, und ihn in ein anderes Quartier verlegen. Es war ungeheuer wichtig, dass er den Stein heraushob, ihn reinigte und dann so wieder einsetzte, dass er sich nicht mehr verkeilte. Der Rest war ein Kinderspiel. Ein bisschen Dreck in die Ritzen schmieren, den Löffel verschwinden lassen und fertig.

Er hob den Kopf.

Da war ein Geräusch gewesen. Die Wachen?

Er lauschte angestrengt, konnte aber nichts weiter hören. Vermutlich nur eine Ratte. Von denen gab es hier unten einige. Nur nicht verrückt machen lassen. Beharrlich kratzte er weiter. Er musste hier weg. Unbedingt. Und die Arbeit tat ihm gut. Sie hielt ihn davon ab, den Verstand zu verlieren.

XXVI

Wenn man von Korsikas einwohnerreichsten Stadt Ajaccio etwa zwölf Kilometer nach Westen fährt, erreicht man den Torra di a Parata, einen Wachturm aus dem sechzehnten Jahrhundert. Als Teil der damaligen Küstenbefestigung gehört er zu den achtzig sogenannten Genuesertürmen, die damals entlang Korsikas Küsten errichtet wurden, um die Insel vor Angriffen der Piraten zu warnen. Wanderer, die dem Fußweg folgen und die Turmspitze erklimmen, genießen aus fünfundfünfzig Metern Höhe einen wunderbaren Blick auf den Golf von Ajaccio und die vorgelagerten Blutinseln.

Mahmoud war jedoch nicht nach Wandern zumute. Als er endlich am Restaurant eintraf, war es bereits kurz nach halb fünf. Er war spät dran. Laurine und Petru warteten bestimmt schon auf ihn. Die Pressekonferenz hatte sich endlos hingezogen, mit Fragen, die selbst für einen Fachmann unmöglich zu beantworten waren. Niemals wäre ihm in den Sinn gekommen, dass die Befreiungsaktion ein solches Interesse erregen würde. Auch international. Der Vorfall schlug vermutlich deshalb so hohe Wellen, weil das Thema Migrationspolitik dabei eine wichtige Rolle spielte. Zumindest wurde der Einsatz der Polizei gelobt. Von professioneller Entschlossenheit war die Rede, von schnellem und besonnenem Handeln. Der Polizeipräsident persönlich hatte Mahmoud beglückwünscht und ihm eine Beförderung in Aussicht gestellt. Was störte es da schon groß, dass die eigentlichen Drahtzieher der Entführung noch nicht in Gewahrsam genommen worden waren? Und was störte es, dass Jean-Baptiste Santini gestern Abend noch zum neuen Vorsitzenden des Zwölferrates ernannt worden war? Die Entwicklung gefiel Mahmoud zwar nicht, war aber vorauszusehen gewesen.

Allgemein wurde die aggressive Haltung der Migranten kritisiert. Sie hatten die Polizeiarbeit erheblich erschwert, Sachschäden verursacht und einen Beamten leicht verletzt. Die Rechtspopulisten wetzten deswegen schon wieder die Klingen und forderten umgehende Konsequenzen. Und tatsächlich schienen sie diesmal Erfolg zu haben. Aus Paris kamen Signale, dass man langfristig über eine Reduzierung und Umsiedelung der korsischen Migranten aufs Festland nachdachte. Eine Entwicklung, die Mahmoud in der Seele wehtat. Nicht nur, weil er selbst aus einer Einwandererfamilie stammte, sondern weil Laurines und Petrus Recherchen nahelegten, dass die Verantwortung woanders lag. Doch solange das nur vage Verdachtsmomente waren, konnte Mahmoud nichts tun. Er brauchte Beweise, keine Hinweise.

Schwer atmend setzte er seinen Fuß auf die Schwelle des *Sanguinaire* und sah sich um. Er entdeckte die beiden sofort. Zu dieser Zeit war im Restaurant nicht viel los. Laurine winkte ihm zu.

»Bitte entschuldigt«, sagte er, als er Platz nahm. »Ich habe es nicht eher geschafft. Habt ihr meine Nachricht erhalten?«

»Haben wir«, sagte Petru. »Und es ist nicht weiter schlimm. Auf diese Weise konnten wir unser Material noch ein wenig überarbeiten.«

»Schön«, murmelte Mahmoud gedankenverloren, drehte sich nach der Bedienung um und rief: »Ein Wasser bitte.«

»Kommt sofort.«

Sie redeten noch über dies und das und warteten auf Mahmouds Getränk. Als es kam, trank er es leer und bestellte gleich noch einmal nach.

»Jetzt bin ich wieder aufnahmefähig«, sagte er und sah die beiden an. »Ehe wir loslegen: Gibt es Neues von Eric?« Er hatte wenig Hoffnung, dass seit ihrem letzten Treffen etwas geschehen war, aber die Hoffnung starb ja bekanntlich zuletzt. Die betretenen Blicke sagten mehr als tausend Worte.

»Das dachte ich mir«, sagte er niedergeschlagen. »Deswegen habe ich vorsorglich schon mal einen Fahndungsauftrag eingeleitet. Sie müssten noch Anzeige stellen, dann kann ich alles auf den Weg bringen.«

Laurine nickte. »Was muss ich sonst noch tun?«

»Wir brauchen möglichst aktuelle Bilder, handschriftliche Notizen und so weiter. Und Sie müssen eine Aussage machen, wann und wo Sie ihn zuletzt gesehen haben. Ich kann Ihnen den Bürokram leider nicht ersparen.«

»Ist doch selbstverständlich.« Sie seufzte. »Danke, dass Sie sich so viel Mühe machen. Sie haben bestimmt gerade ganz andere Dinge zu erledigen.«

»Also hören Sie mal«, widersprach Mahmoud empört. »Eric ist auch mein Freund. Er war es, der den Stein ins Rollen gebracht hat. Ich könnte mir nie verzeihen, wenn ich nicht alles versuchte.« Er strich mit den Fingern über den Resopaltisch. »Inzwischen teile ich übrigens Ihre Meinung. Da ist etwas schiefgelaufen. Allerdings sollten Sie hoffnungsvoll bleiben. Das ist es, was jeder Psychologe einem raten würde. Ginge es um Lösegeld, hätten wir bestimmt längst die Forderung erhalten. Und dass er tot ist, will ich nicht glauben.«

Ihre Augen schwammen in Tränen. Sie wirkte weicher als sonst. Verletzlicher. Es tat ihm leid, dass er überhaupt damit angefangen hatte. »Im Moment wissen wir nichts«, sagte er, »und das ist manchmal nicht das Schlechteste. Nicht aufgeben, okay?«

Sie nickte.

Er zog ein paar Papiere aus der Innenseite seiner Jacke. »Ich habe inzwischen Rückmeldung von Paulette erhalten, Ihre Nachbarin betreffend.«

Laurine wischte eine Träne aus dem Augenwinkel und rutschte nach vorn.

»Wie ihr vermutet habt, führt die Spur ins Leere. Weder gibt es eine Kamila Madih noch einen Yabram oder Hassan. Eine Familie mit diesem Namen hat niemals ihren Fuß auf korsischen Boden gesetzt. Punkt eins, der für eure Theorie spricht. Ich habe einen Suchlauf veranlasst, der die Datenbanken internationaler Terrornetzwerke durchforstet. Vielleicht haben wir da mehr Erfolg. Sollte es sich aber tatsächlich um Schläfer handeln, dürfte die Erfolgsquote relativ gering sein. Punkt zwei: Es gibt keinerlei Hinweise auf die tatsächlichen Entführer. Jean-Baptiste Santini hat uns zwar ein paar Namen genannt, aber die führen nirgendwohin. Er behauptet, Beruhigungs- und Betäubungsmittel bekommen zu haben, die sein Gedächtnis einschränken würden, doch solche Substanzen konnten in seinem Blut nicht nachgewiesen werden.«

»Er wurde ärztlich untersucht?«, fragte Petru.

»Direkt nach der Entführung, ja. Gehört inzwischen zum Standardverfahren.«

»Das ist ja alles sehr merkwürdig.«

»Finden wir auch. Womit wir zu Punkt drei kommen. Die Dorfbevölkerung. Auch nach ihrer Befragung entsteht kein klares Bild der Täter. Die Flüchtlinge hatten nach übereinstimmenden Aussagen mit den Leuten im hinteren Teil der Ortschaft keinen Kontakt. Sie fanden sie wohl irgendwie seltsam und haben sich von ihnen ferngehalten.«

»Das sah aus dem Hubschrauber aber anders aus«, sagte Laurine, die sich inzwischen wieder gefangen hatte. »Von da oben wirkte es, als ob sie die Befreiung der Geiseln verhindern wollten.«

»Das ist ein Problem, ja.« Mahmoud trank noch einen Schluck. »Durch die Behinderung der Eingreiftruppe und die aggressiven Übergriffe auf Polizeibeamte wirkt es, als steckten die Flüchtlinge mit den Entführern unter einer Decke. Doch sie wurden aufgewiegelt. Von wem, ist noch nicht ganz klar. Offenbar hat man ihnen erzählt, es käme ein Räumkommando, das sie aus ihren Häusern vertreiben wolle.«

»Warum sollte jemand solche Gerüchte in die Welt setzen?«, murmelte Laurine.

»Oh, das kann ich erklären«, erwiderte Petru. »Um der Öffentlichkeit ein anderes Bild von dem zu vermitteln, was tatsächlich geschehen ist. Um den Blick auf das zu verschleiern, was wirklich vorgefallen ist.« Er lächelte grimmig. »Ein alter Trick bei Zauberkünstlern, wisst ihr? Vollführe eine starke Handbewegung, damit niemand auf die andere Hand blickt, die den tatsächlichen Trick ausführt.«

»Dann bleibst du also bei deiner Theorie?«, hakte Mahmoud nach. »Dass Jean-Baptiste Santini Manipulation im großen Stil betrieben hat?«
»Das tue ich. Und ich habe gute Gründe dafür.« Petru schob Mahmoud einen Umschlag rüber. »Meine Recherchen sind fast abgeschlossen, es fehlen nur noch ein paar Mosaiksteinchen. Die betreffenden Dokumente habe ich als Kopie beigefügt. Du kannst sie deinen Sachverständigen zur Prüfung aushändigen.«
»Die gewohnte petrusche Gründlichkeit.« Mahmoud lächelte grimmig.
»Ich mache nur meinen Job.« Der Journalist breitete eine Karte auf dem Tisch aus. Sie zeigte die Regionen Korsikas sowie ihre Unterteilungen in Arrondissements, Kantone und Gemeindeverbände. Mahmoud erkannte auf einen Blick, dass die Karte gleichzeitig auch Grundlage für die Bebauungspläne war, da sie bereits vergebene, zukünftig ausgewiesene sowie nicht bebaubare Flächen darstellte. Ein ziemlicher Flickenteppich, auf dem man aber gut erkennen konnte, welche Teile schon früh besiedelt und welche Bauplätze erst kürzlich ausgewiesen worden waren.
Mahmoud pfiff durch die Zähne. »Da ist in jüngster Zeit aber ganz schön was dazugekommen.«
»Allerdings«, sagte Petru. »Der Immobilienmarkt auf Korsika ist einer der besonders heiß umkämpften im gesamten Mittelmeerraum. Aufgrund der schwierigen Topografie sind die Bauplätze rar gesät und entsprechend teuer. Der Druck auf die Gemeinden zur Neuerschließung ist enorm. Andererseits spült das natürlich Geld in die Kassen der Kommunen. Leute, die früher am Hungertuch genagt haben und die gerade mal so mit der Produktion von Käse oder Wurstwaren über die Runden gekommen sind, erlangen plötzlich unerwarteten Wohlstand. Kleine Ferienwohnungen, Appartements oder Campinggrundstücke, die Möglichkeiten sind vielfältig. Jemand, der Land oder Immobilien im Inland besitzt, ist heute wesentlich besser dran als noch vor dreißig oder vierzig Jahren. Natürlich streichen die

ehrenwerten Familien wieder mal den dicksten Batzen ein. Ihnen gehören die besten Plätze, und in den letzten Jahren sind noch einige dazugekommen.« Petru strich den Plan glatt. »Sehen wir uns mal die Besitztümer der Familie Santini genauer an. Ihnen gehören, neben ihrem Stammsitz in Belgodère, Häuser und Grundstücke in Calvi, in L'Île-Rousse, Serra-di-Ferro, Sartène und Bonifacio.« Er fing an, Nadeln mit kleinen Fähnchen in die jeweiligen Positionen zu stecken. »Im Osten geht es so weiter. Da haben wir Porto-Vecchio, Ghisoni, Aléria und Corte, die Hochburg der Fundamentalisten. Ein Schelm, wer Böses dabei denkt.«

»Mein Gott«, murmelte Mahmoud. »Denen gehört ja die halbe Insel.«

»Der Gedanke drängt sich auf, nicht wahr?« Petru nickte grimmig. »Vor vier Jahren wurden etliche Grundstücke in Penta-di-Casinca, Olmo, Castellana, Coccola und Piazze an einen unbekannten Investor verkauft. Die Straße der vergessenen Dörfer, wie sie so blumig genannt wird. Offiziell wurden sie an einen türkischen Investor versteigert, genauer gesagt an eine Fondsgesellschaft. Doch wenn man tiefer gräbt, stößt man auf Scheinfirmen und Sackgassen, die zurück nach Korsika weisen. Ich habe mir die Mühe gemacht, das alles mal gewissenhaft zusammenzutragen. Du findest es dadrin.« Er tippte auf die Mappe. »Die ursprüngliche Idee war, daraus einen Bericht zu stricken. Ich bin Journalist, und das ist, was Journalisten tun. Allerdings kamen mir irgendwann Zweifel.«

»Ach ja?« Mahmoud zog eine Braue in die Höhe. »Wieso das?«

Petru lehnte sich zurück und verschränkte die Hände vor seinem umfangreichen Bauch. »Weißt du, ich hänge an dieser Insel, so, wie ich an meinem Leben hänge. Einen solchen Bericht kannst du schreiben, wenn du entweder lebensmüde oder aber sehr weit weg bist. Und selbst dann müsste man sich bis ans Ende seiner Tage fürchten. Wie du vielleicht schon mitbekommen hast, können Korsen verdammt nachtragend sein.«

»Oh, ja …«, murmelte Mahmoud.

»Die Welt ist inzwischen so eng zusammengerückt, dass man nirgendwo mehr sicher ist, nicht mal im hintersten Timbuktu«, fuhr Petru fort. »Deswegen habe ich mich entschieden, auf eine Veröffentlichung zu verzichten und stattdessen dir die Dokumente auszuhändigen. Sie belegen eindeutig, dass Jean-Baptiste Santini Eigentümer besagter Häuser und Grundstücke ist. Da ihm als oberstem Bauherren die alleinige Entscheidungsgewalt darüber obliegt, was mit den Immobilien zu geschehen hat, erscheint es mir sehr unwahrscheinlich, dass er nicht über die Vermietung an die Wohnungsgenossenschaften und staatlichen Instanzen informiert war.«

Mahmoud strich über den Ordner. Er schien aufgeladen mit knisternder Energie. »Wenn ich dich richtig verstehe, bedeutet das, dass die Zuteilung der Häuser und Wohnungen als Flüchtlingsheime mit Santinis Einwilligung geschah?«

»Ein anderer Schluss dürfte kaum möglich sein.«

»Aber das kann nicht stimmen«, sagte Laurine. »Ich kenne Jean-Baptiste. Er hasst Flüchtlinge. Sie bringen ein Element der Instabilität auf seine geliebte Insel. Er kann sie nicht kontrollieren. Deswegen will er, dass sie von hier verschwinden. Warum also sollte gerade er Flüchtlingsheime bauen lassen?«

»Damit kommen wir genau zu dem Punkt, der mich stutzig werden ließ«, sagte Petru. »Ich stimme euch beiden zu. Jean-Baptiste und Flüchtlingsheime? Das passt doch gar nicht. Es sei denn, er will sie missbrauchen, um seine Herrschaft zu festigen.« Er beugte sich vor und senkte seine Stimme. »Ich wette, die Ausschreitungen in Castellana wurden von ihm provoziert. Er hat dieses Spektakel selbst inszeniert. Und siehe da: Der Plan geht auf.« Er schob Mahmoud ein weiteres Dokument rüber. »Ich habe vorhin von einem Kollegen aus Paris eine Notiz erhalten. Der Regierung liegt ein Antrag vor, die Flüchtlingszahlen auf Korsika drastisch zu reduzieren. Die Bilder von den Ausschreitungen haben dort rasch die Runde gemacht. Es wird sogar darüber diskutiert, ob man Korsika nicht vollständig aus der Liste der aufnahmebereiten Regionen streichen sollte.«

»Was sagst du da?« Mahmoud faltete das Blatt auseinander und überflog die Zeilen. Es stimmte, was Petru sagte. Was bisher nur Gerüchte waren, wurde handfeste Politik.
»Die Clans vereint, die Flüchtlinge von der Insel geworfen, die Nationalisten gestärkt. Respekt, Don Santini«, fuhr Petru fort. »Für Ihr Alter sind Sie ein verdammt gewiefter Stratege.« Er sagte das mit einem derart sarkastischen Unterton, der keinen Zweifel daran ließ, dass er den Clanchef für das personifizierte Böse hielt.
»Ist ja allerhand«, murmelte Mahmoud, doch er war noch immer nicht überzeugt. Ihm ging das alles zu schnell. Gewiss, die Theorie hatte etwas, aber es gab da einige Abschnitte in der Argumentationskette, die einfach keinen Sinn ergaben.
»Nur damit wir uns richtig verstehen, Petru«, sagte er langsam. »Du behauptest also ernsthaft, Santini hätte das alles geplant? Das Attentat auf der Brücke, seine Entführung, Mateus Sturz in die Tiefe? Komm schon, so paranoid kannst du nicht sein. Nie und nimmer würde er das Leben seines Sohnes dafür riskieren.«
»Bist du sicher?« Der Reporter war vollkommen ernst. »Es fügt sich alles zusammen. Sämtliche Personen, die von dem Deal wussten, seien es nun unzuverlässige Angestellte oder politische Gegner, sind inzwischen tot. Oder von der Bildfläche verschwunden. Vielleicht würde er sogar so weit gehen, seinen Sohn über die Klinge springen zu lassen.«
Mahmoud sah die beiden aufmerksam an. »Das würdest du ihm wirklich zutrauen? Findest du das nicht ein bisschen weit hergeholt? Laurine, helfen Sie mir bitte …«
Laurine zuckte die Schultern. »Der Mann war für mich immer ein Mysterium«, sagte sie nachdenklich. »Faszinierend, aber undurchschaubar. Dass er Mateu willentlich opfert, halte ich für schwer vorstellbar, immerhin ist er sein Kronprinz. Aber möglicherweise ist da etwas schiefgelaufen. Ein Missgeschick, ein Unfall vielleicht …«
»Gut möglich.« Petru nickte heftig, als hätte er diesen Gedanken auch schon gehabt. »Vielleicht war Mateu gar nicht einge-

weiht und hat in Panik reagiert. Je komplexer so ein Vorhaben, desto größer die Gefahr, dass etwas schiefgeht. Tatsächlich traue ich Jean-Baptiste zu, dass er den Sohn bewusst im Unklaren gelassen hat. Ich bin kein Seelenklempner, aber ein solches Verhalten würde in sein psychologisches Profil passen.«

»Würde es, ja«, stimmte Laurine ihm zu. »Jean-Baptiste war immer stolz darauf, mehrere Eisen im Feuer zu haben. Ich erinnere mich, wie er mich mal in seine Bibliothek geführt und mir seine Bücher gezeigt hat. Seine Lieblingslektüre waren Werke berühmter Militärstrategen. Sein größter Schatz war, glaube ich, *Die Kunst des Krieges* von Sun Tzu. Einen Satz las er mir daraus vor. ›Wenn du deinen Feind kennst und dich selbst kennst, brauchst du das Ergebnis von hundert Schlachten nicht zu fürchten.‹ Damals verstand ich nicht, worauf er hinauswollte. Heute wird mir manches klarer.«

»Ein Mann, der wie bei einem Schachspiel mehrere Züge im Voraus denkt«, sagte Petru. »Um seine Spuren zu verwischen und nicht selbst in Verdacht zu geraten, inszenierte er sich als Opfer. Er lässt sich entführen, bringt gefälschte Videoaufzeichnungen in Umlauf und lockt Eric auf seine Spur, um sich dann befreien zu lassen. Genau so würde es ein gewiefter Stratege machen.«

»Ich weiß, dass das ziemlich weit hergeholt klingt, aber ich teile Petrus Ansicht«, sagte Laurine. »Jean-Baptiste ist genau der Mann, der Gefallen an so einem Plan finden würde.« Sie schüttelte den Kopf. »Ich will mir gar nicht ausmalen, was als Nächstes geschieht. Es würde mich nicht wundern, wenn er in ebendiesen Stunden zum neuen Oberhaupt der Brise de Mer gewählt würde.«

Mahmoud gab ein Stöhnen von sich.

Es ließ sich nicht verhindern.

»Alles klar bei Ihnen?« Laurine sah ihn besorgt an. »Geht es Ihnen nicht gut?«

»Es ist nichts, ich war nur …« Sein Magen verkrampfte sich, und in seinem Mund war ein übler Geschmack. Er musste einen Schluck Wasser trinken. Danach ging es besser. »Es ist nur wegen dem, was Sie gerade gesagt haben.«

»Ja …?«
»Ich fürchte, Sie haben voll ins Schwarze getroffen. Jean-Baptiste ist gestern Abend vom Zwölferrat zum neuen Vorsitzenden gewählt worden. Das Ergebnis war einstimmig.«
»Wie bitte?« Laurine und Petru war das Entsetzen ins Gesicht geschrieben. »Das ist nicht wahr.«
»Ich fürchte doch«, sagte Mahmoud mit gepresster Stimme. »Ich habe es vorhin von Mateu erfahren.«
Laurine war kreidebleich geworden. Petrus Augen hingegen leuchteten.
»Da siehst du es!«, rief er. »Wie viele Beweise brauchst du denn noch? Glaubst du uns jetzt endlich? Wie man es auch dreht und wendet, Jean-Baptiste Santini ist der Dreh- und Angelpunkt dieser Geschichte. Er ist der Mann, der die Fäden in der Hand hält. Der Puppenspieler.«
»Ich hoffe immer noch, dass du dich irrst …«
»Das würde ich gerne, glaub mir«, erwiderte Petru mit grimmigem Lächeln. »Aber der Punkt, an dem ich noch Zweifel hatte, liegt längst hinter mir. Du musst den Fall Santini schnellstens wieder aufrollen, hörst du? Du musst dafür sorgen, dass er von der Bildfläche verschwindet. Je eher, desto besser.«
»Glaub mir, das würde ich gerne.« Mahmoud hielt ihrem Blick stand. Er war kurz versucht, den beiden von seinem Deal mit Mateu zu erzählen, entschied sich dann aber dagegen. Er wollte nicht noch mehr Öl ins Feuer gießen. Abgesehen davon war sowieso fraglich, inwieweit der Handel noch Bestand hatte. Dass Jean-Baptiste sich unter diesen Umständen auf sein Altenteil zurückziehen und seine Rosen pflegen würde, dürfte mehr als unwahrscheinlich sein.
»Was ihr da verlangt, ist unmöglich. Der alte Mann ist inzwischen so gut wie unantastbar. Fast schon ein Heiliger. Respektiert von seinen Gegnern, freigesprochen von den Medien, von seinen Anhängern abgöttisch verehrt. An den ist kein Rankommen.«
»Aber du hast doch noch die Unterlagen zum Fall Hansen. Damit müsste sich doch etwas machen lassen.«

»Mein Gott ...«, unterbrach ihn Laurine. Ihr schien plötzlich etwas eingefallen zu sein. »Nehmen wir mal an, Mateu wusste wirklich nichts von den Plänen seines Vaters – wie würde er wohl reagieren, wenn er es erfährt?«
Die beiden Männer schwiegen.
»Ihr wisst schon, wovon ich spreche, oder? Wenn er es herausfindet, könnte das einen Bürgerkrieg auslösen. Es würde uns alle in Gefahr bringen.«
»Daran habe ich noch gar nicht gedacht«, murmelte Petru. »Es stimmt, was du sagst. Ein solches Szenario könnte bloß auf eine einzige Art enden. Im Chaos.«

XXVII

Eric schlug die Augen auf.
Er lag auf der Pritsche. Die Decke war über seinen Leib gezogen. Offensichtlich hatte er schon wieder geschlafen. War das nicht merkwürdig? Kein Mensch konnte so müde sein. Er besaß zwar keine Uhr, dennoch meinte er sich zu erinnern, dass seine letzte Ruhepause noch gar nicht so lange her war. Welcher Tag war heute, welche Uhrzeit?
Er hatte völlig die Orientierung verloren. Hier unten gab es weder Tag noch Nacht, weder Frühling noch Sommer oder Herbst. Nur Moder, Schimmel und diese verkackte Glühbirne.
Was war nur los mit ihm? Lag es an dem fehlenden Sauerstoff in diesem Verlies, oder hatte es andere Gründe? Jedenfalls war diese andauernde Müdigkeit nicht normal. Mühsam richtete er sich auf. Seine Beine zur Seite schwingend, stand er auf. Auf dem Tisch waren ein frischer Teller, ein Korb mit Brot, daneben Wurst, Käse sowie etwas Obst. Auch ein Krug mit Wasser befand sich dort. Die Sachen waren vorhin noch nicht da gewesen. Jemand musste sie gebracht haben, während er geschlafen hatte.

Ein kurzer Kontrollblick in Richtung seines Fluchttunnels offenbarte, dass sein Geheimnis wohl unbemerkt geblieben war. Glück gehabt. Aber er musste sich beeilen. Lange würde es sicher nicht mehr dauern, bis sie ihm auf die Schliche kamen. Aber erst mal etwas essen.

Er nahm auf dem wackeligen Stuhl Platz, schnupperte an dem Käse und der Wurst und wollte gerade davon nehmen, als er noch einmal daran roch. Täuschte er sich, oder war da ein seltsamer Geruch? Er bildete sich ein, chemische Rückstände zu erhaschen. Ein Aroma, das da nicht hingehörte. Scharf, alkoholisch, chemisch. Misstrauisch schob er die Teller weg und richtete seinen Blick auf das Brot. Nach intensivem Schnuppern entdeckte er dort denselben Geruch, nur abgeschwächt. Wie war es mit dem Wasser im Krug?

Dasselbe, wie er schnell feststellte. Er zuckte zurück. Konnte es sein, dass sie ihm etwas ins Essen mischten? Irgendwelche Chemikalien, die ihn schwächten, ihn gefügig machten? Diesen Leuten war alles zuzutrauen.

Mit einem flauen Gefühl überdachte er seine Situation. Er war hungrig, gewiss, aber nicht so hungrig, dass er die Warnsignale ignorieren würde. Für einen gesunden Mann stellte es kein Problem dar, ein paar Tage auf Nahrung zu verzichten. Wasser war schon schwieriger. Ohne Trinken ging es nicht.

Er schüttete die Lebensmittel in die Bodenöffnung, ließ jedoch ein paar Krümel zurück, damit es aussah, als habe er alles aufgegessen, dann stellte er den Teller zurück auf den Tisch. Dasselbe tat er mit dem Wasser. Er hielt den Krug tief in die Öffnung und befüllte ihn erneut. Der Gedanke, Wasser aus einem Abort zu trinken, war zwar nicht besonders erbaulich, aber das, was dort unten rauschte, schien ein ganz normaler Bach zu sein. Auf einen Versuch konnte er es ruhig ankommen lassen.

Vorsichtig hielt er sich den Krug unter die Nase. Das Wasser roch tatsächlich frisch. Weit weniger künstlich als das, was vorher drin war. Er nippte.

Klares Bergwasser. Immerhin. Den Krug an die Lippen setzend,

trank er in großen Schlucken. Dann füllte er nach. Er wollte sich gerade wieder seiner Arbeit zuwenden, als er Stimmen hörte.
»... dürfte jetzt wach sein. Wenn nicht, wecken wir ihn.« Das Klirren eines Schlüsselbundes.
Hektisch leerte Eric den Krug aus, stellte ihn zu dem leeren Teller und nahm Platz. Keinen Moment zu früh. Knarrend öffnete sich die Tür.
»Scheint wach zu sein«, hörte er die Stimme seines Wächters. Es war der riesige Typ aus dem Entführerhaus. Der mit dem Vollbart. Wie hieß er doch gleich? Richtig, Madib. Eric vergaß nie einen Namen.
»Er ist beim Essen, wie ich sehe.«
»Wunderbar«, antwortete der andere. »Dann hat er bestimmt nichts dagegen, wenn ich ihm Gesellschaft leiste.« Eric kam die Stimme bekannt vor.
»Gehen Sie nur, ich werde aufpassen.«
Als der Fremde aus Madibs Schatten trat, war es Eric, als habe jemand die Stopptaste gedrückt. Er hielt den Atem an. Einen kurzen Moment lang vermutete er eine Sinnestäuschung, einen bösen Traum, eine fiebrige Halluzination oder die Ausgeburt all dieser Drogen, mit denen sie ihn hier unten quälten – aber es war Realität. Da war er. In Fleisch und Blut.
Jean-Baptiste Santini. Von den Toten auferstanden.
»Guten Morgen, Monsieur Marchand. Darf ich mich setzen?«
Eric nickte, unfähig zu sprechen.
»Geht es Ihnen gut? Sie sind immer noch etwas blass. Ich weiß, die Unterkunft ist spartanisch, aber wir mussten dafür sorgen, dass Sie eine Weile von der Bildfläche verschwinden. Es ist wichtig, dass wir ungestört miteinander reden können.« Das Lächeln wirkte nicht unfreundlich. Genau genommen sah der alte Mann besser aus, als Eric ihn in Erinnerung hatte. Santini ließ seinen Blick über den Tisch gleiten. »Wie ich sehe, haben Sie sich bereits gestärkt. Gut so. Sie müssen kräftig sein, damit Sie für Ihre bevorstehende Aufgabe gewappnet sind.«
»Aufgabe?« Erics Stimme war nur ein Krächzen.

Der Clanchef nickte. »Von der wichtigsten Sorte. Sie sollen künftig mein Götterbote sein. Sagt Ihnen der Name Hermes etwas?«
Eric sah ihn verständnislos an. Was sollte das jetzt werden, eine Lektion in Sachen klassisches Altertum?
Santinis Lächeln wurde breiter. »In der griechischen Mythologie ist er der Schutzgott der Reisenden, der Hirten und Kaufleute. Er ist aber auch der Gott der Diebe, der Redekunst und der Magie. Alles Eigenschaften, die ich bei Ihnen wiederfinde, Monsieur Marchand. Die Magie des Wortes, Sprache als Werkzeug – Sie beherrschen das. Obendrein fließt korsisches Blut in Ihren Adern. Gerade so viel, dass Sie sich mit unserer Insel verbunden fühlen, aber doch zu wenig, als dass Sie parteiisch wirken. Ein Mann zwischen den Welten also. Der ideale Vermittler.«
Eric schüttelte den Kopf. »Ich verstehe kein Wort …«
Der alte Mann lachte. »Ja, das kann ich mir vorstellen. Ich mute Ihnen gerade sehr viel zu. Aber mit der Zeit werden Sie es verstehen. Sie werden einsehen, dass wir ein edles Ziel verfolgen. Es geht um nicht mehr und nicht weniger als das Wohlergehen unserer Liebsten. Nicht nur das von Laurine oder Battista, sondern auch von Petru, ja sogar von Chefermittler Clément. Letztendlich dient es dem Wohlergehen aller Menschen auf dieser Insel.« Er streckte die Brust raus. »Die Weichen sind gestellt. Uns steht eine Geburt bevor. Die Geburt eines neuen, freien und unabhängigen Korsika. Und Sie werden der Geburtshelfer sein.«
Santini erhob sich. »Hätten Sie Lust auf einen kleinen Spaziergang? Ich möchte Ihnen etwas zeigen.«
»Ein Spaziergang?«, murmelte Eric.
»Ja. Raus an die frische Luft. Die Sonne scheint. Es könnte einer der letzten schönen Tage in diesem Herbst sein.« Er sah sich um. »Es sei denn, Sie bevorzugen diesen stickigen Keller.«
»Nein …«
Santini lachte. »Sehr schön. Kommen Sie.«
Gemeinsam gingen sie in Richtung Tür. Eric tat so, als wäre ihm schwindelig. Mit unsicherem Schritt folgte er Santini. Der alte

Mann bemerkte das und reichte ihm seinen Arm. »Kommen Sie, Monsieur Marchand, halten Sie sich fest.«

»Nein danke.«

Santini zog seine Hand zurück. »Ich muss mich für diese Behandlung entschuldigen, aber es ging nicht anders. Wir mussten Sie von der Bildfläche verschwinden lassen. Hätten Sie gewusst, wo wir uns befinden, es wäre uns nichts anderes übrig geblieben, als Ihr Gedächtnis zu löschen. Ein höchst unangenehmer Vorgang, das dürfen Sie mir glauben.«

»Warum überhaupt dieser Aufwand?«, murmelte Eric. »Warum mir nicht gleich eine Kugel zwischen die Augen setzen? Ich stelle für Sie doch nur eine Gefahr dar.«

Santini lachte wieder. »Ich mag Ihren Humor, Monsieur Marchand. Es wäre schade, auf Sie zu verzichten. Es hat seinen Grund, warum Sie hier sind. Dieser Ort ist nicht mal unseren engsten Verbündeten bekannt. Mag sein, dass die Dosis des Beruhigungsmittels etwas zu hoch ausgefallen ist, aber man versicherte mir, dass Sie keine bleibenden Schäden davontragen.«

»Sehr beruhigend.« Erics Blick fiel auf Madib, der die ganze Zeit die Maschinenpistole auf ihn gerichtet hatte. Sein Ausdruck ließ keine Rückschlüsse zu, ob er Eric mochte oder verachtete. Vermutlich Letzteres.

Diese Bande hatte Eric nach Strich und Faden an der Nase herumgeführt. Diese ganze Nummer in Castellana war eine einzige Verarschung gewesen, vom ersten bis zum letzten Moment. Inzwischen ahnte Eric, was vorgefallen war. Er sollte Santini finden. Er sollte Mahmoud informieren. Beides hatte er getan. Seine Aufgabe war damit erfüllt. Ob sie ihn weiter am Leben ließen, hing davon ab, was der Alte ihm anzubieten hatte und ob er darauf einging.

Sie stiegen ein staubiges, verfallenes Treppenhaus empor. An einer roten Tür stand eine weitere Wache. Santini nickte dem Mann zu, woraufhin dieser für sie öffnete.

Gleißendes Sonnenlicht flutete herein. Eric schloss für einen kurzen Moment die Augen. Er fühlte sich wie ein Maulwurf, der ans Licht kroch. Als er die Augen wieder öffnete, stand er im Freien. Verwundert sah er sich um. Das Haus mit der roten Tür war eines unter vielen entlang einer halb verfallenen Straße. Gras wucherte aus zerborstenem Asphalt, Sträucher drängten gegen die Hauswände und krochen durch zersplitterte Fenster ins Innere. Zugänge wurden von riesigen Brombeerbüschen versperrt.

Das Dorf schien in einer Zwischenwelt gefangen zu sein; nicht ganz in der Realität, aber auch nicht vollkommen im Reich der Fantasie. Zerbröckelnde Fassaden, schief hängende Türen, zerschlagene Fenster. Die ehemals weiße Farbe blätterte in dicken Platten ab und bildete einen schaurigen Gegensatz zu der wild wuchernden Natur, die die Häuser wie ein verzaubertes Stundenglas umschloss. Träge schlummerten die Gebäude im warmen Licht des Vormittags.

Zeit schien hier keine Rolle zu spielen. Grillen zirpten, Schmetterlinge flogen, und ein betäubender Blütenduft hing über den verfallenen Mauern. Offenbar war der Ort seit vielen Jahrzehnten verlassen.

»Erstaunt?« Santini sah Eric amüsiert an. »Nicht das, was Sie erwartet hatten, oder? Wir stehen hier auf den Resten einer alten Minensiedlung, die zu Beginn des zwanzigsten Jahrhunderts aufgegeben wurde. Dort drüben, wo die Straße endet, sehen Sie den Eingang zur Mine. Früher wurden hier Blei und Zink gefördert. Auch Kupfer.« Er beugte sich vor und hob einen blaugrünen Stein auf. »Sehen Sie? Spangolith. Ein Kupfersulfat.« Er warf den Brocken fort. »Korsika ist reich an Mineralien, wenn auch nur in kleinen Mengen. Neben Gold gibt es noch Kupfer, Blei, Zink, Silber, Antimon und Arsen. Die Förderung begann vor mehr als fünftausend Jahren! Die vielen Schmelzen und Metallgegenstände, die an den Fundorten entdeckt wurden, beweisen ein hohes Verständnis für Metallurgie.«

»Faszinierend.« Eric sah sich unauffällig um. Im Schatten eines Kastanienbaums führte ein kleiner Pfad an verfallenen Häuserruinen vorbei. Zu Füßen einer Böschung war ein Plätschern zu

hören. Möglicherweise der Bach, der unter seinem Verlies hindurchführte. Wenn das stimmte, sollte er sich diesen Ort gut einprägen.
Er war so mit den Gedanken an Flucht beschäftigt, dass er das Surren erst hörte, als es schon fast neben ihnen war. Das Quietschen von Bremsen ertönte.
»Guten Morgen, mio Signore. Guten Morgen auch Ihnen, Monsieur Marchand.«
Eric fuhr zusammen. Neben ihm war eine Frau auf einem Mountainbike aufgetaucht. Sie trug einen eng anliegenden Sportdress, Fahrradhandschuhe und einen Helm. Er brauchte einen Moment, um zu erkennen, dass es Kamila war.
In ihrem Sportdress und ohne ihr Kopftuch wirkte sie wie ein völlig anderer Mensch.
»Ich brauchte dringend noch etwas Training, und das Wetter ist gerade so herrlich«, sagte sie an Santini gewandt. »Madib und die anderen haben hier alles im Griff.«
»Natürlich, meine Liebe.« Der alte Mann nickte zufrieden. »Ihre Aufgabe ist bald erledigt, dann können Sie heimkehren. Würden Sie mich jetzt bitte entschuldigen? Ich möchte gerne mit Monsieur Marchand allein reden.«
»Selbstverständlich.« Sie zog ihre Handschuhe aus und nahm den Helm ab. »Brauchen Sie Schutz? Ich kann dafür sorgen, dass eine Wache Sie begleitet.«
»Nein danke, es wird auch so gehen. Monsieur Marchand wird mir nichts tun. Er weiß, dass das für alle, die er liebt, höchst unangenehme Folgen hätte. Nicht wahr?«
Eric sagte nichts, nickte nur knapp. Er wusste, dass das keine leere Drohung war.
Kamila blickte skeptisch, wagte aber nicht zu widersprechen. »Schön«, sagte sie. »Ich werde mich kurz waschen, dann stehe ich Ihnen wieder zur Verfügung.«
Santini blickte ihr hinterher. »Gutes Personal ist Gold wert. Es wird immer schwieriger, zuverlässige Leute zu finden.«
Er führte Eric zu einem überwucherten Platz, in dessen Mitte

sich eine Platane erhob. Auf der rechten Seite stand ein alter Steinofen, dahinter ragten die Ruinen einstmals hoher Steinhäuser auf. Auf ihrem Weg dorthin informierte Santini Eric über alles, was sich nach seiner Befreiung ereignet hatte. Angefangen mit Erics Betäubung bis hin zu der groß angelegten Befreiungsaktion in Castellana. Monique war inzwischen wohlbehalten in Paris eingetroffen. Zumindest das erfüllte Eric mit Erleichterung. Er hatte keinen Grund, an Santinis Worten zu zweifeln. Der Rest aber klang nicht gut. Zum Beispiel Jean-Baptistes Ernennung zum Vorsitzenden des Zwölferrates, die er sich bis zum Schluss aufhob. Sie war sozusagen das Sahnehäubchen in seiner Erzählung.

Eric bekam eine Gänsehaut, obwohl die Sonne warm vom Himmel schien.

Nicht mal in seinen schlimmsten Träumen hätte er sich etwas Derartiges ausmalen können. Es war eine Machtergreifung von geradezu shakespeareschem Ausmaß. Wie war es nur möglich, dass Santini sie alle dermaßen an der Nase herumgeführt hatte? Der alte Mann genoss seine Erzählung sichtlich. In freundlichem Plauderton berichtete er davon, wie er die Vezzani auf seine Seite ziehen konnte, wie sie ihn mit willfährigen Söldnern versorgt und dann auch noch bei seiner Machtergreifung unterstützt hatten. Er erzählte das mit einer Beiläufigkeit, als wären Eric und er gerade auf dem Weg zum Sonntagskaffee.

»Ich habe den beiden damals einen Gefallen getan, und sie standen in meiner Schuld«, fuhr er fort. »Sie waren auf der Flucht vor den Behörden, und ich habe dafür gesorgt, dass sie eine sichere Passage nach Kolumbien erhielten. Dort brachten sie es zu Reichtum und Macht. Es ist immer gut, mächtige Freunde zu haben, finden Sie nicht? Na, jedenfalls war es nun an der Zeit, diesen Gefallen zu erwidern, und sie haben es getan.« Er lachte. »Was schauen Sie denn so griesgrämig? Daran ist nichts Ehrenrühriges. Eine Hand wäscht die andere, so war das immer schon auf Korsika.« Er deutete auf die vernagelten Eingänge, die rechts und links von ihnen in die Berghänge geschlagen worden waren.

»Sieben Minen befinden sich auf diesem Gelände. In den Dreißigerjahren wurden sie wegen Unrentabilität geschlossen, aber die alten Maschinen sind immer noch hier, sehen Sie?« Er deutete auf eine Brechmaschine, auf der der Name MOREL GIRAUD stand. »Das Erz wurde mit einem Schlitten zu dem Brecher transportiert und dann auf die Walzwerke geleitet. Die Eimerkette führte zu einer Trommel, in der das gebrochene Erz in einer Waschanlage von den gröbsten Verunreinigungen gesäubert wurde. Danach durchlief es einen Walzenstuhl, dann einen Rütteltisch und wieder eine Waschanlage. Die Körner besaßen nun einen Bleigehalt von etwa fünfzig Prozent. Was auf Dauer zu wenig war, um rentabel zu sein. Die Krise von 1930 und der Rückgang der Leitpreise führten dann zur Schließung des Bergwerks. Die Menschen verließen den Ort und kehrten nie wieder zurück. Heute gilt diese Siedlung als Geisterdorf.«
»Warum zeigen Sie mir das?«, hakte Eric nach. »Haben Sie vor, mich zu versklaven und als Minenarbeiter schuften zu lassen? Wie in der guten alten Zeit?«
»Als Minenarbeiter würden Sie mir nichts nützen, so mager, wie Sie sind.« Schmunzelnd bot Santini ihm einen Platz unter der alten Platane an. Hier war es angenehm schattig und kühl. Die Grillen zirpten, und der Geruch von Wacholder und Minze stieg Eric in die Nase.
»Offenbar haben Sie immer noch nicht verstanden, warum Sie hier sind, Monsieur Marchand. Ich will Sie auf meiner Seite haben. Ich will, dass Sie mein Vermittler werden.«
Eric hatte das Gefühl, als würde sich seine Brust mit Eiswasser füllen. Er atmete ein paarmal tief durch, ehe er wieder sprechen konnte. »Ich soll Ihr Vermittler werden?«
»Ganz recht. Finden Sie meinen Plan so abwegig?«
»Allerdings. Ich könnte mir niemanden vorstellen, der für diese Position ungeeigneter wäre.«
Santini lächelte, doch es vertrieb nicht die Kälte aus Erics Brust. »Nein? Dann lassen Sie es mich Ihnen kurz erklären. Erstens: Sie haben einen guten Draht zur Polizei. Mahmoud Clément ist

ein Freund von Ihnen. Was Sie sagen, wird bei ihm Gewicht haben. Zweitens: Sie sind mit der hiesigen Presse vernetzt. Ein Mann wie Petru Ciosi ist Gold wert, wenn man ein Sprachrohr für das Volk braucht. Über ihn erreiche ich die Leute deutlich besser, als wenn ich überall Plakate und Spruchbänder aufhängen lasse.«

»Und drittens …?«

»Sagte ich, dass es ein Drittens gibt? Aber ja, Sie haben recht. Sie haben meinem Sohn das Leben gerettet, ich kann Sie nicht töten. Ich täte es gerne, das dürfen Sie mir glauben …« Der Blick, den er ihm zuwarf, ließ Eric erschaudern.

»Ich fände es also schön, wenn wir zu einer geschäftlichen Einigung kämen. Ich tue etwas für Sie, Sie tun etwas für mich. Ganz einfach.«

»Sie möchten also, dass ich den Hermes spiele. Den Vermittler zwischen Göttern und Menschen.«

Der Alte nickte. »Es ist wichtig, dass unser neues Korsika von Anfang an auf soliden Beinen steht. Die ehrenwerten Familien auf der einen Seite, die Staatsorgane auf der anderen. Die Kopflosigkeit, die sich in Europa ausbreitet, darf nicht hier Fuß fassen, verstehen Sie mich?«

Eric war verblüfft. Er hätte nie geglaubt, dass er seinem Entführer so lange und geduldig zuhören würde, doch er spürte die Kraft in Santinis Worten. Der Mann hatte einen Plan – und keinen schlechten dazu. Als Romanfigur wäre er ideal. Kein dämliches Abziehbild, kein Pappkamerad, der morgens aufstand, sich vergnügt die Hände rieb und überlegte, was er heute wohl wieder Böses anstellen könnte. So was gab es nur in Comics. Eric war überzeugt davon, dass die besten Schurken in dem Glauben lebten, sie wären die Guten. Der Teufel gab sich nicht durch Hörner und Pferdefuß zu erkennen. Er erschien als Engel, zu dem die Menschen aufblickten und dem sie vertrauten.

Eric mochte gutgläubig sein, naiv war er nicht. Santini war ein Manipulator übelster Sorte. Ihm zu vertrauen hieße, seine Seele zu verkaufen. Santini hatte kein Interesse an ihm – nur an sei-

ner Position. Ihm ging es darum, seine Macht zu festigen. So, wie er in den Menschen keine Personen, sondern nur Schachfiguren sah.
»Aber die Subventionen aus Paris nehmen Sie schon noch an, oder?«, fragte Eric, und seine Augen wurden schmal. »Geld ist Geld, oder irre ich mich?«
»Wäre dumm, es abzulehnen, nicht wahr?« Der Clanchef wurde ernst. »Langfristig ist es aber mein Ziel, uns davon zu lösen. Wenn die Menschen erst anfangen zu begreifen, dass sie für sich selbst arbeiten und nicht für einen abstrakten politischen Apparat, werden sie ungeahnte Kräfte entwickeln. Diese Kräfte gilt es zu bündeln und zu kanalisieren.«
Eric tat so, als würde er über diese Worte ernsthaft nachdenken. Er spielte seine Rolle, wie er es immer getan hatte. »Und die Flüchtlinge? Wie passen die da rein?«
»Sie werden sich anpassen oder verschwinden. Entweder werden sie zu Korsen, oder wir werden sie von hier expedieren. Paris hat unser Anliegen bereits zur Kenntnis genommen. Sie sind dabei, die Gesetze zu ändern und Korsika von der Lise aufnahmewilliger Departements zu streichen. Doch da wir beide wissen, wie langsam die Mühlen der Bürokratie mahlen, habe ich vor, den Vorgang etwas zu beschleunigen.«
»Und wie?« Eric ahnte Schlimmes.
»Nichts Dramatisches. Ein bisschen Feuerwerk für die Medien. Gerade so viel, dass über uns geredet wird. Jetzt, wo die Augen der Welt auf uns gerichtet sind, wäre es dumm, diesen Effekt nicht auszunutzen, nicht wahr? Doch das soll nicht Ihr Problem sein. Von Ihnen erwarte ich, dass Sie über mein Angebot nachdenken. Lassen Sie sich alles noch einmal ruhig durch den Kopf gehen, und dann geben Sie mir Rückmeldung. Spätestens morgen will ich eine Antwort haben.«
»Ansonsten?«
Santini lächelte nur und schwieg.

XXVIII

Himmelherrgott, diese Schweine!«
Battistas Wutschrei erreichte sie unter der Dusche. Laurine war gerade dabei, ihre langen schwarzen Haare zu shampoonieren, als sie ihre Freundin durch die Badezimmertür hörte. Es lag etwas in ihrer Stimme, das Laurine zusammenfahren ließ. Battista mochte zwar temperamentvoll sein, trotzdem hörte man sie nur selten Kraftausdrücke benutzen.

»Das ist unglaublich«, donnerte die Künstlerin. »Laurine, Petru, wo steckt ihr? Kommt mal schnell her.«

Laurine drehte das Wasser ab, griff zum Handtuch und schlüpfte in den Bademantel. Mit klatschnassen Haaren eilte sie aus dem Bad ins Wohnzimmer.

»Was ist denn los?«

»Dafür müssten sie eigentlich in der Hölle schmoren. Aber ich bin sicher, sie kommen damit durch. Wie immer. Seht euch das an!«

Petru war inzwischen ebenfalls eingetroffen und stand neben seiner Schwester. Laurine frottierte ihre Haare. Auf dem winzigen Fernseher lief eine Nachrichtensendung. Bilder eines brennenden Hauses waren zu sehen. Flüchtende und panisch davonrennende Menschen huschten durchs Bild. Laurine sah Frauen, die ihre Kinder auf dem Arm trugen, und Männer, die versuchten, ihr Hab und Gut aus den Häusern zu retten. Dann schwenkte die Kamera, und Feuerwehrleute erschienen, die Schläuche ausrollten und begannen, Wasser auf das brennende Gebäude zu lenken. Polizeibeamte versuchten, die aufgebrachten Menschen vom Brandherd fernzuhalten. Was offensichtlich nicht so einfach war, denn immer wieder brach einer von ihnen durch, rannte ins Innere des Gebäudes und kam mit irgendwelchen Habseligkeiten zurück. Einem Teppich, einer Lampe, einem Stuhl. Alte, abgenutzt wirkende Sachen, die aber große Bedeutung für die Leute zu haben schienen. Warum würden sie sonst ihr Leben dafür riskieren?

»Ist das zu glauben?«, polterte Battista. »Und das alles nur wenige Kilometer von uns entfernt.« Empört verschränkte sie ihre Arme vor der Brust.
»Wo findet das denn statt?«, fragte Laurine. »Welcher Ort?« Irgendwie hatte sie das Gefühl, diese Gebäude schon einmal gesehen zu haben, konnte sie aber nicht einordnen.
»Da unten steht's. In der Texteinblendung.«
Laurine las, was da stand – und erstarrte. *Brandanschlag in Castellana. Stehen uns neue Anschläge bevor?* Jetzt trat eine Kommentatorin ins Bild. Sie friemelte an ihrem Ohrhörer herum, der offenbar nicht richtig saß. Die Schaltung wirkte ziemlich improvisiert. Doch dann war es so weit. Auf ein Zeichen der Regie hin fing die TV-Korrespondentin an zu reden.
»Sehr verehrte Zuschauer, ich befinde mich hier in der kleinen Ortschaft Castellana, am Schauplatz eines Anschlags, der während der letzten Stunde auf eine der Flüchtlingsunterkünfte verübt wurde. Augenzeugenberichten zufolge fuhr eine Gruppe junger Männer mit einem Pick-up in den Ort und bewarf ziellos Häuser mit Molotowcocktails. Augenzeugen beschreiben die Männer als schwarz Vermummte in Tarnkleidung. Die meisten der Brände konnten von den Bewohnern selbst gelöscht werden, ein Haus jedoch wurde Opfer der Flammen. Das zweite sehen Sie hier hinter mir. Die Flammen sind zwar schon übergesprungen, trotzdem versucht die Feuerwehr noch, den Brand unter Kontrolle zu bringen. Ob das gelingt, ist noch ungewiss.
Castellana geriet gestern in die Schlagzeilen, als ein Aufgebot der Polizei versuchte, zwei Geiseln zu befreien, und dabei von der Dorfbevölkerung behindert wurde. Einer der beiden Gefangenen war ein hochrangiges Mitglied der nationalistischen Bewegung auf Korsika, die sich immer wieder vehement gegen die unkontrollierte Ansiedlung vornehmlich arabischer Flüchtlinge auf Korsika ausgesprochen hat. Kenner der Szene vermuten in dem Anschlag auf die Flüchtlingsunterkünfte einen gezielten Racheakt korsischer Nationalisten. Politiker in Frankreich haben eingeräumt, die Situation falsch eingeschätzt zu haben. Sie

versprachen, die Quoten der aufgenommenen Flüchtlinge noch einmal zu prüfen und gegebenenfalls drastisch zu reduzieren. Der heutige Anschlag könnte der Beginn einer ganzen Reihe von Racheaktionen gegen Flüchtlingsunterkünfte sein, die eine neue Welle der Gewalt auf dieser friedlichen Mittelmeerinsel auslösen. Hoffen wir, dass es nicht so weit kommt. Und damit verabschiede ich mich ins Hauptstadtstudio.«

Laurine wusste nicht, was sie sagen sollte. Sie war tief erschüttert. Das war schon das zweite Mal, dass es binnen achtundvierzig Stunden in der kleinen Ortschaft brannte. So etwas konnte sich auf Korsika rasch zu einem Flächenbrand entwickeln.

Derlei Anschläge hatte es schon früher gegeben. Damals in den Achtzigern, während der sogenannten blauen Nächte. Dutzende von Bombenanschlägen waren gegen illegale Hotelrohbauten und die Ferienhäuser betuchter Festlandfranzosen ausgeführt worden. Was der Grund dafür war, dass die großen Hotelkonzerne niemals auf Korsika Fuß fassen konnten. Doch diese Anschläge hier besaßen eine andere Qualität. Keine reichen Kapitalisten, sondern arme Flüchtlinge waren jetzt das Ziel. Was sollte das?

Vor lauter Sorge um Eric wurde ihr schon wieder übel. Sie hatte sich heute bereits zweimal übergeben müssen. Ob aus Stress oder weil sie irgendeinen Infekt ausbrütete, jedenfalls zerrte das alles furchtbar an ihren Nerven. Der Gedanke an ihren Freund hatte sie in der vergangenen Nacht kein Auge zutun lassen.

»Eine Schande ist das«, sagte Battista. »Für uns, unsere Insel, für das ganze Land. Ich teile inzwischen eure Ansicht. Santini steckt dahinter. Das alles trägt seine Handschrift. Die Entführung war ein abgekartetes Spiel. Die Befreiung, die Neuernennung als Vorsitzender, der Rücktritt der Vezzani – alles von langer Hand geplant. Ich teile auch die Einschätzung von Chefinspektor Clément, dass Eric entführt wurde. Aus welchen Gründen auch immer.« Als sie sah, wie schlecht es Laurine ging, legte sie mitfühlend einen Arm um sie. »Oh, mein armer Schatz. Du siehst ganz elend aus. Setz dich lieber, ehe du noch umkippst. Ich mache dir einen schönen starken Kaffee.« Sie wuselte durch die Küche und

klapperte mit dem Geschirr. »Bitte entschuldige, wenn ich dich aufgeregt habe, ich hätte es besser wissen sollen. Ich war nur so entsetzt über die Bilder. Petru, schaltest du bitte den Fernseher ab? Ich bin ganz sicher, dass Eric noch lebt. Er wird gefunden werden, daran glaube ich fest.«
Laurine hockte auf ihrem Schemel und versuchte, die Tränen zu unterdrücken. Es gelang ihr, wenn auch mit Mühe. Es tat gut, zu wissen, dass man Freunde hatte. Auch wenn die Zeichen auf Sturm standen. »Ich wünschte, ich hätte deine Zuversicht«, sagte sie schniefend. »Ich meine – es wäre doch bestimmt einfacher, ihn zu ermorden, oder? Immerhin ist er ein wichtiger Zeuge.«
»Vielleicht braucht Santini ihn ja noch.«
»Für was denn?«
»Keine Ahnung. Wir sollten nicht vergessen, dass Eric Mateus Leben geschont hat. In diesen Kreisen bedeutet das sehr viel.«
»Trotzdem …«
»Ja, ich weiß. Es ist nur ein schwacher Trost, aber wir dürfen die Hoffnung nicht aufgeben. Solange man seine Leiche nicht gefunden hat, sollten wir fest daran glauben, dass er noch lebt. So, und hier ist der Kaffee. Trink einen Schluck, um deinen Kreislauf wieder in Schwung zu bringen.«
»Zumindest wissen wir, dass Santini nicht lange fackelt«, sagte Petru. »Kaum im Amt, lässt er seinen Ankündigungen Taten folgen. Dass es so schnell gehen würde, damit hätte ich niemals gerechnet.«
»Was denn für eine Ankündigung?« Laurine blickte von ihrer Tasse auf.
»Hast du es denn nicht mitbekommen?« Der Reporter sah sie verwundert an. »In der Frühausgabe der Zeitung wurde doch darüber berichtet. Ach, stimmt ja, du warst ja noch im Bett. Wenn du Interesse hast, die Zeitung liegt dort hinten. Na ja, jedenfalls gab es dort eine offizielle Warnung der korsischen Separatisten an die radikalen Islamisten. Sie drohen ihnen mit harten Vergeltungsmaßnahmen, sollte sich ein ähnlicher Fall wie der von vorgestern wiederholen. Zitat: …«, er zog einen Zettel aus seiner

Tasche, »›Das Ziel der Salafisten ist es offenkundig, die Politik des Islamischen Staates bei uns zu verwirklichen. Doch das wird nicht gelingen. Wir sind darauf vorbereitet.‹«

»Klingt wie eine Kriegserklärung …«, flüsterte Laurine.

»Darauf dürfte es hinauslaufen«, sagte Petru. »Die Separatisten haben die Behörden dazu aufgerufen, alle muslimischen Kultstätten, in denen eine radikale Lesart des Islam gepredigt wird, zu schließen. Hier steht's: ›Der französische Staat wird aufgefordert, alle Gebets- und Versammlungsorte zu schließen, die als Orte der Radikalisierung bekannt sind oder in denen Hassreden gehalten werden, die ein Klima der Gewalt befördern.‹ Die mittelalterliche Philosophie radikaler Islamisten mache ihnen keine Angst, schreiben sie. Die Muslime Korsikas werden aufgerufen, sich gegen den radikalen Islamismus zu stellen und den Behörden die Radikalisierung junger Arbeitsloser zu melden. Zitat: ›Ihr müsst wissen, dass wir auf jeden Angriff gegen unser Volk, ohne zu zögern, eine unerbittliche Antwort folgen lassen.‹« Er steckte den Zettel weg. »Das Ganze trägt ganz klar die Handschrift Santinis. Kaum ist er Vorsitzender des Zwölferrates, da lässt er es auch schon krachen. Ich denke, es wird unsere Aufgabe sein, dafür zu sorgen, dass er keinen Flächenbrand auf unserer geliebten Insel legt.«

»Und wie willst du das anstellen?«, fragte Laurine, die spürte, wie ihre Lebensgeister zurückkehrten. Battistas Kaffee war ein Wundermittel.

»Dieser Mann ist besser geschützt als das Gold in Fort Knox. Du hast Mahmoud doch selbst gehört: Santini ist ein Heiliger. Unantastbar. Er wird von einem ganzen Heer von Leibwächtern geschützt. Keine Chance, an ihn ranzukommen.«

»Auch wenn die Chancen schlecht stehen, ist es nicht aussichtslos. Es gibt vielleicht eine Möglichkeit.« Er kam rüber, verschaffte sich etwas Platz auf Battistas Küchentisch und breitete eine Karte aus. »Während du vorhin noch etwas Schlaf nachgeholt hast, habe ich mit Battista geredet. Wir vermuten beide, dass Eric nicht getötet, sondern nur entführt wurde. Santinis Pläne reichen weit. Ich könnte mir durchaus vorstellen, dass Eric noch eine Rolle zu spielen hat.«

»Und welche?« Das Gespräch erfüllte Laurine mit Hoffnung. Es tat gut, zu wissen, dass ihre Freunde beide an Erics Überleben glaubten.

»Nun, darüber wage ich nicht zu spekulieren«, sagte Petru. »Aber es kommt mir doch sehr seltsam vor, dass die Polizei nichts gefunden hat. Immerhin wurde das gesamte Gebiet minutiös durchkämmt. Solange er nicht gefunden wird und solange wir keine Lösegeldforderung erhalten, müssen wir davon ausgehen, dass er sich in Santinis Gewalt befindet. In diesem Fall dürfte er irgendwo untergebracht sein, wo man nicht nach ihm sucht. Santini ist sich bewusst, dass Clément eine groß angelegte Fahndung ausgerufen hat. Folglich wird er Vorsorge treffen.«

»Ein geheimer Ort also?«

Battista hob die Brauen. »Vielleicht das Familienanwesen in Belgodère.«

Petru schüttelte den Kopf. »Viel zu riskant. Da suchen sie doch zuerst. Korsika ist ein Dorf, hier kennt jeder jeden. Ein Anruf von jemandem, der etwas Verdächtiges beobachtet hat, und sofort setzt sich die Kavallerie in Bewegung.«

»Auch wieder wahr«, sagte Battista. »Aber wo dann?«

Laurine blickte auf die Karte. Auf einmal kam ihr Korsika so unermesslich groß vor. Tausende Möglichkeiten, einen Mann unbemerkt zu verstecken.

»Irgendein geheimer Ort«, murmelte sie. »Der so abgelegen oder ungewöhnlich ist, dass niemand auf die Idee kommt, dort zu suchen …« Sie versank in Grübeln. »In den Bergen gibt es Dutzende von Versteckmöglichkeiten. Denkt nur an die vielen kleinen Hirtenhütten, die irgendwo weit abgelegen in der Wildnis liegen. Und die vielen Höhlen und einsamen Waldgebiete. Dort haben sich die Clanmitglieder früher vor der Blutrache versteckt.«

»Schon richtig«, sagte Petru. »Dennoch halte ich es für unwahrscheinlich, dass dies ihre erste Wahl wäre. Überlegt doch mal:

Wir haben Ende Oktober. Für die nächsten Tage ist ein Temperatursturz angesagt. Die Meteorologen rechnen mit Schnee ab fünfzehnhundert Metern. Dass sie Eric in eine Berghütte verschleppt haben, ohne Heizung, Strom und Wasser, wo er an Unterkühlung sterben könnte, halte ich für wenig wahrscheinlich. Außerdem ist dort kaum eine Versorgung zu gewährleisten.«

»Stimmt …«, murmelte Laurine. Sie zermarterte sich das Hirn, ob sie während der Ehe mit Mateu etwas über geheime Verstecke erfahren hatte. Doch sosehr sie auch nachdachte, ihr fiel nichts ein. »Es darf kein Gebiet sein, in dem Wanderer umherstromern«, sagte sie. »Ein Ort, der sich gut bewachen lässt. Der einigermaßen Komfort bietet und zugänglich ist – am besten mit einem Auto –, wo man aber möglichst keinen unliebsamen Zeugen begegnet.«

»Das schränkt die Auswahl erheblich ein, nicht wahr?« Battista sah sie mit hoffnungsvollen Augen an.

Laurine versuchte zu lächeln, doch es fiel ihr schwer. Als sie den Blick hob und Petru ansah, hatte sie das Gefühl, als wüsste er etwas. »Ich kenne diesen Blick«, sagte sie. »Dir geht doch etwas durch den Kopf, oder? Etwas Bestimmtes?«

Er wiegte den Kopf. »Nichts Konkretes. Ich habe nur so eine Idee …«

»Komm schon, raus damit. Wir klammern uns hier gerade an jeden Grashalm.«

Er schien einen inneren Kampf auszufechten, doch irgendwann siegte die eine Seite. »Ich habe es nicht erwähnt, weil ich keine falschen Hoffnungen wecken wollte«, sagte er. »Vermutlich ist es ohnehin eine falsche Fährte. Eigentlich hatte ich vorgehabt, erst mal allein dorthin zu fahren und nachzusehen.«

»Jetzt sag schon«, polterte Battista. »Lass dir doch nicht alles aus der Nase ziehen.«

Er strich die Karte glatt. »Also schön. Dann passt mal auf. Es gibt da etwas, worauf ich mir keinen Reim machen kann. Etwas, auf das ich im Zuge meiner Recherchen gestoßen bin.« Er tippte mit dem Finger auf einen bestimmten Punkt. Laurine trat näher ran

und versuchte, sich zu orientieren. Dann runzelte sie die Stirn. Zuerst dachte sie, Petru habe sich vielleicht vertan, doch schnell wurde ihr klar, dass er es ernst meinte.
»Ghisoni?«
Er nickte.
»Das Geisterdorf?«
»Ja.«
Sie fühlte einen Druck auf ihrer Brust. Battista schien zu merken, dass etwas nicht stimmte. »Was ist los? Fühlst du dich nicht gut?«
Laurine schüttelte nur den Kopf. Wie sollte sie es ihrer Freundin erklären? »Warum dort?«, flüsterte sie.
»Das werde ich euch unterwegs sagen. Ich hatte vor, mich ins Auto zu setzen und dorthin zu fahren. Hat jemand Lust, mich zu begleiten?«

XXIX

In ihren Kreisen hatten alle die Erzählung schon einmal gehört. Die Geschichte von dem Geisterdorf nahe der stillgelegten Finosa-Mine. Alte Frauen raunten es den jüngeren zu, während sie über Kerzen gebeugt dasaßen und die Erinnerungen hervorkramten. Erzählungen, abgelegt in den zahlreichen Schubladen alten Wissens, in denen sie langsam verstaubten.
Ghisoni – Geisterdorf – Finosa.
Allein diese Begriffe reichten aus, um Laurine einen Schauer über den Rücken zu jagen. Ihre alte Lehrmeisterin, ihre *Signadora,* hatte ihr davon erzählt. Im Dunkeln, an einem Tisch, über einer Öllampe, hatte sie dagesessen und die Vergangenheit heraufbeschworen. Wie eine Art Gesangspredigt, mit Worten, die so leise waren, dass man sie kaum hören konnte.
Laurine hatte Eric gegenüber nie ein Wort davon erwähnt. Er

hielt ihren Glauben ohnehin für altertümlich. *Mittelalterlich,* so hatte er sich einmal ausgedrückt. Wie etwas, was man in bestimmten Teilen Afrikas erwarten würde, nicht aber in Europa. Dabei waren die Toten auf Korsika nur eine andere Form der Existenz. Niemals weit weg, allgegenwärtig. Im Grunde zählten sie noch zu den Lebenden, die sich einfach nur in einem anderen Daseinszustand befanden.

Natürlich hatte Laurine ihm erklärt, dass ihr Glaube und ihre Tradition über viele Jahrhunderte gewachsen waren und dass die alten Mächte noch immer existierten. Aber im Grunde hatte er nicht verstanden, was sie antrieb und wie sehr sie sich mit den alten Traditionen verbunden fühlte.

Von allen Geisterdörfern auf Korsika war das bei Ghisoni das berüchtigtste. Laurine war schon einmal dort gewesen, vor vielen Jahrzehnten. Ihre Signadora hatte sie dorthin mitgenommen, um ihr von Geistern, Ahnen, Flüchen und Schutzzaubern zu erzählen. Sie hatte Laurine bis an die Pforten der alten Finosa-Mine geführt, sie aber davor gewarnt, diese zu betreten. Nicht, weil die alten Blei- und Zinnstollen baufällig oder gesundheitsschädlich waren, sondern weil es Orte gab, an denen man auch tagsüber Geistern begegnen konnte.

»Störe niemals die Ruhe der Toten«, hatte die Signadora ihr eingeschärft. »Es sei denn, du willst, dass sie dich nachts heimsuchen. Respektiere die Grenzen ihrer Existenz, dann werden sie deine respektieren.«

Laurine war nicht wirklich bewandert in den dunklen Künsten. Ihr Interesse galt der Heilung, der Beseitigung von Flüchen, auch wenn sie diese Gabe in der jüngeren Vergangenheit irgendwie verloren zu haben schien. Hätte sie die dunkle Seite gewählt, die Finosa-Mine wäre mit Sicherheit ihr begehrtestes Studienobjekt gewesen. Und so war es bei dem einen Besuch geblieben. Laurine hatte nie wieder an dieses Erlebnis zurückgedacht.

Bis heute.

Sie fuhren auf der T20 über Corte, Venaco und Vivario. Während Battista und ihr Bruder sich unterhielten, ließ Laurine ihren Blick über die Landschaft schweifen. Sie hatte diese Fahrt immer sehr gemocht, doch heute war es anders. Es war, als wolle das südliche Inselinnere sie nicht willkommen heißen. Die Wälder sahen dunkler aus, die Täler waren schmaler und die Schluchten bedrohlicher. Vielleicht lag es an den Gewitterwolken, die sich drohend am Horizont auftürmten. Vielleicht lag es aber auch an ihr selbst.

»Da vorn ist Ghisoni«, sagte Petru, während er die Straße talwärts einschlug.

»Wir sollten den Wagen am Fuß der Schotterpiste abstellen, damit wir uns unbemerkt nähern können«, fuhr er fort. »Als Wanderer getarnt dürften wir weitaus unauffälliger sein.«

Laurine war ganz seiner Meinung.

Ghisoni war ein malerisches Dorf, dessen Ursprünge zurück bis ins vierzehnte Jahrhundert reichten. Eingebettet in die dichten Kastanienwälder des Fiumorbo-Castello, diente es als Ausgangspunkt vieler schöner Wanderungen. Neben der einzigartigen Landschaft mit ihren wilden Schluchten und klaren Bergseen war es vor allem für seine Skistation berühmt. Von Dezember bis Mai konnte man dort Skifahrer und Snowboardbegeisterte auf zweitausend Metern Höhe ihre Schwünge ziehen sehen. Während dieser Zeit trieben die Hirten von Ghisoni ihre Tiere talabwärts, um sie in den wärmeren Küstengebieten weiden zu lassen.

Petru fuhr in den Ort hinein und bog dann auf die D344 Richtung Aléria ab. Rechts von ihnen erhoben sich die malerischen Flanken des Monte Christe Eleison und des Kyrie Eleison. Wie Riesen ragten die Berge in den Himmel, ihre Gipfel Ehrfurcht gebietend und stolz.

Petru fuhr etwa drei Kilometer den wild rauschenden Fiumorbo hinab und bog dann kurz hinter dem Abenteuerpark rechts ab. Unter ihnen lagen malerische Gumpen, die im Sommer zum Baden einluden und sich mit Ruderbooten befahren ließen. Der Parc Aventure verfügte über Hängebrücken, Seilbahnen sowie

diverse Klettermöglichkeiten, war aber jetzt, Ende Oktober, natürlich geschlossen.
»Vollkommen ausgestorben«, kommentierte Battista diese Gegend mit skeptischem Blick. »Bist du sicher, dass wir hier richtig sind?«
»Das ist die einzige Stelle, an der wir auf die andere Seite kommen«, sagte Petru. »Auf der Karte ist eine Brücke eingezeichnet. Laurine, sagtest du nicht, du wärst schon mal hier gewesen?«
»Ja …«
Battista drehte sich um. »Geht es dir nicht gut?«
»Doch. Ich war nur gerade in Gedanken.« Laurine musste sich festhalten. Der Wagen schlingerte heftig hin und her. »Die Brücke kommt gleich da vorn. Vorausgesetzt, sie steht immer noch.«
»Da ist sie.« Petru ging vom Gas.
Die Brücke sah anders aus, als Laurine sie in Erinnerung hatte. Früher war sie aus Stein gewesen, jetzt empfing sie eine hässliche Eisenkonstruktion. Durch das Maschengeflecht konnte man unter sich den Fiumorbo sehen.
Alle drei stiegen sie aus und prüften die Lage. Die Brücke sah stabil aus. Reifenabdrücke deuteten darauf hin, dass kürzlich ein Auto hinübergefahren war.
Petru ging bis zur Mitte und kam dann wieder. »Scheint kein Problem zu sein«, sagte er. »Ich denke, sie dürfte unser Gewicht tragen. Vielleicht wäre es aber sicherer, wenn ihr zu Fuß rübergehen würdet und ich mit dem Wagen nachkomme. Laurine wiegt ja nichts, Battista hingegen …«
»Was willst du damit andeuten?« Die Künstlerin stemmte empört die Hände in die Hüften. »Das kann nicht dein Ernst sein.«
Petru lachte. »Nein, du bist genau richtig. Es ist das Auto. Das ist so schwer.«
»Warte nur, wenn ich dich in die Finger kriege«, rief Battista. »Ich werde dich zerbrechen wie ein Bündel Reisig.« Sie spannte ihren Bizeps, der von beeindruckender Größe war. Trotz der guten Stimmung empfand Laurine keine Heiterkeit. Ihre Gedan-

ken kreisten um andere Dinge. Sie fragte sich, ob die anderen überhaupt wussten, welches Grauen hier einst geherrscht hatte. Mitte des vierzehnten Jahrhunderts war auf Korsika eine religiöse Laienbewegung entstanden, die sogenannten Ghjuvannali. Da sie von Rom nicht geduldet wurden, ordnete der Papst im Jahre 1354 eine Hetzjagd auf die vermeintlichen Ketzer an. Sie wurden zusammengetrieben, auf einem Scheiterhaufen festgebunden und anschließend vor den Augen der gesamten Dorfbevölkerung verbrannt. Ihre verzweifelten Schreie hallten von den Bergen wider und gaben ihnen ihre Namen. Kyrie eleison und Christe eleison – Laurine schauderte es beim Blick auf die Berge. Lieber tauchte sie ohne Sauerstoff zwischen engen Felswänden hindurch, als dass sie die Geister ihrer Heimat herausforderte.

Mit ausdruckslosem Gesicht beobachtete sie, wie Petru den Wagen über die Brücke fuhr. Kurz dahinter befand sich ein kleiner Stellplatz, auf dem er parkte. Der Ort war schattig und bestens geeignet, das Auto vor neugierigen Blicken zu verbergen. Nachdem Petru seine Kamera herausgenommen und den Wagen abgeschlossen hatte, machten sich die drei auf den Weg.

Die Mine lag knapp zwei Kilometer entfernt, den Hügel hinauf.

»Du hast uns immer noch nicht erzählt, warum ausgerechnet dieser Ort dein Interesse weckt«, erinnerte Laurine Petru an sein Versprechen. »Findest du nicht, du hast dein Geheimnis jetzt lange genug für dich behalten?«

»Ich wollte euch nicht mit irgendwelchen hanebüchenen Theorien verunsichern, sondern den Platz erst mal selbst in Augenschein nehmen«, sagte der Reporter. »Jetzt, da wir hier sind, habt ihr ein Recht, es zu erfahren. Ihr erinnert euch doch an die Karte, die ich vorhin ausgebreitet habe. Die mit den Grundstücken.«

»Natürlich.«

»Ich habe euch erzählt, wie viele Ländereien der Familie Santini inzwischen gehören. Allesamt Grundstücke und Gebäude in bester Lage. Millionenwerte, wenn ihr mich fragt.«

»Schon klar«, sagte Laurine. »Aber was hat das hiermit zu tun?«
»Das fragst du? Sieh dich doch mal um. Hier ist nichts. Gewiss, Ghisoni ist nicht weit weg, und im Winter ist das ein beliebter Ort für Skifahrer. Aber das hier? Wieso gibt ein Mann wie Santini Geld für einen alten Minenort aus? Das Gelände dürfte viel zu sehr mit Blei kontaminiert sein, um hier Hotels zu bauen.«
»Vielleicht hat er ja vor, wieder zu fördern«, gab Battista zu bedenken.
Petru schüttelte den Kopf. »Ich habe mich ausgiebig mit einem Geologen darüber unterhalten. Die Bergwerke sind erschöpft. Sie wieder zu aktivieren würde Millionen verschlingen. Und die Erträge wären mickrig. Von allen Investitionen Santinis ist diese hier die merkwürdigste. Es sei denn …«
»Es sei denn, es geht ihm nicht um die Minen, sondern um die Siedlung selbst«, stieß Laurine aus. Sie verstand plötzlich, worauf Petru hinauswollte. »Finosa ist eine Geisterstadt. Die Einheimischen gruseln sich beim Klang dieses Namens. Niemand würde hier freiwillig herumspazieren. Ein paar abenteuerlustige Jugendliche vielleicht, aber ich bin sicher, dass sich da leicht entsprechende Maßnahmen treffen ließen. Ein idealer Ort, um ungestört schalten und walten zu können.« Ihr Herz schlug heftig bei dem Gedanken. »Dann hältst du es tatsächlich für möglich, dass Eric hier gefangen gehalten wird?«
Petru lächelte entschuldigend. »Ich wollte eure Hoffnung nicht zu sehr befeuern. Es ist sehr wahrscheinlich, dass die Fährte kalt ist. Aber wenn nur die geringste Chance besteht, dass wir ihn hier finden, wäre es den Aufwand doch wert, oder?«
»Und ob!« Laurine konnte wieder lächeln. Die Aussicht, Eric wiederzusehen, setzte ungeahnte Energien in ihr frei. Selbst ihre Furcht vor den Geistern wich davor zurück.
Battista schien skeptischer. »Man soll den Tag nicht vor dem Abend loben. Bisher deutet noch nichts darauf hin, dass wir auf der richtigen Spur sind. Schauen wir mal, ob sich daran oben etwas ändert.«
Laurine hielt es nicht mehr aus und stürmte voran.

Der Weg flimmerte vor ihren Augen. Die Schotterpiste führte in steilem Winkel bergauf. Geröll knirschte unter ihren Sohlen. Hoch über ihnen kreiste ein Raubvogel. Seine spitzen Schreie hallten an den Flanken des Kyrie Eleison wider. Die Einsamkeit der Landschaft hatte etwas Bedrückendes. Keiner der drei wagte zu sprechen. Irgendwie spürten alle, dass es ratsam war, jeden Lärm zu vermeiden. Im Gänsemarsch gingen sie hintereinander her.

In einer Haarnadelkurve stießen sie auf eine Abzweigung. Links wurde ein Weingut angezeigt, rechts ging es zur alten Mine. Auf einem fleckigen Schild stand: *Pas d'accès. Propriété privée. Attention aux chiens.* Ein paar Einschusslöcher befanden sich darin. Petru runzelte die Stirn. »War das früher schon hier?«

»Weiß ich nicht«, erwiderte Laurine. »Es ist zu lange her.«

»Na, egal. Wir gehen trotzdem weiter. Für den Fall, dass uns jemand aufhält, wir sind einfach nur Wanderer, *d'accord?*«

Laurine nickte. Das wabernde Flimmern vor ihren Augen hatte zugenommen. Es fühlte sich an wie eine herannahende Migräne. Oder war es doch der Fluch, der auf diesem Ort lastete?

Sie sollte es bald herausfinden.

XXX

Wie ein Besessener kratzte Eric den Mörtel zwischen den Steinen heraus. Der Löffel war inzwischen vollkommen abgewetzt und verbogen. Doch er musste weitermachen. Notfalls mit seinen Fingernägeln.

»Sollten Sie sich weigern, stehen mir andere Mittel und Wege zu Verfügung.«

Santinis Drohung stand als unheilvolles Zeichen am Himmel. Sie ermahnte Eric, noch härter zu arbeiten, noch schneller. Er spürte, dass ihm nur noch wenige Stunden blieben.

»Sollten Sie mit irgendjemandem über unsere Vereinbarung reden, sind Sie tot. Sie, Laurine, Petru, Battista und Madame Borghetti. Jeder, der Ihnen jemals etwas bedeutet hat. Haben Sie mich verstanden?«
Und wie er verstanden hatte, oh, ja.
Eigentlich war sein Plan gewesen, die Dunkelheit abzuwarten, doch dazu reichte die Zeit nicht mehr. Da er nicht wusste, wie spät es war, konnte er sich ausschließlich an den Mahlzeiten orientieren. Nachdem sie ihm sein Mittagessen gebracht hatten, würde er ausbrechen. Die Chancen für einen erfolgreichen Fluchtversuch standen nicht schlecht. Zwischen dreizehn und sechzehn Uhr lag die Insel praktisch im Tiefschlaf. Die Siesta war auf Korsika heilig. Selbst in der Hauptstadt Bastia waren in der Zeit die kostenpflichtigen Parkplätze umsonst. Diese Zeit wollte er nicht ungenutzt verstreichen lassen.
Eric nahm jetzt auch noch das stumpfe Messer zu Hilfe, um tiefer in die Ritzen zu kommen. Der letzte Umfassungsstein saß nun schon merklich lockerer.
Seit Eric nicht mehr aß, hatten sein Unwohlsein und seine Schwächeattacken deutlich abgenommen. Inzwischen hatte er keinen Zweifel mehr daran, dass sie ihm etwas ins Essen mischten. Sie dachten wohl, er wäre ein Idiot und würde das nicht bemerken.
Sollte er hier mit heiler Haut rauskommen und sollte ihm die Flucht gelingen, würde diese Bande ihr blaues Wunder erleben. Er würde eine Lawine lostreten, die alle überrollte, die damit im Zusammenhang standen. Wenn Santini glaubte, er könne ihn erpressen, hatte er sich getäuscht.
Eric fragte sich, was wohl Mateu zu der Angelegenheit sagen würde. Wusste er, was hier gespielt wurde? Wusste er, dass sein großer Sprung ganz umsonst gewesen war? Das Problem war nur: Er würde Eric nicht glauben. Nicht ohne Beweise. Aber die würde er schon noch finden. Jetzt musste er erst mal hier raus.
Immer tiefer stieß er die Klinge in die Ritze, lockerte das aufge-

weichte Verbundmaterial und beseitigte die Krümel. Nach ein paar Anläufen kippte der Brocken rumpelnd zur Seite. Allerdings nur etwa einen Zentimeter, dann verkantete er sich. Aber immerhin.

Beflügelt vom Erfolg, beugte Eric sich vor und versuchte, ihn aus seiner Verankerung zu lösen. Keuchend spannte er seine Muskeln an, lehnte sich zurück und zog mit aller Kraft. Ein paar Zentimeter gönnte ihm der Stein, dann entglitt er seinen Fingern und rutschte lautstark nach unten. Das Poltern hallte von den Wänden wider. Alarmiert hob Eric den Kopf.

Wenn ein Wachtposten vor seiner Tür saß, musste er das Geräusch gehört haben. Wenn nichts geschah, war auch niemand da, um ihn zu bewachen. Die Sekunden vergingen. Eric wartete einen Moment, dann atmete er erleichtert auf.

Glück gehabt!

Er machte sich wieder an die Arbeit. Die waren zu selbstgefällig da oben. Waren sich ihrer Sache zu sicher. So etwas rächte sich früher oder später.

Die großen Steine ignorierend, versuchte er sein Glück an einem der kleineren. Diesmal hatte er Erfolg. Der Stein hob sich, und Eric bekam seine Finger darunter. So weit, so gut. Schwitzend und keuchend hielt er den Brocken in der Schwebe. Das verdammte Ding hatte sich verhakt. Es war unmöglich, den Stein freizubekommen. Was er jetzt benötigte, wäre ein Holzkeil. Doch daran war hier nicht zu denken. Eric ließ den Stein nach unten sinken und verschnaufte ein paar Sekunden. Sein Vorhaben verlief schwieriger als gedacht. Wer immer diese Umfassung gemauert hatte, er war ein Fachmann gewesen.

Eric stand auf und suchte seine Zelle nach etwas ab, das sich als Keil verwenden ließ. Das Einzige, was infrage kam, war der billige Plastikteller, auf dem sie ihm sein Mittagessen serviert hatten. Er nahm ihn, zerbrach ihn über seinem Knie und steckte ein Stück davon wie einen Keil unter den Stein. Dann fing er an, mit dem Fuß dagegenzutreten. Einmal, zweimal, dreimal …

Die Füllung lockerte sich. Mit jedem Tritt wackelte der Block ein

wenig mehr. Bis zu dem Moment, als Eric ihn packte und ihn mühelos herauszog.
Geschafft!
Rasch entfernte er die benachbarten Steine und legte sie neben das Loch. Der Durchmesser der Öffnung wurde rasch größer. Es war genau, wie Eric gehofft hatte. Der Kanal war breit genug, um einen Mann von seiner Statur aufzunehmen. Die Frage war nur, ob der Schacht bis zum Ende hin frei war. Sich umzudrehen würde bei dieser Enge unmöglich sein. Sollte Eric nicht weiterkommen, würde er rückwärts wieder zurückkriechen müssen. Aber dieses Risiko blieb ihm nicht erspart.
Er steckte seinen Kopf in die Öffnung und blickte erst nach rechts, dann nach links. Stromabwärts glaubte er einen schwachen Lichtschein zu erkennen. Das war sein Weg.
Kopfüber ließ er sich in die Öffnung fallen, hinein ins eiskalte Wasser.

*

»Halt!« Laurine duckte sich. Sie glaubte, etwas gesehen zu haben. Allerdings war es mehr ein Gefühl als eine Gewissheit. »Runter mit euch, zieht die Köpfe ein.«
Ihre Stimme war kaum mehr als ein Flüstern, doch schien es so eindringlich zu sein, dass die anderen ihrem Befehl gehorchten.
»Was ist denn los?«, fragte Battista.
»Da drüben, zwischen den Häusern.« Sie spähte angestrengt in die Ferne, konnte aber zu wenig erkennen. Dann fiel ihr Blick auf Petrus Kamera. »Darf ich mir die mal kurz ausleihen?«
»Was hast du vor?«
»Ich will mich mal umschauen. Wie fotografiert man damit?«
»Einfach hier den Schalter auf on stellen und ranzoomen«, sagte Petru. »Den Autofokus betätigst du mit dem Vorauslöser. Auslösen kannst du hier.«
Die Nikon besaß ein starkes Teleobjektiv, mit dem man auch weit entfernte Objekte heranholen konnte. »Ich werde schon

klarkommen, danke. Wartet ihr hier unten. Ich bin gleich wieder da.«

Mit eingezogenem Kopf erklomm sie die Böschung. Das Gestrüpp war stachelig und widerspenstig, doch Laurine wusste, wie man mit Macchia umzugehen hatte. Niemals dagegen ankämpfen. Lieber einen kleinen Umweg in Kauf nehmen.

Oben angekommen, schaute sie vorsichtig über die Zweige.

Ihr Gefühl hatte sie nicht getrogen. Von hier aus hatte sie einen erstklassigen Blick auf das verwunschene Dorf.

Die Häuser standen dicht gedrängt zusammen, als würden sie die Köpfe zusammenstecken und dunkle Geheimnisse austauschen. Laurine erinnerte sich, dass die Bäume damals deutlich niedriger gewesen waren. Inzwischen überragten viele von ihnen die Dächer und breiteten ihre grünen Äste darüber. Noch ein paar Jahre, und das Dorf wäre aus der Luft nicht mehr zu erkennen. Plötzlich sah Laurine eine Bewegung zwischen den Gebäuden.

Da war jemand!

Rasch duckte sie sich mit klopfendem Herzen. Waren das harmlose Wanderer, oder steckte mehr dahinter?

Sie schaltete die Kamera ein, entfernte den Objektivdeckel und blickte durch den Sucher. Das Zoom funktionierte tadellos. Sie fixierte einen nahe gelegenen Baum, stellte auf längste Brennweite und betätigte den Autofokus. Die Blätter wurden enorm vergrößert und wirkten dabei auch noch gestochen scharf. Bestes Equipment. Aber das hatte sie von Petru nicht anders erwartet. Sie musste nur achtgeben, dass sie nicht entdeckt wurde. Zwar füllten die Gewitterwolken inzwischen den gesamten westlichen Himmel aus, aber es schien immer noch die Sonne. Eine unachtsame Bewegung, eine Spiegelung oder Reflexion, und die anderen würden mitbekommen, dass hier jemand war. Sicherheitshalber knöpfte sie ihre Bluse auf, zog sie aus und legte sie über Kopf und Kamera. Die grünliche Farbe würde sie mit der umliegenden Macchia verschmelzen lassen.

Zentimeterweise erhob sie sich über die Büsche.

Sie musste sich kurz orientieren, dann erblickte sie jemanden im Sucher. Es war ein Mann. Neben ihm, an einer Leine, ein riesenhafter, braun gestromter Cursinu. Diese korsische Hunderasse war berüchtigt für ihre Schnelligkeit und ihren Eigensinn. Sie waren Fremden gegenüber misstrauisch und verteidigten ihr Territorium bis aufs Blut. Das Warnschild unten war also keineswegs eine leere Drohung. Der Mann war groß, dunkelhäutig und trug einen mächtigen Vollbart. Quer über seiner Schulter hing eine Maschinenpistole.
Laurine betätigte den Auslöser.
Jetzt kam ein Zweiter dazu. Die beiden unterhielten sich, dann verschwand der Neuankömmling wieder. Laurine schoss Foto um Foto. Wie recht Petru doch gehabt hatte. Mitnichten war das Dorf verlassen. Und einfache Touristen waren das auch nicht. Irgendetwas, irgendjemand, wurde hier bewacht.
Ein paar Meter weiter war ein Pick-up geparkt. Ein Fahrrad lehnte gegen eine Mauer. Laurines Blick schwenkte zurück zu dem Bärtigen. Wie aus dem Nichts war eine weitere Person aufgetaucht, die mit ihm sprach. Nicht der Typ von eben. Stattdessen eine Frau. Dunkler Teint, schwarze, lockige Haare, ärmelloses Sportshirt. Auf ihrer Schulter war etwas eintätowiert. Sah aus wie eine Schlange oder ein Oktopus. Auch sie trug eine Maschinenpistole. Laurine drückte den Auslöser. Sie wünschte sich, dass das Objektiv noch etwas stärker wäre, aber es war bereits am Anschlag. Die Frau sagte etwas, dann wandte sie sich zum Abschied. In dem Moment, als sie die Hand hob, war ihr Gesicht zu erkennen.
Laurine war so geschockt, dass sie um ein Haar vergaß, den Auslöser zu drücken. Doch dann fiel es ihr wieder ein, und sie schoss eine ganze Serie. Der Motor ratterte wie ein Maschinengewehr. Klack, klack, klack, klack, klack, klack …
Als die beiden verschwunden waren, ließ Laurine die Kamera sinken. Sie keuchte wie nach einem Hundertmeterlauf. Das war doch nicht möglich.
Die Frau, die sie da eben gesehen hatte, war Kamila Madih.

XXXI

Eric kroch auf die Öffnung zu. Licht. Endlich Licht. Und Luft! Er platschte auf allen vieren aus der Röhre, kroch seitlich die Böschung hoch und blieb mit geschlossenen Augen im Gras liegen. Er war draußen, er hatte es geschafft.
Doch viel Zeit durfte er sich nicht zum Verschnaufen gönnen. Seinem Verlies zu entkommen war nur der erste Teil. Was jetzt folgte, würde schwieriger werden.
Leise und verstohlen kroch er aus dem schmalen Bachbett und ging hinter einer Hauswand in Stellung. Dann hörte er Stimmen. Vorsichtig schob er sich bis zur Ecke und blinzelte in die Helligkeit. Das Bild verschwamm vor seinen Augen. Er nahm nur ein waberndes Flimmern am Eingang der Hausruine gegenüber war. Da standen zwei aus Santinis Gefolge. Ein Mann und eine Frau. Zwei Lichtformen. Der Mann hielt einen Hund an der Leine.
Eric kniff die Augen zusammen.
Sein Kopf fühlte sich an wie ein Eisklotz. Der eisige Bergbach steckte ihm immer noch in den Knochen. Dennoch war es seltsam, dass er solche Probleme mit seinen Augen hatte. Je mehr er versuchte, die beiden zu fokussieren, umso unschärfer wurde das Bild.
Was war nur los mit ihm? Statt der beiden Wächter sah er jetzt ein belebtes Dorf vor sich. Männer, Frauen und Kinder, die sich im Sonnenschein tummelten. Die Tageszeit deutete auf späten Nachmittag hin. Alles war friedlich, doch auf einmal kippte die Stimmung. Heisere Schreie erklangen. Der Boden erzitterte vom Stampfen schwerer Hufe. Reiter, hoch zu Pferd, stürmten den Dorfplatz und fuhren wie die Sense durchs Gras. Sie griffen die fliehenden Dorfbewohner mit Lanzen und Feuerwerfern an und stachen alles nieder, was sich ihnen in den Weg stellte. Kinder, Frauen und Tiere. Dann steckten sie die Gebäude in Brand. Scheunen, Werkstätten, Vorratskammern, alles wurde ein Raub der Flammen. Wer noch lebte, wurde bei lebendigem Leib ver-

brannt. Schreie hallten von den Flanken der Berge wider. Eine apokalyptische Vision, wie sie Eric in dieser Form noch nicht erlebt hatte. Zitternd presste er seine Fäuste gegen den Kopf, rieb seine Schläfen. Was war nur mit ihm los, wo kamen diese Bilder auf einmal her? Fing er jetzt etwa an zu halluzinieren? Das war nun wirklich der denkbar ungünstigste Augenblick. Verdammte Drogen. Offenbar befanden sich immer noch kleine Reste davon in seiner Blutbahn.

Doch dann hob er den Kopf, und die Vision war verschwunden. Seltsam!

Auch die beiden Wachen waren weg. Die Straße und die verwunschen wirkenden Gebäude lagen flirrend in der Mittagshitze. Zikaden zirpten. Ein Schmetterling taumelte erschöpft an ihm vorbei. Von Westen schob sich eine dunkle Wolke vor die Sonne. Das Licht verlosch, als habe man eine Kerze ausgepustet. Eric blieb ein paar Minuten regungslos in der Böschung, dann kroch er vorsichtig aus seinem Versteck. Das Herz schlug ihm bis zum Hals. Zum Glück ermöglichten es ihm die vielen Sträucher, Büsche und Bäume, unentdeckt zu bleiben. Der Hund konnte zum Problem werden. Allerdings hoffte Eric darauf, dass der Bach seine Duftsignatur verschleiern würde.

Weiter ging es in geduckter Haltung. Er war gerade am nächsten Gebäude angelangt, als er drüben an einer Hauswand etwas funkeln sah.

Ein Fahrrad! Daneben, im Schatten einer Platane, stand ein Pick-up. Beides unbewacht. Wenn er darankäme, würde das seine Flucht vereinfachen. Zeit war der entscheidende Faktor. Jeden Moment musste er damit rechnen, dass seine Flucht entdeckt wurde.

Er kauerte sich hin und dachte nach. Um hinüberzugelangen, war es notwendig, seine Deckung zu verlassen. Ein Risiko, gewiss. Allerdings würde ein fahrbarer Untersatz seine Chancen erheblich begünstigen. Eine solche Gelegenheit durfte er nicht ungenutzt lassen.

Mit zusammengepressten Lippen rückte er vor. Hinter einem

Baum stehend, blickte er die Straße hinauf und hinunter. Niemand zu sehen. Die schienen tatsächlich Mittagsruhe zu halten. Tief einatmend rannte er rüber auf die andere Seite und ging dort in Deckung.
Lauschend wartete er, dann versuchte er, die Wagentür zu öffnen. Abgeschlossen, verdammt!
Dann also das Fahrrad. Es war dasselbe Modell, mit dem Kamila vorhin unterwegs gewesen war. Vermutlich war es sogar ihres. Achtundvierziger Mountainbike-Rahmen, wie er mit fachkundigem Blick feststellte. Zweiundzwanzig Gänge. Das Teil sah topgepflegt aus. Und das Beste: Es war nicht abgeschlossen. Mit schnellem Griff passte er den Sattel auf seine Höhe an und prüfte die Bremsen. Schien alles so weit in Ordnung zu sein. Das war die letzte Gelegenheit. Jetzt oder nie!
Eric sah sich kurz um, dann saß er auf und trat in die Pedale.

*

Laurine stürmte den Hang hinunter und wühlte nach ihrem Handy. Um ein Haar wäre es ihr aus der Hand gefallen, sie konnte es gerade noch auffangen. Sie musste Battista und Petru erzählen, was sie gesehen hatte, vor allem aber musste sie die Polizei verständigen. Jede Sekunde zählte. Fieberhaft suchte sie nach Mahmouds Privatnummer und drückte die Verbindungstaste. Einen atemlosen Moment lang passierte nichts, dann ertönte eine Fehlermeldung. Keine Netzverbindung möglich? Ein Blick auf die Menüzeile ihres Handys bestätigte ihre Befürchtung. Funkloch.
So ein Mist!
Mehr schlitternd als laufend, traf sie bei ihren Freunden ein. Sie kauerten immer noch hinter dem mannshohen Strauch und warteten. Battista fuhr herum. Als sie Laurine sah, wich der überraschte Gesichtsausdruck handfester Besorgnis. »Um Himmels willen, was ist los? Man könnte glauben, du hättest ein Gespenst gesehen.«
»Keine Zeit für Erklärungen«, keuchte Laurine. »Habt ihr eure

Handys dabei? Los, holt sie raus. Seht nach, ob ihr Netzverbindung habt.«
Beide fummelten in ihren Taschen. Petru war der Erste, der sich meldete. »Nope. Alles tot, kein Signal.«
»Bei mir ebenfalls«, sagte Battista. »Warum, was ist los? Jetzt mach es doch nicht so spannend.«
»Ich habe sie gesehen«, stieß Laurine aus. »Kamila, die Frau, die uns den Tipp gegeben hat.«
»Eure Nachbarin aus Cervione? Die, in deren Wohnung wir eingebrochen sind?« Petrus Augen verengten sich zu Schlitzen.
Laurine nickte heftig. »Sie ist da drüben. Irrtum ausgeschlossen. Sie trägt eine Maschinenpistole über der Schulter. Ich habe jede Menge Fotos von ihr gemacht. Hier, sieh sie dir an.« Sie drückte Petru seine Kamera in die Hand. Der Reporter schaltete das Gerät ein und öffnete die Bildwiedergabe. Das letzte Bild erschien zuerst. »Ist sie das?«
»Ja … und da sind noch mehr. Wie gesagt, ich habe einfach draufgehalten. Ich hoffe, das war okay.«
»Klar doch. Meine Speicherkarte ist riesig.«
»Da sind mindestens zwei Typen bei ihr«, sagte Laurine. »Vermutlich mehr. Alle bewaffnet. Ich habe einen Pick-up gesehen, versteckt unter einem Baum.«
»Und du glaubst …?«
»Dass es das Nest der Entführer ist? Ja. Du hattest vollkommen recht mit deiner Vermutung, Petru. Auch ich glaube, dass Eric dort oben festgehalten wird.«
»Ungeheuerlich …« Petru vergrößerte die Aufnahme. Kamilas Gesicht füllte nun das gesamte Display aus. »Und du bist sicher, dass sie es ist? Irrtum ausgeschlossen?«
»So wahr ich hier stehe. Es ist nicht nur das Gesicht, sondern auch die Art, wie sie sich bewegt …«
»Dein Wort genügt mir.« Petru steckte die Kamera in seine Tasche zurück. »Abmarsch. Wir dürfen keine Zeit verlieren. Mahmoud muss verständigt werden. Der soll gleich ein ganzes Team hierherschicken. Am besten, wir …«

Weiter kam er nicht. Ein merkwürdiges Geräusch ertönte neben ihnen, nur wenige Meter entfernt. Ein Surren, dicht gefolgt von einem Knirschen. Es klang wie Reifen, die über Geröll rasten. Ein Motor war allerdings nicht zu hören.
So schnell es gekommen war, so schnell war es wieder vorbei. Hörte sich an, als wäre da jemand in höchster Eile an ihnen vorbeigeschossen.
Und sie hörten noch mehr. Oben aus dem Dorf erscholl Hundegebell. Männer schrien durcheinander. Irgendetwas war vorgefallen.
Laurine warf ihren Freunden einen alarmierten Blick zu. Sie schienen zu wissen, was sie meinte, und nickten. »Zurück zum Auto«, rief Battista. »Nehmt eure Beine in die Hand und rennt!«

XXXII

Eric spürte den Fahrtwind im Gesicht. Die feuchte Kleidung schlotterte um seine ausgekühlten Muskeln. Es war ein Wunder, dass er sich überhaupt noch festhalten konnte. Lag vermutlich am Adrenalin. Es pumpte durch seine Adern und setzte ungeahnte Kräfte frei. Langsamer, schrie eine innere Stimme ihm zu. Du bist zu schnell. Ein Sturz auf dem Feldweg bei diesem Tempo würde ihm das Genick brechen. Zumal er keinen Helm trug.
Sein Vorteil war, dass er über eine gewisse Übung verfügte. Die vielen Ausfahrten an Laurines Seite hatten dazu geführt, dass er inzwischen sicher im Sattel saß. Es war, als würde das Fahrrad mit ihm verschmelzen. Die Stöße, hervorgerufen durch die Unebenheiten, wurden von der Federgabel abgefangen. Was übrig blieb, sauste durch Handgelenke und Arme in seine Schultern.
Er wusste nicht, ob es der richtige Weg war, geschweige denn,

wohin dieser führte, aber er wusste, dass er hier wegmusste. Er hatte Hundegebell gehört. Und auch das wütende Geschrei seiner Entführer. Kein Zweifel, seine Flucht war entdeckt worden. Schon bald würden sie hinter ihm her sein.
Er nahm seine Hände von den Bremsen und ließ zu, dass das Fahrrad weiter beschleunigte.
Die Abfahrt war mörderisch. Faustgroße Steine säumten den Weg. Sie würden ihn glatt von der Straße werfen, wenn er darüberfuhr. Nur mit Mühe und hauchdünnem Abstand gelang es ihm, sie zu umfahren.
Doch das Ende der Schotterpiste war bereits in Sichtweite. Etwas unterhalb seiner derzeitigen Position verlief eine Straße. Schmal zwar, aber doch sehr viel angenehmer als das hier. Er musste nur noch ein wenig durchhalten.
Mit wahnwitzigem Tempo schoss er über eine eiserne Brücke und bog dann nach rechts ab. Die Straße verlief oberhalb einer dramatischen Schlucht, in der sich gewaltige Felsen auftürmten. Das Gefälle ermöglichte ihm, das Rad auf Höchstgeschwindigkeit zu beschleunigen. Ob das ausreichen würde, war fraglich, die Entführer besaßen immerhin ein Auto. Was er brauchte, war ein Wunder. Ein gottverdammtes Wunder.

*

Laurine hörte den Wagen, noch ehe sie ihn sah. Es klang, als würde eine Steinlawine von oben auf sie herabdonnern.
»Weg von der Straße, schnell!«, brüllte sie. Doch ihre Warnung war überflüssig. Ihre Freunde hatten das Geräusch ebenfalls vernommen und sich rechts und links in die Büsche geflüchtet. Hinter einem Oleanderstrauch kauernd, sah Laurine den sandfarbenen Pick-up mit einem Höllentempo an ihnen vorbeiflitzen. Für einen kurzen Moment konnte sie einen Blick auf die beiden Insassen erhaschen. Dann wurde der Wagen von seiner eigenen Staubwolke verschluckt. Es waren ein Mann und eine Frau. Kamila und der Typ mit dem Bart. Während er eine Ma-

schinenpistole griffbereit hielt, saß sie hinter dem Lenkrad und steuerte das Fahrzeug.
Es war nur eine Momentaufnahme, doch sie genügte, um bei Laurine alle Alarmglocken klingeln zu lassen. Wie bei einem Schloss griffen sämtliche Bauteile ineinander und rasteten ein. Das Surren eben, die Reifen auf dem Geröll – das war Eric gewesen!
Laurine vermutete das nicht, sie wusste es. So, wie sie wusste, dass morgens die Sonne im Osten aufging. Eric war auf der Flucht. Und sein Vorsprung betrug nur wenige Minuten.
»Petru, deinen Schlüssel!«
»Was ist los?« Der Reporter und seine Schwester krochen aus dem Gestrüpp wie verschreckte Maulwürfe. Laurine schrie förmlich. »Keine Zeit für Diskussionen. Ich fahre!«
Umgehend rückte Petru seinen Autoschlüssel raus. Im Laufschritt folgten sie Erics Freundin, die wie eine Verrückte den Feldweg hinunterrannte. Beim Auto angekommen, waren alle drei ziemlich aus der Puste. Laurine hechtete hinters Lenkrad. »Schnallt euch an!« Sie startete den Motor, trat aufs Gaspedal und steuerte den Wagen brüllend und mit durchdrehenden Reifen über die Brücke.

*

Der Asphalt flog unter ihm dahin. Fahrbahnmarkierungen, Leitplanken, Begrenzungspfosten wurden zu verschwommenen Schemen. Eric überkam ein Gefühl der Schwerelosigkeit. Es war wie ein Rausch. Er rollte, gewiss, aber eigentlich war es mehr ein Fliegen. Sämtliche physikalische Regeln schienen außer Kraft gesetzt. Ohne dass er etwas dazu beitrug, wurde er schneller und schneller. Der Wind brüllte in seinen Ohren, während er auf der schmalen, kurvigen Straße talabwärts fegte. Das bisschen Metall zwischen ihm und der Straße war eine kaum wahrnehmbare Verbindung, die sich mehr und mehr aufzulösen schien. Im Grunde war das Fahrrad nur eine Verlängerung seiner Arme und Beine, eine organische Erweiterung seiner physischen und mentalen Kräfte. Was nicht zuletzt daran lag, dass es ein Geschoss von einem Fahrrad war. Laurines Bikes waren auch nicht schlecht, aber das hier spielte in einer anderen Liga. Für ein Mountainbike hatte es eine enorm hohe Übersetzung, ließ sich also auch bei hohen Geschwindigkeiten mit einer langsamen Trittfrequenz fahren. Hinzu kam, dass der Lenker schmaler war als gewöhnlich. Was die Arme wiederum näher an den Körper brachte und den Windwiderstand verringerte. Kamila mochte eine gestörte Kriminelle und Söldnerin sein, aber von Mountainbikes verstand sie etwas. Die Frage war nur, war er schnell genug, um entkommen zu können? Würde der Vorsprung genügen?

Die Antwort erhielt er nur wenige Sekunden später. Vor ihm lag ein gerades Stück ohne Kurven und Gegenverkehr. Er bezwang seine Furcht und wagte einen Blick zurück. Kein normaler Radfahrer wäre dieses Risiko eingegangen. Nicht bei diesem Tempo und auch nicht auf einer Straße, bei der hinter jeder Kurve eine Gefahr lauern konnte. Aber Eric war verzweifelt genug, um sein Leben für diesen kurzen Moment einer höheren Gewalt anzuvertrauen.

Er drehte den Kopf.

Was er sah, ließ ihm das Blut in den Adern gefrieren. Mit quietschenden Reifen kam ein Fahrzeug hinter der letzten Kurve hervorgeschossen. Der sandfarbene Pick-up, der unter dem Baum gestanden hatte. Sie waren ihm also auf den Fersen, und sie waren nicht so weit entfernt, wie er gehofft hatte. Wie vom Teufel besessen fegte der Fahrer hinter ihm her, die Distanz zwischen sich und Eric auf weniger als zweihundert Meter verkürzend. Er spürte, dass ihm nur noch ein paar Minuten blieben. Was würden sie tun, wenn sie ihn eingeholt hatten? Ihn zwingen anzuhalten? Oder ihn einfach über den Haufen fahren?

Das war sehr viel wahrscheinlicher. Wie eine zerbrochene Puppe würden sie ihn über die Böschung kippen, hinab in die reißende Strömung des Fiumorbo. Ein lästiger Zeuge weniger.

Ein markerschütterndes Hupen ertönte.
Eric riss seinen Kopf nach vorn und sah, wie ein Kleinlaster auf ihn zuraste. Abbremsend und wild die Lichthupe betätigend, versuchte der Fahrer die Katastrophe zu verhindern, wobei er den Wagen so weit nach rechts zog, dass er mit dem Außenspiegel an der Felswand entlangschrammte. Die Straße war an dieser Stelle recht eng, und das Ausweichmanöver brachte nicht wirklich etwas. Immerhin rettete er auf diese Weise Eric vielleicht das Leben.
Mit einem Schrei riss dieser den Lenker zur Seite. Er entkam dem Kühlergrill nur um Haaresbreite. Der zweite Außenspiegel fegte mit kurzem Abstand an seinem Gesicht vorbei. Der Fahrtwind traf ihn wie eine Ohrfeige. Ein paar Zentimeter weniger, und das Ding hätte ihn enthauptet.
»Himmel!«
Es gelang ihm gerade noch, das Fahrrad unter Kontrolle zu bringen und den Höllenritt fortzusetzen. Blut pumpte durch seine Venen. Er hatte einen kleinen Aufschub bekommen. Doch was erreichte er dadurch? Wenn sie ihn erwischten, wäre er tot. Wenn er entkam, würde Jean-Baptiste Santini ihn wiederfinden, egal, in welchem Loch er sich verkroch. Er würde mit ihm, Laurine und all seinen Freunden kurzen Prozess machen. Ein Anruf von ihm, und seine Mörder schwärmten aus und erledigten die Sache.
Vor diesem Hintergrund war es eigentlich Irrsinn, was Eric hier versuchte. Aber was war die Alternative? Klein beigeben und sich stellen? Die Konsequenzen einfach so in Kauf nehmen?
Das war nicht seine Art. Er würde kämpfen. Bis zum letzten Atemzug.
Die Zähne zusammenbeißend, trat er in die Pedale. Hinter ihm ertönte ein infernalisches Hupkonzert. Die Autos kamen nicht aneinander vorbei. Erics Herz klopfte vor Aufregung und Hoffnung. Das bescherte ihm ein paar Sekunden Vorsprung. Allerdings wartete hinter der nächsten Kurve bereits das nächste Hindernis auf ihn. Ein noch gefährlicheres.

XXXIII

Es klopfte an der Tür. Mahmoud hob den Kopf. »Herein.«
Es war Philippe. Er hielt eine Schachtel in der Hand.
»Ja?«
»Ich habe hier etwas für dich. Dürfte dich interessieren.«
»Hoffentlich nicht schon wieder Süßigkeiten von Grimaldi.« Mahmoud runzelte die Stirn. Seit dem jüngsten Ereignis hatte er von Konditoren die Nase voll.
»Es hat etwas mit dem aktuellen Fall zu tun«, sagte Philippe ganz ohne das vertraute Zwinkern in den Augen. Grund genug für Mahmoud, seine Arbeit für einen Moment zu unterbrechen. Wenn Philippe ernst wurde, war man gut beraten, aufmerksam zu sein.
»Also schön, was ist es?«
»Der Bericht der Spurensicherung. Das Ergebnis der Hausdurchsuchung ist da.«
»Und?«
Philippe wiegte den Kopf. »Das meiste davon kannst du vergessen. Nichts, was uns einen brauchbaren Hinweis auf die Identität der Entführer liefern könnte.«
Mahmoud glaubte, sich verhört zu haben. »Kein analysefähiges Material? Was ist mit schmutzigen Gläsern, Haaren, Fingerabdrücken?«
»Nada. Da waren Profis am Werk.«
»Gibt's doch nicht …«
»Nicht so eilig. Eine Sache haben wir schon.« Er hob ein Tütchen mit einem winzigen Kunststoffteil in die Höhe. Mahmoud kniff die Augen zusammen. »Was ist das?«
»Ein Speicherchip. Erinnerst du dich an die Reste des zerstörten Handys?«
»Das waren doch nur Glassplitter.«
»Richtig. Unter einem der Schränke aber haben wir das hier gefunden. Die Abteilung Datenwiederherstellung ist ziemlich si-

cher, dass es aus dem betreffenden Gerät stammt, und hat es untersucht. Es hat sie ganz schön Mühe gekostet, aber am Schluss waren sie erfolgreich.«
»Aber die Spezialisten sagten doch, da wäre nichts zu retten. Das Handy wurde allem Anschein nach mit einem Vorschlaghammer zertrümmert.«
»Dennoch haben sie das hier gefunden. André vermutet, dass es beim ersten Schlag rausgeflogen ist und so der Vernichtung entging. Willst du wissen, was drauf ist?«
»Sag bloß, die konnten die Daten rekonstruieren!« Mahmoud fegte mit der Hand den Tisch frei, damit Philippe seinen Karton abstellen konnte. Darin befanden sich die üblichen Berichte und Abschriften. Es waren aber auch ein paar Vergrößerungen der Mikroanalyse darunter sowie ein Datenstick.
»Da ist alles drauf«, sagte Philippe. »Steck ihn in deinen PC und lass es auf dich wirken. Ich denke, es sollte für ein Verfahren reichen.«
Jetzt war Mahmoud hellhörig geworden. Er rollte mit seinem Stuhl rüber zum PC und schob den Stick in den USB-Schlitz. Mit schnellen Handgriffen öffnete er den Ordner. Einige Fotos waren aufgelistet, ein paar Sprachnachrichten sowie eine Audiodatei. Er klickte wahllos auf eines der Bilder und betrachtete es. Bereits diese Aufnahme genügte, um zu wissen, dass Philippe keineswegs übertrieben hatte.
»Das gibt's doch nicht.« Es verschlug ihm die Sprache. Mahmoud sah sich das Bild aufmerksam an. Die Aufnahme war in Speloncato gemacht worden, im *La Voûte*. Laurine saß da und posierte für die Aufnahme. Das Handy hatte Eric gehört!
Mit zitternder Hand tastete Mahmoud nach seiner Kaffeetasse. Nachdem er sie geleert hatte, stopfte er noch ein Stück Schokolade hinterher. Sein Blutzuckerspiegel war gerade schlagartig gesunken. Er klickte weiter.
Und weiter und weiter.
»Was ist das für eine Audiodatei?«
»Hör sie dir an.«

Mahmoud tat es. Und ihm wurde klar, um was es sich hier handelte. Brisantes Material. *Sprengstoff.*
Philippe hatte nicht übertrieben. Das reichte für eine Anklage aus. Mehr als alles andere. Allerdings musste er sich sorgfältig vorbereiten. Keine Schlampereien, keine Verfahrensfehler. Die gegnerische Partei würde jede Schwäche finden und sie ausnutzen. Die Schlinge musste sorgfältig geknüpft werden.
Aber sie würde halten, das spürte er. Die Verantwortlichen würden zur Rechenschaft gezogen werden.
Oder es würde keinen Frieden mehr auf dieser Insel geben.

*

Eric riss die Augen auf. Vor ihm zockelte in aller Seelenruhe ein VW Käfer die Straße hinab. Der Fahrer schien es kein bisschen eilig zu haben. Eric sah, wie er sich seiner – höchstwahrscheinlich weiblichen – Begleitung zuwandte und dabei gestikulierte. Vermutlich wies er sie gerade auf die Schönheit dieses Tals hin, schwärmte von der unberührten Natur Korsikas und versuchte sie damit zu beeindrucken. Während er das tat, bremste er mal ab, dann beschleunigte er wieder und fuhr dabei immer schön in der Mitte der Straße. Es war fast unmöglich, an ihm vorbeizukommen. Aber Eric musste es trotzdem riskieren. Er hatte sich jetzt einen kleinen Vorsprung erarbeitet und wollte ihn nicht wegen so eines Idioten gleich wieder verspielen.
Noch immer mit halsbrecherischem Tempo fahrend, schoss er von hinten auf den Käfer zu, zog dann nach links rüber und überholte den Wagen mit wenigen Zentimetern Abstand. Sein Ellbogen touchierte dabei den Außenspiegel und verbog ihn. Das wütende Hupen des Fahrers ignorierend, schoss er wieder nach rechts und setzte seine Abfahrt fort. Keinen Moment zu früh, denn von vorn näherte sich ein weiteres Fahrzeug. Weiteres Hupen, weitere Verzögerungen. Eric nahm es nur halb wahr. In einem haarsträubenden Fünfundvierzig-Grad-Winkel auf der Seite liegend, fegte er um die nächste Kurve. Was danach

kam, sah erst mal nach Erholung aus. Allerdings nur kurz. Dann wurde ihm bewusst, dass er ein Problem hatte. Nicht nur, dass die Straße breiter wurde, auch das Gefälle ließ merklich nach. Er konnte spüren, wie er langsamer wurde. Als würde ihn eine unsichtbare Hand von hinten packen und an ihm zerren. Er trat in die Pedale, so hart er konnte, war aber nicht imstande, die fehlenden Prozente durch Muskelkraft auszugleichen.

Der Fiumorbo floss jetzt merklich langsamer neben ihm her. Die Felswände wichen auseinander und öffneten sich zu einem weiten Tal, in dessen Mitte ein blaues Gewässer schimmerte. Ein Stausee? Eric sah sich um. Wo waren seine Verfolger? Hatte er noch Zeit, sich irgendwo links in die Büsche zu verdrücken? Nein, er konnte den sandfarbenen Pick-up bereits sehen. Vermutlich hatte er sich mit schierer Gewalt, möglicherweise mit der von Waffen, seinen Weg gebahnt. Unaufhaltsam und alle Hindernisse überwindend, hatte er die Verfolgung wieder aufgenommen und kam nun mit atemberaubendem Tempo hinter Eric her. Auf gerader Strecke konnte der Fahrer problemlos auf hundert Sachen beschleunigen. Und das tat er. Es war offensichtlich, dass er die Nase voll davon hatte, sich von diesem kleinen, renitenten Radfahrer vorführen zu lassen.

Eric hörte, wie der Motor in der Ferne aufröhrte. Es war jetzt wirklich nur noch eine Frage von Sekunden. Unterhalb ihrer Position führte eine Brücke über den Fiumorbo. Die darüber verlaufende Straße mündete einige Hundert Meter vor ihnen in einer scharfen Kehre auf die Hauptstraße. Zu spitzwinkelig, um abbiegen zu können, schoss es Eric durch den Kopf. Außerdem zu gut einsehbar, um unentdeckt zu bleiben. Zumal die Straße auf der anderen Seite des Sees wieder anstieg. Eric verwarf den Gedanken und pedalierte panisch weiter. Was sollte er bloß tun?

Das Röhren wurde immer lauter.

Eric musste einsehen, dass es vorbei war.

Aus. Verloren.

Game over.

Ein ohrenbetäubender Knall riss ihn aus seiner Lethargie.

Er hörte ein Krachen und Knirschen. Metallteile und Kunststoffsplitter sausten an ihm vorbei. Er sah Chrom aufblitzen, hörte das Jaulen von Gummireifen und das Kreischen von berstendem Metall.
Hitze brannte auf seiner Haut. Ein verschwommener Farbfleck. Zwei ineinander verkeilte Fahrzeuge rasten in tödlicher Umarmung an ihm vorbei. Das vordere der beiden der sandfarbene Pick-up. Das hintere ein dunkelblauer SUV mit korsischem Kennzeichen. Wie eine Lawine aus Blech donnerten die beiden Autos an ihm vorbei. Der vordere Wagen schien sich zu wehren, doch der hintere drückte ihn unbarmherzig weiter. Weg von Eric, rüber in Richtung See.
Das Ziel war eine Haltebucht auf der rechten Seite. Eine kniehohe Steinmauer markierte das Ende, zwei kleine Bäume standen dort. Ein Aussichtspunkt vermutlich. Mehr Krachen und noch mehr Splittern. Die Steinmauer zerplatzte wie Eis, auf das man mit einem Hammer einschlug. Es war ein Kampf Stahl gegen Stein, bei dem Stahl gewann.
Und dann …
Eric hielt den Atem an. Ein mächtiges Klatschen. Als würde ein Riese mit seiner Pranke aufs Wasser schlagen. Gischt spritzte empor. Der Pick-up war fort. Nur der dunkelblaue SUV stand noch da. Rauchend. Stinkend. Knackend vor Hitze.
Türen flogen auf, und drei Menschen sprangen aus dem Fahrgastraum. Zuerst wirkten sie fremd und unbekannt, doch dann begann sich der Nebel zu lichten. Die Erkenntnis traf Eric wie ein Schlag. Das Fahrrad entglitt seinen Händen und kippte um.
»Laurine!«
»Eric!«
Sie stürmte auf ihn zu, warf sich gegen ihn und brachte ihn beinahe zu Fall. Ihren Kopf in seiner Brust vergrabend, drückte sie ihn, dass es schon beinahe wehtat. Er konnte ihr Haar riechen. Lavendel. Mit einem Hauch Rosenöl.
Er spürte, wie sie zitterte.
»Geht es dir gut?«, hörte er ihre Stimme. »Bist du unverletzt?«

Es fiel ihm schwer zu sprechen. War das ein Traum? War er bereits tot?
»Ich … ich denke schon, ja. Aber was ist hier gerade passiert? Wo kommt ihr so plötzlich her?« Er sah Battista und Petru, die neben dem Wagen standen und zu ihnen herüberschauten. Sie wirkten orientierungslos. Petru schwankte wie ein Schilfrohr im Wind. Plötzlich beugte er sich vor und übergab sich in den Rinnstein. Seine Schwester stützte ihn.
Laurine löste sich von Eric und sah ihn strahlend an. Dann schien ihr etwas einzufallen, und sie schob ihn zur Seite. Sie drehte sich um und rannte Richtung Unfallstelle.
Im Laufschritt eilte er hinter ihr her.
Hinter der durchbrochenen Mauer ging es steil hinab in den See. Das Wasser kochte und blubberte. Vom Pick-up ragte nur noch das Heck in die Höhe. Laurine warf Eric einen gehetzten Blick zu. »Fühlst du dich gut genug, um mir zu helfen?«
»Ja klar, aber …«
Sie hörte nicht auf ihn, sondern tauchte mit einem eleganten Kopfsprung ins Wasser. Die Kante, an der sie standen, war etwa fünf Meter hoch.
Eric war viel zu aufgewühlt, um sich den Kopf über eventuelle Risiken zu zerbrechen. Fünf Meter, zehn Meter, was machte das für einen Unterschied? Er sprang hinterher.
Die Kälte des Wassers brachte ihn schlagartig zur Besinnung. Wasser umschloss ihn, presste ihm die Luft aus der Lunge. Hektisch sah er sich um. Laurine war direkt unter ihm.
Im Dämmerlicht zu seinen Füßen spielte sich ein Drama ab. Laurine hatte die Tür auf der Fahrerseite geöffnet und war mit ihrem Oberkörper im Inneren des Pick-ups verschwunden. Mein Gott, was tat sie denn da? Sie brachte sich in Gefahr!
Schlagartig waren die Erinnerungen an ihr Tauchabenteuer wieder da. An den Erdrutsch, die zusammenstürzenden Steine, den Kampf gegen die Uhr.
Hektisch tauchte Eric zu ihr runter und versuchte zu helfen, als er sah, wie sie wieder herauskam. Eine leblose Gestalt hinter

sich herziehend, stieß sie sich vom Wagen ab. Als sie ihn entdeckte, winkte sie ihn zu sich, deutete auf die Frau in ihren Armen, dann hinauf zur Wasseroberfläche. Eric begriff instinktiv, was sie wollte, und packte mit an. Gemeinsam brachten sie die Verunglückte ans Ufer.

Dort warteten bereits Petru und Battista auf sie. Sie übernahmen die Frau und begannen sofort mit der Wiederbelebung. Eric und Laurine tauchten noch einmal hinunter.

Die zweite Person war immer noch im Wagen. Ebenfalls ohnmächtig, wie es schien. Doch während sie noch hinabtauchten, stieß das Auto einen letzten Rülpser aus und versank in der Tiefe. Eine Schleppe von Luftblasen hinter sich herziehend, verschwand es in der Schwärze. Wer immer derjenige auf dem Beifahrersitz gewesen war, für ihn kam jede Hilfe zu spät.

Eric und Laurine tauschten kurze Handzeichen, dann tauchten sie wieder auf. Prustend und strampelnd kehrten sie an die Wasseroberfläche zurück.

Eric saugte Leben spendende Luft in seine Lungen. Wie er es hasste, unter Wasser zu sein!

Petru und Battista schienen mit ihren Wiederbelebungsmaßnahmen Erfolg gehabt zu haben. Die Frau lebte, hatte aber noch nicht das Bewusstsein wiedererlangt. Aus einer Wunde an der Stirn sickerte Blut.

Eric kroch an Land und beugte sich über sie. »Kamila!«, stieß er aus. »Ist sie etwa den Pick-up gefahren?«

»Ja.« Laurine streifte Bluse und Hose ab und wrang sie aus. »Als ich sie vorhin durch die Kamera beobachtet habe, dachte ich, mich träfe der Schlag. Ihre Bewegung, ihre Art, beim Reden die Hände zu bewegen. Aber wie ist so etwas möglich?«

»Frag mich was Leichteres. *Verdammte Bitch!*« Er starrte auf den bewusstlosen Körper. Battista wiegte ihren Kopf. »Wir müssen sie ins Krankenhaus bringen. Sie ist zwar am Leben, aber wir haben keine Ahnung, ob sie nicht schlimmer verletzt ist. Der Aufprall war ziemlich heftig.«

Laurine tastete Kamila ab, lauschte auf ihren Atem und nickte dann. »Oberflächlich kann ich nichts erkennen, aber ich bin keine ausgebildete Ärztin. Ich denke auch, dass sie untersucht werden sollte. Ist mit euch denn alles in Ordnung?«

»Wir sind mit dem Schrecken davongekommen, wie man so schön sagt«, stieß Petru aus. »Um Himmels willen, Laurine, was ist nur in dich gefahren? Es ist ein Wunder, dass wir nicht alle tot auf dem Grund des Sees liegen. Sieh dir nur mein Auto an.« Er war immer noch bleich. An seinem Kinn klebte etwas, das aussah wie Erbrochenes.

Laurine ging nicht darauf ein, sondern wandte sich stattdessen an Eric. »Wie geht's dir? Keine Verletzungen oder so?« Prüfend tastete sie ihn ab.

»Alles okay.« Eric fiel es immer noch schwer, zu verstehen, was vorgefallen war. Sein Puls fing gerade erst an, sich etwas zu beruhigen. Eines war jedoch sicher: Laurine hatte ihm das Leben gerettet. Ohne sie stünde er jetzt nicht hier.

»Ich danke dir«, flüsterte er und schloss sie in die Arme. »Mein Schutzengel.«

Er spürte, wie sie zitterte.

Petru deutete in Richtung See. »Was ist mit dem anderen? Da war doch noch einer an Bord, oder?«

»Für den kam jede Hilfe zu spät«, sagte Laurine. »Er ist mit dem Wagen in den Tiefen des Sees verschwunden.«

Petru presste die Lippen zusammen. »Vermutlich hat er es nicht anders verdient. Ihr sagt, ihr kennt diese Frau?«

Eric nickte. »Sie ist eine von den Entführern, die mich dort oben festgehalten haben. *Und* sie ist diejenige, die uns auf Santinis Spur geführt hat.«

»Die ganze Sache war von vorn bis hinten abgekartet«, sagte Laurine. »Ich habe euch ja erzählt, dass sie unsere Nachbarin gewesen ist. Kaum vorstellbar, was sich da abgespielt hat. Wir müssen dringend jemanden an die Strippe bekommen, der uns helfen kann. Wer weiß, ob uns nicht noch mehr folgen.«

»Wartet kurz, ich versuche gerade, Clément zu erreichen.« Battista hielt ihr Handy ans Ohr.

»Hast du etwa wieder Netz?«, rief Laurine. »Warum sagst du das denn nicht? Ich …« Auf Battistas Handzeichen hin verstummte sie.
»Mahmoud, hier ist Battista. Ja, Petrus Schwester. Hör zu, hier haben sich dramatische Dinge ereignet. Du musst uns dringend Hilfe schicken. Wir haben Eric … Ja … Wo wir …? Warte mal, ich frage kurz …« Sie hielt die Hand auf das Gerät. »Er will wissen, wo wir sind.«
»Gib ihn mir.« Petru nahm das Handy. »Petru hier. Wir sind auf der D344 zwischen Ghisoni und Aléria. Genauer gesagt direkt am Stausee von Sampolo. Ja. Schick vorbei, was du hast. Ein paar Ärzte sollten auch kommen. Ja. Nein, von uns ist niemand verletzt. Aber wir haben einen der Entführer in unserem Gewahrsam.« Er nickte. »Ja. Alles klar. Bis gleich.«
Er legte auf.
»Er kommt«, sagte er zufrieden. »Wir sollen hier warten, hat er gesagt.«
Eric blickte auf Kamila, die inzwischen wieder zur Besinnung gekommen war. Sie sah ihn mit halb geschlossenen Augen an. In ihren Augen lagen weder Hass noch Wut. Nur eine tiefe Verwunderung. So, als könne sie nicht begreifen, was genau da gerade schiefgelaufen war.

XXXIV

Mahmoud kam wie versprochen. Und er brachte ein halbes Regiment seiner besten Leute mit. Kaum dreißig Minuten nach ihrem Anruf hörte Eric das Donnern eines Helikopters über den Bergen. Er schwebte zu ihnen herüber, kreiste eine Weile über ihren Köpfen, dann senkte er sich ab und landete auf dem schmalen Aussichtspunkt neben Petrus Auto.
Kein einfaches Manöver. Der Landevorgang musste auf engs-

tem Raum durchgeführt werden, doch der Pilot brachte das Kunststück zuwege. Mit einem Abstand von nur wenigen Metern zur Böschung platzierte er den Hubschrauber auf der Straße und fuhr die Turbine runter.

Dann flogen die Türen auf, und Polizeibeamte schwärmten aus dem Inneren. Ein paar von ihnen sperrten die Straße, während andere den Unfallort inspizierten. Ein Team von Notärzten kümmerte sich um die verletzte Kamila.

Mahmoud stieg als einer der Letzten aus. Er grüßte sie kurz, erkundigte sich nach ihrem Wohlbefinden, dann widmete er sich der Gefangenen. Kamila war zwar bei Bewusstsein, stand aber offenbar unter Schock. Inwieweit sich die Verletzungen auf ihr Erinnerungsvermögen auswirkten, blieb abzuwarten, aber Eric spürte, dass es kein leichtes Verhör werden würde. Zumindest schienen die Versuche, etwas aus ihr herauszubekommen, nicht von Erfolg gekrönt zu sein.

Danach wurden der Reihe nach Laurine, Battista, Petru und Eric untersucht, ehe Mahmoud sie in den Helikopter begleitete. Auf ihre Frage, wer denn die Untersuchung vor Ort leiten würde, fiel Philippe Renards Name. Mahmouds rechte Hand würde bald hier eintreffen und sich um alles Weitere kümmern. Der Chefkommissar hatte andere Prioritäten.

Der Hubschrauber stieg auf und flog über die Berge in Richtung Ajaccio.

Auf dem Weg dorthin hatten sie genug Zeit, sich zu unterhalten. Mahmoud nahm ihre Aussagen gewissenhaft zu Protokoll, machte sich Notizen, stellte Querverbindungen her und stellte Fragen zu Erics Gefangenschaft. Als dieser ihm erzählte, wie er durch die Toilette geflohen war, musste der Kommissar grinsen. Eric wurde den Verdacht nicht los, dass er mehr wusste, als er zugab. Immer wieder machte Mahmoud kleine Bemerkungen, nickte oder schmunzelte, was darauf hindeutete, dass er längst seine Schlüsse gezogen hatte und nur noch nach Bestätigungen suchte. Erics Gespräch mit Santini war dabei für ihn von größtem Interesse. Jedes Wort, jedes Detail, schien eines der Mosaik-

steinchen zu sein. Letzte kleine Elemente, die das Bild vervollständigten. Eric versuchte ein paarmal, mehr aus ihm herauszubekommen, aber vergeblich. Mahmoud sagte nichts. Und irgendwie war das auch verständlich. Eric kannte sich genug in der Polizeiarbeit aus, um zu wissen, dass ein falsches Wort genügte, um ein sorgfältig errichtetes Konstrukt aus Beweisen, Indizien und Deduktionen zum Einsturz zu bringen. Für ein erfolgreiches Verfahren waren Stillschweigen und das richtige Timing von entscheidender Bedeutung.
Nach ihm wurden Laurine, Battista und Petru befragt, allerdings ging das recht schnell. Ihre Aussagen deckten sich zu fast hundert Prozent mit denen von Eric und dienten hauptsächlich zur Absicherung. Die Fotos, die Laurine während ihrer Erkundung oben im Dorf gemacht hatte, schienen von höchstem Interesse für Mahmoud zu sein. Er ließ sich die Kamera geben und betrachtete aufmerksam die Aufnahmen. Da sie wichtige Beweisstücke waren, entfernte er die Speicherkarte und steckte sie ein. Per Funk wurde ein Team angewiesen, zur alten Minensiedlung hochzufahren und den Tatort zu sichern. Es war zwar unwahrscheinlich, dass sich die Entführer noch dort aufhielten, aber mit etwas Glück würden dort weitere Spuren zu finden sein.
Die restliche Flugzeit verlief schweigend.
Eric hielt Laurines Hand und blickte nach draußen. Er spürte, wie sein Puls langsam runterging. Der Schock saß immer noch tief, und vermutlich würden einige Wochen vergehen, bis er komplett verarbeitet hatte, was geschehen war, aber für den Augenblick war die Welt für ihn okay. Hier zu sitzen, im dröhnenden Bauch des Helikopters, Laurines Wärme zu genießen, ihr Lachen, genügte ihm. Es war die beste Therapie, die er sich vorstellen konnte, und er hoffte, dass dieser Moment nie vergehen würde.
Wenige Minuten später sahen sie die Häuser von Ajaccio unter sich. Die Innenstadt, den Hafen, das Meer. Dann rückte ihr Ziel in den Fokus.
Das Zentralkrankenhaus von Ajaccio war ein unansehnlicher

mehrstöckiger Bau aus den späten Siebzigern mit rosafarbenem Putz und kleinen Fenstern. Wie Mahmoud ihnen mitteilte, beherbergte das *Centre Hospitalier Notre-Dame de la Miséricorde* ein fortschrittliches Medizinzentrum mit ausgezeichneter Kardiologie. Als eines der wenigen Krankenhäuser auf der Insel verfügte es über einen eigenen Hubschrauberlandeplatz.
Polizeibeamte erwarteten sie am Rande des Landefeldes und eskortierten Kamila nach ihrer Landung in einen sicheren Flügel im Gebäude. Mahmoud ging kein Risiko ein. Die Frau war eine wichtige Zeugin – möglicherweise die wichtigste in dem gesamten Fall –, und er wollte sie nicht durch irgendeine Unachtsamkeit an die Auftragskiller der Santini verlieren.
Bereits eine Stunde nach ihrem Eintreffen kam die Meldung des Oberarztes, dass die Frau vernehmungsfähig sei.
Eric und Laurine begleiteten Mahmoud in Kamilas Krankenzimmer. Der Kommissar hatte darauf bestanden. Offenbar wollte er ihre Anwesenheit nutzen, um die Zeugin schneller zu einer Aussage zu bewegen.
Als sie eintraten, saß Kamila aufrecht im Bett und blickte nach draußen. Ihr Zimmer lag auf der Südseite des Krankenhauses mit Blick aufs Meer.
»Bonjour, Madame«, sagte Mahmoud beim Eintreten. »Ich bin Chefinspektor Clément von der Police Nationale Ajaccio. Laurine Altieri und Eric Marchand kennen Sie ja bereits. Ich habe die beiden gebeten, bei unserem Gespräch anwesend zu sein.« Er schloss die Tür und gruppierte ein paar Stühle um das Krankenbett. »Geht es Ihnen gut? Ihre Ärzte haben mir versichert, dass Sie vernehmungsfähig sind.«
Kamila blickte immer noch nach draußen. Sie tat so, als hätte sie ihre Ankunft gar nicht bemerkt. Mahmoud wirkte nicht überrascht und machte weiter im Programm. »Bevor wir beginnen, möchte ich Ihnen sagen, dass es keinen Zweck hat, zu schweigen oder uns anzulügen. Wir wissen bereits jetzt schon genug, um Sie für sehr lange Zeit hinter Gitter zu bringen. Aber fangen wir von vorn an.« Er nahm Platz, zog ein Blatt Papier aus der Tasche

und setzte seine Lesebrille auf. »Ihr Name Kamila Madih ist falsch. Ihr richtiger Name lautet Paula Ospina. Bis 2017 gehörten Sie der kolumbianischen sozialrevolutionären Guerillabewegung *Fuerzas Armadas Revolucionarias de Colombia* an, in der auch schon Ihr Vater aktiv war. Der Skorpion an Ihrem Hals hat mich auf die Spur gebracht. *Los Escorpiones Negros,* nicht wahr?« Er wartete nicht ihre Zustimmung ab, sondern fuhr fort. »Seit der Entwaffnung der FARC verdienen Sie Ihren Lebensunterhalt als Söldnerin für diverse Mafiaorganisationen. Ein genetischer Fingerabdruck hat Ihre Identität zweifelsfrei belegt. Gehe ich recht in der Annahme, dass Sie über die Gebrüder Vezzani nach Frankreich gelangt sind?« Fragend hob er den Kopf. Doch Kamila schwieg. Weiterhin starrte sie ausdruckslos aufs Meer.

»Sie müssen natürlich nicht antworten«, fuhr der Kommissar fort. »Sie haben das Recht, einen Anwalt zu konsultieren. Wobei ich davon abraten würde. Dies ist kein offizielles Verhör. Was Sie jetzt und hier sagen, bleibt unter uns und wird im späteren Verfahren nicht gegen Sie verwendet werden. Ich will, dass Sie verstehen, dass es keinen Sinn hat, Versteck zu spielen. Die Leute, die Sie angeheuert haben, sind skrupellos genug, Sie zu töten, wenn sie das Gefühl haben, dass Sie eine Bedrohung darstellen. Und glauben Sie mir, das tun sie. Ein Söldner, der sich erwischen lässt, hat sein Leben verwirkt.«

»Was wollen Sie?«

Die Frage kam so unvermutet, dass Eric zusammenzuckte. Kamila starrte zwar immer noch nach draußen, aber immerhin hatte sie ihre Stimme wiedergefunden. Mahmoud nickte. Er schien damit gerechnet zu haben, dass ihre Blockade nicht lange andauern würde.

»An Ihnen habe ich kein Interesse«, sagte er. »Sie sind ein zu kleiner Fisch. Mir geht es um Santini. Ich will, dass er für das bezahlt, was er angerichtet hat. Ich will, dass alles so wird wie früher – ehe er seine schmutzigen Finger in das Getriebe dieser Insel gesteckt hat. Nicht Sie will ich auf dem Schafott sehen,

Madame Ospina, sondern ihn. Und mit ihm die ganze Riege grauer Herren, die diese Charade inszeniert haben und die glauben, wie Götter über unsere Insel herrschen zu können. Sie wissen, von wem ich rede.«

Weiterhin beharrliches Schweigen. Eric hatte jedoch den Eindruck, als würde ein leichtes Lächeln um ihren Mund spielen.

»Santinis Entführung war ein Theaterstück«, fuhr der Kommissar fort. »Inszeniert, um eine möglichst breite Aufmerksamkeit zu bekommen. Seine Befreiung, der Aufstand der Dorfbewohner – alles Theaterdonner. Wir wissen, dass es nur dazu diente, ihn an die Macht zu bringen. Ein gekonnter Schachzug, das muss ich zugeben. Er selbst lässt sich als Märtyrer feiern, während er gleichzeitig den Flüchtlingen die Schuld in die Schuhe schiebt. Clever, sehr clever. Paris scheint auf diesen Trick hereinzufallen, ich aber nicht. Mir war klar, womit wir es hier zu tun haben, noch ehe ich von Erics Flucht erfuhr. Er hat lediglich bestätigt, was ich bereits wusste. Was uns zum damaligen Zeitpunkt noch fehlte, waren Zeugen und Beweise. Beides haben wir jetzt.«

»Wozu brauchen Sie dann mich?«

Mahmoud lehnte sich zurück und begann umständlich, seine Brille zu putzen. »Ich bin sicher, dass wir den Fall auch ohne Ihre Hilfe aufrollen werden. Doch mit Ihnen an unserer Seite würden wir einen entscheidenden Zeitvorteil gewinnen. Die größte Gefahr ist, dass die Bande Wind von unseren Ermittlungen bekommt und uns im letzten Moment durch die Finger schlüpft. Die Hafenkommandanturen sind bereits benachrichtigt, ebenso die Flughäfen. Allerdings könnten wir nicht verhindern, dass die Drahtzieher von einer ungeschützten Bucht aus fliehen oder mit einem Helikopter. Wir können unmöglich die gesamte Insel kontrollieren.« Er setzte die Brille wieder auf. »Ich kann Ihnen keinen Freispruch anbieten, aber eine Strafmilderung. Ich würde bei Ihnen die Kronzeugenregelung anwenden, die Ihnen ein milderes Urteil gewährleistet. Allerdings nur, wenn Sie uns aus freien Stücken dabei helfen, den Fall Santini aufzuklären.«

Kamila drehte ihren Kopf keinen Millimeter. »Schieben Sie sich

Ihren Vorschlag sonst wohin, Clément. Von mir erfahren Sie nichts.«
Mahmoud nickte. Er wirkte enttäuscht, aber nicht überrascht. Es wäre auch ein bisschen viel verlangt gewesen, zu erwarten, dass ein Profi wie Paula Ospina gleich beim ersten Anzeichen von Gegenwind umkippte. Leute wie sie waren auf Verhöre trainiert. Vermutlich war sie sogar geübt darin, Folter zu widerstehen. Wobei Eric nicht davon ausging, dass Mahmoud zu solch drastischen Methoden greifen würde. Oder? Er lernte den Mann gerade von einer ganz neuen Seite kennen.
»Wie Sie wollen«, sagte der Kommissar. »Mein Angebot steht. Sie haben ja noch Zeit, es sich zu überlegen. Aber nicht zu lange, die Uhr tickt. Sie müssen damit rechnen, dass wir jemand anders finden, der gesprächiger ist. Sollte das der Fall sein, erlischt mein Angebot augenblicklich.«
Kamilas kaltes Lächeln ließ Eric daran zweifeln, dass sie die Drohung ernst nahm.
»Dürfte ich vielleicht auch eine Frage stellen?«, meldete sich Laurine zu Wort. Eric sah sie überrascht an.
»Tun Sie sich keinen Zwang an«, sagte Mahmoud.
Laurine richtete ihren Blick auf Kamila. »Ihr Sohn. Hassan. Ihr kleiner Junge. Haben Sie keine Angst, dass Sie ihn niemals wiedersehen?«
Die Reaktion auf diese Frage war verblüffend. Kamila drehte den Kopf. Zum ersten Mal, seit sie den Raum betreten hatten, sah sie sie an.
»Wer sagt denn, dass Hassan mein Sohn ist?«
»Das war deutlich spürbar«, erwiderte Laurine. »An der Art, wie er Sie angesehen und sich hinter Ihnen versteckt hat. So viel Vertrauen schenkt einem nur das eigene Kind. Wollen Sie ihn einfach so im Stich lassen?«
Kamilas Mundwinkel zuckten. Laurine schien ins Schwarze getroffen zu haben. Eric konnte sie für ihre Intuition und Empathie nur bewundern. Vielleicht musste man eine Frau sein, um die Dinge auf diese Art zu sehen.

»Er ist in sicheren Händen«, sagte Kamila. »Dort, wo ihn niemand finden kann. Selbst wenn ich ins Gefängnis wandere, eines Tages werde ich wieder frei sein und ihm alles erklären. Und er wird es verstehen.«

»Das wird er nicht, und Sie wissen das«, sagte Laurine. »Er wird ein Fremder für Sie sein. Jemand, dem Sie Ihre Liebe versagt haben, weil Sie zu stur und zu verbohrt waren. Für den Rest Ihres Lebens werden Sie daran zu knabbern haben. An den Zweifeln, den Selbstvorwürfen. Das war eigentlich alles, was ich sagen wollte.«

»Hat sonst noch jemand eine Frage?«

Eric schüttelte den Kopf.

»Schön.« Mahmoud klatschte sich auf die Schenkel. »Das war's fürs Erste.« Gemeinsam verließen sie das Zimmer. Draußen angekommen, bestellte Mahmoud zwei Leute, um die Tür zu bewachen.

»Wie zu erwarten«, sagte Mahmoud. »Stolz und eingebildet. Es wird eine Weile dauern, sie weichzukochen. Aber wir werden es hinbekommen. Wie bei der chinesischen Wasserfolter, bei der es einem immerzu auf dieselbe Stelle tropft. Irgendwann wird sie uns erzählen, was wir wissen wollen. Meine Sorge ist nur, dass die wahren Schuldigen bis dahin geflohen sein könnten.«

»Sie hat Angst«, sagte Laurine. »Angst, dass ihrem kleinen Jungen etwas passiert. Angst, dass die Korsen herausbekommen, wo er sich aufhält.«

»Durchaus berechtigt, würde ich sagen. Dennoch können wir uns jetzt nicht auch noch um ihn kümmern. Unser Hauptaugenmerk liegt auf Paula Ospina. Sie ist die entscheidende Karte in diesem Spiel. Wenn ich nur wüsste, wie man an sie herankommt.«

Eric war tief in Gedanken versunken. Die Worte Laurines hatten ihn auf eine Idee gebracht. Waghalsig und riskant zwar, aber möglicherweise funktionierte es ja.

»Es gäbe da vielleicht jemanden, der Kamila zum Reden bringt«, sagte er. »Das Treffen müsste unter strenger Aufsicht erfolgen, aber ich denke, es könnte klappen. Ich weiß nur nicht, wie wir das anstellen sollen …«

»Sie sprechen in Rätseln.« Mahmoud sah ihn hoffnungsvoll an. »Raus mit der Sprache. Wenn es einen Weg gibt, Kamila zum Sprechen zu bringen, sollten wir ihn gehen.«

XXXV

Mateu Santini starrte aus dem Fond des schwarzen Bentley, hinter dessen getönten Scheiben die Felsen der Roccapina wie ein rosafarbener Traum aus längst vergangenen Tagen an ihm vorüberzogen.

Er befand sich auf dem Weg von Bonifacio nach Sartène, wo für zehn Uhr ein Treffen der Oberhäupter der zwölf Familien anberaumt war. Mateu sollte bei der Zusammenkunft den Vorsitz führen. Ein weiteres Treffen mit wieder den gleichen Gesichtern. Wie viele es inzwischen waren, konnte er kaum noch zählen. Er hatte das Gefühl, dass nicht ein Tag verging, an dem sein Vater ihn nicht von einem Meeting zum anderen scheuchte. Gerade so, als wolle er ihn daran hindern, auf trübe Gedanken zu kommen.

Eine durchaus berechtigte Gefahr.

Gerade heute schmerzte sein Bein wieder so sehr, dass es ihn fast um den Verstand brachte. Mit dem Wetterwechsel gestern hatte es angefangen. Mateu hatte bereits eine doppelte Dosis Ibuprofen eingeworfen, was den Schmerz allerdings lediglich unterdrückte. Der Schmerz war wie ein tollwütiger Köter, den man zwar ausgesperrt hatte, der aber nicht aufhörte, zu knurren, zu bellen und mit den Pfoten an der Haustür zu kratzen.

Seine Ärzte hatten ihm versichert, dass es bloß eine vorübergehende Reaktion sei, ein Zeichen des Heilungsprozesses, doch Mateu glaubte ihnen nicht. Nicht mehr. Dafür lag der Unfall zu lange zurück. Er hatte schon oft Verletzungen davongetragen – auch schwerer Art –, doch keine hatte so gravierende Folgen gehabt. Inzwischen war er davon überzeugt, dass er sein Leben lang ein Krüppel bleiben würde. Angewiesen auf ärztliche Unterstützung, auf Medikamente, Physiotherapeuten und Krankengymnasten. Sein linkes Bein würde dauerhaft um drei Zentimeter verkürzt bleiben, was, trotz Einlegesohlen und Spezialschuhen, unabwendbar zu Haltungsschäden und Rückenschmerzen führte. Sein Gehstock war ab jetzt sein bester Freund, und es gehörte nicht viel Fantasie dazu, sich auszumalen, dass, wenn man sie beide von hinten betrachtete, sein Vater deutlich jünger wirkte als er.

Sein Vater. Auferstanden wie ein Phönix aus der Asche.

Jean-Baptiste war inzwischen quasi ein Halbgott. Der mächtigste Mann der Insel, Herrscher über ein Imperium. Erstaunlich, wie schnell er sich von seinen Strapazen erholt hatte. Er sah mit seinen siebzig besser aus, als er mit fünfzig ausgesehen hatte. Als hätte ihm jemand eine Frischzellenkur verpasst. Als wäre er in einen Jungbrunnen gefallen, der ihm gleich mal zwanzig Jahre von der Liste gestrichen und sie dafür seinem Sohn aufs Konto addiert hatte. Konnte Mateu seinem Vater dafür die Schuld geben? Wohl kaum. Das Schicksal ließ sich nicht in die Karten blicken. Fortuna war eine launische Geliebte, die einen belohnte und dann wieder bestrafte, ohne dass man Einfluss darauf hatte.

Seufzend blickte Mateu nach draußen. So gut es seinem Vater gerade auch gehen mochte, ewig würde er nicht leben. Vielleicht noch zehn, fünfzehn gute Jahre, dann musste er das Zepter an seinen Sohn weiterreichen. Selbst ein Mann wie er konnte das Rad der Zeit nicht aufhalten. Die Frage war nur: Würde Mateu den Herausforderungen gewachsen sein? Eine Familie zu führen war etwas anderes als das hier. Vorsitzender des Zwölferrates zu sein bedeutete, Diplomat zu sein. Politik zu lieben. Zu lenken, zu führen und langfristig zu planen. Alles Eigenschaften, die Mateu an sich selbst nicht erkennen konnte. Aber wer

wusste schon, was in zehn Jahren war? Vielleicht gab es die Erde dann schon nicht mehr.
Der Fahrer trat auf die Bremse.
»Miu Signore?«
»Was ist los?«
»Sehen Sie da vorn. Dort scheint es nicht weiterzugehen.«
Mateus Blick zuckte über die Schulter seines Fahrers. Quer über die Fahrbahn war eine Sperre errichtet worden, hinter der blau blinkende Polizeifahrzeuge standen. Ein beträchtliches Aufgebot von Beamten hatte sich versammelt. Etliche von ihnen schwer gepanzert und mit Maschinenpistolen in der Hand. Fast im selben Moment, als ihnen klar wurde, dass diese Sperre ihnen galt, erklang das scharfe Heulen von Alarmsirenen. Mateu sah, wie die beiden Begleitfahrzeuge mit Miguel an Bord abgedrängt und zum Anhalten gezwungen wurden. Zwei Polizeiwagen schoben sich zwischen sie und trennten den Konvoi. Das Ziel war, zu verhindern, dass sie als geschlossene Gruppe handeln konnten. Das war Polizeistandard und wirkte trotzdem ziemlich bedrohlich.
Einen panischen Moment lang fühlte Mateu sich an den Überfall auf der Ponte Vecchio erinnert. Wie ein Déjà-vu brachen die Erinnerungen über ihn herein. Er musste sich zwingen, ruhig zu bleiben.
»Was soll ich tun?« Sein Fahrer sah ihn erwartungsvoll durch den Rückspiegel an. Hätte Mateu ihm den Befehl erteilt, die Straßensperre zu durchbrechen, er hätte es getan. Ihr Fahrzeug war für solche Manöver ausgelegt.
Aber was kam danach? Eine Verfolgungsjagd quer über die Insel?
In Ermangelung einer Alternative legte Mateu seinem Chauffeur die Hand auf die Schulter. »Anhalten. Ich regele das.«
Er glaubte in der Menge ein bekanntes Gesicht entdeckt zu haben.
Der Fahrer bremste ab, und Mateu stieg aus. Zum Zeichen seiner Gesprächsbereitschaft hob er die Hände. Viel mehr aber

noch tat er es, um Miguel und den anderen zu signalisieren, dass sie die Waffen runternehmen sollten. Sein Cousin hatte einen notorisch lockeren Abzugsfinger.

Mateu war wütend, und das zeigte er dem Chefkommissar.

»Clément«, stieß er aus, als sie sich gegenüberstanden. »Was soll der Schwachsinn? Sind Sie von allen guten Geistern verlassen?« Er spürte, wie das Adrenalin durch seine Venen pumpte. Er war so geladen, dass er dem Chef de Police am liebsten eine runtergehauen hätte. Doch das wäre ebenso dumm gewesen, wie eine Knarre zu ziehen. Noch immer waren mindestens ein Dutzend Schnellfeuergewehre auf sie gerichtet.

»Bitte begleiten Sie mich«, sagte Clément. »Es ist eilig.« Er gab seinen Männern das Signal, die Waffen zu senken. »Und bitte verzeihen Sie den dramatischen Auftritt. Aber es geht hier um jede Minute. Drüben wartet ein Helikopter.«

Mateu verschränkte die Arme. »Mitkommen? Helikopter? Bin ich verhaftet oder was?«

»Nein …«

»Dann sehe ich keinen Grund, warum ich Ihrer Bitte entsprechen sollte. Machen Sie die Straße frei, Clément, ansonsten sehe ich mich gezwungen, Ihnen meine Anwälte auf den Hals zu hetzen. Und die machen Ihnen das Leben zur Hölle.«

»Wollen Sie denn gar nicht wissen, wer für den Anschlag auf der Ponte Vecchio verantwortlich ist?«

»Was?« Verständnislos runzelte Mateu die Stirn. »Was soll das, Clément? Versuchen Sie wieder irgendeinen Ihrer Tricks?«

»Keine Tricks, keine Ablenkungsmanöver, nur die Wahrheit. Sind Sie interessiert? Wenn Sie wissen wollen, wer Ihnen das angetan hat …«, er deutete auf den Stock, »… dann sollten Sie mit mir kommen. Eines kann ich Ihnen verraten: Es waren nicht die Islamisten.«

Mateu überlegte. Was wusste der Chefkommissar, was er nicht wusste?

Seine Gedanken überschlugen sich. Das Treffen in Sartène ließ sich verschieben. Seine Anwesenheit dort diente ohnehin nur repräsentativen Zwecken. Er stand dort als Ersatz für seinen Vater, der ihn beauftragt hatte, die Familien zur Ruhe und Geschlossenheit aufzurufen. Ernsthafte Entscheidungen wurden während seiner Abwesenheit nicht getroffen. Jean-Baptiste würde erst gegen Mittag eintreffen und dann den ganzen Ruhm und die Ehre für sich beanspruchen.

»Nun?«

»Wehe, es ist nicht wirklich wichtig. Ich warne Sie.«

»Und ich warne Sie. Machen Sie sich auf Informationen gefasst, die Ihnen die Füße unter dem Boden wegziehen werden. Ich werde versuchen, Ihnen die Wahrheit so schonend wie möglich beizubringen. Sie sind in dieser Sache genauso Opfer wie wir alle.«

»Na hören Sie mal ...« Mateu war empört. Wie sprach dieser Polizist mit ihm? »Ich kann einiges vertragen ...«

»Das weiß ich.« Clément grinste. »Aber Sie sind ein Mensch wie wir alle. Ein Mann mit einem – bitte verzeihen Sie mir – etwas hitzigen Temperament. Je schonender Sie die Fakten präsentiert bekommen, desto besser für uns alle.«

Mateu spürte, wie sein Ärger von Neugier abgelöst wurde. Er kannte Clément gut genug, um zu wissen, dass er kein Schaumschläger war. Ohne einen triftigen Grund würde er sich niemals so weit aus dem Fenster lehnen.

»Na schön«, knurrte Mateu. »Warten Sie einen Moment, ich rede kurz mit meinem Cousin. Dann stehe ich Ihnen zur Verfügung.« Er ging rüber zu den beiden anderen Fahrzeugen.

Miguels Gesicht war wie aus Stein gemeißelt. »Was ist los?«, zischte er. »Was hattet ihr zwei so lange zu bequatschen?«

»Planänderung«, sagte Mateu. »Ich werde Clément begleiten und später nachkommen. Fahr du mit den anderen nach Sartène und überbringe den Familien die Nachricht, dass Vater und ich später eintreffen werden.«

»Aber ...«

»Tu, was ich dir sage.«

Miguel presste die Lippen aufeinander. Mateu konnte ihm anse-

hen, wie sehr er es verabscheute, als Laufbursche benutzt zu werden. Aber er stand in der Rangfolge unter Mateu, musste sich also seinen Anweisungen beugen. Doch es würde der Tag kommen, an dem diese Loyalität zerbrechen würde. Der Tag, an dem Mateu zu schwach war, um seinen Cousin im Zaum zu halten, würde sein letzter sein.
»Ich muss deinen Vater kontaktieren …«
»Du wirst nichts dergleichen tun. Vater braucht hiervon nichts zu wissen, hast du verstanden?« Mateus Stimme war so eindringlich, dass Miguel einen halben Meter zurückwich. Mateu überragte seinen Cousin um Haupteslänge und war ihm auch körperlich überlegen, selbst in der schlechten Verfassung, in der er sich gerade befand. Einen kurzen Moment blitzte Rebellion in Miguels Augen auf, dann knickte er ein. Die Krise war überstanden.
»Aber warum? Er wird es ohnehin erfahren.«
»Ganz recht. Aber von mir. Und jetzt tu, was ich dir sage. Kein Wort darüber zu irgendjemandem. Ich muss wissen, was Clément von mir will.«
»Und was soll ich so lange tun? Ich bin kein Babysitter.«
»Halte die Familien bei Laune. Zeig ihnen den Garten. Gib ihnen reichlich zu trinken und lass ein paar hübsche Models aufmarschieren. Du weißt doch, wie so was läuft. Ich verlasse mich auf dich.«
Miguel rümpfte die Nase. Konnte es sein, dass er mehr wusste, als er zugab? Eigentlich ausgeschlossen, aber Mateu war inzwischen so paranoid, dass er alles für möglich hielt.
Er drehte sich um und ging zurück zu den Polizisten. Er wurde aufgefordert, seine Schusswaffen abzugeben, dann öffnete man die Absperrung. Gemeinsam gingen er und Clément auf die Rückseite des benachbarten Hauses, wo der Hubschrauber auf sie wartete.

XXXVI

Eric hielt Laurines Hand, als wäre sie ein Rettungsanker. Wie etwas, das ihn davor bewahrte, unterzugehen und von seinen Gefühlen davongespült zu werden. Er sah die Inneneinrichtung der Krankenhaus-Cafeteria, die billigen Tische, den Automaten und die kitschigen Bilder, doch es wirkte auf einmal alles so unwirklich. Wie in einem Film.

»Sag das noch einmal«, flüsterte er. »Du bist was?«

»Schwanger.« Sie lächelte, und er war überzeugt, dass dieses Lächeln das Schönste war, das er jemals gesehen hatte. »Zweiter Monat. Es ist also noch ein bisschen hin.« Sie schob ihm einen Schwangerschaftstest rüber. Er musste genau draufschauen, doch dann war es klar.

»Aber wie? Ich dachte, du könntest …«

»… keine Kinder bekommen? Ja, das dachte ich auch. Aber wie heißt es so schön: Die Natur findet einen Weg. Dinge passieren, wenn man am wenigsten mit ihnen rechnet.«

Eric schluckte. Er versuchte zurückzurechnen. Sich zu erinnern, was damals gewesen war. Zahlen, Daten, Termine – sie gaben ihm Halt, erdeten ihn.

Drei Monate.

Es musste kurz nach ihrem gemeinsamen Tauchabenteuer passiert sein. Als er Laurines Leben gerettet hatte. Sie hatten in dieser Phase oft miteinander geschlafen, beinahe täglich. So, als wollten sie die Zeit der Krise und des Zerwürfnisses, die zuvor geherrscht hatte, überwinden. Monique war fort – abgereist, hatte er gedacht. Die Vergangenheit war vergangen, und ein neuer Lebensabschnitt hatte begonnen. Laurine und er waren sich damals wieder nähergekommen. Sie hatte sich zu ihm bekannt, ihn sogar eingeladen, in ihrem Haus zu wohnen. Und die Natur hatte ihren Lauf genommen.

Sie betrachtete ihn aus dunklen, mandelförmigen Augen.

»Freust du dich?«

»Ob ich …?« Ihm fehlten die Worte. Also zog er sie zu sich heran und küsste sie. Inniglich.
Die Umgebung war vielleicht nicht unbedingt passend für so eine Nachricht, doch das war ihm egal. In diesem Moment war ihm alles egal. Sie hätten genauso gut auf der Spitze des Empire State Building stehen können oder in einem Kohleschacht. Seine Gefühle wären dieselben gewesen.
»Ja«, sagte er, und seine Stimme war seltsam rau. »Und wie ich mich freue. Es kommt mir vor wie ein Traum.«
»Ich wollte es dir nicht früher sagen, weil du so eingespannt warst. Ich habe gespürt, dass dir deine Aufgabe viel bedeutet, und wollte dich nicht ablenken. Es war wichtig, dass du all deine Kraft auf deine Mission lenken konntest. Doch jetzt …« Sie zwinkerte ihm zu, und er musste sie erneut küssen. Er fragte sich, wieso er Laurines veränderten Zustand nicht bemerkt hatte. War er wirklich so unsensibel? Allerdings trank Laurine niemals Alkohol, und Übelkeit verspürte sie offensichtlich auch nicht. Welche Symptome gab es noch? Ach ja, ihre Brüste schienen größer zu sein. Insgesamt kam sie ihm weiblicher vor. Aber er hatte das auf seine Verliebtheit geschoben.
»Geht es dir denn gut?«, fragte er. »Hast du keine Beschwerden?«
Sie schüttelte den Kopf. »Nein. Wäre meine Periode nicht ausgeblieben, ich hätte es selbst kaum bemerkt.«
»Aber du bist dir ganz sicher, oder?«
Sie nickte. »Kein Zweifel. Noch ein gutes halbes Jahr, und wir werden Eltern, Eric. Es sei denn, du …« Sie sah ihn groß an.
Zuerst wusste er nicht, was sie meinte. Doch dann wurde ihm klar, dass sie die Möglichkeit einer Abtreibung andeutete. Er schüttelte vehement den Kopf. »Nein, niemals«, sagte er. »Ich möchte ein Kind mit dir. *Dieses* Kind. Mehr als alles andere. Es ist das Schönste, was ich mir vorstellen kann. Ich brauche nur noch ein Weilchen, um das zu verdauen. Säßen wir nicht in diesem schrecklichen Krankenhaus fest und müssten auf Mahmoud warten, ich würde dir hier und jetzt einen Heiratsantrag machen. Weiß sonst noch jemand davon?«

»Du bist der Erste.«
Er lächelte. »Dann belassen wir es erst mal dabei. Was hältst du davon, wenn wir es später offiziell machen? Wir könnten eine Party schmeißen. Im *Le Gallieni.* Wir werden alle unsere Freunde einladen und das halbe Dorf dazu. Natürlich auch deine Familie. Ich freue mich jetzt schon auf das Gesicht deiner Mutter …«
Laurine wiegte den Kopf. »Sie wird vermutlich nicht kommen.«
»Und wenn schon.« Sein Lächeln wurde breiter. »Wenn dein Vater kommt und dein Bruder mit seiner Familie, dürfte es ihr schwerfallen, zu Hause zu bleiben. Oh, Mann, das wird ein Fest …« Er schwelgte so sehr in seiner Vision, dass er erst mitbekam, dass etwas vor sich ging, als die Geräusche von draußen kaum noch zu überhören waren. Laurine war bereits aufgestanden.
Irritiert blickte er zu ihr hoch. »Was ist denn los?«
»Ich glaube, sie kommen.«
Augenblicklich fiel Eric zurück auf den Boden der Tatsachen. Und der Aufprall war hart. Als er sah, wer sie da beehrte, wusste er, dass dieser Fall noch nicht abgeschlossen war.
Mateu Santini wurde umringt von einer Schar bewaffneter Polizeibeamter. Hätte Eric nicht gewusst, wer er war, der Sohn des Mafiabosses wäre ihm wie ein Promi vorgekommen. Wie ein hochrangiger Politiker oder Popstar. Wobei sein Äußeres nicht so recht zu dem roten Teppich passen wollte, den man ihm hier im übertragenen Sinne ausgerollt hatte. Während der Chef de Police äußerst zufrieden wirkte, glich Mateu einem Boxkämpfer, der sich mit Ach und Krach in Runde zwölf gerettet hatte.
Grau sah er aus. Alt und verknittert. Unter seinen Augen lagen Ringe wie die der Panzerknacker. Als sein Blick auf Eric und Laurine fiel, wurde sein Ausdruck noch düsterer. »Sie haben mir nicht gesagt, dass die beiden an diesem Treffen teilnehmen würden. Was soll das werden, Clément? Ein Kaffeekränzchen?« Er sah aus, als stünde er kurz davor zu explodieren.
Mahmoud versuchte, die Wogen zu glätten. »Die beiden sind

auf meinen Wunsch hier. Sie sind wichtige Zeugen in dieser Angelegenheit. Laurine, Eric, bitte begleiten Sie uns. Wir werden nach oben fahren.«
Eric senkte seine Stimme. »Wie ist es gelaufen?«
»Sie wird reden. Paula Ospina hat zugesagt, vollumfänglich mit uns zu kooperieren.« Mahmoud lächelte. »Ihr Tipp war Gold wert, Eric. Mehr, als Ihnen bewusst ist. Ihre Idee, Monsieur Santini einzubeziehen – einfach genial. Ob Zufall oder Intuition, vermutlich haben Sie den einzigen Schwachpunkt von Madame Ospina entdeckt. Aber lassen Sie uns hinter verschlossenen Türen weiterreden. Es gibt viel zu besprechen.«
Widerwillig quetschten sie sich neben Mateu in den Aufzug. Drei Zivilpersonen plus fünf Beamte, es wurde ziemlich eng. Die Luft war zum Schneiden. Die Fahrt verlief in eisigem Schweigen. Eric war froh, als endlich der erlösende Gong ertönte und sie aussteigen durften.
Mahmoud deutete zu ihrer Rechten. »Wir werden uns drüben in Raum 302 unterhalten. Es gibt da etwas, was ich Ihnen gerne zeigen möchte.« Er winkte einem seiner Beamten zu. »Kaffee, und zwar starken. Und wir hätten gerne auch Wasser und etwas zu essen.«
»Jawohl, Monsieur le Commissaire.«
Mahmoud wartete, bis alle eingetreten waren, dann schloss er die Tür.
»Ich muss mich bei Ihnen allen bedanken«, leitete er das Treffen ein. »Bei Ihnen, Laurine und Eric, für Ihre Geduld. Und bei Ihnen, Monsieur Santini, dafür, dass Sie so kooperationsbereit waren und mich begleitet haben. Ich denke, dass Sie ebenso überrascht waren wie wir, als Sie erfuhren, wer wirklich hinter diesem Komplott steckt. Sie waren ebenso eine Marionette wie wir alle – und das spricht zu Ihren Gunsten.«
»Diese Frau dadrin …« Mateu musste sich setzen. »Ich habe sie schon einmal gesehen.«
»Ganz recht, das haben Sie. Auf der Brücke Ponte Vecchio, vor ziemlich genau vier Monaten.« Mahmoud sprach sanft und ru-

hig. »Ich kenne die Zeugenvideos. Wie Sie wissen, haben etliche Beobachter den Vorfall damals mit ihren Handys gefilmt. Die Qualität der Aufnahmen ist so gut, dass wir Paula Ospina trotz ihres Mundtuchs identifizieren konnten.« Er legte einige Fotos auf dem Tisch aus. Es waren die Fotos, die Laurine an der alten Finosa-Mine geschossen hatte. Kamila war dort im Kreise ihrer Söldner zu sehen.

»Die Augen«, murmelte Mateu. »Ihre Stimme … ich habe sie sofort wiedererkannt.«

»Und Madame Ospina hat Sie wiedererkannt, das war unübersehbar. Der Überraschungseffekt ist gelungen. Sie sind der Einzige, vor dem diese Frau wirklich Angst zu haben scheint. Vermutlich war das der Grund, warum sie so schnell ihre Kooperation zugesagt hat.«

»Ich kann nicht glauben, dass mein Vater dahinterstecken soll«, sagte Mateu kopfschüttelnd. »Wer sagt mir, dass diese Frau nicht auf eigene Faust gehandelt hat? Alles, was ich bisher gehört habe, sind Behauptungen. Ihr Wort, das von Laurine und Marchand. Doch das genügt mir nicht. Es ist doch bekannt, dass Sie alle drei unter einer Decke stecken.«

»Ich verstehe Ihre Skepsis und respektiere sie«, sagte Mahmoud. »Bei einer so schwerwiegenden Anklage bedarf es deutlicherer Beweise. Aber was würden Sie sagen, wenn ich Ihnen die Aussage von jemandem vorspielen würde, dessen Integrität Sie unmöglich anzweifeln können?«

Mateu blickte Mahmoud skeptisch an. »Wen zaubern Sie jetzt aus dem Hut, Clément? Den lieben Gott?«

»Nicht ganz. Aber nahe dran.« Lächelnd legte Mahmoud ein Handy auf den Tisch. Eric bemerkte, dass es aussah wie seines. Was er aber nicht glauben konnte, schließlich war es bei seiner Entführung zerstört worden. Trotzdem, die Ähnlichkeit war verblüffend.

In diesem Moment klopfte es, und der Beamte brachte Wasser, Kaffee, ein paar Tassen und etwas Gebäck. Er stellte alles auf den Tisch, dann entfernte er sich wieder.

»Bitte bedienen Sie sich.«
Eric nahm Kaffee, Laurine hingegen nur Wasser. Mateu wollte nichts.
»Wirklich nicht?« Mahmoud sah ihn an. »Sie sollten sich etwas stärken. Was ich Ihnen jetzt vorspielen werde, dürfte schwerer zu verdauen sein als die Konfrontation mit Ihrer Attentäterin.«
Es musste etwas in den Worten Mahmouds gelegen haben, das Mateu dazu bewog, den Vorschlag anzunehmen. Er schenkte sich Kaffee ein und nahm einen Keks.
»So«, sagte er. »Und jetzt hören Sie auf, mir meine Zeit zu stehlen und mich wie einen Bären am Nasenring durch die Manege zu führen. Sagen Sie, was Sie zu sagen haben.«
»Wie Sie wünschen.« Mahmoud nahm das Handy und drückte die Wiedergabefunktion.
Eric spitzte die Ohren. Zuerst hörte er nur Knistern, dann ertönten Stimmen. Männer sprachen durcheinander. Es hörte sich an, als würde im Hintergrund ein Fernseher laufen. Das alles klang auf merkwürdige Art vertraut.
Eric überlegte, wo er das schon einmal gehört hatte, als es ihm plötzlich wieder einfiel. Er zuckte zusammen, als habe er einen Stromschlag bekommen.
»Na, Monsieur Farid, wollen Sie uns etwa schon verlassen?«, erklang unverwechselbar die Stimme des Clanführers. »Ihr Name ist doch Farid, nicht wahr? Oder sollte ich Sie besser mit Eric Marchand anreden?«
Und dann hörte er seine eigene Stimme. »Santini!«
»Ganz recht. Ich glaube, ich habe Ihnen nie meinen vollständigen Namen genannt. Er lautet Jean-Baptiste Jérôme Santini. Meine Mutter fand den Namen so schön. Ich habe ihn nie leiden können. Klingt irgendwie schwul, finden Sie nicht?«
Männergelächter.
Mateu starrte Eric an. Unter gesenkten Augenbrauen verfolgte er das Gespräch. Sprungbereit, wie ein Panther. Kein Zweifel, er hatte die Stimme seines Vaters ebenfalls erkannt.
»Abdul Farid. Ein ziemlich ungewöhnlicher Name für einen

Schriftsteller aus Paris«, fuhr Jean-Baptiste fort. »Aber vermutlich genau richtig, wenn man in so einer Umgebung unerkannt bleiben möchte, nicht wahr? Hübsche Maskerade übrigens. Als Sie vorhin in meiner Tür erschienen, habe ich Sie für einen Moment nicht erkannt. Aber ich wusste ja, dass Sie kommen würden. Haben Sie schon Meldung bei Chefinspektor Clément gemacht?«

»Was?«

Das Lachen war unverwechselbar. Die beste Schummelsoftware der Welt hätte dieses Lachen nicht imitieren können. »Ja, ich weiß, das muss ziemlich verwirrend für Sie sein. Aber ich versichere Ihnen, es läuft alles nach Plan. Das Getriebe hat sich in Bewegung gesetzt, und die Zahnrädchen greifen perfekt ineinander. Das Ziel, die Clans unter meiner Führung zu vereinen, ist nur noch einen Steinwurf entfernt. Ein Jammer, dass ich meinen Sohn nicht einweihen konnte. Er darf das niemals erfahren. Aber das ist Politik, und Politik ist nun mal schmutzig. Sie, lieber Monsieur Marchand, waren das wichtigste Rädchen von allen. Das zentrale Steuerungselement, wenn ich so sagen darf. Hätten Sie nicht funktioniert, mein Plan wäre für die Katz gewesen. Aber auf Sie ist Verlass. Auf Sie ist immer Verlass. Wenn ich Sie kurz bitten dürfte, mir Ihr Mobiltelefon zu geben?«

»Ich verstehe nicht …«

»Hörst du schlecht? Du sollst das Handy rausrücken«, erklang die Stimme des Dürren. Eric erinnerte sich noch genau an den Kerl. Ein unangenehmer Typ.

»Hier …«

»Sehr schön. Wie lautet der Entsperrungscode?«

»1979.«

»Ihr Geburtsjahr? Wie unoriginell. Da müssen Sie aber aufpassen, dass das Gerät nicht versehentlich in falsche Hände kommt.« Das Geräusch tippender Finger. »Wunderbar. Ganz wunderbar. Chefinspektor Clément hat sogar schon geantwortet. Meine Herren, ich denke, es ist Zeit aufzubrechen. Der letzte Akt hat begonnen. Jeder weiß, was zu tun ist, und ich wünsche keine Fehler. Hier, vernichten Sie das.«

Ein Knacken ertönte, dann erstarb das Gespräch.
Mahmoud legte das Handy zurück auf den Tisch. »Paula Ospina stand im Dienst Ihres Vaters. So wie die Gebrüder Vezzani mit ihrer Söldnertruppe. Sie alle halfen ihm, seinen Plan von einem geeinten Korsika in die Tat umzusetzen. Der Angriff auf der Ponte Vecchio, fingiert. Die Befreiung in Castellana, fingiert. Als eine Riesenshow, um sich selbst an die Macht zu bringen. Und es ist ihm gelungen. Was sagen Sie dazu?« Mit einem schwer zu deutenden Ausdruck sah er Mateu an. Es war klar, dass er eine Reaktion erwartete. Doch der Sohn des Clanchefs erwiderte nichts. Er saß nur da und starrte auf das Handy. Bleich war er geworden. Wie ein Bettlaken.
»Wie sind Sie da rangekommen?«, fragte Eric in die Stille hinein. »Das Handy wurde doch zerstört.«
»Ihr Handy ja, nicht die zusätzliche Speicherkarte. Offensichtlich wurde sie bei dem Schlag mit dem Hammer, oder was immer es war, rausgeschleudert und landete unter einem Schrank. Ich habe sie in ein Gerät ähnlicher Bauart einsetzen lassen, damit Sie sich besser erinnern. Diese kleine Tonaufzeichnung ist nicht nur ein wertvolles Geständnis, sie ist auch die Bestätigung dafür, dass Jean-Baptiste Santini – Ihr Vater, Mateu – der Drahtzieher und Organisator dieser Verschwörung ist. Paula Ospina hat diesen Sachverhalt gerade bestätigt. Was wiederum bedeutet, dass man Sie hinters Licht geführt hat. Sie, uns, die gesamte Öffentlichkeit. Wir alle sind Opfer eines gigantischen Lügengebäudes, das nun zum Einsturz gebracht wird. Ich wüsste immer noch gerne, was Sie …«
Ein Klicken ertönte.
Erics Blick zuckte empor. Wie aus dem Nichts lag eine Waffe in Mateus Hand. Klein, silbern, tödlich. Eine Waffe, die sich problemlos in einem Schuh mit hohem Schaft verstecken ließ. Die Mündung war auf Mahmouds Brust gerichtet. Die andere Hand hielt Mateu ausgestreckt.
»Das Handy.«
»Monsieur Santini. *Mateu …*«

»Das Handy, habe ich gesagt.«
Mahmoud schob es ihm rüber. »Was haben Sie damit vor? Wollen Sie es vernichten? Das bringt nichts, die Aufzeichnung wurde längst abgespeichert und an einem sicheren Ort verwahrt. Was wollen Sie damit?«
»Zerbrechen Sie sich nicht meinen Kopf.« Mateu stand auf, die Waffe immer noch auf Mahmoud gerichtet. Rasch nahm er auch die ausgelegten Fotos an sich. »Ich werde jetzt gehen«, sagte er. »Sie werden hier sitzen bleiben und keinen Mucks machen. Sollten Sie versuchen, mir zu folgen, werde ich schießen.«
»Aber was soll das denn?« Mahmouds Stimme war ruhig und sachlich. »Machen Sie sich doch nicht unglücklich. Sie glauben doch nicht im Ernst, dass Sie damit durchkommen. Ihr Vater ist der Schuldige, Sie haben damit nichts zu tun. Lassen Sie uns die Drecksarbeit erledigen. Uns, die Polizei.«
»Sie werden sich da raushalten.« Mateu hatte die Tür erreicht und blickte durch einen Spalt nach draußen. Die Luft schien rein zu sein, jedenfalls stand kein Beamter vor der Tür. »Dies ist etwas, was nur meinen Vater und mich angeht. Ich werde die Sache auf meine Weise regeln, und ich rate Ihnen, mir nicht in die Quere zu kommen.« Als er sah, dass von innen ein Schlüssel steckte, zog er ihn raus, verließ den Raum und schloss hinter sich zu. Der Knall, mit dem die Tür ins Schloss fiel, hörte sich an wie der Schuss aus einer Pistole.
Eric sprang auf. »Wollen Sie nicht hinterher? Ihn aufhalten?«
Mahmoud schüttelte den Kopf. »Lassen Sie ihn gehen, Eric. Im Moment kann nichts und niemand ihn aufhalten. Ich weiß, wo wir ihn finden werden. Über das Handy können wir ihn jederzeit aufspüren.« Er lächelte, aber es war ein trauriges Lächeln. »Mateu Santini ist in dunkler Mission unterwegs. Wir sollten uns da raushalten. In ein paar Stunden wird sich das Gewitter verzogen haben, dann kommt unsere Stunde.« Er stand auf. »Für Sie beide gibt es hier nichts mehr zu tun. Danke für Ihre Mithilfe, Sie haben uns einen großen Dienst erwiesen.«

Eric sah den Chefkommissar verwundert an. Hatte Clément das so geplant? War ihm bewusst gewesen, wie Mateu reagieren würde?
Wenn ja, dann war er viel gerissener, als Eric vermutet hatte.

XXXVII

Sartène gilt unter Kennern als korsischste aller Städte. Wie ein Krähennest hoch hinein in die Flanken der *Alta Rocca* gebaut, überblickt sie den gesamten Südwesten bis runter nach Propriano. Bekannt ist Sartène vor allem durch die hohen schlanken Wohntürme, die verwinkelte Altstadt sowie die Kirchen *Sainte-Marie* und *Saint-Sébastien*, die am Karfreitag Schauplatz eines bizarren Schauspiels sind. Während einer Prozession, genannt *Catenacciu*, muss ein kräftiger Mann in Büßerkostüm ein Holzkreuz nebst schweren Ketten durch den Ort tragen, wobei er von einem kleineren Mann in weißem Kostüm unterstützt wird. Wer sich unter den Gewändern befindet, ist nur dem Pfarrer bekannt, doch es gilt als besondere Ehre, das Kreuz tragen zu dürfen.
Mateu war diese Ehre einst auch zuteilgeworden. Er erinnerte sich noch lebhaft, wie sehr er unter der Last des Kreuzes und der Ketten gelitten hatte. Mehrfach war er auf dem Weg gestürzt, war von Miguel wieder aufgerichtet worden und hatte seinen Gang fortgesetzt. Den Ausdruck im Gesicht seines Vaters während der anschließenden Feierlichkeiten würde er nie vergessen. Diese Freude, dieser Stolz. Damals hatte er geglaubt, nichts und niemand könnte sie irgendwann auseinanderbringen. Zwischen Vater und Sohn passte kein Blatt Papier. Nicht nur durch das Band der Familie und des Glaubens verbunden, sondern auch durch Freundschaft und Respekt, so dachte er.
Wie sehr er sich getäuscht hatte.

Seine Welt war eingestürzt. Den Boden hatte man ihm unter den Füßen weggezogen. Selbst die Sonne schien ihn verhöhnen zu wollen. Mal blendete sie ihn, dann wieder verhüllte sie ihr Haupt. Gerade so, als wollte sie verhindern, dass er es rechtzeitig bis nach Sartène schaffte. Doch er ließ sich nicht aufhalten. Den letzten Anstieg legte er mit röhrendem Motor und Höchstgeschwindigkeit zurück.
Ein kurzer Blick auf die Uhr sagte ihm, dass es Viertel nach zwölf war. Die Fahrt mit dem Leihwagen von Ajaccio hierher hatte über eine Stunde gedauert. Das Treffen der Familienoberhäupter dürfte inzwischen auf dem Höhepunkt angelangt sein. Treffpunkt war eine zweistöckige Villa in der Avenue Gabriel Péri. Blaue Fensterläden, schmiedeeiserne Balkone und ein nach Westen gelegener Park mit Swimmingpool – das altehrwürdige Haus befand sich seit zehn Generationen in der Hand der Familie Santini. Nach außen machte es nicht viel her, aber befand man sich erst im Inneren, war man förmlich erschlagen von den vielen Erinnerungsstücken, die sein Großvater angesammelt hatte. Antike Möbel, Teppiche, Porzellan und erlesene Gemälde – man fühlte sich hier wie in einem Museum. Und das war zum Teil auch die Absicht. Wann immer es darum ging, die glorreiche Vergangenheit heraufzubeschwören, war dies Jean-Baptistes erste Wahl. Er war hier geboren worden und hatte seine ersten Jahre hier verlebt, ehe er mit seiner Familie nach Belgodère umgezogen war. Selbstverständlich war die Villa im Besitz der Familie geblieben. Kein Santini trennte sich jemals von etwas, was ihm gehörte. Und eines Tages würde es Mateu gehören.
Dass sein Vater bereits eingetroffen war, erkannte er daran, dass Sicherheitsleute zwischen den parkenden Autos hin und her patrouillierten und jedem, der die Straße entlangfuhr, finstere Blicke zuwarfen. Es dauerte jedoch nicht lange, bis sie ihn erkannten. Sofort wurde ihm ein Parkplatz in der vordersten Reihe zugewiesen und ihm beim Aussteigen geholfen.
Humpelnd durchquerte Mateu das Eingangstor und stieg die Außentreppe zum Parterre empor. Weitere Sicherheitsleute er-

warteten ihn. Die meisten von ihnen waren ihm bekannt, aber es waren auch neue Gesichter darunter. Junge Kerle, denen der Abzugsfinger locker saß. Mateu konnte es einem Menschen ansehen, ob er scharf aufs Töten war, und hier gab es einige. Vermutlich Miguels Leute.

Aus dem Gebäude drang Musik und das Lachen und Plappern vieler Stimmen. Anders als bei den klassischen Treffen des Zwölferrates waren diesmal die Familien mit eingeladen. Kinder johlten hinten im Garten, und Frauen unterhielten sich angeregt über dies und das. Mateu sah blitzenden Schmuck, hochhackige Schuhe und Kleider im neuesten Modetrend. Während er durch den Raum ging, erstarben die Gespräche. Neugierige Blicke, respektvolles Nicken und Tuscheln begleiteten ihn auf dem Weg nach draußen.

Er fand seinen Vater neben Miguel auf der Terrasse. Im Kreise engster Freunde und Vertrauter, sah er den Köchen bei der Zubereitung etlicher korsischer Spezialitäten zu. Nicht weit entfernt unterhielten sich weitere hochrangige Clanmitglieder. Neben dem riesigen Büfett brutzelte ein frisches Spanferkel über dem Grill. Der Duft war betörend.

Als Jean-Baptiste ihn sah, begrüßte er ihn mit einem vorwurfsvollen Augenaufschlag. »Schön, dass du es einrichten konntest. Wir warten schon seit einer Weile auf dich. Was hat deine Zeit so in Anspruch genommen?«

»Ich musste dringend noch etwas erledigen. Ich hoffe, Miguel hat mich würdig vertreten.«

»Hat er«, sagte Don Castagnieri, der ihr Gespräch mit anhörte und jetzt zu ihnen herüberkam. »Er hat sogar den Weinkeller für uns geöffnet und ein paar erlesene Tropfen nach oben gebracht. Unter anderem diesen Vermentinu aus dem Jahre 2007. Der Lieblingswein von Chefkoch Alain Ducasse, wenn ich mich recht entsinne. Möchtest du ein Glas, Mateu?« Don Castagnieri war ein kluger Mann. Er spürte die Anspannung zwischen Vater und Sohn und griff schlichtend ein.

Mateu winkte ab. »Nein danke.«

Jean-Baptiste wirkte immer noch verärgert. Seine ganze Haltung drückte Verachtung aus. Als er sprach, war seine Stimme leise. Gefährlich leise.
»Ich hatte dir doch aufgetragen, dich persönlich um die Begrüßung meiner Gäste zu kümmern. Ich frage mich, wieso du es nicht für nötig erachtet hast, mich über deinen plötzlichen Sinneswandel zu informieren.«
»Ich hatte meine Gründe …«, sagte Mateu mit unterdrückter Wut. War das die Möglichkeit? Er war auf einmal wieder zwölf Jahre alt und stand vor seinem Vater mit runtergelassenen Hosen. Oh, wie er es hasste!
»Gründe, aha.« Jean-Baptiste stieß ein zynisches Lachen aus. »Soll ich jetzt betteln, damit du endlich den Mund aufmachst? Ach, was rede ich, es kommt ja ohnehin nichts Gescheites dabei heraus. *Kinder!*« Missbilligend wandte er sich an Don Castagnieri. »Man kann ihnen noch so viel Gutes tun, sie werden es einem niemals danken.«
»Sei nicht zu hart mit ihm«, sagte sein alter Weggefährte. »Kinder haben ihren eigenen Kopf, sie brauchen Freiheit. Und Mateu hatte in letzter Zeit viel zu erleiden.«
Jean-Baptiste sagte nichts und drehte stattdessen Mateu demonstrativ den Rücken zu. Statt seinen Sohn um Vergebung zu bitten für das, was er angerichtet hatte, wandte er sich lieber seinen Gästen zu. »Freunde, Familienmitglieder, hochverehrte Dons. Jetzt, da wir nun endlich vollzählig sind, erkläre ich das Büfett für eröffnet.« Hochrufe ertönten.
Jean-Baptiste lächelte. »Ehe wir uns auf die Köstlichkeiten stürzen, möchte ich kurz noch ein paar Worte sagen. Bitte verzeiht mir diese kleine Eitelkeit, aber heute ist ein ganz besonderer Tag für mich. Euch alle hier versammelt zu sehen ist eine Freude, auf die ich nicht mehr zu hoffen wagte. Wie manche von euch wissen, bin ich ja nicht mehr der Jüngste …«
»Was du nicht sagst.« Don Castagnieri schenkte ihm ein perlweißes Gebisslächeln. »Ich dachte, du hättest vor, ewig zu leben.«

»Mach du nur deine Witze, bist ja selbst nicht mehr der Jüngste«, erwiderte Jean-Baptiste in bester Laune. »Tatsache ist aber, dass ich tatsächlich vorgehabt hatte, mich auf mein Altenteil zurückzuziehen. Ich wollte am Pool liegen, Wein schlürfen und jungen hübschen Frauen in den Po kneifen. Aber Fortuna hatte andere Pläne mit mir.« Wieder Gelächter. Die Menge hing an Jean-Baptistes Lippen.

»So stehe ich jetzt also vor euch. Als euer Don und als neugewählter Vorsitzender der Brise de Mer. Wie die meisten von euch wissen, haben die Brüder Vezzani diesen Posten nur interimsweise übernommen. Auf Beschluss des Zwölferrates wurde er an mich weitergeleitet, und so werde ich für die nächsten vier Jahre euer neuer Vorsitzender sein. Ich werde mich bemühen, diesem hohen Amt und der damit verbundenen Verantwortung gerecht zu werden.«

Donnernder Applaus hallte von den Wänden der Villa wider. Jean-Baptiste hob seine Hände, doch es dauerte eine Weile, bis wieder Ruhe einkehrte. »Wie ihr wisst, durchlebt Korsika gerade stürmische Zeiten. Unsere friedvolle Insel wird von einer Plage heimgesucht. Die Rede ist von der Plage Islam. Horden von Ausländern drängen zu uns, in der Hoffnung auf Arbeit, Asyl und einen reich gedeckten Tisch. Sie denken, sie könnten sich hier breitmachen, uns unsere Frauen wegnehmen und das Land mit ihrer unseligen Religion vergiften. Paris meint, sich nicht darum kümmern zu müssen, und eröffnet ein Aufnahmelager nach dem anderen in dem Glauben, die Verantwortung dafür auf uns abwälzen zu können. Aber ich sage euch, sie haben sich geschnitten. Wir werden uns das nicht länger gefallen lassen.«

»Bravo«, hörte Mateu viele Stimmen. Etliche der Genossen aus Vaters Gefolge reckten die Fäuste in die Höhe. Die Stimmung war explosiv.

»Wir sind nicht fremdenfeindlich, wie die Festlandfranzosen uns immer nachsagen«, fuhr Jean-Baptiste fort. »Es ist ein großer Irrtum, zu glauben, man könne immer alles auf unseren korsischen Charakter zurückführen. Selbstverständlich sind wir bereit, Flüchtlinge aufzunehmen, das ist unsere Tradition. Vor hundert Jahren haben wir tausend Syrer aufgenommen, danach verfolgte Juden und so weiter. Sie alle sind Korsen geworden. Korsika ist ein Modell für Toleranz. Aber wir lassen uns nicht alles bieten. Wir wehren uns gegen diejenigen, die unsere Kultur und unsere universellen Werte nicht respektieren.«

»Genau.«

»Richtig ...«

»Die Terroristen wollen unsere Gesellschaft spalten, doch das wird ihnen nicht gelingen. Nicht, wenn wir geschlossen zusammenstehen. Wir werden auf jeden Angriff gegen unser Volk eine unerbittliche Antwort folgen lassen und dabei nicht zimperlich sein. Wir dürfen uns keine Schwäche erlauben.«

»Auch nicht, wenn Unschuldige dabei auf der Strecke bleiben?«, erhob sich eine Stimme über die Beifallsrufe. »Auch nicht, wenn dabei die eigenen Söhne geopfert werden?«

Zuerst war die Reaktion kaum spürbar, doch dann verstummten die Gäste nach und nach. Manche dachten vielleicht, es sei ein Scherz, bis ihnen klar wurde, wer das gesagt hatte.

Mateu?

Verwirrt sahen sie einander an, begannen zu tuscheln. Was hatte das zu bedeuten? Alle Augen waren nun auf ihn gerichtet.

Jean-Baptiste blinzelte seinen Sohn verständnislos an. »Was hast du gesagt?«

»Ich sagte, diese Charade hat jetzt lange genug dauert. Es ist Zeit, endlich die Wahrheit zu sagen.«

Mateu hatte eine imposante Stimme. Tief und voll. Und er wusste, wie man sie einsetzt. »Schluss damit, die eigenen Leute zu belügen. Ihr alle habt die Rede meines Vaters im Fernsehen gehört. Ihr alle glaubt ihm. Ich aber sage euch: Es gibt keine ausländische Invasion. Es gibt keine Islamisten und auch keine Terrorbrigaden. Die Anschläge waren allesamt inszeniert. Und zwar von einem einzigen Mann. Ja, ihr habt richtig gehört. Mein Vater hat euch alle betrogen. Die Anschläge, Aufruhr in den

Flüchtlingsvierteln, ja selbst seine Entführung war eine Lüge. Er hat Söldner beauftragt, ihn zu kidnappen, um hinterher eine große Befreiung zu inszenieren und als Märtyrer und Heiliger dazustehen. Alles Lug und Trug. Niemand außer den Vezzani-Brüdern – seinen Weggefährten aus alten Tagen, die ihm noch einen Gefallen schuldeten – war in den Plan eingeweiht. Aber wo sind sie? Wurden sie eingeladen? Natürlich nicht, sie haben die Insel längst verlassen.«

»Wie kannst du es wagen …?«

Jean-Baptiste war kreidebleich geworden. Ob vor Angst oder Wut, war nicht zu erkennen. Mateu tippte auf Letzteres. Egal. Er war jetzt so richtig in Fahrt, und er würde sich nicht stoppen lassen.

»Ich komme gerade von einer Unterredung mit dem Chef de Police von Ajaccio, einem Mann namens Mahmoud Clément. Ihr alle kennt ihn oder habt von ihm gehört. In seiner Obhut befindet sich eine Gefangene. Wusstest du das, Vater? Der Name dieser Frau ist Paula Ospina. Sie ist eine Söldnerin, ein Mitglied der Schwarzen Skorpione. Sie und etliche andere wurden von den Vezzani angeheuert, um auf unserer Insel Unfrieden zu stiften. Als ich ihr gegenüberstand, habe ich sie wiedererkannt. Es ist dieselbe Frau, die vor vier Monaten den Anschlag auf der Ponte Vecchio verübt hat. Und sie ist gewillt, vollumfänglich gegen dich auszusagen, Vater.«

Jean-Baptiste schwieg, blickte gehetzt nach allen Seiten. Mateu nutzte die Situation, um nachzulegen. »Da ist noch mehr. Wusstest du, dass Eric Marchand sich befreit hat und fliehen konnte? Auch ihn habe ich getroffen und konnte mit ihm sprechen. Eric Marchand, der von dir manipuliert und gefangen genommen wurde. Er erzählte mir, was sich zugetragen hat. Wie du ihn bei der alten Finosa-Mine eingesperrt und verhört hast. Dass du ihn als Boten für deine Zwecke einspannen wolltest.« Mateu fing an, die Fotos zu verteilen, die er Clément abgenommen hatte. Darauf zu sehen waren die alten Minengebäude, zwischen denen jetzt das Unkraut wucherte. Sie zeigten ganz klar, dass das alte Minendorf mit schwer bewaffneten Söldnern besetzt war, einschließlich Paula Ospina.

»Du hast mir doch erzählt, die Ländereien bei Ghisoni seien verkauft worden. Auch das ist offensichtlich eine Lüge. Was hast du dort errichtet, ein geheimes Terrorzentrum? Sowohl Ospina als auch Marchand berichteten, dass du die Machtübernahme von langer Hand geplant und durchgeführt hast. Dass die Entführung inszeniert war und du niemals wirklich in Gefahr geschwebt hast.«

Mateu spürte die Unruhe unter den Gästen und hob das Handy. »Ich weiß, was ihr jetzt alle denkt. Was erdreistet sich dieser junge Kerl, die Vorherrschaft seines Vaters in Zweifel zu stellen? Ist er völlig durchgedreht? Doch ich habe Beweise. Wenn ihr meinem Wort nicht traut, dann vielleicht dem eures Anführers.« Mit diesen Worten betätigte er die Abspielfunktion. Er hatte extra einen zusätzlichen Lautsprecher in seiner Tasche, damit alle es hören konnten.

Und die Botschaft verfehlte nicht ihre Wirkung.

XXXVIII

Jean-Baptistes Stimme war klar und deutlich zu verstehen. Als würde er gerade vor ihnen sprechen, erklang sie aus dem Handy. Sie erzählte von Plänen, von Intrigen und Hinterlist. Ein Jammer, dass ich meinen Sohn nicht einweihen konnte. Er darf das niemals erfahren. Aber das ist Politik, und Politik ist nun mal schmutzig.

Ein Raunen ging durch die Reihen. Ganz offensichtlich war ihnen soeben klar geworden, dass Mateu vielleicht doch nicht verrückt geworden war. Dass sein Vater sie alle betrogen hatte.

Einer der Gäste deutete auf das Porträtfoto von Paula Ospina. »Die Frau hier auf dem Foto habe ich schon mal gesehen. In der

Villa in Vivario, beim ersten Treffen mit den Vezzani-Brüdern. Sie stand neben Miguel. Hübsches Ding, aber ziemlich kühl. Ich dachte, sie wäre eine der Hostessen.«

Mateus Blick wanderte hinüber zu Miguel. Sein Cousin betrachtete ihn mit den Blicken einer Raubkatze. Als er sah, dass Mateu ihn beobachtete, wandte er den Blick schnell wieder ab. Sein Mund war eine hauchdünne Linie.

In diesem Moment wurde Mateu klar, dass Miguel mit drinhing. Ausgerechnet er, mit dem er bislang jedes Geheimnis geteilt hatte. Eine Marionette seines Vaters.

Unter den Gästen herrschte Verwirrung. Sie tuschelten, reichten die Fotos weiter und wussten nicht, was sie davon halten sollten. Schließlich ergriff der greise Don Castagnieri das Wort. »Ist das wahr, was der Junge da behauptet, Jean-Baptiste? Hast du wirklich die Macht durch eine Intrige an dich gerissen?«

Jean-Baptiste sah seinen treuen Weggefährten mit blitzenden Augen an. »So etwas fragst du mich, Emilio? Mich, deinen alten Freund und neuen Don? Ich kann gar nicht sagen, wie sehr mich dein Misstrauen verletzt. Euer aller Misstrauen.«

»Mit Verlaub, aber das ist keine Antwort.« Der Blick des Alten war finster.

Eine Stimme ertönte aus den hinteren Reihen. »Wo sind die Vezzani-Brüder? Warum sind sie nicht hier?«

»Sie hatten Termine, deshalb mussten sie das Land verlassen.«

»Wir haben gehört, dass es am Stausee bei Sampolo zu einem größeren Polizeieinsatz gekommen ist«, rief ein anderer. »Angeblich gab es dort einen Unfall. Die gesamte Straße wurde abgesperrt. Zeugen sagen, sie hätten gesehen, wie ein Hubschrauber gelandet ist, später kam ein Kran, der den Wagen aus dem See gefischt hat. Hat das etwas mit der Sache zu tun?«

Wutentbrannt starrte Jean-Baptiste auf die Reihen seiner Gäste. Ihm schien langsam aufzugehen, dass er in echten Schwierigkeiten steckte. Dass es nicht damit getan war, Gegenbehauptungen aufzustellen oder gar seinen Sohn zu beschuldigen. Im Gegensatz zu ihm hatte Mateu stichhaltige Beweise vorgelegt.

»Sprich zu uns«, sagte Don Castagnieri. »Sag, dass der Junge lügt, ich beschwöre dich.«

Jean-Baptiste hob sein Kinn. »Nein, er lügt nicht. Was er sagt, ist die Wahrheit.«

Mateu hörte ein scharfes Einsaugen von Luft.

Alle starrten seinen Vater an.

Es war so still geworden, dass man eine Nadel hätte fallen hören können. Er selbst ertappte sich dabei, wie er die Hände zusammenpresste. So lange, bis sich seine Fingernägel schmerzhaft in die Handinnenflächen bohrten.

Er hatte sich innerlich auf Widerstand eingestellt, auf eine harte Diskussion, auf Anschuldigungen und Gegenanschuldigungen. Dass sein Vater so schnell einlenkte und alles gestand, schockierte ihn. Doch Jean-Baptiste schien zu meinen, dass er im Recht war.

»Was Mateu sagt, stimmt«, rief er. »Ich habe diesen Weg gewählt, um uns alle aus der Krise zu führen. Ich sah es als den einzigen Weg, deswegen habe ich ihn beschritten. Meine Vision war es, die Clans zu vereinen und auf ein gemeinsames Ziel zu lenken. Geschlossenheit zu erzeugen, wo vorher Neid und Missgunst geherrscht haben. Ich wollte Korsika wieder stark und handlungsfähig machen, und ich habe mein Ziel erreicht. Wir sind nicht länger die Hinterwäldler, die immerzu nach Unabhängigkeit schreien. Paris nimmt uns ernst. Wir haben gezeigt, wozu wir imstande sind, und die Augen der Welt sind auf uns gerichtet. Wir schreiben Geschichte, liebe Freunde. Wie heißt es so schön: Der Zweck heiligt die Mittel. Geschichte wird von Siegern geschrieben, und ich habe nicht vor, mir das Zepter wieder aus der Hand nehmen zu lassen.«

Mateu blickte in die Runde. Es war unglaublich, aber die Worte seines Vaters schienen tatsächlich Eindruck zu machen. Es gab nicht wenige, die nickten. Eben noch hatten sie erfahren, dass sie nach Strich und Faden belogen worden waren, jetzt hatten sie schon wieder dieses Glänzen in den Augen. Was für ein rückgratloser Haufen! Er musste dringend etwas unternehmen.

»Und was ist mit mir, Vater? Hattest du tatsächlich vor, mich erschießen zu lassen?«

»Dich erschießen lassen? Was für eine absurde Idee.«

»Aber ich habe es doch gehört. Die Frau hatte die Absicht, mich hinzurichten.«

»Unsinn«, sagte Jean-Baptiste mit kaltem Lächeln. »Das war nur Psychologie. Strategie und Taktik. Die Waffe war mit Platzpatronen bestückt. Sie sollte dir lediglich ein wenig Angst einjagen. Vergiss nicht, es ging darum, den Vorfall möglichst überzeugend aussehen zu lassen. Dass du so dämlich sein würdest, dich in den Fluss zu stürzen, damit war nicht zu rechnen. Und jetzt Schluss mit dem Theater. Lasst uns endlich anfangen zu essen. Ich habe Hunger wie ein …«

Bär, wollte er vermutlich sagen, doch dazu kam es nicht mehr. Ein Knall verschluckte sein letztes Wort. Der Knall aus Mateus silberner Springfield Armory 911.

Es geschah so plötzlich, dass niemand es hatte kommen sehen. Aus dem Loch in Jean-Baptistes Stirn quoll Rauch. Blut lief heraus, aber es war so wenig, dass es nur ein dünner Strich war. Der alte Mann hatte den Mund geöffnet, um zu sprechen, schloss ihn dann aber wieder, als habe er vergessen, was er eigentlich sagen wollte. Dann durchlief ein Zucken seinen Körper. Der Länge nach stürzte er zu Boden. Sein Aufprall klang, als habe jemand einen Sack Reis fallen lassen.

Mateus Blick zuckte hinüber zu Miguel.

Sein Cousin hielt ein Wurfmesser in der Hand. Er war gerade dabei auszuholen und Mateu das Projektil entgegenzuschleudern, als dieser den Abzug noch einmal betätigte. Ein zweiter Schuss löste sich aus der Waffe. Miguel wurde in der Brust getroffen und nach hinten geschleudert. In hohem Bogen landete er auf einem Tisch, der mit Gläsern, Weinflaschen und Champagnerkühlern bestückt war. Glas, Metall, Tischdecke und menschlicher Körper flogen, zu einem Knäuel verwoben, zu Boden.

Hatten die Schüsse die Gäste noch nicht in Panik versetzt, so bewirkte dies das Klirren und Bersten der Flaschen und Gläser.

Schreie ertönten. Wachpersonal drängte über die Terrasse, kam aber an den flüchtenden Gästen nicht vorbei. Es herrschte ein unbeschreibliches Chaos. Männer schoben ihre Frauen Richtung Ausgang, während diese ihre Kinder einsammelten. Alle versuchten, möglichst schnell Abstand zwischen sich und den Schauplatz des Verbrechens zu bringen. Niemand, der halbwegs bei Verstand war, mischte sich in eine derartige Familientragödie ein. Abtauchen hatte auf Korsika Tradition. Wenn der Rauch verflogen war, würden sie wieder aus ihren Löchern kriechen.

Als plötzlich von der Straße her andere Laute erklangen, geriet das Gedränge allerdings ins Stocken. Es war das Heulen von Sirenen, vermischt mit dem Zuschlagen von Autotüren. Über die Hauswände flackerten blaue Lichter.

Die Polizei?

Mateu blickte erst auf seine Pistole, dann auf die leblosen Körper seines Vaters und seines Cousins. Was hatte er getan?

Er konnte sich nicht erinnern, wie die Pistole in seine Hand gewandert war. Aber er erinnerte sich an die Schüsse, die ihn aus seinem Dornröschenschlaf geweckt hatten.

Ihm wurde übel. Er musste sich irgendwo festhalten.

Taumelnd wie ein Betrunkener wankte er in Richtung Wohnhaus. Die Pistole entglitt seinen Fingern, fiel scheppernd zu Boden. Er trat auf ein Glas, das unter seinen Sohlen zersplitterte. Nur am Rande bekam er mit, dass uniformierte und schwer bewaffnete Männer den Park stürmten. Einer von ihnen kam ihm bekannt vor. War das nicht Chefkommissar Clément? Wie kam der denn so schnell hierher? Jetzt kniete er neben seinem Vater, hielt sein Ohr an dessen Mund und prüfte im Anschluss den Puls. Ein anderer Polizist sah ihn fragend an, doch Clément schüttelte nur den Kopf. Mateu spürte Hände, die ihn packten. Sie zerrten seine Arme schmerzhaft auf den Rücken und drückten ihn nach vorn, sodass er in einem Beet mit Christrosen auf die Knie sackte.

Eine Stimme erklang neben seinem Ohr. »Mateu Santini, ich verhafte Sie wegen Mordes an Ihrem Vater Jean-Baptiste und an

Ihrem Cousin Miguel Rossi. Wir werden Sie jetzt ins nächstgelegene Polizeirevier überführen. Haben Sie zu dem Vorfall noch etwas zu sagen?«
Mateu wusste nicht, was. Er konnte nur daliegen und lächeln. Wie schön die Blumen von hier unten aussahen. Als wäre er eine kleine Maus und sie ein wilder Wald. Er wollte eintauchen in diesen Wald, in dessen schattige Kühle. Und dort schlafen. Ewig schlafen.

Corse-Matin

Le quotidien de la Corse – U nutiziale di a Corsica

Mord unter Bandenmitgliedern
Von unserem Redakteur Petru Ciosi

– 28. Oktober – Eine Villa im besten Wohnviertel von Sartène war gestern Schauplatz einer blutigen Familienfehde. Während eines Treffens etlicher korsischer Großfamilien zog einer der Gäste plötzlich eine Waffe und schoss zwei der Anwesenden nieder. Bei den beiden Opfern handelt es sich um Jean-Baptiste Santini, das Oberhaupt der Familie, sowie Miguel Rossi, Cousin des Täters. Erschossen wurden die beiden von Mateu Santini, dem Sohn des Opfers.

Der Mord scheint in Zusammenhang damit zu stehen, dass Jean-Baptiste, der kürzlich aus der Gewalt angeblich islamischer Terroristen befreit wurde, seine Entführung offenbar selbst inszeniert hat.

Das Ziel dieses Betrugs, dem etliche Flüchtlingsunterkünfte zum Opfer fielen, war es wohl, nationalistische Interessen durchzusetzen und die eigene Macht zu festigen. Internen Informationen zufolge wurde Jean-Baptiste erst vor wenigen Tagen zum neuen Oberhaupt der nationalistisch-separatistischen Untergrundorganisation Brise de Mer ernannt und galt seither als mächtigster Mann Korsikas.

Die spektakuläre Entführung Santinis vor vier Monaten auf der Ponte Vecchio (wir berichteten) gilt als wahrscheinlicher Grund für die Mordtat. Mateu Santini, der auf dem Fest die tödlichen Schüsse abgab, war offenbar nicht in die Pläne seines Vaters eingeweiht. Er stürzte sich in blinder Verzweiflung von der Brücke, wobei er schwer verletzt wurde. Es bleibt abzuwarten, ob die beiden Ereignisse tatsächlich in Verbindung zueinander stehen und ob das Blutbad von Sartène möglicherweise ein Racheakt gegen den eigenen Vater darstellt.

Mateu Santini wurde inzwischen in das Hochsicherheitsgefängnis von Casabianda überführt, wo er auf seinen Prozess wartet.

XXXIX

Eric legte die Zeitung beiseite. »Gut geschrieben, mein Freund. Du hast ein Talent, Fakten und Vermutungen so zu kombinieren, dass eine spannende Geschichte daraus wird. Schon mal daran gedacht, irgendwann auch ein Buch zu schreiben?«

Petru lächelte ihn über den Rand seiner Brille an. »Du wirst lachen, das habe ich tatsächlich. Keine Romane, so wie du, sondern ein Sachbuch über die Geschichte der Mafia auf Korsika. Es kribbelt mir schon lange in den Fingern, so ein Projekt anzugehen. Ist allerdings nicht ganz ungefährlich. Falls ich es veröffentlichen würde, sollte ich wohl besser ein Pseudonym wählen. Ich mag in mancher Hinsicht naiv oder leichtgläubig sein, lebensmüde bin ich nicht.«

»Aber du solltest es unbedingt tun«, sagte Eric mit Überzeugung. »Es gibt kaum jemand, der mehr Hintergrundwissen besitzt als du. Wenn du möchtest, könnte ich auch noch ein, zwei Geschichten beisteuern …«

»Das könntest du, da bin ich sicher.« Petru griff lachend zu seinem Bier.

Sie saßen in Battistas Garten unter dem alten Feigenbaum und genossen den unerwartet schönen Tag. Katzen schnurrten um ihre Beine oder fläzten sich neben ihnen auf den freien Stühlen. Es war, als wollte der vergangene Sommer ein letztes Mal daran erinnern, wie schön er gewesen war und was sie versäumten, jetzt, da er verschwand. Laurine und Battista nutzten das herrliche Wetter für eine Radtour. Sie sollten eigentlich bald wieder zurück sein.

Eric war gespannt, wie es Battista ergangen war. Er selbst hatte beim ersten Mal fast aufgegeben. Der Aufstieg hoch nach Speloncato war kein Pappenstiel. Dennoch war er für Laurines Ausdauertraining dankbar. Ohne ihre regelmäßigen Radtouren wäre er niemals mit heiler Haut aus der Schlucht des Fiumorbo rausgekommen. An manchen Stellen hatte er gut und gerne sechzig Stundenkilometer draufgehabt. Manchmal, wenn er die Augen schloss, sah er wieder die Felswände, wie sie an ihm vorbeischossen. Er sah Autos, die ihm mit aufgeblendeten Scheinwerfern entgegenkamen, sah die entsetzten Gesichter der Fahrer …

»Apropos, was ist eigentlich mit deinem Roman?« Petru riss ihn aus seinen Gedanken. »Der dürfte doch inzwischen erschienen sein, oder? Weißt du schon, wie er sich so schlägt, ob es erste Rezensionen gibt und so weiter?«

»Nein.«

»Nein …? Wieso?«

»Hab nicht nachgeschaut …«

Petru hob die Brauen. »Du hast …? Bist du denn gar nicht neugierig? Ich an deiner Stelle hätte schon längst im Internet darüber recherchiert.«

»Ich versuche gerade, mir das Internet abzugewöhnen«, sagte Eric. »Denn es ist schon fast zu einer Sucht geworden. Morgens, mittags, abends. Ständig ist man online. Soziale Netzwerke, Nachrichtenportale, Newsfeeds – auf Dauer wird man dabei wahnsinnig. Überall herrscht Weltuntergangsstimmung. Die Leute versuchen sich gegenseitig mit schlechten Nachrichten zu überbieten. Ich bin überzeugt, dass einen das krank macht.«

»Womit du vermutlich nicht ganz unrecht hast«, räumte Petru ein. »Und das sagt einer wie ich, der davon lebt, Hiobsbotschaften in die Welt zu posaunen. Aber wenigstens versuche ich nicht, mich daran aufzugeilen.«

Eric strich mit dem Finger über den Rand seines Glases. »Na, jedenfalls habe ich mir selbst eine Art Fastenkur verordnet. *Internetfasten.* Erst mal bis Weihnachten, und dann sehen wir weiter. Recherche für aktuelle Romane natürlich ausgenommen. Job bleibt immer noch Job.«

Petru trank einen Schluck. »Ich bewundere dich, Eric. Für mich wäre das undenkbar. Vor allem in diesen Zeiten. Bist du trotzdem an Neuigkeiten interessiert?«

»Na klar. Was denn?«

»Willst du es wirklich wissen? Ich meine … deine Fastenkur ist mir heilig. Ich könnte es nicht ertragen, wenn du meinetwegen rückfällig würdest.« Er zwinkerte ihm schelmisch zu.
»Jetzt rück schon raus mit der Sprache«, sagte Eric. »Oder willst du, dass ich dir dein Bier wegnehme?«
»Aaalso …« Petru faltete die Hände. Er genoss die Vorstellung sichtlich. »Du erinnerst dich vermutlich, dass ich heute früh auf Cléments Pressekonferenz war, oder?«
»Ja …« In Wirklichkeit hatte Eric das vollkommen vergessen.
»Das war endlich mal eine Konferenz, die diesen Namen auch verdient. Es gibt jede Menge Neuigkeiten. Die wichtigste und beste zuerst: Die Brise de Mer existiert nicht mehr.«
»*Was?*«
»Sie hat sich vor zwei Tagen aufgelöst. Nachdem bekannt wurde, dass Jean-Baptiste alle – und ich meine wirklich alle – hinters Licht geführt hat, waren die verbliebenen Vorstandsmitglieder so düpiert, dass sie ohne viel Diskussion die Reißleine gezogen haben. In ihren Augen gab es keinen Grund mehr, die Vereinigung aufrechtzuerhalten. Zumal die angebliche Bedrohung durch islamistische Terrornetzwerke ein reines Hirngespinst war.«
Eric nickte. »Wenn du den Deckel von einem Dampfkochtopf entfernst, entweicht der Druck. So gesehen sehr verständlich.«
»Überdies sind sich die zwölf Clans untereinander nicht wirklich grün«, sagte Petru. »Nur ein gemeinsamer Feind und ein charismatischer Anführer waren in der Lage, dieses Bündnis zusammenzuhalten. Jetzt, da beides fehlt …« Er machte eine Geste, als würde etwas explodieren.
Eric atmete tief ein. »Du siehst mich erleichtert, lieber Freund. Ich mag zwar nur ein *Pinzutu* sein, ein Außenweltler, aber selbst ich habe erkannt, welch ungeheure Machtverschiebung dieses Bündnis ergeben hätte. Ich schätze mal, Mahmoud dürfte ebenfalls ein Stein vom Herzen gefallen sein.«
»Ein Stein?« Petru lachte herzhaft. »Felsbrocken trifft es eher. Er machte auf der gesamten Pressekonferenz den Eindruck, als

habe er einen leichten Schwips, dabei bin ich sicher, dass er völlig nüchtern war. Er lachte, machte Scherze und war schlagfertig. Ich glaube, wenn er diesen Fall abschließen kann, ist er endlich ganz auf Korsika angekommen.«

»So wie ich«, sagte Eric lächelnd.

Ihm war gerade eingefallen, dass es jetzt gerade mal ein Jahr her war, seit er seinen Fuß auf die Insel der Schönheit gesetzt hatte. Und was war in dieser Zeit alles geschehen. Es war ihm nicht nur gelungen, seine Vergangenheit aufzudröseln, er hatte seinen Roman fertig geschrieben, hatte eine neue Liebe gefunden, und er wurde Vater. Nicht schlecht für einen so kurzen Zeitraum. Ob das nächste Jahr wohl auch so aufregend werden würde?

»Eric …?«

Er zuckte hoch. »Was?«

»Ich sagte, sie wissen jetzt auch endlich, wer hinter den Anschlägen steckt.«

»Anschläge …?«

»Na, auf dich, mich, auf Laurine und Mahmoud, ja selbst auf den stellvertretenden Bürgermeister Antoine Pasquale. Es war Miguel. Natürlich nicht in eigener Regie, er war ja stets im Dienste Jean-Baptistes unterwegs. Aber er war der Koordinator. Die Sabotage an deinem Wagen, Laurines durchwühltes Haus. Die Bombe in Mahmouds Büro, das Attentat auf mich, die Schießerei in Ajaccio … er hat sogar den norwegischen Sporttaucher auf dem Gewissen.«

»Magnus Hansen.«

»Erinnerst du dich, dass er durch ein Wurfmesser getötet wurde? Wieder Miguel. Mateu hat gestanden, dass er bei der Ermordung sogar zugegen war. Er stand direkt neben Hansen, als die Klinge ihn durchbohrte. Allerdings war er zu diesem Zeitpunkt nicht in die Pläne seines Vaters eingeweiht.«

»Ganz offensichtlich hielt Jean-Baptiste nicht viel von seinem Sprössling …«

»Weniger als nichts«, sagte Petru. »Er muss ihn wohl für einen ziemlichen Idioten gehalten haben. Den Mord an Paolo Cesari

hat Mateu allerdings zugegeben. Sein Vater hatte ihm diesen Auftrag erteilt. Angeblich hat Cesari mit den Islamisten kollaboriert, was natürlich Unsinn ist. Es gab und gibt keine Islamisten auf Korsika. Wir alle sind von Jean-Baptiste betrogen worden. Schon damals hat der Alte begonnen, seine Netze auszulegen und seine Fäden zu spinnen. Die Machtübernahme war ein sorgfältig orchestriertes Schurkenstück.« Eric nickte düster.
»Ein Imperium, das auf Lügen und Blut errichtet wurde.«
»Durch und durch korsisch, könnte man sagen.« Petru grinste schief.
»Was ist mit den Vezzani-Brüdern? Hat man sie noch ausfindig machen können?«
»Leider nein. Die beiden sind Vollprofis. Ihre Spur verliert sich irgendwo in Osteuropa. Die wird so schnell keiner ausfindig machen. Wahrscheinlich sitzen sie schon längst mit gefälschten Papieren im Flieger auf dem Weg nach Kolumbien. Aber für Mahmoud gibt es auch so schon genug zu tun. Das alles aufzudröseln kann Monate, wenn nicht Jahre dauern. Um Mateu tut es mir etwas leid, er wurde die meiste Zeit benutzt, aber *c'est la vie.*« Er nippte an seinem Bier und wischte den Schaum vom Mund ab.
Eric kniff die Augen zusammen. Hinter einer Hügelkuppe waren soeben Battista und Laurine aufgetaucht. Die zwei kamen von ihrer Tour zurück.
»Ja«, sagte Eric nachdenklich. »Mateu ist wirklich die tragische Figur in diesem Drama. Er dürfte wohl erst mal hinter Gitter wandern, oder?«
»Allerdings«, sagte Petru. »Für wie lange ist unklar, aber ein paar Jahre dürften es schon werden.«
In diesem Moment kamen die zwei Frauen mit hohem Tempo und verschwitzten Gesichtern die Kiesauffahrt hochgeschossen. Knirschend brachten sie ihre Räder zum Stehen. »Hallo, ihr zwei. Habt ihr noch was zu trinken für uns?« Laurine sprang ab, eilte auf Eric zu und schloss ihn in die Arme. Ihr Trikot war nass geschwitzt, aber das machte ihm nichts aus. Im Gegenteil, er

fand es höchst anziehend. »Es war herrlich«, rief sie. »Wundervoll. Battista ist ein Naturtalent. Sie ist den Berg ohne Schwierigkeiten hochgekommen. Nicht wahr, Battista?«
»Das schon«, keuchte Petrus Schwester. »Dafür habe ich jetzt Durst wie ein Gnu.« Sie ging zu Petru, nahm dessen Bierglas und kippte den Inhalt in einem Zug runter. »Ich brauch mehr. Petru, hol Bier. Du weißt ja, wo alles steht. Neuigkeiten machen mich immer durstig.«
Der Reporter runzelte die Stirn. »Was denn für Neuigkeiten?« Offenbar missfiel es ihm, dass die anderen über einen Informationsvorsprung verfügten. »Wenn du mir erzählen willst, dass der Bann, den der Zwölferrat über Laurines Familie verhängt hat, aufgrund des Verrats der Santini aufgehoben wurde und sie wieder nach Speloncato zurückkehren, so ist das nichts Neues. Das hat Eric mir schon berichtet.«
Battista grinste. »Sag du es ihm, Laurine.«
»Wir werden Eltern.« Laurine nahm Erics Hand. »Ende April ist es so weit. Ist aber noch geheim. Nur die engsten Freunde sollen es erfahren.«
»Ihr …« Petru sah völlig verdattert aus.
Die Tatsache, dass es in dieser Zeit politischer Umwälzungen und Intrigen auch einfache, kleine Glücksmomente geben konnte, schien ihn zu überfordern. Er musste sich setzen. »Du meine Güte, das ist wirklich eine Neuigkeit. Und das ausgerechnet heute.« Er griff nach seinem Glas, musste aber feststellen, dass Battista es ja leer getrunken hatte. »Das war mal wieder einer von diesen Tagen. Ich muss dringend Nachschub holen. Eric, wie sieht's bei dir aus?«
»Klar, warum nicht?«
»Dich brauche ich ja nicht zu fragen, Laurine. Irgendetwas anderes vielleicht?«
»Wasser reicht mir, danke.«
»Na gut, dann mache ich mich mal auf den Weg.« Er stand auf und wollte schon loszockeln, als er Laurine sagen hörte: »Oh, übrigens, ich habe Post für dich, Eric. Scheint von deinem Verlag

zu stammen.« Sie zog ein längliches Kuvert aus ihrem Radlerrucksack und gab es ihm.
Eric drehte es um. Es war von seinem Lektor, Albert Montreuil.
»Nicht aufmachen!«, rief Petru aus der Ferne. »Warte auf mich, bis ich wieder da bin. Ich will wissen, was drinsteht.«
»Aye, aye, Captain«, rief Eric zurück. Er spürte, dass er sich setzen musste.
Der Brief konnte alles Mögliche bedeuten. Vielleicht war der Verlag gezwungen, es wegen schlechter Absatzzahlen frühzeitig aus dem Programm zu nehmen. Oder es gab rechtliche Probleme. Eine Unterlassungsklage oder dergleichen. Eric legte seine Figuren teilweise recht nah an tatsächlich existierenden Personen an und sprang mitunter nicht zimperlich mit ihnen um. Den einen oder anderen Politiker hatte er in seinen Romanen schon aufs Korn genommen.
Laurine und Battista nahmen ebenfalls Platz. Die Künstlerin allerdings erst, nachdem sie ihn kurz an ihren gewaltigen Busen gedrückt und in die Wange gekniffen hatte. »Kaum zu glauben, du wirst wirklich Vater«, rief sie lachend. »Du hast dieser Insel deinen Stempel aufgedrückt, weißt du das? Mach mir diese Frau ja nicht unglücklich, sonst kriegst du es mit mir zu tun.«
»Die Warnung werde ich mir zu Herzen nehmen«, sagte Eric grinsend.
Zum Glück kam gerade Petru, beladen mit einem Tablett, auf dem Gläser, Flaschen und eine Wasserkaraffe standen. Er schwankte ziemlich, und Eric half ihm. Gemeinsam stellten sie alles auf den Tisch, füllten die Gläser und stießen an.
»Und jetzt der Brief!«, rief Petru.
Battista sah ihren Bruder tadelnd an. »Findest du nicht, das ist Erics Privatsache? Das geht dich doch gar nichts an. Vielleicht steht etwas Unangenehmes drin.«
»Papperlapapp, aufmachen«, erwiderte Petru. »Sonst mache ich es.«
»Lass nur, das bekomme ich schon hin.« Eric riss das Kuvert auf und zog den Brief heraus. Rasch überflog er die Zeilen.

Während er las, begann er sich zu entspannen. Seine Sorgen waren unbegründet, es war eine gute Nachricht. Eine sehr gute sogar.
»Was ist los?«, rief Petru. »Jetzt lass uns doch nicht so lange zappeln.«
»Er ist von Albert«, sagte Eric. »Meinem Lektor. Er schreibt, das Buch verkaufe sich über die Erwartungen gut und sei bereits nach zwei Wochen in die zweite Auflage gegangen. Es steht auf der Bestsellerliste.«
»Aber das ist ja fantastisch«, sagte Laurine und drückte ihm einen Kuss auf die Wange. »Herzlichen Glückwunsch, mein Schatz.«
»Wartet, es geht noch weiter.« Eric spürte, wie es in ihm kribbelte. Es begann an den Zehen und wanderte dann seinen Rücken hinauf. »Der Roman ist auf der Shortlist des *Grand Prix du Roman noir* gelandet. In der Begründung der Jury heißt es: *In* Die Insel der Blinden *versteht es Marchand virtuos, wie damals in* Die brennende Stadt, *Bilder aus dem Alltag, Abenteuer und Sozialkritik mit den Klängen eines großen Roman noir zu verbinden. Vor allem in Hinblick auf die unterschätzte Region Korsika entstehet durch erzählerische Reduktion, knappe Dialoge, kurze Sätze und hintergründigen Humor eine moderne – auf Europa zugeschnittene – Form des amerikanischen Hard-boiled-Krimis. Womit Marchand erneut seine Meisterschaft des neueren sozialkritischen französischen Kriminalromans, des Néo-Polar, unter Beweis stellt.*«
Er musste kurz pausieren und seine trockene Kehle anfeuchten. Dann las er die abschließenden Sätze. »Albert schreibt, dass der Roman unter Kennern als haushoher Favorit gehandelt wird. Die Preisverleihung ist in zwei Wochen. Er lädt uns dazu ein.«
Er ließ den Brief sinken und sah Laurine an. Seine Hände zitterten.
»*U tèmpu cambia*«, sagte Petru und klopfte ihm auf die Schulter. »Das Wetter ändert sich, mein Freund. Ab jetzt geht es wieder aufwärts.«

»Wir fliegen doch hin, oder?«, sagte Laurine. »Sag, dass du mit mir nach Paris gehst.«
»Willst du das denn? Ich dachte, du fürchtest dich vorm Fliegen.«
»Unsinn. Ich werde das schon schaffen. Ich will dabei sein, wenn du den Preis bekommst. Und wehe, sie geben ihn jemand anders, dann bekommen sie es mit mir zu tun.«
Eric lachte. »Ich denke, das wissen sie und werden es in ihre Entscheidung mit einfließen lassen. Viel wichtiger aber als der Preis ist mir, dass wir zusammen dorthin gehen. Das ist der schönste Preis überhaupt. Und jetzt lasst uns endlich anstoßen, ehe wir verdursten.«
»Das erste vernünftige Wort, das ich heute höre«, rief Petru lachend. »Also auf euch. Auf die werdenden Eltern. Und darauf, dass ihr steinalt und glücklich werdet. Hier auf unserer wunderschönen Insel.«